U0062673

21世纪高职高专规划教材 ✾ 公共基础课系列

大学生心理健康

（第二版）

孟庆荣 陈征澳 主编
刘昌仁 肖 征 副主编

清华大学出版社
北京

内容简介

本书围绕着心理健康教育的三个功能，即预防、矫正与发展组织内容。其一，大学心理健康教育不是专门关注“健康”与“不健康”的教育，而是关注大学生正常发展的成长教育。其二，从以补救性(治疗)为主转变为以发展性(预防)为主，预防针对群体，治疗针对个体，预防胜于治疗。其三，重视心理健康个体与家庭、社会相关联的教育，关注优化大学生成长的大文化环境氛围。

本书在内容表述上以一种心理现象为一个讲座单元，共设置26讲，编配30个案例。以最新的相关心理健康资讯为参考资料，以理论阐释、案例描述与分析为结构脉络。

本书既可作为高校大学生心理健康教育教材使用，也可作为家长、教育工作者及广大青年学习心理健康知识的参考书。

图书在版编目(CIP)数据

大学生心理健康/孟庆荣，陈征澳主编．—2版．—北京：清华大学出版社，2011.10
(21世纪高职高专规划教材．公共基础课系列)
ISBN 978-7-302-26742-3

Ⅰ.①大… Ⅱ.①孟…②陈… Ⅲ.①大学生－心理健康－健康教育－高等职业教育－教材 Ⅳ.①B844.2

中国版本图书馆CIP数据核字(2011)第182375号

责任编辑：刘士平
责任校对：袁　芳
责任印制：何　芊
出版发行：清华大学出版社　　地　址：北京清华大学学研大厦A座
http://www.tup.com.cn　　邮　编：100084
社 总 机：010-62770175　　邮　购：010-62786544
投稿与读者服务：010-62776969，c-service@tup.tsinghua.edu.cn
质量反馈：010-62772015，zhiliang@tup.tsinghua.edu.cn
印 装 者：北京市清华园胶印厂
经　销：全国新华书店
开　本：185×260　印　张：16.5　字　数：360千字
版　次：2011年10月第2版　印　次：2011年10月第1次印刷
印　数：1～3000
定　价：33.00元

产品编号：044120-01

《大学生心理健康》编委会成员

（以姓氏笔画为序）

马　飞　于　琪　王洪飞　王立军　王莉华
刘昌仁　刘　颖　许贵研　吴心灵　肖　征
陈征澳　张立敏　张　澜　金永红　金秀兰
单　超　孟庆荣

FOREWORD 前言(第二版)

健康是人生的首要财富。正如古希腊哲学家赫拉克利特所说的:"如果没有健康,智慧就难以表现,文化就无从施展,力量就不能战斗,财富将变成废物,知识也无法利用。"有了健康就有了希望,有了希望才有了一切。

过去很长一段时期,人们普遍认为"没有疾病和不适就是健康"。20世纪初,《简明大不列颠百科全书》中对健康下的定义是:"没有疾病和营养不良以及虚弱状态",我国的《辞海》中也将健康定义为"人体各器官系统发育良好,功能正常,体质健壮,精力充沛,并具有良好劳动效能的状态。通常用人体测量、体格检验和各种生理指标来衡量"。这种"无病即健康"的传统健康观念一直影响着人们。在日常生活中,人们往往注重身体的锻炼,却忽视了心理的保健。一有头疼脑热就赶紧去看医生,可有了心理困惑和心理问题,却不能正视和及时解决,人们对健康观念的认识经历了一个比较漫长的历程。1989年,世界卫生组织(WHO)根据现代人的健康状况,提出了健康新概念:"健康不仅是没有疾病,而且包括躯体健康、心理健康、社会适应良好和道德健康。"这就意味着21世纪,真正的健康不再仅仅是躯体状况良好,而且还必须是心理活动正常、社会适应良好的综合体现。

心理学家荣格早在半个多世纪以前就曾提醒人们,随着人们对外部空间的开发,对心灵世界的提升却停滞了。他认为,人们在智力方面收获过剩,心灵方面的建设却被荒废了,防止远比自然灾害更危险的人类心灵疾病的蔓延将成为人的重要任务。

几十年过去了,荣格的担心成了现实。随着社会的发展,竞争的激烈,许多人不堪心理重负,精神失衡,杀人、自杀事件频频发生,抑郁症被WHO称为"世纪病"。精神生活中的深度不安折磨着现代社会中最敏感的人们。苦闷、焦虑、孤独、冷漠……成为越来越多人们亟待解决的心理问题。正如一位联合国专家曾断言的:"从现在到21世纪中叶,没有任何一种灾难能像心理危机那样带给人们持续而深刻的痛苦。"因此,时代呼唤心理健康,人才需要心理健康,可以说心理健康是21世纪生存和发展的通行证。

大学生思想活跃,求知欲望强,热情奔放,但情绪易波动,易受挫折,容易偏激,感受最敏感,对挫折的承受能力不强,对自己期望又很高的一个特殊人群;大学阶段是一个人成长的关键时期,也是人生的"多事之秋",大学生的心理健康更受着极大的威胁和考验。

科技的突飞猛进,社会思潮的不断涌现,价值观念的迅速更迭,生活节奏的日益加快,竞争的日益激烈,这些都给大学生们带来了强大的心理压力。处在青年期的大学生们,其心理发展水平正在迅速走向成熟,但又未完全成熟,心理变化异常剧烈,内心世界充满着矛盾,表现出其特有的动荡、脆弱的心理状态。因此,在大学生中开展心理健康教育,加强、优化心理素质,防治各种异常心理,提高大学生的心理健康水平,具有十分重要的意义。

本教材围绕着环境适应、自我认知、学习、情绪、人际关系、人格健全、恋爱、挫折、择业、人生规划、网络等问题,从心理学的角度进行了阐述,透过大学生常见的一些案例,剖析这些现象,从而使大学生从中感悟到心理问题的解决办法,为大学生今后的人生之路保驾护航。

当前人们还存在着一些认识上的误区,认为心理健康教育是针对那些存在心理问题的人群而言的。其实,大学生心理健康教育工作的实质,不是发现病例、解决心理问题,而是以预防为主,矫正与发展相结合。大学生中存在心理问题的人还是少数,但是随着社会发展,生活压力增加,处于亚健康状态的大学生却在逐年增加。亚健康的主要表现为:生活质量低,学习效率低,注意力不集中,生活缺乏主动性,学习没有目标,幸福感指数低,睡眠质量差,容易疲劳、乏力,食欲不振等。尽管亚健康状态并非严重的心理问题,但若不引起足够的重视,就极易引发相应的心理问题。所以,这个状态是最应该给予重视的。通过学习心理健康知识,可以正确地认识自我、完善自我、发展自我、健全人格,以增强承受挫折、适应环境的能力,从而优化心理素质,提高心理健康水平。

教材形式:以讲座的形式,通过理论阐述、案例描述、案例分析为主要结构脉络组织内容。

体例风格:本书采用讲座形式。共设置26讲,编配30个案例。

此外,本书还收入了"大学生心理健康案例评析"部分供教师课堂选讲,"大学生心理健康案例集锦"供学生课后阅读和研讨之用。

在第二版中,作者接受了读者建议,在内容上作了适当调整。全书写作分工如下:

第一部分　专题讲座

第一讲　积极主动地适应环境(刘颖)

第二讲　悦纳他人,与人和谐相处(刘颖)

第三讲　学会倾诉和倾听,收获宁静心灵(吴心灵)

第四讲　感受人生磨难,健全人格(金永红)

第五讲　学会学习,开发智力(金永红)

第六讲　自尊自爱,稳妥打理爱情(吴心灵)

第七讲　热爱生活,珍爱生命(许贵研)

第八讲　感恩父母,报答社会(金秀兰)

第九讲　带着健康的心理上网(肖征)

第十讲　大胆寻求科学的心理干预(肖征)

第十一讲　透视心理疾患(肖征)

第十二讲　有效管理自己的情绪(肖征)

第十三讲　保护身心健康,建立自我防御机制(肖征)

第十四讲　学会自强自立,克服攀比心理(吴心灵、肖征)

第十五讲　兴趣广泛,心胸宽敞,心明如镜(王莉华)

第十六讲　学会自我调节,保持心态平衡(王莉华)

第十七讲　摒弃嫉妒心理,学会欣赏别人(王莉华)

第十八讲　学业为重,切忌走偏(张澜、王洪飞)

第十九讲　学会反省,多作自我批评(许贵研)

第二十讲　了解心理科学,掌握心理保健知识(许贵研)

第二十一讲　充分做好生涯规划,客观求职择业(许贵研)

第二十二讲　进行积极的自我暗示,培养自信心(张立敏、刘昌仁、王立军)

第二十三讲　认识自我,把握人生(张立敏、刘昌仁、王立军)

第二十四讲　掌握人际交往的钥匙,开启心灵之门(张立敏、刘昌仁、王立军)

第二十五讲　丢掉自卑,悦纳自我(张立敏、刘昌仁、王立军)

第二十六讲　了解情绪,选择生活(张立敏、刘昌仁、王立军)

第二部分　大学生心理健康案例评析(孟庆荣、于琪、单超)

第三部分　大学生心理健康案例集锦(孟庆荣、陈征澳、马飞)

最后让我们通过散文《健康是一株三色花》中朴实的话语,去体味其中的人生哲理吧!

如果把人间比做原野,
每个人都是在这片原野上生长着的茂盛植物,
这种植物会开出美丽的三色花;
一瓣是黄色的,代表我们的身体;
一瓣是红色的,代表我们的心理;
还有一瓣是蓝色的,代表我们的社会能力。

我的五样:
一个选择,决定一条道路。一条道路,到达一方土地。
一方土地,开始一种生活。一种生活,形成一个命运。
决策失误是最大的失误。每个人都希望尽量少走弯路。
将决定做得完美一些,少一些遗憾,是所有人的期望。
那么,做出正确决定的前提是什么呢?
那就是——你到底要什么?

谁是你的重要他人:
和谐的人格不是从天上掉下来的,而是和深刻的内省有关。
告诉缺水的人哪里有水源,
告诉寒冷的人哪里有篝火,
告诉生病的人哪里有药草,
告诉饥饿的人哪里有野果,
这些都是天下最好的礼物。

我是一个怎样的人:
爱自己的能力,加上爱生命和爱他人的能力,
并且完全接受人是不能永远存活于世的这一事实,
这就是幸福的基础。
要想保持心灵健康平和,
重要的原则就是对那些我们所不能改变的事物安然接纳。
如果你经常扭曲自己,让真实的自己躲藏起来,
企图用假象蒙蔽你周围的人,那么,你伪装得越像,你付出的代价就越多。

你的支持系统:
好的支持系统是岁月的馈赠,它包含着沧桑和真情。
要知道,选择一条喜爱的人生路线比较容易,
创造一个由知心朋友构成的称心的生活圈子却很困难。

写下你的墓志铭:
你无法预计死亡拜访你的时间,但你可以提前预备好款待它的茶点。
也许只有在绝境中,人性中最基本、最朴素的光芒才会突破重重物质的阻力,发出单纯而灼目的光芒。
长的是人生,短的是年轻,所有面向死亡的修行,都是为了更好地活着。

生命线:
生命最宝贵之处,并不在它的长度,而是它的广度和深度。
如果我们能很精彩地过好每一分钟,
那么这些分钟的总和,也必定精彩。

编　者
2011年7月

FOREWORD 前言(第一版)

1989年,世界卫生组织根据现代人的健康状况,把健康定义为:健康不仅是躯体没有疾病,而且还具备心理健康、社会适应良好和道德健康,只有具备了上述四方面的良好状态,才是一个完全健康的人。2002年,我国教育部在《普通高等学校大学生心理健康教育工作实施纲要(试行)》中明确指出:“根据学生身心发展特点和教育规律,提高大学生适应社会生活的能力,培养大学生良好的个性心理品质,促进大学生心理素质与思想道德素质、科学文化素质和身体素质的协调发展。”强化和提高大学生心理健康教育与心理素质水平,已经越来越受到社会与学生个人的高度重视。2005年2月教育部、卫生部、共青团中央在《关于进一步加强和改进大学生心理健康教育的意见》中指出,加强和改进大学生心理健康教育的总体要求是:以邓小平理论和“三个代表”重要思想为指导,遵循思想政治教育和大学生心理发展规律,开展心理健康教育,做好心理咨询工作,提高心理调节能力,培养良好的心理品质,促进大学生思想道德素质、科学文化素质和身心健康素质协调发展。2007年,在季羡林先生95岁生日那天,温家宝总理看望他时说到了“和谐”这个话题。季羡林说:“有个问题我考虑了很久,我们讲和谐,不仅要人与人和谐,人与自然和谐,还要人内心和谐。”内心和谐是心理健康、人格健全的重要标志。人的内心不和谐就会是悲观的、消极的、自卑的;相反,健康和谐的心态是乐观的、积极的、自信的、向上的。心理学家张诗忠说:“只有每个人的幸福指数提高了,社会才能更加和谐。追求内心的和谐,每个人都要握住一把开启健康的钥匙。”

世界经济一体化趋势给我国的经济带来了飞速的发展,同时又造成了我们社会环境的躁动起伏和剧烈变化,由此给人们的心理世界带来了巨大的冲撞和震荡,威胁心理健康的因素越来越多,也越来越复杂。中国疾病控制中心提供的数字表明,全国大学生中16%～25.4%有心理问题,具体表现也不尽相同。这种状况势必会影响大学生的身体健康和人格成长。

从认知心理学意义上说,每位大学生既是演员又是观众。作为大学生应该了解作为学生个体行为基础的心理机制,能够从自己和他人的外部行为表现来推测或研究观察不到的内在心理过程,从而进行反思内化,形成稳定的心理品质。通过常规或特定的心理行为训练,帮助大学生挖掘和认识自身的不良认知,并学会对认知进行主动调控。

从应用心理学意义上说,每位大学生既是患者又是医生。作为大学生应该学会及时处理日常学习与生活中所产生的一般性心理问题,掌握情绪管理和压力调控的基本技巧,培育良好的心理素质,如此才能正确认识复杂的社会现象,在激烈的竞争中变压力、挫折为动力,更好地争取和把握发展机遇。

从发展心理学意义上说,每位大学生既是学生又是教师。作为大学生,成长和历练的每一步都离不开心理学知识的指导。从此种视角上讲,加强心理健康教育,就是"以人为本"、"以学生为本"的成才教育。引导学生关注自身心理健康,启动学生早期心理疏导机制,建立科学的、成熟的心理防御机制,是每一位有志于成才的大学生健康成长的必经之路。

阅读该教材能够提升读者自我心理保健的自觉性,心理健康的钥匙归根结底掌握在自己的手中,主动积极地身体力行,不仅能明显提高自身的心理素质,而且也有利于和谐校园与和谐社会的构建。

本教材从心理学角度为大学生列示了一些常见的心理现象,目的在于为那些正行走在青春期道路上的青年学生当一名好向导,使他们尽量少摔跟头,减少伤痛。本教材关注普遍性的心理现象,围绕大学生可能遇到的各种常见心理问题展开论述,同时给出解决问题的具体对策与方法,便于他们进行分析直至解决问题。

本教材特点如下。

基本理念:心理健康教育有三个功能——预防、矫正与发展。其一,大学心理健康教育不是专门关注"健康"与"不健康"的教育,而是关注大学生正常发展的成长教育。其二,从补救性(治疗)为主转变为发展性(预防)为主,预防针对群体,治疗针对个体,预防胜于治疗。其三,重视心理健康个体与家庭、社会相关联的教育,关注优化大学生成长的大文化环境氛围。

内容表述:以一种心理现象为一个讲座单元,以最新的相关心理健康资讯为参考资料,按理论阐释、案例描述与分析为结构脉络。

文字风格:作者研讨后确定编写方案,分工执笔。力求脉络清晰,语言流畅,图表直观,案例适用,风格清新,笔触一致。

体例格式:本书采用讲座的形式。共设置21讲,编配40个案例。

全书写作分工如下。

第一部分　专题讲座

第一讲　积极主动地适应环境(刘颖)

第二讲　悦纳他人,与人和谐相处(刘颖)

第三讲　学会倾诉和倾听,收获宁静心灵(吴心灵)

第四讲　感受人生磨难,健全人格(金永红)

第五讲　学会学习,开发智力(金永红)

第六讲　自尊自爱,稳妥打理爱情(吴心灵)

第七讲　热爱生活,珍爱生命(许贵研)

第八讲　感恩父母,报答社会(金秀兰)

第九讲　带着健康的心理上网(肖征)

第十讲　大胆寻求科学的心理干预(肖征)

第十一讲　透视心理疾患(肖征)

第十二讲　有效管理自己的情绪(肖征)

第十三讲　保护身心健康,建立自我防御机制(肖征)

第十四讲　学会自强自立,克服攀比心理(吴心灵、肖征)

第十五讲　兴趣广泛,心胸宽敞,心明如镜(王莉华)

第十六讲　学会自我调节,保持心态平衡(王莉华)

第十七讲　摒弃嫉妒心理,学会欣赏别人(王莉华)

第十八讲　学业为重,切忌走偏(张澜、王洪飞)

第十九讲　学会反省,多作自我批评(许贵研)

第二十讲　了解心理科学,掌握心理保健知识(许贵研)

第二十一讲　充分做好生涯规划,客观求职择业(许贵研)

第二部分　大学生心理健康案例评析(孟庆荣、于琪、单超)

第三部分　大学生心理健康案例集锦(孟庆荣、陈征澳、马飞)

全书总体策划李莉、孟庆荣、肖征和许贵研。体例设计、组织编写、修改润饰、统稿工作由孟庆荣负责,审校由李莉负责。

心理学专家王家同说:"我们不能左右天气,但可以调整心情;我们不能改变容貌,但可以舒展笑容;我们不能控制他人,但可以主宰自己;我们不能预知明天,但可以利用今天;我们不能事事顺利,但可以样样尽力。"

也让我们铭记中央电视台《心理访谈》的主题词:

让生活失去色彩的
不是伤痛
而是内心世界的困惑
让脸上失去笑容的
不是磨难
而是禁闭心灵的缄默
没有谁的心灵
永远一尘不染
战胜自我,拥抱健康
沟通,消除隔膜
交流,敞开心扉
真诚,融化壁垒
让你(爱)成长,从心开始

孟庆荣

2008年1月

CONTENTS 目录

第一部分 专题讲座

第二部分 大学生心理健康案例评析

第三部分 大学生心理健康案例集锦

▪第一部分

专题讲座

第一讲 积极主动地适应环境

第一节 环境的适应

1789 年，英国经济学家马尔萨斯（Thomas Robert Malthus，1766—1834）提出了一个著名论断——适者生存，即适应环境的生物才能活下来。虽然听起来有些吓人，但道理不错。

适应，是一个心理学名词，通常包含两个含义，即指感觉的适应和主观对客观环境的顺应，对社会环境的迁就。根据环境条件改变自身，调节自身与环境关系，使之趋于协调。瑞士心理学家皮亚杰（Jean Piaget，1896—1980）认为，适应包括同化和调解两个过程或两种机能，他把适应看成有机体和环境的持续交往，这种交往导致心理结构的复杂性的发展变化，以应付环境的要求。例如，热带沙漠中的植物大多叶呈针状且根系细长，北极地区的植物大多株型矮小且成熟迅速；赤道地区的人们鼻孔宽大，而寒带的人们则鼻孔细长。自然界中的一切生灵无不遵从着"物竞天择"这一自然规律。在环境发生巨大变化时，谁能适应谁就能活下来；谁能更好地适应，谁就能活得更好。

看来，在人与环境这对矛盾中，环境处于强势地位。人，就算是可以对所处环境中的某些方面加以改变，也是微乎其微的。那么，一个观点就自然而然地摆在了我们面前——大学生，特别是刚入校的大学生们，应该学会积极主动地适应环境。

一、自然环境的适应

俗话说，"一方水土养一方人"，不论是酷暑还是严寒，不论是多雨还是干旱，不论是嘈杂还是宁静，不论是城市还是乡间，人，往往会习惯了自己生活的那一片天地。但是，好多人不愿意也不可能在一个地方终老一生。那么，能够迅速适应一个新的环境，就应该是健康的最起码的体现。

1. 任何生物都存在环境适应问题

任何生物都存在环境适应问题，越是娇贵的生命对环境的要求越高，适应性也就越差，异地存活的可能性也就越低。例如，兰花，这种植物对环境的要求非常高，甚至近乎苛刻。野外生存的兰花，几乎必须同时满足北回归线、山坡林荫下、高湿度、土壤肥沃且疏松等条件，所以名贵而稀缺。而蒲公英则因为对环境没有什么特殊需求，从热带到寒带到处都是。

2. 适应的过程是从排斥到适应

生物对环境的适应必须有一个过程，这个过程有些类似“妊娠反应”。适应会因物种、时间、地点的不同而不同。有时，生物不能适应恶劣环境，如干旱、热风等；但令人奇怪的是，有时优良的环境也令生物无法适应，如丰沛的雨量，充足的阳光等。但是，无论如何，一种生物在离开自己原来的环境后，都会接受“忍耐和痛苦”，最终适应环境，否则就会被淘汰。

3. 改变不了外界就改变自己

从某种意义上讲，生物适应外界的能力极强，只要能维持最低生存标准，哪怕是在极其恶劣的环境下，生物也能生存下去，尽管在人类看来，一些生存环境近乎残酷。例如，终日不见阳光的山洞，那里有人们无法想象的植物；距离地面不知多深的暗河，那里有什么也看不见的鱼儿；四周围满了高墙和电网的监狱，那里有想出去但无法出去的罪犯；阴阳只差一步的医院，那里有想逃离病床可已行将就木的重患。看来，无论是何等生物，一旦落入了“不得已”，就必须承认现实，顺应现实，改变自己，争取活得稍微轻松一些才是。

人类在许多方面都能师于自然，法于自然。依照仿生学原理，人应该在自然界的适应中得到诸多启示。

二、社会环境的适应

人是社会化的动物，离开社会，人的属性就不全面。从某种意义上讲，离开了社会，人就不称其为人。无论在什么情况下，都是人适应社会，而不是社会适应人，即使环境极其恶劣，人们想即刻改造世界，但前提还是首先适应。

从漫长的地球环境演变和生物起源过程来看，人类机体的产生，离不开地球环境提供的物质条件。因为人是自然界生物进化的产物，没有适于人类出现和生存的环境也就没有今天的人类。

人类与环境的根本联系在于人体的新陈代谢。人体必须不间断地同周围环境进行物质与能量交换，新陈代谢是生命的基本特征，一旦停止，人的生命也将完结。

人不但能适应环境，还能改造环境。对自然环境干预和影响的加强，标志着在人与环境的关系中，人类地位的不断加强。一般来讲，人类与其他动物的一个本质区别，就在于人类并不完全消极地适应环境，而是能动地改造环境。千百年来，人类不断地开垦荒地、兴修水利、采伐森林、挖掘矿藏、发展工业、兴建城市，创造了无穷无尽的物质财富。

尽管从人类的角度看，千百年来，战天斗地好不热闹，但从个人的角度看，我们还是不能很好的适应环境。我们仅仅从心态、学习和环境三方面阐述这个问题。

（一）心态的适应

心态，即心理状态，是人在一定条件下，心理反应的一种形态。例如，做同一件事，不同的人有愿意的、不愿意的和无所谓的；而结果是，有满意的、不满意的和无所谓的。

例如，有些学生高考结束后没能考入自己认为的理想大学，失败情绪造成的心理阴影，在一段时间内挥之不去。在特定条件下，这种情绪可能被强化，甚至可能导致各种心理问题和情绪问题。

实际上心态是否良好，除了客观原因之外，更主要的是主观要求在起作用。这个主观要求，就是人们所说的“满意度”。它与“期望值”和“可感知效果”之间的关系可以用以下公式表示：

满意度＝可感知效果÷期望值

从上面的公式可以看出，期望值越高，满意度越差。那么，维系心理平衡的一个有效办法就是降低期望值，这样，成功后，可以得到惊喜；失败后，可以承受打击。不要给自己定下“非……不可”的目标。

一般来说，人生更注重的不是结局，而是过程。有了参与和亲历，这本身就是一种财富，至于结果如何，那要看“造化”，更何况最后走上的是同一条路！中国人很会开导自己，他们把成功的要素分成天时、地利、人和；现代科学把人体生物钟分成情感、智力、体力。上述要素都具备时，成功的几率最大。汉语中有一个名词叫做“里程碑”，只要向前走，不停下来，我们就会碰到不少这样的里程碑。那么，我们就要摆正心态，不以一时成败论英雄。大家都读散文，或听流行歌曲，可能有一个共识——真正好看的或好听的只是那一两段，甚至是一两句。人生的经历也如此，不可能每个阶段都精彩，都辉煌。从另一个角度讲，我们若想辉煌，在哪儿都可以，只要自己愿意。最近的一个调查显示，名牌大学的学生，遭受心理困扰的，比普通大学的要严重。有一个原因不可忽视：高中时期他们都是佼佼者，可到了精英成群的大学校园，这些人想辉煌却无法做到，所以心理失衡了。

看来，以一种平和的心态去面对现实，应该是所有进入新环境的人的一种自我保护的法宝。缺乏这种本领的人就失望、失落，就有可能因没法融入新环境而被淘汰。但真正“定力”十足的人实在太少了，大多数人还会有这样或那样的问题，例如：

有人认为，我苦读了12年书，该轻松轻松了——实际上，那只是学习方式的改变；

有人说，我想家，没有办法静下心来学习课程——实际上，那是依赖心理在作怪；

有人说，我厌倦了“啃书本”——实际上，那是兴趣方面出了问题；

有人说，这儿的学习条件太差——实际上，那只是在强调外因；

有人说，这儿的伙食太差——实际上，那只是在挑肥拣瘦；

有人说，老师根本不理解我——实际上，那只是沟通不良的一种表象；

有人说，老师没讲啥——实际上，只有傻瓜才这么想问题；

有人说，我想谈恋爱——实际上，那只是分不清主次；

有人说，我想上网——实际上，那才叫没忙没闲；

……

有些人倒霉因为命苦，例如白娘子被压在雷峰塔下，动弹不得；有些人倒霉因为活该，例如自己钻进了死胡同而无法回头。人，不能像钻进胆管的蛔虫，不知后退一步。人应该更聪明，遇事心态平和，更懂得保护自己，要清楚自己所处的环境，清楚自己在特定的环境下应该干什么，为什么干，怎么干。清醒地认识自己是必要的，清醒地认识环境更重要,这能达到心理平衡。现在的一些社会戏谈对调整心态很有帮助,例如,“命苦不能赖政府”、“点儿背不能怨社会”。我们可以将《国际歌》中的一句歌词演绎成下面的话:

从来就没有什么救世主,也不靠神仙皇帝,要摆脱心灵的苦难,全靠我们自己;

从自我保护的角度看,要想健康生活,就必须尽快从心灵的阴影中走出来,越快越好;

从哲学的角度看,学会分析环境,分析自己,可以教会我们更聪明;

从逻辑学的角度看,知其然,知其所以然;知彼知己,才能百战不殆。

(二)学习的适应

1. 学习的意识

学习是动物的本能。不论是高等动物还是低等动物,生命的全过程始终伴随着学习。例如,猫咪玩耍线团。从另一个角度看,玩耍的本身就是学习。有位心理学家明确指出:孩子的工作就是玩耍。小孩子从抬头到翻身;从爬行到站立;从行走到奔跑;从说话到歌唱;从系统的学习到工作中的再学习,其中的自觉性,压也压不住。一些自我实现愿望高的人,其学习的热情往往令人感动。

“狼孩儿”不会说话,但会与狼“交流”,看来,学习是一种必然。人从出生(甚至在子宫中)就开始了学习,而且没有止境,直到永远。

2. 学习的准备

孔子曰:学而时习之,不亦乐乎。看来,学习是一件乐事。自觉、积极、主动、认真的学习热望,与“知情权”有密切关联。人们往往因为“好奇”,而迫切想知道“那儿有什么”、“为什么会那样”等。人们把自己不知道的东西,或者解释不了的东西叫做“奥秘”。而知道得越多,越被人们看成是“学识渊博”,而受到人们的尊敬和爱戴。而变废为宝,或者起死回生,更被人们看成是神奇。所以,学习或者想达到一种境界或是追赶前人,就成了一种快乐和自觉。

狭义的学习指到学校进行的系统学习。大学的学习实际应该算是一种“岗前培训”。其特点是:专业化程度高,职业性强;学习的内容具有高层次性;学习的独立性、自觉性不断提高;学习适应多样性等。

3. 学习的过程

学习与成长一样,需要一个漫长的过程。但时间是经不起计算的——大学三四年,除去星期天、节假日,真正用到学习上的时间究竟有多少呢?而在这屈指可数的日子里,我们需要学习应学的内容,完成学业。这只是短期行为。长期的学习应该是终生学习,直到永远。我们要准备学会学习(轻松接受所学内容,能做到举一反三),学会做事(处理与自己专业有关的和无关的问题),学会做人(大写的人应该是顶天立地),学会生活(真正的生活是不求完美,但求优美、甜美)。什么时候做到了能够在动动脑筋之后就能够发现问题、分析问题、解决问题,什么时候就真正得心应手了,或者叫“学到本事”了。

4. 学习的环境

目前,为了升学,我国初、高中仍然采取“应试教育”模式。我们不去探讨其利弊,只谈对学生的影响——学生成了考试的机器,只会回答问题,不会发现问题,也不能很好地或创造性地解决问题。甚至一些学生心中根本没有问题。造成了只有老师发问,学生才能"发现"的怪现象。这样的情况令人忧虑。有些学生连回答问题也有困难,而且根本不相信自己,所以就有铺天盖地、花样翻新的"考场作弊"。没学会知识和做人,先学会作弊和做贼,这不能不算是教育的悲哀,或者说是某种考试制度的悲哀。但考场作弊古已有之,手法、目的都惊人的相似,只不过今天的作弊,也"与时俱进"了。这样,我们不但没学到"本事",反而心灵受到了极大的污染。

大文学家韩愈说"书山有路勤为径",我们要说"艺海无涯学作舟",连学都不肯,如何通过各种考试呢?如果将眼光放远一点,我们会发现,我们的学习不仅是在课堂上,我们终生都在学习,而且没有止境。如果用作弊的方法对待走出校门后的学习,我们就有可能碰各式各样的钉子,然后生活会逼迫我们改弦更张。与其那样,还不如立即改变自己,以适应今后的学习。

5. 学习的不良倾向

在这里,我们只谈学习问题,如果对号入座,可能发现自己学习上的一些不良习惯。

(1) 学习习惯不良

始终处于被动学习状态,无计划,或者有计划也不执行。大唱"明日歌",应付了事,到了期末,花很多时间做"小抄",却不肯花一点点时间想想学了什么,学得怎么样。

我们有些学生,已经习惯于"被动学习",强调"老师没要我……"这叫傻。我们如何能够想办法,将这种被动变为主动,把"要我做"改成"我要做",并且清楚"为什么做"和"怎样做"就聪明了。这就如同看风景一样,自己发现的风景和别人指给你看的风景是不一样的。

(2) 学习方法不良

正确的学习方法很多,并且每个人有每个人行之有效的方法,各有各的特色。但不良的学习方法确有很多相同之处。举例如下。

阅读习惯不良:速度慢,读得粗,抓不住信息,也不会联想。例如,读到"日照香庐生紫烟"能联想到什么呢?还有些人根本不喜欢读书,宁肯在网上"瞎聊",浪费时间,也不肯花一点点时间,读一些"经典"乃至自己必须掌握的教材和讲义。

记忆方法机械:死记硬背,考试的时候勉强通过,考试过后知识就成了过眼烟云。学了就忘,没有办法在用的时候回忆。有些学生不但不能记住公式、定理、推论以及漂亮的美文段落、经典的古诗文句子和演讲稿(发言稿),甚至记不住自己的身份证号码和家里的电话号码。脑子里都装了什么,只有天知晓。

知识体系凌乱:做学问时,不知道做学科的对比,发现不了所学东西的内在联系,形成不了一个相对完整的学科体系,不知道为什么学和怎样学;不知道自己的专业在社会上的地位;不知道某门课程在本专业的地位。这样,即便眼前遍地是金子,等待我们去捡,可是我们却"不认识"。

理论与实践脱节:我们有的人学得也"头头是道",可用起来却不会操作,没法学以致用。这与我们的教学模式有关,但主要的还是与我们的认识有关。有句话叫"师傅领进门,修行在个人"。我们的学习就如同学绣花一样,老师在课堂上讲清楚了怎样选料、选线、描样、套色、运针、走线等,可绣品厂还是不要我们,原因是我们没“绣过”。那么,我们就有目的的学习好了。所以,要有意识地培养“动手能力”。

(3) 学习态度不良

有人说,没学好不是我的错——

爸妈没给我好使的脑瓜;

老师没教会我;

好多客观原因使我无法学习;

考入这样的“破大学”,学了也没用,清华毕业还找不着工作呢;

我就是不爱学;

我本来会,一进考场就紧张,兜里不装“小抄”,我就不舒服;

……

归因的不正确,往往使人无法发现问题的症结所在。所以,要学会全面地看问题,并且学会找到主要矛盾和矛盾的主要方面,清醒地面对事物,使自己对事物有一个正确的认识,还真是不少学生的必修课。

正确的学习态度和方法有助于我们成长进步。例如,我们应学会在规定时间内完成规定的任务,并且应该学会高质量地完成任务。

学一点哲学,这有助于我们变得聪明,我们就可以学着找出事物的普遍规律,发现特殊条件;

学会以点带面,因为,一方面突出的人,其他方面也可能有不凡的表现;

学会举一反三,这样就有可能达到“秀才不出门,便知天下事”的境界;

学会“偷艺”,多留心别人是怎么做的;

学会吸取教训,不被同一块石头绊倒两次;

学会学以致用,学习的合格结果是“会用”;

学会博闻强记,保持清醒的头脑;

……

(三) 周围环境的适应

与自己周围的人、事、物的关系适应,是健康人生的必修课。人们的适应过程总是由不适应到适应的。人们不单单不适应“坏”环境;有时甚至不适应“好”环境。例如,好的风景、好的吃喝、好的穿戴、好的铺盖甚至好的风情等,一开始人们都不适应。那么,坏的就更不用说了——饮食环境的改变,使人食不甘味;住宿环境的改变,让人夜不成寐;学习环境的改变,令人无法清静等。

陶渊明大笔一挥就写出“结庐在人境,而无车马喧,问君何能尔,心远地自偏”的千古名句。这是一种境界,是一种隐者情怀,是一种恬淡高远,没有定力是不成的。可我们是青春少年,要适应环境,还要好好学习。但是,环境的好坏是相对的,我们不能适应新环境,主要是心理对抗。我们认为,世界上最好的环境莫过于王宫,在其中王子和公主生活得最好;世界上最差的环境莫过于监狱,在其中罪犯生活得最差。可逃出王宫和走进监狱的却大有人在。

第二节　案例及其分析

案例描述

小丽没能考上理想的大学，在一所省属大学读书。一天，她收到了高三好友小婉从一所重点大学发来的电子邮件，她看完了就火冒三丈，决定再也不理小婉了。信中有一段话使她非常生气，她觉得对方是在“显摆”，在气自己。这段话是这样写的：

尤其让人流连忘返的，是校园中的人工湖。这是一个长约200米，宽约100米的湖面，现在已是满眼的残荷，只有少数的叶子还微微泛绿。但不难想象，盛夏之时，这里的叶硕茎壮，蕊秀花香。岸边一律是高大的柳树，树枝有的垂到了地面，有的则伸到了湖里。树荫下是一长溜的靠背椅，三三两两地坐着些人；而更多的人则坐在那些裸露的大树根上。因为被当成了椅子，树根被磨得平整光滑。当年挖湖时的土并没有运走，而是在湖心攒成了一座小山，山上修了个小亭，掩映在大树小花之间。岛与岸有一座罗锅桥相通，环岛和上山的小路，站在岸边也清晰可见。

案例分析

小丽的同学上了满意的大学，沉浸在成功的喜悦中，想抒发，要给她的好朋友“显摆”，她的喜悦之情溢于言表。而小丽本来情绪不佳，看到对方对校园的描述，容易陷入失落。如果说对方描述一些“不如意”，可能会减少小丽的焦虑情绪——“啊！重点大学也不是想象中那样如人所愿……！”对方越说好，她就越生气，心情就越糟糕。平时的付出越多，心理失衡的倾角就越大。同学对现状的满意度越大，对她的刺激就越大，她的心里就越难受，适应自己所处环境的可能性就越小。

第二讲 悦纳他人，与人和谐相处

第一节　与人和谐相处是建立良好人际关系的前提

悦纳，高兴的接纳。

人，不但要悦纳自己，同样要悦纳他人，有时悦纳他人，比悦纳自己更重要。人是群居动物，也是社会化动物。人，不可能不与人交往。关系的建立和交往的成败，往往取决于交往者的态度、心境、技术等。有些人与人相处总是和平安宁，有些人与人相处总是"狼烟四起"，就可见一斑。人际交往是大学期间学习的重要内容。无论做事还是做人，都离不开社会的交往。良好的交往是大学生心理正常发展、人格健康的重要标志之一。学好这一讲必将对我们今后的生活起到重要作用。

一、什么是人际关系

(一) 人际关系的概念

1. 人际关系的定义

人际关系是指人与人之间的联系，尤其指人与人之间心理上的联系。这种联系客观上表现在人们的协同活动和交往中实现的相互作用与相互影响的性质及方法上。包含认知、情感和行为三个方面的心理因素，其中情感起主导作用，制约着人际关系的亲疏、深浅和稳定程度。人际关系有各种不同的划分，如按感情关系分为吸引关系和排斥关系，按双方地位分为支配关系和平等关系，按存续时间分为长期关系和临时关系等。

2. 大学生的人际关系

大学生人际关系的概念，从广义上讲，是指大学生和与之有关的一切人的所有的人际联系。从狭义上讲，大学生的人际关系是指大学生在学校学习期间和周围有关人员相处或交往时形成的心理关系，即人与人之间心理距离的亲疏远近的关系，如师生关系、同学关系、舍友关系等。

3. 人际关系的重要性

从群体角度来讲，人际关系影响群体的内聚力。

内聚力，又叫凝聚力，它是一种向心力和吸引力。良好的人际关系，是群体内聚力的基础与核心。人际关系良好，内聚力强，士气高，热情高。反之，人际关系紧张，内聚力弱，士气低，无干劲，甚至在无法发泄时，产生破坏心理和行为。

从个体角度来讲，人际关系影响人的身心健康。

人际关系良好，心情舒畅；人际关系紧张，就会陷入无端的苦闷之中，久而久之，会导致一系列的身心疾病，如神经衰弱、高血压、偏头痛、溃疡等。一旦得了病，就必须用一部分精力去对付疾病，学习和工作成绩自然下降，还可能失去一些应该得到的机会，这样会更苦闷，心情更糟，情绪更坏，身体更差，最终陷入一种恶性循环。

从社会角度来讲，人际关系影响个人的自我发展和自我完善。

人的自我发展和自我完善，不但受自然环境影响，而且受社会环境影响，尤其受人与人交往关系的影响。良好的人际关系，往往导致一种社会助长——可以相互帮助，相互鼓励，相互促进，相互学习，增强人与人之间的行为模仿和相互竞争的动机，加速个体的自我发展和自我完善。反之，人们相互拆台，相互攻击，相互憎恨，相互打击，后果不堪设想。

（二）影响大学生人际关系的因素

人际关系的重要基础是人际吸引。一个人如果毫无吸引力，就不能吸引别人的注意；如果两个人之间不能彼此吸引，也建立不起亲密的人际关系。所谓人际吸引，是指人与人之间彼此注意、欣赏、倾慕等心理上的好感，进而彼此接近以建立感情关系的心路历程。人与人之间的关系的密切程度是不同的，人际关系的建立受各种人际吸引因素的影响，主要有以下几种。

1. 人际距离

俗话说："远亲不如近邻"，这种由空间上的邻近而影响人际吸引的现象称为人际距离。距离越近，越容易发生人际关系。例如，同一个专业，同一个班级，同一个寝室等。彼此因接近而相识，因相识而吸引，进而建立友谊，甚至相爱。邻近的人最容易成为朋友，彼此相知，甚至成为意趣相投的莫逆之交。

2. 相似或互补

有句成语叫"惺惺相惜"，指才智相似的人彼此爱怜。人们彼此之间的某些相似或一致的特征，如态度、信仰、爱好、兴趣等，能够促进人们的相互喜欢。物以类聚，人以群分，人们通常欢迎与自己存在某种相似性的人，其中态度、价值观的相似尤为重要。从需要和能力看，人们往往与不同的人在一起，即与一些有着不同人格特征的个人相处，并建立起和谐协调的人际关系。在某些领域明显地存在着互补现象。也就是说，人们往往选择那些与自己性格不相同的人做朋友。例如，支配型的人往往和服从型的人和睦相处。兴趣、爱好相似的人容易形成密切的人际关系。

3. 互惠和互利

人们之间的喜欢往往是互相的，也就是说，我们喜欢的是那些喜欢我们的人。人们不可能毫无目的地与人交往，包括夫妻在内，这绝不是功利主义。毛泽东曾说过：世界上绝没有无缘无故的爱。人际关系的形成，源于内心深处交往的渴望，所以才有人形容夫妻是"相濡以沫"。用一句通俗的话说：给对方带来好处的同时，自己已经从对方那里得到了好处。这是人的一种需求——交往需求。

4. 性格特征

交往的成功者,大多具有一定的人格魅力。也就是说,人们愿意与这些人交往。

首先,其外表就有吸引力,尽管经验告诫我们"不要以貌取人",但是人们还是喜欢外表富有魅力的人。人们往往认为外表富有魅力的人比一般人敏捷、风趣、聪颖、愉快、生活丰富多彩。因此,我们对人的人格及行为的评价受我们对其外表魅力的认识的影响,并使我们高估外表富有魅力的人。

其次,个性特征与能力表现不凡的人容易与人交往。虽然人们十分重视外表形象,但其他个人素质,诸如个性特征、能力等往往比外表魅力更重要。

在人际交往中,诚恳、坦率、幽默、可信赖、明智、善良等都是人们欣赏的个性特征。而对于能力,我们则比较喜欢诚实、有才干、有见识和有能力的人。特别是在其他条件都相等时,一个人越有能力,人们就越喜爱他。但是,生活中人们也有一种倾向,即人们不太喜欢那些能力超群、竞争力太强的人。虽然我们喜欢周围都是很有能力的人,但是,某人能力非凡就会使我们感到不安,因为这种人看上去是不可接近、远离我们的超人,似乎会对我们造成威胁。

二、大学生人际交往中存在的问题

交往困难,是现代大学生的一个通病。有的人从心灵深处拒绝与人交往;有的人想与人交往,却不知如何交往。造成人际交往问题的原因很多,就心理方面而言,交往态度问题、交往认知问题、情绪和人格障碍问题三个方面较为常见。

(一) 交往态度问题

人们对交往对象的态度和交往关系的态度,直接影响人与人之间关系的发展倾向。例如,有的学生在与他人相处时,根本就不是采取平等、尊重、坦诚的态度,而是有意无意地炫耀自己的优势、压倒或战胜对方,或者夸大对自己有利的事实,或者为利用对方的弱点以及另有图谋等,这些态度不但使人际关系交往不能正常进行,反而使人与人之间的冲突进一步加深。

(二) 交往认知问题

交往认知问题对于大学生来说最常见且最突出。这是由青春期交往的特点所决定的。在青春期,自我意识迅速增强,主动交往的积极性增强,但其社会阅历有限,对社会接触、了解有限,加之心理不成熟,因而造成人际交往的理想化和主观片面,从而导致人际交往问题。

1. 首因效应

首因效应,是指初次或最先的印象。比如,初次看到某人谈吐优雅,待人礼貌,留下一个好印象,在日后的交往中,往往不会想到他在其他场合会有行为粗鲁、蛮横的表现。这样就往往会使我们的判断屈从于第一印象,偏执一端,造成对人认识的偏差和错误。

2. 光环效应

光环效应,是指根据某人身上的一种或几种特征,来推论概括此人其他一些未曾了解的特征。例如，看到某人热情，便认为此人慷慨聪明，有同情心，能力强；看到某人话少，就认为此人冷漠，有心计。在对人的认知中，由于光环效应，一个人的优点或缺点特别容易被夸大或遮挡，使人难以看清真相，导致对他人的形象歪曲和不正确评价以及对他人的过高或过低的期望。

3. 刻板印象

刻板印象表现为把交往对象机械地归入某群体中。例如，商人过于精明；知识分子文质彬彬；山东人粗犷豪爽，上海人精明细致……这些刻板印象主要是依赖自己过去的经验产生的，它会对人们的社会认知产生积极和消极两方面的影响。因此，在与人交往中，应把交往对象看成一个独特的人，对他具体观察，在实际交往中去发现、认识和理解，进而弱化刻板印象。

4. 投射效应

投射效应，是指把自己所具有的某些特质强加到他人身上的心理倾向。如心地善良的人会认为别人也和自己一样善良；经常算计别人的人会觉得别人也在算计他。结果往往对他人的情感、意向、观念等作出错误的判断，造成了彼此间的误会、矛盾。

5. 自我评价不当

有的学生在中学时各方面都是佼佼者，周围处处是赞扬声，所以自我评价颇高。到了大学，仍然觉得自己聪明能干，高人一等，清高自傲，苛求他人，造成人际关系紧张。还有的同学由于在强手如林的大学当中，自己的优势难以发挥，内心恐慌，压力增大，自卑感随之而来，自我评价降低，造成人际交往困难。因此，过高或过低地评价自己都不利于与别人和睦相处，有损正常的人际关系。

（三）情绪和人格障碍问题

情绪是指当个体受到某种刺激后所产生的一种身心激动状态，这种情绪状态是主观意识的，在情绪状态下所伴随的生理变化与行为反应是本人无法控制的。心理学上把情绪分为四大类：喜、怒、哀、乐。如我们会经常看到，有的学生刚才还好好的，因一点小事就暴跳如雷。人格障碍是指人格特征显著偏离正常，使人形成了特有的行为模式，对环境适应不良，常常影响其社会功能，甚至与社会发生冲突。实际上，人格障碍开始于幼年，形成于青少年时期，上大学期间就很关键，如果某种人格特点过分突出，就会影响本人与周围人际关系的和谐。

三、良好人际关系的建立和保持

（一）人际交往的培植与保持

以积极的态度对待人，高兴地接纳一切人，学会与各种各样的人打交道，也是一门必修课。由于工作和生活的需要，人不可能时时都与自己喜欢的和喜欢自己的人打交道。所以，在人际关系建立之初和建立以后，都要考虑“悦纳”问题，即人际关系也需要“培植”。以下方法可以借鉴。

1. 以诚待人

待人真诚，是君子之道。这种态度有助于交往的有效进行，它能够给人提供一个安全和自由的交往氛围，可以使人解除戒心。人们分享彼此的真实感情和印象，是有效增进友情的一种重要方式。但是，我们也要学会躲开那些伤害我们的人，并且不在别人面前暴露自己的弱点。

2. 主动热情

“机会永远留给有准备的人”，交往也如此。主动和热情是最能打动人、对人最具有吸引力的交往特质之一。一个充满热情的人，很容易把自己的良性情绪传染给别人。因为人与人之间具有互动性，如果你总是以高度的戒备心与别人相处，或者很少主动了解别人，那么别人也会远离你，这是人际交往中的对等原则。因为人们更喜欢那些对自己感兴趣的人。

3. 尊重理解

尊重是建立良好人际关系的一个重要因素，当你尊重理解别人的时候，你就会体会到对方的情感，理解对方的观点，从而得到对方的信任。尊重表现在对人们的价值观、人生观、生活方式、情感特点与行为模式等许多方面的理解和同情。这样不但不会随便否定他人的意见或看法，不会把自己的意见强加给他人，更容易消除一些偏见，这种民主的、包容的、友善的态度是在和别人相处时要学的非常重要的事。

4. 平等宽容

人与人在灵魂上应当是平等的。在与别人的交往中以自我为中心，不去考虑别人的感受，是不可取的。“交际交易理论”认为，人与人之间的关系建立在参与者之间公平的基础上，所以，应该以平等的姿态去接触别人。再有就是宽容，“金无足赤，人无完人”，在与人交往中，不尽如人意的人到处都有，如果不能宽以待人，我们就可能真的成为“孤家寡人”。大学生应尽可能多地从别人的角度和立场考虑问题，要能够容忍别人的某些缺陷，尊重别人的兴趣和习惯方式。雨果说：“比海洋广阔的是天空，比天空广阔的是人的胸怀。”当然，宽容并不是无原则的忍让，而是一种深厚的同情、深深的理解和包容。

（二）掌握交往的技能

1. 树立自信

自信的人往往容易与人相处，他们往往显得乐观宽容，能客观地评价自己和他人，既顾及他人，也不委屈自己，言谈举止轻松自在，挥洒自如，有力量抵御交往中的挫折。缺乏自信的人往往局促不安、害羞，容易受感情伤害。

2. 自我表露

自我表露是指以语言向他人表露自己情况的自愿行为。它不仅是增进亲密关系的重要因素，也是发展友谊的主要因素，它还是人们发泄情绪的重要途径。然而，自我表露具有一定的冒险性，因为它使我们极易受到别人的反对，更不用说可能给我们带来的嘲讽奚落了。但它潜在的益处很多。例如，减轻压力、交换信息、建立联系等。但自我表露，一定要掌握正确的方法。即在合适的时间向合适的人表露合适的内容。

3. 学会倾听

谈话中最常见的问题就是心不在焉。讲话的人滔滔不绝，听话的人旁若无人。其实，认真地倾听别人讲话，有助于对对方的深入了解，也让别人觉得你很在意他，尊重他。倾听不是被动地接受，而是有反馈地引导和鼓励。通过语言和表情告诉对方你能理解对方的描述与感受。当然，如果对方一味地高谈阔论，而将你的暗示置之不理，你完全可以拒绝倾听，找借口离开。

4. 避免争吵

交往中常常发生争论。为探讨问题而争论是有益的，但试图比个高低，以此改变对方，则往往是有害的。现在有好多夫妻自称是“大吵三六九，小吵天天有”，这容易破坏感情。

5. 有错就改

有的时候我们不知道自己犯了错误，所以固执己见。但有的时候明知错了，为了保全面子，还要极力为自己的错误辩解，这就极易造成紧张、怨恨和敌视的局面。遇到这种情况，最好的办法就是迅速而坦诚地承认自己的错误。这种技巧不但能产生惊人的效果，而且在任何情形下，都要比为自己辩解有效得多。

6. 学会赞扬

有人说，赞扬是别人渴望得到而你又不花钱费力的，能使别人的内心充满阳光，而你也在其中能获得幸福和更多朋友的事情。著名的心理学家斯金纳(B. F. Skinner，1904—1990)曾以实验证实，当批评和埋怨减少而鼓励和夸奖增多时，人们所做的好事会增加，而比较不好的事会减少。有位心理学家指出：好孩子是“夸”出来的。其实，不论大人、小孩，不论男人、女人，都喜欢发自内心的、诚恳的、由衷的认同和赞扬，哪怕是一个微小的赞扬。

7. 掌握批评的艺术

批评要讲究策略，既不伤害感情，又不引起憎恨的批评，会使对方更容易接受。批评要对事不对人，每个人对自身的人格、能力等都看得很重，如果你的批评含有贬低其能力、人品的意味，便容易激怒对方。另外，在批评时不要纠缠老账，应让对方感到自己的错误很容易改掉，这样对方才会有信心改变自己。

8. 善于处理冲突

冲突是生活中的自然现象，不仅竞争对手或敌我之间，而且朋友甚至情侣之间也会发生冲突。冲突导致的结果，完全取决于人们的处理方式。

回避：有的人不愿面对冲突，认为只要回避，冲突就会消除。事实是冲突并不是因为回避而消失，这种方法只能延缓其爆发的时间，不会解决根本问题。

和解：有些人对冲突感到极不愉快，但又无法回避，只能轻易让步。这种态度是由于缺乏安全感的心理造成的。过度担忧自己是否能被他人所接受和承认的人往往采取这种投降政策，问题得不到解决，不满情绪不能消除。

支配：支配者总是采取一决胜负的态度，为了取胜，往往具有挑衅性，不饶恕对方，迫使对方屈服，支配亦非明智之举，易造成敌对。

消除冲突的最好方法是：承认冲突是自然的事；把冲突看做是需要经过双方共同努力来解决的问题，而不是决一胜负；选择一个双方都能接受的时间、地点，坐下来细谈；尊重对方，重视并理解对方，态度要诚恳而坦率，在充分维护自己利益的同时，彼此开诚布公地向对方作出让步；彼此平等，不贬低对方，就事论事；努力澄清双方之间的相同点和分歧点，理解冲突的实质。

通过寻求相同点而达到求同存异,消除隔阂,找到双方都满意的答案。

第二节　案例及其分析

案例描述

某高校有一位男生,因为人际关系问题来求助心理辅导中心,在咨询中发现,这位男生特别爱和别人抬杠。无论在什么时候、什么场合,只要别人同他的观点不一致,他就会使出浑身解数与别人争辩。他很聪明,知识面广,口才流利,因此,往往得胜。但他却说,尽管周围的人都承认他的能力,但却没人愿意同他来往,别人对他的评价也很差,好多人讨厌他。为什么会有这样的结局呢?

案例分析

每个人都或多或少地把某种观点看成是自我的一部分,当你反驳他的观点时,会或轻或重地对他的自尊造成威胁。本杰明·富兰克林说过:“如果你老是抬杠、反驳,也许偶尔能获胜,但那是空洞的胜利,因为你永远得不到对方的好感。”戴尔·卡耐基告诫我们:“从争论中获胜的唯一秘诀就是避免争论。”良好人际关系的建立是一种技术,更是一种艺术。它需要照顾方方面面的关系,不但要处理好,而且要适应这些关系,例如,与父母的关系,与兄弟姊妹的关系,与爱人、孩子的关系,与亲戚朋友的关系,与上司的关系,与同事的关系,与同学的关系,与老师的关系,与邻里的关系等。良好人际关系的建立和保持,其最主要的核心是“悦纳”,只要在内心深处高兴地接受我们的社会关系,我们就有可能为自己创造一个良好的人际氛围。

第三讲
学会倾诉和倾听，收获宁静心灵

第一节　倾诉——给负重的心灵减压

一、大学生，负重的生存群体

近些年来，随着我国教育体制从精英教育向大众化教育转变，昔日被称为“天之骄子”的大学生优越感已经淡化，面临着社会的迅速变革、就业压力的增大以及沉重的经济负担，大学生已经成为一个亟须关注的负重生存群体。车文博等对国内 13 所高校 2007 年大学本科生进行压力状况调查，结果表明心理压力已成为影响当今大学生群体心理健康状况的重要因素，大学生心理压力源依次为学习任务、学校环境、职业选择、人际交往和情绪失调。其中，心理压力中等程度的占 49.3%，程度较重的临界人群占 8.4%，压力程度很重的占 0.3%。面对环境和角色的突然转变，大学生这个心理并未成熟却又承受着超负荷压力的生存群体，如果缺乏良好的自我调节和应对能力，很容易产生焦虑、抑郁、烦躁和失眠等身心症状，严重者导致各类心理障碍、精神疾病甚至突发性心理危机事件等。

现代心身医学理论认为，压力是影响疾病发生、发展和预后的重要因素之一。压力以应激为中介，通过神经—内分泌—免疫系统之间的相互作用、相互影响，导致免疫功能低下和内分泌失衡，从而诱发各类心身疾病。美国压力研究所发现，90%以上的疾病与压力有关。哈佛医学院进行的一项全面研究表明压力越大的人患心脏病的几率是普通人的 3 倍。当面临压力时，大学生可以采用多种心理调试方法进行压力管理。其中主要包括以下几种。

（一）情绪宣泄法

情绪宣泄有直接和间接两种方式。直接宣泄即直接针对引发不良情绪的人或物宣泄不满情绪。当直接宣泄于人于己都不利时，可用间接宣泄使积压情绪得到疏导，如向亲朋好友倾诉、哭泣，进行剧烈的运动，通过喊叫（喊叫疗法）来发泄等。当然，情绪的宣泄要有节制，要注意时间、地点、方式、方法，尽量不影响他人，不损害自己，否则会带来新的情绪困扰。

（二）升华调控法

升华是改变不为社会所接受的动机、欲望而使之符合社会规范和时代要求。它是对消极情绪的一种较高水平的宣泄,是将情感激起的能量引导到对人、对己、对社会都有利的方向。歌德从失恋企图自杀,到“化悲痛为力量”写出《少年维特之烦恼》,就是升华调控的例证。大学生在承载较大的心理压力而不堪重负时,可以将内心的压力和积累能量升华为学习进取的动力,把精力投入学习、运动和其他有价值的工作中,对于释放压力有特殊的意义。

(三)合理情绪疗法

埃利斯的合理情绪疗法认为,人的不良情绪产生的根源并非来源于事件本身,而是来自于人的不合理信念。当面临负性生活事件产生过度的心理压力时,就要设法将人的不合理信念转化为合理信念。例如,有的学生在择业中遇到了挫折便闷闷不乐或怨天尤人,其原因在于他原本认为“大学生就业应当是顺利的”,正是这种不合理信念才导致或加剧了他的压力反应。如果将这些想法加以纠正,则压力感受就会降低,从而保持健康的心理。

(四)求助心理咨询

心理咨询是指运用心理学及其相关知识,遵循心理学原理,通过心理咨询的技术和方法,帮助求助者解决心理问题的工作过程。心理咨询的实质是“助人自助”,即通过帮助他人使之达到最终的自我帮助。学校心理咨询一般属于发展性心理咨询,即帮助大学生解决成长过程中遇到的心理障碍,树立奋斗目标,从而达到自立自强,促进个性发展和潜能开发的目标。

随着大学生心理健康教育的普及,越来越多的大学生能够坦然面对成长过程中所遇到的心理问题,心理保健意识不断增强,对心理咨询机构的接纳程度也逐渐提高,由此高校学生心理咨询机构也从“犹抱琵琶半遮面”的清冷状态渐渐浮出水面,学生对心理咨询的需求逐年上升。据华东师范大学心理咨询中心的一份调查显示,近三年来,该校心理咨询中心的咨询人次每年呈翻倍上升的趋势,咨询人次每年的平均增长率为52.3%。

二、倾诉——心灵减压之道

在大学生面临较重的压力之时,倾诉是行之有效的自我解压途径之一。倾诉者既可以向亲朋好友倾诉,也可以直接向心理学专业人员倾诉以求帮助。许多人都会有这样的体验:在遇到痛苦和烦恼时,如果有一个值得自己信任的人在身边认真倾听自己的诉说,即使他没有提供很有价值的建议,但诉说之后总会感到一吐为快。倾诉也是心理咨询中经常碰到的一个概念,心理学家们大都认为保守个人秘密是有害的,弗洛伊德以及其他许多心理治疗家就认为倾诉是心理咨询和心理治疗的核心。具体而言,倾诉有哪些积极的心理效果呢?

(一)倾诉有助于保障身心健康

一项针对大学生群体的研究发现,把压抑情绪诉说出来的被试在六个月里去心理咨询中心的次数比其他组的被试都要少。另一个相似的实验要求第一组大学生被试写出连续四天的平凡小事而第二组写出痛苦之事，结果表明：被试血液中的白细胞含量在实验后都上升了，而且第二组比第一组在倾诉后白细胞的增殖更快，提示倾诉行为可以改善人的免疫系统，从而有效抵御各种疾病的侵袭。也有研究表明不倾诉的行为倾向和焦虑、抑郁以及身体的不适(如背痛、头痛等)相关。

（二）倾诉可以促使我们重新看待问题

在面临心理困惑时如果选择向合适的人倾诉，对方专注的聆听、合理的建议往往可以启发我们重新看待那些“倒霉的事情”，经过反思之后，我们会发现所谓的痛苦经历并不可怕，我们仍然可以通过努力把握未来的生活。反之，如果将内心的痛苦持久地压抑在心底，则容易对既往的经历形成坚定不移的看法，如果这种看法属于不合理的，则可能会造成问题始终不能得到解决，陷入痛苦的沼泽不能自拔。

三、如何选择倾诉的对象和时机

在现实生活中，当我们需要倾诉的时候，往往需要选择合适的对象和时机。心理学研究证实，一个适合于向其倾诉的听者具有以下特征。

（一）值得信赖

值得信赖是决定人们是否向其倾诉的最重要的因素。一项针对大学生的研究表明，大学生认为一个好的倾听者具有以下特征：“为我保密”最重要，其次是“理解我”，然后依次是：“不对我作评价”、“能帮助我”、“个性特征与我相似”、“有相似的经历”。

（二）不作评价

研究发现，如果倾听者对于倾诉者的倾诉不作任何评价并且无论倾诉者说什么他们都接受，那么大多数人更愿意吐露内心的秘密。一个热情、接纳、不作评价的倾听者对于倾诉者的重要性可以追溯到罗杰斯的心理咨询理论，他认为咨询师的基本职能就是为来访者提供一个安全、宽松的环境，他相信，如果咨询师对来访者提供无条件的积极反应，那么来访者便会发展他的自我实现和自我成长的潜能。

（三）有能力提供新的看法

当我们一时没有找到适宜的倾诉对象或没有养成倾诉的习惯以舒缓内心的压力时，我们有时会选择记日记、自言自语或许愿的方式来宣泄积压的不良情绪。这的确会在一定程度上缓解情感郁积所带来的心理压力，但问题是日记或许愿这种行为本身并不能启发我们如何重新看待保存在心中的秘密。研究发现，听者能否提供新的观点是倾诉者是否向他倾诉的决定因素。一个关于大学生的群体实验表明，在倾诉之后得到启发的大学生往往感觉良好，认为能够从倾诉过程中更多地获益。

对于正在承受着苦闷彷徨和内心压力的大学生而言，最适宜的倾诉对象就是学校心理咨询室的老师了。作为专业的心理辅导人员，他们会严格按照职业道德的要求，做到为每个来访者保守个人隐私。最重要的是，他们不仅会专注倾听求助者的倾诉，并且能够依据专业经验帮助来访者分析问题背后的原因，帮助他们重新塑造合理的思维模式，学会积极应对生活困境，从而促进问题的解决。

如果选择向知心朋友倾诉内心的秘密，在大多时候也会及时排遣内心的压力，从朋友的理解和安慰中获得有效的心理支持。但是朋友之间的倾诉也有可能产生一些负面效应。一般来说，人们需要倾诉的东西多少都有些属于自身的隐私，平时轻易不肯向人吐露，只有当心理压力过大的时候，或是迫不得已的时候才会向人倾诉。虽然倾诉的对象可能是自己最要好的朋友，但当自己的压力舒缓之后，往往还是会后悔让别人了解了自己软弱的一面，甚至担心朋友会向更多的人泄露自己的隐私，这种担心无疑又成为一种新的压力。

另外，如果准备向朋友倾诉，还要注意选择合适的时机。倾诉之前提前和朋友约好聚会的时间，尽量避免过度地重复倾诉，否则最后的结果只能是像鲁迅笔下的“祥林嫂”，因为不厌其烦的倾诉，而导致人们开始有同情，到习以为常，再到冷漠甚至躲避。

第二节　倾听——心灵的温暖抚慰

一、倾听是一门艺术

很多时候，我们需要的不仅是倾诉而是倾听。

当别人说话时，你是不是双眼呆滞，闷闷不乐，脸上一副冷淡、不耐烦的样子？是不是一心等着说话的人喘口气，好让自己插嘴说上几句？你是不是表现出一种消极否定的态度，因为自己想上去讲，所以就对说话的人作出失望、消沉、反抗、攻击的样子？如果是这样，那么当轮到你说话时，无论你把自己表现得多么出色，你仍然算不上一个善于谈吐的人。

作家鲍尔吉·原野说过，“没有人会把自己的内心世界完全暴露给别人，也没有人能够不让自己的愿望从言语中流露出来。因此，了解别人最好的方式就是倾听。”我们都坐在座位上听，但不一定在倾听。听到与倾听不同，听到是一种生理过程，是声波在耳膜上的震动和从内耳向大脑听觉中枢的信号传递。而倾听则不同，倾听需要入耳又入心，是耗费心血的生命活动。有时哪怕我们觉得自己在认真听，通常也只能抓住听到的一半内容。因此有心理学家指出倾听是一门失传的艺术。

二、专注倾听的意义

先哲苏格拉底说：“上天赐人两耳两目，只有一口，欲使其多闻多见而少言。”寥寥数语就形象地道出了“听”之重要性。倾听的心理学价值主要体现在以下几个方面。

（一）倾听有助于建立良好的人际关系

在人际交往中，善于听比善于说更重要。“欲取之故先与之”，一个善于倾听的人在人际交往中往往最容易获得大家的欢迎和信任。每个人在内心深处都有被尊重的需要，对别人最大的尊重就是鼓励别人多谈自己，专心致志地倾听意味着对说话者的肯定和接纳。在初次交往中，如果一个人只顾滔滔不绝地夸夸其谈，常常会引起他人的反感。即使两个人交往已经比较深入，不分场合地过多言语也容易导致言多必失。

一个人即使不善言辞，只要在和他人交往的过程中认真倾听，就会赢得友谊，赢得尊重。每个人都喜欢和善于倾听的人做朋友，倾听过程中倾诉者敞开心扉吐露内心烦忧的过程就是自我暴露的过程，在人际交往中，彼此自我暴露的深度和广度被认为是衡量人际关系深度的一个"探测器"。良好的人际关系是在自我暴露逐渐增加的过程中发展起来的。随着信任程度和接纳程度的提高，交往的双方会越来越多地暴露自己，彼此之间的友谊就越来越深刻和持久。

（二）倾听将不断积累人生的智慧

布里德奇说："学会了如何倾听，你甚至能从谈吐笨拙的人那里得到收益。"和朋友在一起不妨真诚地做一个善于提问的好听众。这样一来，你将得到别人精辟的观点和自己反思的新发现，别人也将更好地接受你，因为和你讲话的人对他的问题比对你更感兴趣，尤其在你自己不懂的问题上专注倾听将会给你带来意想不到的收获。

诚如古人所言："听君一席话，胜读十年书。"倾听智者和专家之言，往往有读书经年，豁然开朗的感觉。但倾听不是对权威的迷信和盲从，也需要对吸纳的观点和理论进行筛选与过滤，保留真实和对自己有价值的东西。这个世界上没有两片完全相同的树叶，很多事情是"仁者见仁，智者见智"的，倾听能让你接触百家之论，拓宽自己的心灵世界，丰富自身的内涵。

人还要学会倾听逆耳直言，"良药苦口利于病"，虽然夸奖可以使我们心花怒放，但是人无完人，每个人都有缺点，真正的朋友既会对我们的成绩给予由衷的赞扬，也会对我们的缺点和失误提出诚恳的批评与建议，而正是不断地从朋友那里获得反馈，我们才能更有效地检视和完善自己。

（三）倾听有助于促进问题的解决

当面临人际关系的冲突和交往中的困境时，学会倾听的技巧有助于达成问题的解决。《语言的突破》的作者戴尔·卡耐基曾说过："当对方尚未言尽时，你说什么都无济于事。"这就是说，在对方尚未达到畅所欲言的状态时，对任何劝说都不会作出反应的。掌握别人内心世界的第一步就是认真倾听。在陈述自己的主张说服对方之前，先让对方畅所欲言并认真聆听是解决问题的捷径。相反，当面临冲突和意见相左时，如果双方各执一词，唇枪舌剑，非但无益于问题的解决，还有可能激化彼此之间的矛盾甚至引发更严重的争端。

三、倾听能力的不同层次

有效的倾听并非一种与生俱来的本能，而是可以通过学习获得的技巧。按照影响倾听效率的行为特征，倾听可以分成以下三个层次。

(一) 第一层次:心不在焉或等待反驳的听

在第一层次上,听者完全没有注意说话人所说的话,假装在听其实却在考虑其他毫无关联的事情,或内心想着辩驳。他更感兴趣的不是听,而是说。这种层次上的倾听,导致的是关系的破裂、冲突的出现和拙劣决策的制定。

(二) 第二层次:对字词意义理解的听

在第二层次上,听者主要倾听所说的字词和内容,但很多时候,还是错过了讲话者通过语调、身体姿势、脸部表情和眼神所传达的意义。这将导致误解、错误的举动、时间的浪费和对消极情感的忽略。另外,因为听者是通过点头同意来表示正在倾听,而不用询问澄清问题,所以说话人可能误以为所说的话被完全理解了。

(三) 第三层次:深入对方心灵的听

处于第三层次的人表现出一个优秀倾听者的特征。好的倾听者不急于作出判断,而是对对方的情感感同身受。他们的总体宗旨是带着理解和尊重倾听。他们能够设身处地看待事物,尊重对方的立场而不是为自己的观点去辩解。高效率的倾听者清楚对方的个人喜好和态度,能够更好地避免对说话者作出武断的评价或使用过激的言语伤害对方。同时这种倾听者在说话者的信息中还能同时提取有价值的内容,他们认为这是获取新知识的良好契机。

据调查,在现实生活中,大概有80%的人只能做到第一层次和第二层次的倾听,在第三层次上的倾听只有20%的人能够做到。

四、如何做一个优秀的倾听者

既然倾听是如此的重要,那么我们如何去做一个受大家欢迎的好听众呢?

(一) 培养一颗爱人之心

“爱人者人恒爱之。”能够专注倾听别人谈话的人必然拥有一颗爱人之心,他也因此更容易博得周围人的尊重和喜欢。倾听是一种品德。善于倾听的人身上有一种善良的天性和善解人意的特质,这种力量超出你对别人的道德说教。自我中心、心浮气躁的人往往急于表达自己的观点以哗众取宠,很难在沟通过程中做到专注聆听,只有善良从容、善于接纳他人的人才能耐心地去倾听别人的苦恼和感受。

(二) 要有正确的“听”的态度

倾听之道在于专注。从繁体的“聽”字可以看出,不仅要用耳朵去听,还要用眼睛、用心去听,也就是在倾听的过程中要倾注自己内心的关怀和善意,不仅要听到说话的内容,而且要留意说话者的表情、动作,同时要发自内心地去理解所听到的内容。

(三) 要善于运用肢体语言

美国心理学家艾帕尔·梅拉别思的研究发现,信息的效果=7%的文字+38%的音调+55%的面部表情。在倾听别人谈话时,应表情自然,以微笑向人。在传递信息的所有部位中，眼睛是最重要的，“眼睛是心灵的窗户”，它可以传递最细微的感情。在倾听时要和对方保持适度的目光交流，目光真诚而专注，以传达对倾诉者的关注和接纳。

同时，在聆听他人倾诉时还可以辅以言语或其他方式的反馈，做一个积极的“聆听者”。赞成对方说话时，可以轻轻地点一下头；对他所说的话感兴趣时，用“嗯”、“噢”等表示自己确实在听和鼓励对方说下去；在特殊的情境中，还可以通过提问的方式鼓励对方深入讲述自己面临的问题。

（四）注意时境，巧用坐向

视线心理学认为人们面对面的坐向，易造成紧张、对立的关系。也就是说，只要彼此横向而坐或斜向而坐，让彼此的视线斜向交错，减弱视线的对应性，那么就可以避免尖锐的对立状态。反之，就可能造成对立关系。因此，在倾听别人谈话时，应尽量避免和对方正面相对，应当侧身而坐或取直角的位置。

第三节 案例及其分析

案例 1

案例描述

小剑是一个性格内向的大二男孩，平时在生活中喜欢独来独往，很少向别人倾诉内心的心事。最近因为父母离婚，心灵受到很大伤害。但是小剑把所有的烦恼都压抑起来，不向任何人吐露内心的痛苦。夜深人静之时，小剑往往辗转难眠，一个人独自哀叹自己的悲惨境遇。直到有一天，他抱着试试看的心理走进了心理咨询室，经过专业辅导老师的悉心开导，小剑学会了重新看待自己所面临的生活处境，学会及时倾诉以缓解内心的压力，逐渐走出了自我封闭的小圈子，阳光又重新回到了小剑的脸庞……

案例分析

案例中的小剑因长期过度的自我封闭和情感压抑，出现了一定的心理问题，通过主动走进学校心理咨询室向专业老师倾诉，及时缓解了内心积累已久的压力，更重要的是，在咨询老师的启示和开导之下，他学会了重新看待自己所面临的生活处境，学会了主动和人交往，也懂得了倾诉作为心理减压手段的重要性。大学生在面临困境时要始终懂得求助是一种能力，及时求助才能健康地成长。

案例 2

案例描述

在美国南北战争形势最错综复杂的时期,林肯写信邀请一位远在千里之外的老朋友来白宫,说有重要事情要和他讨论。这位老朋友千里迢迢来到白宫,一见面林肯便开始分析若干重大决策可行和不可行的理由,甚至提到发表解放黑奴宣言的可行性。林肯一直滔滔不绝,使这位老朋友连插话的机会都没有。数小时后,林肯与这位老朋友握手道别,仍没有问他的看法。后来,林肯在回忆录中说,当时自己的心理压力极大,非常想找一个能够让他尽情吐露心声的人,他并不需要任何忠告,所需要的只是一个友善、深具耐心,并且能够保守秘密的倾听者。在林肯的印象中,这位老朋友是最佳人选,于是林肯便把他找来。一番倾诉以后,林肯的心境平稳多了。

案例分析

林肯的故事告诉我们,即使只是倾听也能给处于困境之中的人以温暖的抚慰。很多时候,倾诉者并不需要倾听者的建议,倾诉者自己常常已经有了一个,或不止一个很好的解决方法,倾听者存在的全部意义就在于倾听倾诉者的心声。

第四讲 感受人生磨难，健全人格

第一节 健全人格理论

一、怎样理解人格

人格是指个体在先天遗传和后天环境的交互作用下，形成相对稳定的、独特的心理行为模式。

人格的形成是受遗传因素和环境因素影响的；人格是由内在的心理特征和外部行为方式组成的，这种心理行为模式是个体独有的，它把一个人与其他人区别开来，每个人的人格都是独一无二的；并且这种心理行为模式是相对稳定的，在时间上具有前后的一贯性，如某人非常稳重，他在工作中稳重，在生活中稳重，在学习中也会很稳重；他昨天稳重，今天稳重，明天还会稳重。这就表现了人格的稳定性，当然人格也不是不可以改变的，人格具有一定的可塑性。人格具有整体性、独特性、稳定性、社会性的特征。

人格的结构是多层次的，它包括个性心理倾向、个性心理特征、自我意识。个性心理倾向包括需要、动机、兴趣、理想、信念、价值观；个性心理特征包括气质、性格、能力；自我意识包括生理自我、心理自我、社会自我。气质、性格是人格的重要组成部分。

二、大学生的人格特点

大学生正处于身心发展渐趋成熟的阶段，这一时期是大学生人格发展和重塑的关键时期。社会多方面因素的影响及个人主观因素的作用，促成了大学生独有的人格特征。

1. 正确认知自我

大多数大学生能够认可自己、悦纳自己，对自身的优点和缺点有正确的认识。能够客观地认识自身的知识水平和能力，能接受自己的学历层次，能认识到现实自我和理想自我之间的差距，并能够为缩短差距而努力学习。

2. 智能结构健全

大学生具有良好的观察力、记忆力、思维能力、注意力和想象力。在学习中，形成了很强的实践应用能力。

3. 社会适应能力强

大学生关注社会，活动范围广，人际交往范围逐渐扩大，主动参与社会实践活动，其社会适应能力有了大幅度的提高。

4. 富有事业心和责任感,具有强烈的竞争意识

大多数大学生能够把事业的成功作为人生的主要追求目标,在工作方面有较强的进取心和责任感。他们在工作中能够兢兢业业,吃苦耐劳,脚踏实地。由于就业形势严峻,所以他们具有很强的竞争意识。高校重视实践教学,使学生具有很强的实践动手能力,这也增强了大学生的岗位竞争能力。

5. 情感饱满适度

大学生具有丰富的情感世界,尽管在情绪上丰富性与复杂性、稳定性与波动性、外显性与内隐性并存,但其积极情绪占主导地位。积极的情绪在学生的学习和工作中发挥着积极的作用。

三、高校大学生常见的人格缺陷与调适

人格缺陷是介于健康人格与变态人格之间的一种人格状态,表现为人格发展的不良倾向。人格缺陷虽不像变态人格那样严重干扰学生正常的心理机能和行为,但它也会影响大学生的学习、工作和生活,妨碍正常的人际交往。因此,必须加以矫正。大学生的人格缺陷主要有自卑、狭隘、猜疑、怯懦、急躁等。

(一) 自卑心理与调适

自卑是一种自我轻视和自我否定的情绪体验。它容易使学生缺乏自信、孤立、悲观。

产生自卑的原因很多,有些学生因学习上的挫折而自卑,高校的学习,无论是在学习内容方面,还是在学习方法方面都有其自身的独特性,因此,刚刚踏入校门的学生,不适应高校的学习环境,因此,在学习上经常遭受挫折和打击。有些学生因家庭经济困难而自卑。据研究,家庭条件优越的学生同家庭贫困的学生相比,其心理健康程度要高出30个百分点。家庭经济困难,导致学生无法参加一些活动,如同学的生日宴会、周末的集会等,使这些学生在个人消费方面常常感到不如别人。因此,情绪低落,心情不畅。

当学生被自卑心理困扰时,做事缺乏信心,行为动力不足。那么,如何调适自卑心理呢?

1. 提高自我评价

要善于发现自己的长处,肯定自己的成绩,学会欣赏自己,提高对自己的评价。相信“天生我材必有用”,树立信心。

2. 进行积极的自我暗示

积极的自我暗示就是对自己进行积极的提示、提醒,从而提升自信心。如在完成一项任务之前,要提示自己“我能行”、“凭我的能力一定会顺利地完成任务”。

3. 体验成功

一个人的自信心与成功率是成正比的,我们可以选择一些难度较小的工作来做,通过获得小的成功,来体验成功的愉快,从而增强自信心。

4. 改变自己

改变自己是克服自卑的有效方法。认识到自己有哪些方面的缺陷,就通过自己的勤

奋能力来弥补这些缺陷，从而改变自己；扬长避短，从自己擅长的事情做起，在某一方面或某一领域取得成功，从而改变自己。

（二）狭隘心理与调适

狭隘是一种心胸狭窄、不容他人、目光短浅的不良个性。

狭隘的人主要表现为斤斤计较、好挑剔、好嫉妒、患得患失。狭隘的危害性很大，狭隘的人往往固执己见，不善于听取别人的意见，不接受别人的批评；对问题的认识理解方法单一，思路狭窄，观点极端；在人际交往中，不能善待他人，不善于理解他人，不能宽以待人，所以其人际关系不和谐。

要克服狭隘的人格，要做到以下几点。

1. 心胸宽广坦荡

“天地本宽，鄙者自隘”，要学会容己、容人、容事，正确对待学习、生活、工作中出现的问题，正确对待人与人之间的矛盾，采取适当的方法进行妥善地处理。要学会换位思考，设身处地地为他人着想，学会理解别人，对人不求全责备，学会以同情、博爱的态度对待他人。善于接受自己不喜欢的人或事，改变以自我为中心的态度。

2. 开阔视野

通过丰富知识、参加社会实践活动，来开阔视野、拓展思维。一个知识渊博、见多识广、阅历丰富的人就会高瞻远瞩、思路开阔，不会“一叶障目，不见泰山”、“只见树木，不见森林”，固守狭隘的偏见。

3. 虚心学习、自我反省

通过与他人的对比，找出他人身上的优点和自身的缺点，虚心地向心胸宽广的人学习，培养豁达的性格。要时时对自己的言行进行反省检查，看看自己的言行是否表现出狭隘的倾向，发现问题及时解决，避免陷入狭隘之中。

（三）猜疑心理与调适

猜疑是个体在认识、理解问题时，由于缺乏事实根据，缺乏合理的逻辑思维，产生的一种怀疑态度。

好猜疑的人往往对人对事敏感多疑，处处神经过敏，事事捕风捉影，整天疑虑重重。看到同学小声说话，就怀疑是在讲自己的坏话；听到同学大声说笑，就怀疑是在取笑自己；由于恋人的一时冷漠，就怀疑恋人移情别恋。培根说：疑心是迷陷的网，混淆敌友，破坏人和事业。猜疑易导致人整天郁郁寡欢，心事重重，无事生非，致使人际关系紧张，无端伤害他人。严重者由怀疑别人发展到怀疑自己，变得自卑、怯懦、被动、消极。

克服猜疑的方法如下。

1. 加强沟通

猜疑常常是由于信息不通畅引起的。由于人与人之间缺乏沟通，所以产生一些误会，导致人际关系的紧张。要消除猜疑，应及时与对方沟通，交换意见，增进了解，消除误会。如果对问题有不同的看法，可本着友好相处的原则，态度诚恳地交换意见，互相了解，互相理解，达成共识，促进人际关系的健康发展。

2. 冷静思考

猜疑者往往由于想得太多，致使问题复杂化。当你怀疑别人时，一定要认真分析产生怀疑的理由,要从多角度思考问题,吸取"疑邻偷斧"的教训,从而作出正确的判断。

3. 树立自信与他信

猜疑是缺乏自信和他信的一种表现,信任是处理好人际关系的前提条件。一个人如果有自信心,就不会害怕别人如何议论自己、如何评价自己。自信重要,他信更为重要,要相信别人,不能总用怀疑的目光看待一切,处处提防别人,时时怀疑别人。只有以诚待人,别人才能以诚待你;只有相信别人,别人才能相信你。自信与他信,可以建立和谐的人际关系,使你充满信心地去学习、工作。

4. 相信"走自己的路,让别人去说吧"的人生信条

生活中难免会有些流言蜚语,人与人之间难免会产生一些误会,对此应有一个正确的态度,不必大惊小怪。在生活中要心胸坦荡,诚实做人,无私无畏,吃自己的饭,做自己的事,走自己的路,"身正不怕影子斜",不要过多地在意别人对自己的评说。即使别人对自己有些误会,对自己有些不公正的评价,也不要被其所困扰,要坦然地面对,或"难得糊涂"一回。

(四) 怯懦心理与调适

怯懦就是胆怯、软弱,主要表现为做事缺乏勇气和信心,害怕困难和挫折;不敢坚持自己的意见,不敢据理力争;总是委曲求全,忍气吞声,以求得相安无事。怯懦者缺乏冒险精神,缺乏创新精神;没有主见,不敢承担责任;不敢与不良倾向作斗争,更不敢见义勇为。

怯懦对大学生的学习、生活有很大的负面影响,由于胆小怕事,不敢尝试,使他们失去了很多表现的机会,失去了很多的成功机会。你的退让,纵容了他人的态度和行为,同时也使自己产生一种挫败感,导致自我评价和自信心下降,不利于个性的发展。

克服怯懦的方法如下。

1. 树立维权观念

每个人都有自己的尊严,都有自己的合法权利。当你的尊严受到伤害时,你的权利受到侵犯时,要勇敢地据理力争,维护自己的权益。观念是行动的指南,只有具备了维权观念,才会有所作为。

2. 保持自信的体态

要面带自信,不回避别人的目光;走路要挺胸抬头,步子稍大,频率稍快;讲话声音适度,速度适度。

3. 尝试说"不"

对问题要敢于提出自己的观点,并坚持自己的观点;对于自己不喜欢做的事,如果别人提出要求,要勇于拒绝,尝试说"不"。要说你想说的话,做你想做的事,不要任人摆布,不受他人的控制和束缚,形成独立的自我。

4. 迎接挑战,做生活的强者

生活当中有许多困难和挫折,当面对困难时,要迎难而上,主动迎接生活中的各种挑战,变被动为主动。把战胜生活中的困难看做磨炼自己的机会,把战胜困难的过程,看做提高自己能力的过程。

(五) 急躁情绪与调适

急躁是大学生常见的不良人格品质之一,急躁与人的气质与性格有关,多血质与胆

汁质气质类型的人易急躁，A 型性格的人紧迫感强，做事易急躁。急躁的主要表现有遇事不冷静，鲁莽；做事缺乏充分准备，行动盲目，急于求成；不细心，缺乏耐心，缺乏恒心。急躁的个性给学生的学习和生活带来了很大影响。

克服急躁的方法如下。

1. 慎思缓行

遇事要进行认真的思考，从多角度考虑问题，分析事情的来龙去脉，分析问题产生的原因，预测事件的结果。不要急于行动，在慎思的基础上，选择一种适当的行为。

2. 加强自身修养

急躁的人易怒，可通过自我暗示的方法控制情绪，时时提醒自己遇事要冷静，牢记“能忍则自安，退一步海阔天空”。也可在居室内挂上“制怒”、“慎思”的横幅。另外，多从事一些修身养性的活动，如听听轻松、优雅的音乐；练练书法、下下棋、钓钓鱼等，以此来锻炼耐心和韧劲，克服急躁的弱点。

3. 改变行为方式

改变风风火火的行为方式，有利于克服急躁情绪。如做事认真、细心；说话语速适当；看书字斟句酌；吃饭细嚼慢咽。行事稳重，不着急。从日常生活中的小事做起，培养自己稳重的性格特点。

四、如何培养高校学生健全的人格

（一）健全人格的标准

由于地域不同，健全人格的标准也不同。中国传统的理想人格，首先，强调以“德”为先，要仁礼合一；其次，强调要顺其自然。西方的理想人格强调的是理性和自由意识。

奥尔伯特提出人格健康的六条标准：

(1) 力争自我成长。

(2) 能客观地看待自己。

(3) 人生观的统一。

(4) 有与别人建立和睦关系的能力。

(5) 人生所需的能力、知识和技能的获得。

(6) 具有同情心和对一切生命的爱。

我国台湾白博文提出健康人格的条件：

(1) 自知之明。

(2) 自我统整。

(3) 良好的人际关系。

(4) 乐观进取的工作态度。

(5) 明达的人生观。

我国学者高玉祥认为，健全人格应具备以下特点：

(1) 内部心理和谐发展。

(2) 人格健全者能够正确处理人际关系，发展友谊。

(3) 人格健全者能把自己的智慧和能力有效地运用到能获得成功的工作与事业上。

大学生是一个特殊的群体,其健全人格的标准应包括以下几个方面的内容。

1. 悦纳自己、悦纳别人

具有健全人格的大学生要能够正确地对待自己,不但要接受自己,更要悦纳自己。在接受自己优点的同时,也要真诚地接纳自己的缺点,要善于发现自己的优点,学会欣赏自己。积极地面对自己,面对生活。在悦纳自己的同时,还要悦纳别人,要认识到"人无完人",要允许别人身上存在缺点,要允许别人犯错误。对待别人的优点要给予充分的肯定,要学会欣赏他人,要学习而不攀比,要欣赏而不嫉妒。

2. 和谐的人际关系

具有健全人格的大学生,对不同的人际交往人群应表现出适当的态度,既不妄自尊大,也不妄自菲薄;既不随波逐流、人云亦云,也不过于武断、刚愎自用。要为人谦虚、进取、友善。要善于处理各种关系,使自己融入集体、融入社会,建立和谐的人际关系。

3. 自尊、自强、乐观向上

具有健全人格的大学生要自尊、自强、自爱。身处逆境,自强不息,要有正确的人生观、价值观,要理性地看待自己,看待社会,乐观向上,积极地面对生活。成就自己,使自己成为一个有益于社会的人。

4. 良好的情绪调控能力

具有健全人格的大学生,随着知识的不断丰富,人生阅历的增加,生理和心理的逐渐成熟,他们的情绪调控能力也有了很大的提高。能够采取多种多样的方式控制自己的情绪,保持良好的心境,不会因一件小事的成功而忘乎所以,不会因一时的失败而产生绝望。极大地发挥积极情绪的作用,抑制消极情绪的影响,使自己保持一种良好的心态,积极地从事工作和学习活动。

5. 能够发挥自己的潜能

具有健全人格的大学生要能够发挥自己的能力,挖掘自己的潜能。要具有自我发展、自我塑造、自我完善的能力。

(二) 健全人格的意义

1. 健全的人格是大学生成才的保证

人格是大学生综合素质的重要组成部分,健全人格的塑造关系到大学生的健康成长。大量研究表明,国内外众多的成功者,他们之所以取得成功,与他们具有的良好人格品质是分不开的,如具有远大的理想、顽强的毅力、高度的事业心与责任感、乐观开朗的性格等。同样,自信、勤奋、毅力、乐观、创新性等良好人格是大学生取得成绩的保证,健全的人格会使大学生形成良好的态度,产生积极的行为,主动积极地投入学习和工作中去,使他们取得更大的成功。

2. 健全的人格是幸福生活的保证

研究表明,人类的健康和幸福越来越多地取决于人格的健康状态。心理健康程度与拥有物质财富的多少不成正比,有的人很富有,但他并不感到幸福;有的人物质条件一般,但具有丰富的精神世界,感到十分快乐。一个人如果在获得成功时,没有人与之分享成功的喜悦;受到挫折时,没有人与之共同承受风雨;烦恼时,无人听其倾诉,那么这个人就不会感到快乐。有的人心胸狭窄、斤斤计较、嫉妒心强，即使他成为亿万富翁，也不会感到生活幸福。健全的人格、乐观的处世态度、和谐的人际关系，是提高生活质量的保证，是营造幸福生活的保证。

3. 健全的人格是社会稳定的保证

人格对社会稳定有很大的影响，人格缺陷往往是导致社会不稳定的因素之一。自私、狭隘、虚荣、仇恨等人格缺陷都会产生不良后果，反社会型人格的犯罪倾向、抑郁症患者的自杀意识等都成为社会稳定的潜在威胁。

4. 健全的人格是提高民族素质的保证

随着社会的发展，全民族的综合素质有了很大的提高，但仍然存在着悲观、嫉妒、狭隘、抑郁等人格缺陷，这必然影响民族素质，成为提高民族素质的巨大障碍。人格是民族精神的重要组成部分，培养健全的人格是提高民族素质的重要保证。大学生是综合素质较高的群体，一定要自觉地培养健全的人格，为提高民族素质做出自己的贡献。

5. 健全的人格是实现现代化的保证

人的现代化是社会现代化的先决条件，是社会主义现代化必不可少的因素，而人的现代化归根结底是人格的现代化。国民的人格影响着社会现代化的发展，人格的现代化必然促进社会的现代化，所以说健全的人格是实现现代化的保证。

（三）塑造健全人格的方法

健全的人格是大学生成才的重要条件，也是大学生心理健康水平的集中体现。健全的人格能使人们快乐而充实地生活，要培养健全的人格，应从以下几个方面努力。

1. 认识自我，优化人格

"认识自己，方能认识人生"，正确客观地认识自我、评价自我是塑造健全人格的前提。要培养健全的人格，首先，就要充分了解自己的人格特点，因为认识自我是改造自我的前提；其次，要了解人格塑造的途径和方法。在人格方面，每个人都存在着优点和缺点，我们要正确地认识自身人格的优点和缺点，在此基础上发扬优点，克服人格中的弱点，逐步形成健全的人格。优化人格也就是要择优汰劣，择优即选择优良的人格品质作为自己努力的方向，如自尊、自信、乐观、热情、勇敢、勤奋、善良、诚信、正直等；汰劣即针对自己的人格弱点予以纠正，如以自我为中心、自大、自卑、胆怯、冷漠、懒惰、急躁等。通过择优汰劣使大学生的人格不断健全和发展。

2. 丰富知识，完善人格

人的知识越丰富，个性就越趋于完善。荣格说："文化的最后成果是人格"，学习科学文化知识的过程，也就是完善人格的过程。在现实生活中，许多大学生的人格缺陷来源于知识的贫乏，无知使人自卑、粗鲁、狭隘、固执、自私；丰富的知识则容易使人心胸开阔、公正无私、自信坚强、理智聪慧，知识的积累与人格的完善是同步的。大学生不仅要学习专业知识，还要扩大知识面，理工科的学生要学习一些人文知识，提高人文素质，培养人文精神；文科的学生要学习一些自然科学的知识，树立科学精神。丰富的知识是健全人格形成和发展的基础，为健全人格的形成和发展提供了物质保证。

3. 积极参加活动，加强人际交往

集体是人格形成的土壤，通过参加集体活动，通过人与人之间的交往，个体的人格品质才能表现出来,这些人格品质或受到人们的表扬、赞许、鼓励,或受到人们的批评、指责、排斥。因此,我们可以正确地认识自己的人格特征,既可以了解自己的长处,也可以了解自己的不足。有针对性地对自己的人格作出调整,趋优避劣。大学生的活动内容丰富,形式多样,通常有文体活动、义务劳动、公益活动、科研活动、勤工助学、校外实践活动等。通过参加文体活动,学生可以学会理解别人、尊敬别人,学会关心、学会宽容、学会独立。通过参加义务劳动、公益活动,能够培养学生关心社会、乐于奉献、吃苦耐劳的优良品质;通过参加科研活动,能够培养学生自主、严谨、细致、团结协作、思路开阔、富于创造的优良品质;通过参加勤工助学,能够培养学生自立、自强、讲求实效、善于交往的良好个性特点;通过参加校外实践活动,能够培养学生独立思考、自强自立、承担责任、勇于创造的优良品质。

4. 避免走极端

孔子说:"过犹不及。"如果一个人的优点超过了应有的限度,那就会变成缺点。所以,在人格塑造过程中,要避免走极端。要坚定而不固执,勇敢而不鲁莽,豪放而不粗俗,好强而不逞强,活泼而不轻浮,机敏而不多疑,稳重而不犹豫,谨慎而不怯懦,忠厚而不愚钝,老练而不世故,谦让而不软弱,自信而不自负,自谦而不自卑。

5. 培养良好习惯

培养良好习惯是塑造健全人格的重要途径,良好习惯的形成有助于改变人格的内在品质和结构,从个体的习惯中,可以体现出一个人的人格特征。人格特征一旦形成,它又会支配人的行为。人格特性可以通过人的行为习惯表现出来,如心胸狭窄的人在学习、生活和工作中,总是斤斤计较、自私自利、嫉妒他人、求全责备;而心胸宽广的人在学习、生活和工作中,总是严于律己、宽以待人、乐观进取、公正无私、乐于奉献。我们要正确认识人格与习惯的关系,通过良好的习惯的培养塑造健全的人格,利用健全的人格影响人的行为习惯。

6. 培养良好的心理素质

良好的心理素质是健全人格形成的内在基础,健全的人格是良好心理素质的外在表现。大学生要努力培养自己的良好心理素质,如意志品质、心理承受能力、自信心等;培养良好的情感,包括美感、道德感、理智感,从而为健全人格的形成奠定内在的基础。

第二节 案例及其分析

案例描述

小马是某高校计算机系二年级学生,在日常生活中,他总是表现得过分胆小、羞怯,几乎不与周围的人做亲密接触,给人一种古怪的感觉。他既不苟言笑,也不会发怒,缺乏表达自己情感的能力。

案例分析

小马表现出的是一种怯懦的个性，就是胆怯、软弱，主要表现为做事缺乏勇气和信心，害怕困难和挫折。怯懦对大学生的学习、生活有很大的负面影响，胆小怕事，不敢尝试，使他们失去了很多表现的机会，失去了很多成功的机会，同时也使自己产生一种挫败感，导致自我评价和自信心下降，不利于个性的发展。

第五讲 学会学习,开发智力

第一节 开发智力

一、大学生学习活动的主要特点

进入高校后,学生的生活、学习方式都发生了很大变化。学校不仅强调对学生学习能力的培养,同时也十分重视对学生综合素质的培养。大学生刚进入高校,环境的变化会使他们产生一些困惑。因此,教师要及时对其加以引导,缩短环境适应期,使学生尽快适应大学生活。

1. 学习自主性强

(1) 学生独立学习意识和独立学习能力的增强

大学生树立了自主学习的观念,意识到自己是学习的主人,只有靠自己的不懈努力,才能取得学业的成功。首先,学生对教师在课堂上讲授的内容真正达到能够理解、掌握和运用,要靠学生自己独立完成;其次,学生对学习内容与学习形式,可根据自己的兴趣、爱好和需要进行自主选择。如学生可根据自身的兴趣、爱好选择选修课;如果学有余力,可辅修其他专业的课程;最后,学生在学习过程中,能自主运用科学的方法,独立学习科学文化知识,掌握实践技能。

(2) 学习时间、地点的自由性

中学阶段,课程安排得很满,学生自主学习的时间很少。高校则不同,课堂学习活动占学生整个学习时间的60%,学生有40%的学习时间可以自由支配。课堂学习活动以外的时间是属于自己的,学习什么、在什么地点学习,学生可以根据自己的需要、兴趣自主安排。

2. 专业性强

中学教育不分专业,使用的教材是统一的,而高校的学习内容是按照专业方向安排的。不同的专业在培养目标、课程设置等方面存在着很大的差异,学生必须在大学期间对该专业的专业基础课、专业课和选修课进行系统、深入的学习,并扎实地掌握专业技能,以达到学校培养专业人才的目标。

专业性不等于单一性,目前高等教育提倡“宽专业”,培养出来的学生要“一专多能”,且各学科之间是相互联系、相互交叉和相互渗透的。尽管学习有专业性的特点,但由于多方面的原因,学生毕业后,不一定都从事这一专业的工作,所以学生在学习专业知识的同时，要扩大知识面，广泛涉猎各学科知识，以适应严峻的就业形势，更好地满足社会对人才的需要。

3. 内容的广泛性强

现代社会处于知识爆炸时期，近30年知识的发展已超过2000多年来知识的总和。为了满足就业及社会的需要，大学生不但要学习大量本专业的知识，还要学习其他学科的知识，在知识的海洋中广泛地汲取养料，充实自己，为今后的就业、创业打下坚实的基础。学习内容主要有以下三个方面。

(1) 知识的学习。知识的学习包括自然科学知识和社会科学知识的学习。

(2) 能力的学习。能力的学习包括学习能力、交往能力、生存能力、实践能力、创新能力等的学习。

(3) 做人的学习。大学生要爱国守法、明礼诚信、团结友善、勤俭自强、敬业奉献；学习做一个积极进取的人、高尚纯洁的人、有利于社会的人。人格学习是融在知识学习和能力学习之中，在知识学习和能力学习的同时，树立正确的人生观、价值观，确立正确的生活目标。

4. 学习的探索性和创新性强

中学阶段的学习是将前人的知识经验转化为自己的知识经验；大学阶段的学习是在接受、掌握前人知识经验的同时，强调学生在学习过程中的感悟、发现和探索，进行创新性学习。高校的课堂教学在阐述既定结论的同时，还要介绍本专业的前沿知识，介绍各家学派的理论，介绍学术界有争论的问题，使学生了解和掌握自己所学专业学科的前沿动态，了解本学科尚未解决的问题，为学生能在所学专业领域里有所建树，在理论知识和技能等方面奠定基础。大学的学习，反对死记硬背、迷信书本、迷信教师；提倡独立思考、大胆质疑、勇于创新。

二、大学生常见学习心理困扰与调适

学生进入大学校门后，由于学习能力、不良学习动机和考试焦虑的影响，造成了学生学习的心理困扰。这种心理困扰的产生，对学生学业的完成及身心健康的发展构成巨大的威胁，因此大学生的学习心理困扰一定要及时加以解决。要使学生了解有关学习方面的科学知识，讲究学习心理卫生，学会学习，学会对心理困扰进行调适。

（一）学习能力引起的心理困扰与调适

1. 心理困扰

能力是直接影响人的活动效率并使活动得以顺利进行的个性心理特征。学生的学习能力是指理解、掌握、运用知识技能的能力。大学的学习相对中学而言，内容增多了，难度加大了，专业化程度提高了，教师的教学方法、学生的学习形式都有所改变，这就要求学生具有较强的学习独立性和创造性。学生在中学所具有的学习能力已无法满足高等院校学习任务的需要，所以他们感觉有些吃不消，觉得大学学习负担太重，压力太大。为了完成学习任务，学生常常是“两眼一睁，忙到熄灯”，把自己搞得疲惫不堪，但由于能力所限，学习效果并不理想。学生现有的学习能力与高职院校的学习内容发生了矛盾，使学生降低了自我评价,产生了学习焦虑,带来了心理困扰。

2. 调适方法

学习能力决定着学生学习成绩的好坏,学习能力是大学生顺利完成学业的保证。学习能力包括记忆能力、观察能力、创造能力、抗疲劳能力等。这些能力是相互渗透和相互影响的,要提高学生的学习效果,解除学习焦虑,适应终身学习的需要,就必须努力培养上述能力。

(1) 培养记忆能力

在人脑的各项机能中,记忆是最重要的功能之一。记忆力是大学生学习活动的重要心理条件,在大学生的学习生活中有着重大的意义。记忆能力使学生能够积累和保存知识,能够把先后的经验联系起来,从而加深对客观事物的认识。记忆是一个复杂的心理过程,包括识记、保持、再认和再现几个方面。记忆能力可以通过后天的学习和训练得到培养与提高。

第一,增强自信,明确目的。要提高记忆力,必须增强自信心。在识记材料时,要坚信自己有能力记住,只有这样才能引起大脑皮层相应的兴奋,充分调动脑细胞,提高记忆力。如果对自己缺乏信心,总认为自己是个善忘的人,就会影响自己的记忆力,导致健忘。记忆的目的性对记忆的效果有很大的影响,它是驱使记忆的动力,记忆的目的越明确,记忆效果就越好。

第二,把握遗忘规律。研究表明,遗忘的进程是不均衡的,在识记后最初一段时间里遗忘得比较快,而后逐渐减慢,遗忘的规律是先快后慢,这就是艾宾浩斯的"遗忘曲线"。针对这种遗忘现象,学生就可以采取及时复习的方法,学会与遗忘作斗争。

第三,多渠道刺激大脑。学习时,同一识记材料通过不同渠道刺激大脑,会产生良好的记忆效果。如记忆外语单词,把听、说、读、写、看结合起来,其记忆效果比单纯的听、说、读、写、看要好得多。

第四,采用联想记忆、理解记忆、回想记忆等方法。

联想记忆,把记忆内容与已有的知识联系起来或与相关的事物联系起来,通过接近联想、类似联想、对比联想等提高记忆效果。

理解记忆,领会记忆内容的意义,找出事物的内部联系和规律,从而加强记忆。

回想记忆,通过回想强化记忆效果。将记忆的内容以及记忆情景在大脑中"回放",以此训练记忆力。

(2) 培养观察能力

观察力是指能够全面、正确、深入地认识事物特点及其发现问题的能力。观察力是大学生认识事物、发现问题的起点,是创新的基础。学生的观察力可在观察实践活动中得到提高。

第一,明确观察目的。观察的目的性对观察效果有很大的影响,带着一定目的、任务去观察事物,就会把知觉活动指向预定的目标和任务,避免观察的盲目性,从而发现更多、更有价值的问题。

第二,观察与思考相结合。在观察的同时,要进行积极的思考,边观察边思考,多问几个为什么,及时得出结论,这样观察力就能得到提高。

第三，掌握观察方法。正确的观察方法是取得良好观察效果的保证。在观察中我们可以采用各种观察方法，如按照“整体到部分再到整体”或“由远及近”、“由近及远”的顺序进行观察；有重点、有对比地观察；同时运用各种感官，全面感知对象各种属性；边观察、边思考、边记录。

(3) 培养创造能力

培养学生创造能力的方法有以下几种。

第一，调整课程设置。高校的课程设置存在着一定的问题，如选修课过少，学生选课自由度不够；课堂教学所占时间过多，课业负担较重，学生可自由支配的时间较少等。这使学生没有充足的时间从事创造性的实践。针对这些问题，高校要调整课程设置，增设选修课，增设创新课程，增设课外实践活动，留给学生充足的时间进行创造性的实践。

第二，改进教学方法。高校传统的教学方法无法适应现代教育的需要，不注重启发学生，不注重个性的培养，严重地阻碍了学生创造能力的发展。高校教师应该采取灵活多样的教学方法，启发学生，引导学生，为学生提供独立思考、发表见解的机会，使学生在学习中创新，在实践中创新。

第三，改革考试方法。高校的学习成绩考核，不仅要考核学生的理论知识、实践技能，还应考核学生的创新能力，以此来引起学生对创造能力的重视。

第四，博学与专攻。广博的知识是培养大学生创造能力的基础，因此，学生不但要学好专业理论，还要博览群书，广泛涉猎各方面的知识。积累多方面的科学知识与生活经验，能拓宽人的思路，有些发明创造不是来自科学本身，而是来自生活的启示。专攻是对某领域知识的专门研究，对知识的学习不能平均分配力量，而要有所侧重，对于自己感兴趣的课程要多投入精力。学生必须把“博学”与“专攻”结合起来，“博学”而不“专攻”，对各方面的知识都有所了解，但没有深入的研究，不可能有独到、新颖的见解；“专攻”而不“博学”，知识面狭窄，就会限制人的想象能力、创造能力。

(4) 培养学生抗疲劳的能力

学习疲劳在生理上表现为器官敏感性降低，动作不灵活，辨别能力差；在心理上表现为焦躁、易怒、厌烦、倦怠。如何提高学生抗疲劳的能力呢？

第一，科学用脑。人的大脑分左半球和右半球。左半球主要执行语言和抽象逻辑思维等功能，右半球的功能与空间方位、形状、音乐及情感等形象思维有关。为了克服大脑疲劳，要交替使用大脑左右半球，把语言、数字等需要高度抽象思维的学习内容同音乐、绘画、文学等需要形象思维的学习内容交替进行，以利于克服疲劳。

第二，劳逸结合。人的大脑如果长期处于兴奋状态，就会产生疲劳。要把脑力劳动和体力劳动、文娱体育活动相结合。紧张的学习过后，可以散散步、打打球。

第三，顺应生物钟规律。人体的生物活动是有规律的。研究表明，一周之内，人的学习能力和效率并不是一条直线，而是一条有规律的抛物线。经过周六、周日的休息，人的机体及脑细胞没有活跃起来，所以周一的学习能力并非最强，周二、周三、周四保持最高水平，周五开始下降。一天之内，人的学习能力也有较大的起伏变化，以清晨 6 时为起点计算，8 时以后能力逐渐上升，9～10 时达最高峰，随后逐渐下降。下午 2～3 时处于白天的最低点，下午 5 时又开始上升，晚上 8～9 时达到第二个高峰，不过比第一个高峰要低一些,随后又开始下降,凌晨3~4时为最低点,之后又开始上升。

每周的周二、周三、周四,每天上午的8~10时,下午6时到晚上9时,人体的生物机能处于上升状态,这是学生学习的最佳时期,要充分利用这些时间安排学习内容。学生要掌握自己的生物节律,把握"黄金时间",避免过度疲劳。

(二)考试焦虑及调适

1. 考试焦虑的原因及表现

(1)原因

考试焦虑是在考试过程中产生紧张和恐惧的心理状态。很多大学生对考试存在着不同程度的焦虑,过度的考试焦虑会影响学生正常水平的发挥,影响考试成绩,还会对学生的身心造成一定的伤害。

产生考试焦虑主要有以下几方面原因。

第一,不能正确对待考试。有些学生过于看重考试的成绩,把考试成绩与很多事情联系起来,觉得考试成绩很重要。认为考试成绩会影响自己在学生中的威信,影响老师对自己的看法,甚至影响今后的就业。

第二,对考试的期望值过高。一些学生给自己提出了过高的学习目标,要求自己考试成绩必须名列前茅,因为害怕达不到目标,考不出好成绩,所以导致精神上的紧张和行为上的异常。

第三,考试能力较差。有些学生虽然经历过无数次的考试,但由于个人的心理素质差或不善于总结经验,使学生没能掌握应对考试的技巧。在考试中不能很好地调节自己的心理状态,充分调动心理因素,挖掘自己的潜能,考出好成绩。

第四,外部压力。父母过高的期望、老师同学的评价以及未来就业的压力,都给学生造成了心理负担。

(2)表现

考试焦虑主要表现在以下几方面。

第一,考试前焦虑。表现为精力不集中、心神不宁、心烦意乱。考前总是觉得复习不够充分,害怕自己考不好,想要抓紧时间复习,可又复习不进去。严重者还会出现生理反应,如头痛、腹泻、发烧等。

第二,考试中焦虑。表现为心跳加快、手脚发抖、胃肠不适、尿频。考试过程中遇到难题,不能冷静地思考,而是烦躁焦虑,致使思路中断,大脑一片空白,甚至出现休克的状况。

第三,考试后焦虑。考试之后,一想起自己有些题应该做对的而没有做对,不应该做错的而做错了,便懊悔不已,担心自己考试成绩不理想而焦躁不安。

2. 考试焦虑的调适方法

(1)端正考试态度

考试的目的是为了检验学生对所学知识的掌握情况,学生也可以根据考试成绩总结学习经验和教训,重新确立学习目标,调整自我认识、自我评价,以便在今后的学习中取得好成绩。对考试成绩的期望值要符合自己的学习实际,不要给自己设定过高的目标。对不当的期望目标,要及时地进行调整,根据自己的实际能力和水平确定期望值。要让学生认识到考试成绩的高低不取决于考试本身，而是取决于平时的努力程度。

(2) 进行积极的自我暗示

积极的自我暗示，对人的心理和生理都有很大的影响。学生在考前就要给自己一个积极的心理暗示，“我肯定能行”、“我有实力”、“要相信自己”；考试中如因过度紧张，致使头昏脑胀、大脑一片空白，可停止答题，闭目默念“放松”，反复暗示自己“不要着急”、“要放松”，待情绪稳定后再答题。

(3) 培养积极乐观的情绪

消极的情绪会使人对任何事情都感觉索然无味、思维迟缓、想象力差；遇到问题时，心浮气躁、焦虑不安。积极的情绪会使人精神振奋、想象丰富、思维敏捷，从而使能力得以充分发挥。如果学生能以积极乐观的心态对待考试，就能够正常地发挥自己的水平，避免焦虑。

(4) 正视失败，提高抗挫折能力

当考试成绩不理想时，要学会忘却，学会转移注意力。不要让失败的阴影长期笼罩在自己的心头，可以多参加一些活动，来转移自己的注意力。不要在失败中消沉，而要在失败中坚强起来，提高抗挫折能力，增强自信心。

三、树立正确的学习观

(一) 树立现代学习理念

1. 高目标、大潜力的观念

高目标是指一个人在学习上有较高的期望和远大的志向。一个人的成就与一个人的志向和期望水平是成正比的。成就欲望越高的人，所取得的成绩越大，成就欲望越低的人，所取得的成绩就越小。大潜力是指人脑的潜能和人自身的潜力。人的自身蕴藏有巨大潜力，美国心理学家威廉·詹姆斯提出：“与我们应该成为的人相比，我们只苏醒了一半。我们只运用了我们头脑和身体资源中的极少一部分。”关于大脑的研究，为我们科学地开发学习潜能，提供了生理依据。

树立高目标、大潜力的学习观念，就是要相信自己的潜能，相信自己有能力取得好成绩。为自己设定一个较高的学习目标，督促自己为达到这个较高的目标而努力学习。

2. 自主学习观念

自主学习观念是一种依靠自己学习的现代学习观念。自主学习观念注重学习主体的自身需要，强调学习是学习者主动自觉的行为。自主学习观念包括：自我识别、自我选择、自我培养和自我控制。

自我识别，就是对自己的了解和认识，知道自己对什么感兴趣，有什么天赋、什么特长，有哪些好的学习习惯、哪些不好的学习习惯。学生对自己的了解，是自主学习的前提，能使他们的学习处于自觉而清醒的状态。当学生遇到学习困难时，可以基于对自己的了解，作出改变学习方法，增加学习时间或请教老师的决策。

自我选择，即了解了自己的长处、短处之后，确定自己的学习目标，以增强学习的目的性、主动性。

自我培养,是在自我选择的基础上制订切实可行的学习计划,采取科学的学习方法,为实现既定目标而努力学习。

自我控制,是在学习内容、学习时间、学习方法等方面排除干扰,对自己实行有效地控制。用顽强的意志克服惰性,保证目标的实现。

3. 科学学习的观念

当今世界正面临着一场学习革命,人们将彻底改变几个世纪以来已经习以为常的传统的教育观念和学习方法,创造出一种尊重人的主体性,激发人的创造性,注意开发人的潜力,便于人与人交际和合作的崭新的教育观念与教学学习方式。科学学习可以帮助人们减少学习的盲目性,提高学习效率,开发自身潜力。科学学习是打开知识大门的钥匙,它能使学习插上翅膀。

4. 全面学习的观念

全面学习的观念,一是指拓宽学习渠道,正如《学习的革命》一书中指出的"我们所看,我们所听,我们所尝,我们所触,我们所嗅,我们所做"均为学习。二是指拓宽学习内容,学生不仅要学会认知,学会做事,学会生存,还要学会做人,学会发展。

(二)掌握科学的学习方法

1. 有目的地预习

预习如同合理的"抢跑",在学习过程中,一开始就使学生处于学习领先地位,掌握了学习的主动权。预习是学习诸环节中的第一步,预习不仅是一般性地阅读教材,而是在阅读教材的基础上,理解教材的主要内容,有目的地找出疑难问题。这样就可以使学生在听课过程中,对于一般问题能够很快地理解和掌握;对疑难问题,能全神贯注地去听老师的讲解。预习有利于学生能力的培养,在预习中学生会遇到很多不懂的问题,对于这些问题,学生要通过积极思考、查找资料等方式去解决,这样就培养了学生的思维能力和自学能力。

2. 积极听课

听课是学生掌握知识的主要途径,听课的过程是接受新知识的过程,同时也是使新旧知识融合的过程。在听课过程中,学生要联系已有的知识经验来理解新知识,并对新旧知识之间的异同进行分析比较,通过抽象概括形成知识体系。

3. 学会记笔记

俗话说:"好记性不如烂笔头。"笔记记录下来的不仅是经老师归纳、整理后教科书上的知识,还有教科书上没有的知识。记笔记时眼、耳、手同时活动,符合多种感官同时活动有助于记忆的原理,所以记笔记能增强记忆。记笔记不是把老师上课所说的话都记下来,而是要对老师所传达的信息进行筛选,进行取舍。

第一,教师的板书内容。

第二,重点、难点和主要结论。

第三,教师补充的内容。

第四,容易出现问题的地方。

4. 科学地复习

复习是消化、巩固知识的手段，复习的方式多种多样。

(1) 及时复习

遵循遗忘“先快后慢”的规律，为了防止大量遗忘，提高记忆效率，必须及时复习。俄国教育家乌申斯基说：与其在大厦已经崩溃时重新修建，不如在其不稳固时及时地加固它。及时复习会起到事半功倍的效果。

(2) 分散复习和集中复习

苏联心理学家沙尔达科夫的一项实验结果表明：在学习同一门课程时，平时分散复习的记忆效果明显要比在全部课程结束后集中进行复习的记忆效果好。所以学生在学习中，平时就要对所学内容进行分散复习，不要等到期末集中复习。但对于不同的学习内容还要采取不同的复习方法，如对于机械识记的内容或难度较大、容易引起疲劳的内容，就应采取分散复习的方法；对于联系性较强的内容就应采取集中复习的方法。在复习过程中，应根据个人的特点及学习内容的不同，采取不同的复习方法。

(3) 尝试回忆和反复阅读

尝试回忆是用回忆的方法重现学过的内容。反复阅读是以多次阅读来加深记忆内容。复习时可先进行尝试性的回忆，回忆中有些知识可以重现，有些知识不能重现，对于那些不能重现的知识，进行反复阅读，重新识记。将两种方法反复交替进行，记忆效果较好。

“未来的文盲不再是不识字的人，而是没有学会怎样学习的人。”高等职业院校要把教会学生学习作为一项首要工作来抓，要使学生树立现代学习观念，掌握学习的策略和方法，形成健康的学习心理，顺利地完成学习任务。

第二节 案例及其分析

案例描述

小赵是某大学二年级学生，为人正直、诚恳，与同学相处得也很好，可就是有一个学习时犯困的毛病。他说，我也知道学习的意义，也想努力学习，可总是提不起精神，一拿起专业书来就想睡觉。但是，只要听说打球、下棋、玩扑克就立刻来了精神，甚至经常通宵达旦，这究竟是怎么回事呢？他也很矛盾，很苦恼，试图摆脱。

案例分析

这种现象在大学生中普遍存在。原因在于很多学生高考之前拼命地苦读，就是为了能够拿到一张高校录取通知书。而一旦踏入高校校门之后，便失去了生活的目标。学习无目的,无计划。学习缺乏主动性、积极性和自觉性,表现出学习上的倦怠、生活上的懒散、精神上的空虚,贪玩、迷恋各种游戏等。此类学生的消极学习心理必须尽快解除,否则,发展下去,还会引起一系列其他的问题,如考试过不了关引起的烦恼;留级、退学导致的自卑和抑郁等。这样无论对自己还是对家庭都会造成无法挽回的损失和伤害;对学校和学生所在的班级也会产生消极的影响。

第六讲 自尊自爱，稳妥打理爱情

第一节　当代大学生婚恋问题面面观

一、大学时代——爱情是必修课还是选修课

法国著名作家雨果曾说过，人生有两次出生：第一次是在开始生活的那一天；第二次则是在萌发爱情的那一天。对于正值青春年华的大学生而言，爱情以它的独特魅力撩动着莘莘学子的心弦，令人心驰神往。然而，恋爱问题恰恰也是大学生最感困扰的问题之一。对高校学生的调查结果和临床心理咨询经验表明，80%的大学生的心理障碍问题是由于“两性”和“婚恋”问题引起的。有恋爱就有失恋，失恋或者恋爱过程受挫的大学生常常一蹶不振，沉湎于痛苦之中不能自拔，严重者影响心身健康，导致各种心理生理障碍。个别大学生甚至因恋爱问题处理不当导致极端恶性事件的发生。

一项大学生恋爱现状调查表明，大学生恋爱的比例为36.2%，准备谈恋爱的占10.4%，没有谈恋爱的占53.4%。而关于大学生在校期间是否应该谈恋爱，则有两种不同的态度。多数大学生对大学期间谈恋爱持肯定态度，甚至有的大学生认为恋爱是大学生的必修课，大学期间如果没有恋爱则是不可弥补的缺憾。与之不同的观点则认为，青春易逝，韶华难留，大学生应该珍惜宝贵的大学时光，将主要精力放在学习上，至于恋爱则仅仅是一门“选修课”，视有无闲暇和是否遇到心仪的人而定。

二、爱情的本质

（一）什么是爱情

爱情是世界上最复杂的情感现象。爱情到底是什么？这是一个很难回答的问题。社会心理学认为，爱情是人际吸引最强烈的形式，是男女双方基于一定的客观物质基础和共同理想，在内心形成的对异性最真挚的仰慕，并渴望对方成为自己终身伴侣的强烈、稳定、专一的情绪，其特点如下。

1. 相异性

爱情一般是在异性之间产生的，狭义的爱情专指异性恋，不含同性恋。

2. 成熟性

爱情是在个体身心发展到相对成熟时产生的情感体验，幼儿没有爱情体验。

3. 高级性

爱情是一种高级情感,不是低级情绪。

4. 生理性

爱情有其生理基础,包括性爱因素,不是纯粹的精神上的依恋。

5. 利他性

爱情的基本倾向是奉献。衡量一个人对异性有无爱情、强度如何,可以通过“是否发自内心,帮助所爱的人做其期待的事情”这个指标来衡量。

美国著名心理学家斯滕伯格在1988年对爱情的内涵提出了新的见解。他的“爱情三角理论”认为:爱情包括亲密、激情、承诺三种成分。亲密是指伴侣间心灵相近,互相契合,互相归属的感觉,属于爱情的情感成分;激情是指强烈地渴望与伴侣结合,追求浪漫和沉迷于外在吸引力的动机,也就是与性相关的动机驱力,属于爱情的动机成分;而承诺则包括短期和长期两个部分,短期的部分是指个体决定去爱一个人,长期的部分是指对两人之间亲密关系所作的持久性承诺,属于爱情的认知成分。仅仅有激情的爱是一种迷恋,仅有承诺的爱是一种空洞的爱,只有亲密的爱只是喜欢,激情与承诺结合是迷恋的爱,激情与亲密结合是浪漫的爱,承诺与亲密结合是伴侣的爱,三个维度结合在一起才是圆满完美的爱(如图6-1所示)。

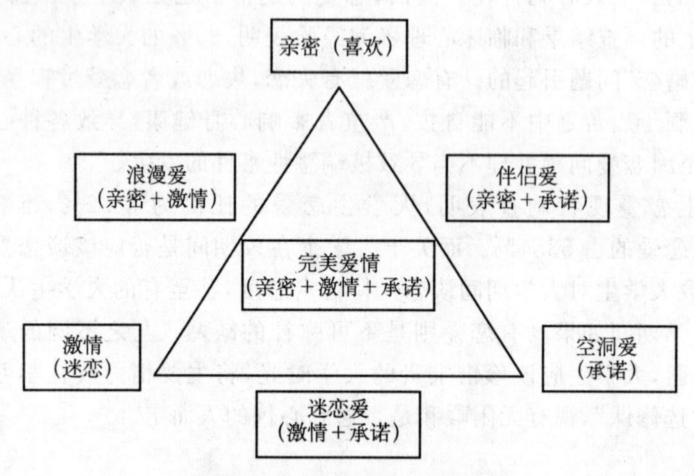

图6-1 斯滕伯格爱情三角理论

(二)爱与喜欢的区别

生活中我们经常听到“我喜欢他(她),但不爱他(她)”的情感表白。社会心理学家鲁宾(Z. Rubin)认为爱情与喜欢根本就是两种不同的情感,喜欢的对象往往是广泛的,而爱情的对象则是单一的。爱情与喜欢的区别主要在三个方面。

1. 依恋

卷入爱情的双方在感到孤独时,会高度特意地去寻找对方来伴同和安慰,而喜欢的对象不会有同样的作用。两个人交往中,喜欢产生的是愉悦满足的情感体验,而爱情产生的是一种依恋和关怀。

2. 利他

恋爱的人之间会高度关怀对方的情感状态，觉得让对方快乐和幸福是自己义不容辞的责任。在对方有不足时，也会表现出高度的宽容。以自我为中心、自私自利的人，在恋爱中也会表现出某种理解、宽容、关怀和无私。

3. 亲密

恋爱的双方，不仅对对方有高度的情感依赖，处于爱情之中的人往往体验到“我的眼里只有你”的心理感受，渴望与对方单独相处，拥有亲密的个人交往距离以向彼此袒露心扉。

三、大学生恋爱动因分析

斯腾伯格曾指出：“青少年期心理的发展是这一时期个体生物的、认知的和社会的三种基本的发展变化与这些发展变化发生的社会背景的综合产物。”大学生的恋爱从生理、心理、社会三个方面归纳起来，有以下主客观因素。

（一）大学生生理发育成熟的影响

目前我国大学生的年龄多在17～25岁之间，生理发育的成熟，特别是性器官的成熟和第二性征的发育，促使性激素的分泌，因而出现了性意识的萌发和觉醒，导致对异性向往、追求和爱慕的情感产生。这是人类的自然属性，也是爱情萌生的原始契机，是大学生恋爱的内驱动力。

（二）心理因素的影响

1. 爱与归属的需要

爱与归属的需要是人的基本动机需要之一。爱的需要包括给他人的爱和接受他人的爱。青年大学生对于爱情的追求正是满足这种需要的行为反应。爱与归属的实现也可以满足大学生对于亲密关系的渴求。大学生进入大学开始独立求学生涯，大多数人都脱离了以前的群体进入新环境和人际关系网络，烦恼、寂寞、通过交流完善自我等多重目的使大学生对亲密关系的需求空前强烈。亲密关系发展的顶点就是爱情。

2. 从众心理的影响

社会心理学研究表明，人在群体生活中容易出现从众心理。所谓从众心理，就是个人的认知或行为会不知不觉地迫于所处群体的无形压力，而不由自主地与多数人保持一致的心理现象。大学生在共同的校园里学习、生活和交往，加上思想观念的相似性，促使他们在恋爱问题上表现出明显的从众趋向。

（三）社会文化因素的影响

大学作为社会的一个缩影，其校园文化也并非一潭静水，而是无时无刻不随着社会文化的嬗变而微澜四起。随着市场经济的发展和对外开放的深入，海外影视、书籍等大众传播媒介中情爱生活的刻画和描述日益增多，猛烈地冲击着中华民族传统的伦理道德。互联网上大量关于两性及恋爱问题的信息也使大学生眼花缭乱，难辨是非。在好奇心的驱使下,他们涉足爱河,有的甚至偷尝禁果,造成无可挽回的后果。

四、当代大学生恋爱特征分析

大学生恋爱除了具有一般青年恋爱过程中所具有的排他性、冲动性、强烈性、直觉性和依存性以外,还具有自己独特的特点。

(一)浪漫色彩浓厚

大学生的恋爱谈论的话题大多是学习、娱乐、人生、社会等,注重花前月下,诗情画意,追求丰富多彩的精神生活,对爱情浪漫色彩的追逐和窥探心理表现浓厚。追求浪漫自然缺少不了经济的支持,大学生作为一个没有收入但需要高消费的特殊群体,没有稳定的经济基础,因此只能侧重以精神层面来满足对浪漫性的追求。

(二)求偶标准趋于理性

一项针对 751 名大学生进行的婚恋观调查表明,最为大学生所看重的择偶标准为品德、性格、才华、学历及健康。按照重要性对于 9 项择偶标准的排序结果如表 6-1 所示。

表 6-1 大学生的择偶标准调查

项 目	男 N—466	排序	女 N—276	排序	合计 N—742	排序
外貌(%)	57.60	4	50.30	5	46.20	5
品德(%)	84.20	1	86.50	1	85.60	1
性格(%)	79.80	2	85.40	2	84.70	2
健康(%)	56.40	5	49.30	7	53.40	4
家庭(%)	32.10	9	35.80	8	33.90	8
感情(%)	35.80	8	49.40	6	44.30	7
才华(%)	60.60	3	75.70	3	67.40	3
贞操(%)	43.10	6	16.30	9	30.10	9
学历(%)	37.90	7	52.10	4	45.60	6

尽管在择偶标准上当代大学生尚存在部分非理性因素,但从总体上看大学生的择偶标准更加重视个人素质和内在修养,表明当代大学生对爱情的理解已经进入深层,择偶的价值取向不仅仅停留于肤浅的外部条件层面。

(三)开放意识和传统观念并存

现代的大学生恋爱早已抛却了东方民族的含蓄和深沉,校园内处处可见携手同行的恋人,部分大学生甚至旁若无人地拥抱接吻,用鲜明的个性昭示着爱情的到来。另外,大部分的大学生还恪守着传统的伦理道德观念,调查表明,男女大学生中表示不能接受婚前性行为的分别为 60.1%和 86.6%,60%以上的大学生认为“婚姻中的双方要对彼此忠诚”,这些结果表明大学生在婚恋态度的主流上还是以中国传统的婚恋价值为取向的。

(四)自控力与耐挫力较弱

现在的大学生较多生活条件优越,很少经受生活的挫折,因而在人格特征上表现出自由、任性、缺乏自控力和对挫折的承受应变能力。这种人格特征也必然体现在大学生恋爱中。有些大学生一旦陷入热恋，往往不善于控制自己的情感，对恋爱对象过分依赖，稍有波折就痛苦万分。一旦恋爱受挫即会情绪失控，无法自拔，从而对学习、生活造成严重影响，有的学生甚至选择自我伤害等极端行为，或者心理失衡走上蓄意报复的犯罪道路。

五、大学生常见恋爱心理调试

（一）单相思与爱情错觉

单相思是指异性关系中的一方倾心于另一方，却得不到对方回应的单方面的“爱情”。爱情错觉则是指在异性间的接触往来中，一方错误地认为对方对自己“有意”，或者把双方正常的交往和友谊误认为是爱情的来临。单相思与爱情错觉都是恋爱心理的一种认知和情感的失误。

单相思和爱情错觉恰如爱情丛林中的无果之花，当事者一旦陷入其中往往备受心灵的折磨，却等不到任何爱情的回应。存在单相思和爱情错觉的大学生如果确认对方不喜欢自己，则应该果断结束一相情愿的爱慕，不再纠缠于没有结果的等待，避免给自己或对方造成更大的心理伤害。另外，单相思的大学生常常具有深层的恋爱自卑心理，他们应从多方面寻找自己的长处，挖掘和排列一下自己能吸引他人的闪光点及特征，从而找到属于自己的自信。

（二）失恋

失恋是指恋爱的一方否认或中止恋爱关系给另一方造成的一种严重挫折。失恋对于每个珍视感情的人，尤其是初恋者的打击都是巨大的，对心灵造成的伤害也是难免的。从心理学角度来看，失恋是大学生求学期间最严重的挫折之一。

大学生面对失恋可通过以下方法进行自我调节。

1. 宣泄转移法

心理学研究表明，人在遭遇负性生活事件打击时，如果能够通过合适的途径及时将郁积的不良情绪宣泄出去，则能促进心理创伤的康复。遭受失恋打击的大学生不妨选择向知心朋友倾诉内心的痛苦，还可以通过参加文体活动、业余学习、继续深造等，将自己的注意力转移到其他事情上，及时释放和宣泄不良情绪。

2. 价值补偿法

海伦·凯勒曾说过：“一扇幸福之门对你关闭的同时，另一扇幸福之门却在你面前打开了。”事实上，一段感情的结束，离开的只是那个不适合你的人，你的世界并非因为他/她的离去而一片荒芜，你还拥有着永远爱你的亲人和支持你的朋友，珍惜自己的拥有，把精力投入学习和工作之中，把失恋的痛苦升华为一种奋发向上的动力，从而弥补失恋带来的心理伤害。

3. 冷静思考法

心理学认为，当受到外界刺激，情绪不能自主时，排遣这种不良情绪的关键是冷静和理智。时间是治愈一切心灵创伤的良药，失恋后不妨给自己一段时间冷静思考：你们的恋爱是否存在盲目性？对方感情的变化有无道理？这样的爱值不值得留恋？诸如此类的问题可以帮助遭受恋爱挫折的人恢复冷静的头脑，理智地面对生活。

4. 积极认知法

任何事物都有其正反两面,失恋虽说是一次失败的恋爱,但同样有其独特的积极意义,比如失恋能增长阅历和耐挫能力,有助于澄清自我的爱情观,让人学会珍惜、尊重和宽容等,多从积极的角度认识失恋问题能有效降低痛苦感,将失恋的负面影响降低。

如果上述调试途径不能有效排解失恋带来的心灵创伤,大学生可以选择向校内心理咨询老师求助,通过专业老师的指点和帮助早日走出失恋的泥沼,学会以阳光的心态面对崭新的生活。

(三)多角恋

“爱之酒,甜而苦。两人喝,如甘露,三人喝,本如醋,随便喝,毒中毒。”有些大学生在选择恋爱对象时奉行“广泛撒网,重点培养”的原则,用情不专,频繁更换恋爱对象,甚至有的大学生以追求者众而感到自豪,视恋爱为游戏,玩弄他人的情感,结果在同学之间造成了情感纷争,甚至引发了校园中的爱情悲剧。

(四)中止恋爱关系

生活当中,“落花有意,流水无情”的爱情错位现象常常发生。当恋爱过程不顺利提出中止恋爱关系或拒绝不愿接受的求爱时要注意两点:一是要果断、勇敢地表明立场和态度,爱情来不得半点勉强和将就,如果优柔寡断或屈服于对方的穷追不舍,发展下去对双方都是不利的。二是尊重对方,掌握恰当的拒绝方式。虽然每个人都有拒绝爱的权利,但是珍重每一份真挚的感情是对他人的尊重,也是一种自我修养的体现。

六、树立健康的爱情观

爱情是人类永恒的追求,爱的培育需要理性与智慧,需要等待与心智,确立健康的爱情观是大学生未来幸福生活的钥匙。当代大学生应该如何树立健康的爱情观呢?

(一)摆正爱情的位置

大学生所处的年龄阶段,正是人生中中枢神经系统最发达的阶段,其思维和记忆能力都进入了最佳时期。因此,大学阶段是大学生获取知识的黄金时期,更是实现专业知识储备、智力潜能开发、个性品质优化的主要阶段。大学生在追求美好爱情的同时,应该摆正爱情在人生中的位置,明确坚持学业第一的观点,正确处理学业、工作、爱情、友谊之间的关系。

(二)加强恋爱道德和责任心的培养

大学生在进入恋爱状态之前就应该懂得,爱不仅是得到,更是一种责任和奉献。在社会生活中,人具有两个方面的责任:一是个人对社会应尽的责任;二是个人对家庭、父母、孩子和伴侣的责任。第二方面的责任属于私人生活的性质,是社会干预最为微弱的领域,是完全需要道德和自觉的责任感来维持的。大学生在面对爱情时要懂得为恋人负责就是为他人负责,为社会负责,同样更是为自己负责。这样今后步入社会才有可能成为一个有责任心的人。

（三）爱是一种能力

爱本身就是一种能力，一个人如果没有爱或不愿意爱，那么他本身就是不完整的。爱的能力不是与生俱来的，也非随着生理成熟自然形成的，而是在社会生活中逐渐成长起来的。这种能力包括施爱的能力、接受爱的能力和自我成长的能力。爱意味着尊重对方的独立个性，促使对方积极的潜能发挥而非按照某种愿望或标准塑造对方。

（四）自尊自爱，做最好的自己

每个人都期待着在最合适的时候遇到最合适的人，在遇到最心仪的他之前，最需要做的不是怨天尤人，也不是日日“对镜贴花黄”——对自己的外部形象精雕细琢，而首先应该自尊自爱，由内自外地提高自身修养，努力做最好的自己。试想，对于气质优雅内心美好的人谁不欣赏呢？古诗云：“幽兰在深谷，本自无人识。只因香气重，求者遍山隅。”说的就是这个道理。

七、尊重性爱，稳妥打理爱情

谈到爱情，不能不谈到性。性作为爱情的成分之一，是人类美好感情生活的自然组成部分。徜徉在爱情河畔的大学生体验着爱情的美好，同时也感受着性的困扰，我们从了解大学生性心理的一般特征开始解读大学生的性困惑。

（一）大学生性心理的基本特征

由于受文化层次、教育程度以及所处特殊环境的影响，大学生性心理发展有其特殊性，主要有两个方面的特征。

1. 性意识的强烈性和表现上的文饰性

青年早期显著的心理特征之一是闭锁性和强烈的求理解性，这就导致了其心理外显方式的文饰性。在对待性问题上也是如此。比如十分重视自己在异性心目中的印象、评价，但表面上又表现得拘谨、羞涩、冷漠；心中对某一异性很感兴趣，表面上却有意无意表现得无动于衷，不屑一顾，或作出回避的样子；表面上十分讨厌某种亲昵的动作，但实际上很希望能够体验。诸如此类的矛盾心理与表现使大学生产生了种种冲突和苦恼。

2. 性心理的压抑性和动荡性

大学生所处的年龄阶段是一生中性能量最旺盛的时期，性生理的发育趋于成熟导致了性冲动的自然发生。由于受学业、就业压力和经济条件的制约，大学生结婚年龄不断推后，出现漫长的“性等待期”。在这个时期内，性冲动不能通过符合社会、文化和法律的途径解决，大多数大学生能够通过对性冲动适度的压抑、转移和疏导，达到适应的目的。还有个别大学生容易受周围不良环境的影响，性意识受到错误强化而动荡不安，可能因自控能力较弱而放纵自己的性行为，甚至发生性过失和性犯罪。

（二）大学生的性困扰

性作为一种生理、心理和社会现象，始终伴随着每个人，深刻地影响着每个人的健康、幸福和人格完善。大学生面对性的问题时往往面临很多心理困惑，主要有以下几种。

1. 性自慰

自慰行为,又称为手淫行为,调查表明自慰是构成大学生性心理困扰的重要因素之一。从现代医学的角度来看,自慰本身并没有什么害处,在一定程度上,适度的性自慰对于调节大学生压抑的性冲动是有好处的。但是过度自慰以及强迫自慰则可能在生理和心理上产生不良的影响。对于自慰,我国著名泌尿外科专家吴阶平教授说过:"不以好奇去开始,不以发生而懊恼,沉溺在自慰中要有克服的决心,克服以后就不再担心,这样便不会有任何不良后果。"

2. 性罪恶观念

性罪恶观念的产生与我国几千年来封建社会长期的性愚昧和谈性色变的保守观念有关系。多数大学生在中小学时期未受到系统的性健康教育,学校、家庭、社会都未能给他们创造消除陈旧性观念的客观条件。所以有些大学生认为出现性的想法是"可耻"的,从而背上不必要的思想包袱。

3. 性幻想

性幻想是把性幻觉作为性兴奋或性欲满足的主要手段,并成为习惯的一种性心理现象。表现在日常学习生活中,经常出现无法摆脱的性幻觉。大学生由于性冲动的压抑而偶尔产生性幻觉是一种正常现象,不过如果过分发展,无疑会以常态开始,以病态告终。

现实生活中遇到性意识困扰的大学生可以求助相关心理专家来摆脱困境,也可以通过学习性生理、心理的有关知识,了解青春期性意识发展规律,这有助于消除对性意识观念的罪恶感、自卑感和种种自我否定的评价,树立科学健康的性意识观念。

(三) 真爱需要等待——慎重对待婚前性行为

1994年,美国青年发表了"真爱需要等待"的宣言——本着真爱需要等待的信念,我愿意对我自己,我的家庭,我的异性朋友,我未来的伴侣及我未来的子女,有一个誓约:保证我的贞洁,一直到我进入婚约那天为止。一向标榜"自由开放"的美国青年如今也倾向于珍视自我,慎重对待婚前性行为,这昭示着美国青年个人生活更加严谨,也是自尊自爱的行为表现。

随着西方文化和生活方式的冲击,传统观念覆盖下的两性关系的帷幕被徐徐拉开,当今大学生涉足婚前性行为的比例逐渐增加,对婚前性行为持较为宽容态度的比例也有显著增长。与此同时,近年来大学生因发生婚前性行为而出现心理问题的比例正逐年攀升。大学生婚前性行为不利于自身发展,主要有以下原因。

1. 主流文化的制约

社会的主流文化并未对婚前性行为持认同态度,对大学生在大学期间性行为基本持否定性评价。现在大多数人虽然可以以自然的、科学的、严肃认真的态度来对待性,但总的来说,人们对婚前性行为还远没达到"毫不介意"的地步,"偷食禁果"或被迫失身可能带来的消极影响在一定程度上仍是客观存在的。

2. 对心理健康的影响

从心理学角度来看,婚前性行为给双方带来巨大的心理压力,如恐惧、焦虑、自卑、心理冲突加剧等。受传统观念和"贞操观"的影响,女性在有亲密行为后,对男方的心理依赖增强,希望与对方走向婚姻,担心如果被对方抛弃则无法被他人接受,时常处在自责焦虑之中；而对男性而言，婚前性行为会提高他们的心理优势，对容易到手的东西产生厌倦而不承担由此带来的后果，从而对女性造成更大的心理伤害。

3. 对身体健康的影响

从医学角度来看，和谐性行为需要安全、私密、舒适的环境，而大学生的婚前性行为多数在隐蔽状态下进行，常常伴随内心的恐惧、紧张、羞愧感和罪错感，容易引起性反应抑制和性焦虑的产生，导致男性阳痿早泄和心因性性功能障碍；而女大学生还可能因意外怀孕而流产，流产对女大学生的心理与身体伤害极大，还可能因此感染各类生殖系统疾病。另外，由于缺乏必要的性传播疾病预防知识，大学生因不安全的婚前性行为所导致的性病患病率也逐年上升。

4. 影响未来婚姻生活

一些研究表明婚前性行为还直接影响婚姻质量，有婚前性行为的人婚姻满意度普遍低于没有婚前性行为者，且有婚前性行为的夫妻离婚的比例大于没有婚前性行为的夫妻。儿童心理学曾做过“延迟满足”的实验，告诉被试如果选择等待，将能获得更多的奖赏比如糖果，而即时满足只能获得极少的奖赏。随着年龄的增长，儿童会主动选择延迟满足，对爱情中的性也是如此，恋爱中的大学生只有学会延迟满足，将性和婚姻结合起来，才能为将来美满的婚姻生活做好铺垫。

莎士比亚有句名言，“爱和炭相同，烧起来得想办法让它冷却，不然会把心烧焦”。大学不是爱情的终点站，更不是爱情的试验田，恋爱中的大学生，一定要用理智驾驭感情，把握住两性交往的尺度，这样才能真正收获甜蜜的爱情和幸福的人生。

第二节　案例及其分析

案例 1

案例描述

小雅和男朋友在一次度假期间有了第一次。从此小雅的心再也不能平静，每天夜晚辗转难眠的时候，都在默默流泪，暗暗自责，觉得自己不再纯洁了，很可耻，更担心以后如果遭到男朋友的抛弃再也无法面对别人的追求，不可能拥有幸福的爱情，爱情的甜蜜不再有了，小雅陷入痛苦的心理冲突中不能自拔……

案例分析

这是一例因婚前性行为而陷入心理困境的案例。从青年个人发展、道德纯洁和身心健康的方面来考虑,婚前性行为是不宜提倡的。但是如果一旦发生了婚前性行为,要正确对待,不应自暴自弃,而是应该理智地驾驭感情,和自己所爱的异性朋友把这种关系建立在爱情和事业的基础上,调整心态,奋发学习,共同努力,面向未来,使爱情得到巩固和发展。

案例 2

案例描述

小雪在网上邂逅了一场浪漫的恋爱。见面后小雪发现对方根本不是和她年龄相仿的大学生,而是一个人过中年的成熟男士,小雪本想抽身而退,可最终还是在对方甜言蜜语地挽留下继续和他保持着联系,甚至相信了对方是单身,将来一定会娶她为妻的诺言。有一天,正在上课的小雪接到一个陌生女人的电话,对方不由分说地把小雪骂了一顿,最后甩出的一句话是:"我是你爱上的那个人的老婆!"小雪的梦破碎了。

案例分析

随着互联网的普及,网恋已成为当代大学生一种时尚新锐的恋爱方式。现实生活中固然也有通过网络的途径而寻觅到理想中的另一半,但是网络毕竟是一个虚幻的世界,爱情不仅需要想象,更需要现实,大学生在面对网恋的诱惑时,一定要保持冷静的头脑,将对爱情的追求植根于现实的土壤里,避免成为"浪漫"网恋的牺牲品。

第七讲
热爱生活，珍爱生命

人的生命只有一次，怎样生活，怎样度过，是我们当代青年人应该而且是必须思考的问题。有的人生命很短暂却很精彩灿烂，有的人生命很长久，却十分暗淡猥琐。人生百态，各具特点；生活万象，色彩纷呈。在这一讲里，我们和青年同学一起理解生活的内涵和生命的价值等问题。

第一节　有关生命的理论、观点和问题的探讨

一、对“人”的理解

什么是人？人的本质属性是什么？人是从哪里来的？不同的时期、不同的国家、不同的宗教信仰的人都有不同的回答。生活在当今科技发达的新时代，作为一个大学生，有必要科学地理解有关“人”的知识，为今后走好人生的道路打下良好的思想基础。

（一）人的本质属性

我们先来听一个古希腊的神话故事。一个叫做司芬克斯的怪兽，头部是人的形状，身体是狮子的样子，俗称人面狮身。它每天蹲伏在一个路口的石头上，拦截过往的行人，出一条谜语让过往行人来猜，猜不出来就把人吃掉。谜语是：早晨用四条腿走路，中午用两条腿走路，晚上用三条腿走路。许多人回答不上来这是什么，就被司芬克斯吃掉了。后来一个叫做俄狄浦斯的人也来到这个路口，他是古希腊最伟大的英雄之一，曾经射杀高加索上空的巨鹰，一个人杀死森林里的野猪等。在司芬克斯面前，大英雄俄狄浦斯一点儿也不慌张，他经过思考，回答说：“这是我们人类。”话一出口，司芬克司就要溜走，结果被俄狄浦斯当场杀死。从此这条大路恢复了往日的平静。

这个故事说明在很早的远古时代，人类就对自己有了一定的认识。当时人们就体验到人从生到老的自然过程，幼小的时候爬行，青壮年的时候站立行走，老年的时候需要利用拐杖来辅助行走。同时也认识到人会利用工具来帮助自己，更重要的是人已经把自己看成是有智慧的能思考的高级的生命。这是人区别于动物的重要特征。

人有许多属性，比如人有欲望，有本能；有思想，有智慧；能劳动，会语言等。概括起来人有两大属性，即自然属性和社会属性。

自然属性表明人是自然的一部分，人的生存离不开自然界，人的生存受自然的制约。人也和动物一样，有食欲、性欲、求生欲等，人的生命组成，人的肌体，也和自然界一样有

开始到结束的自然过程。

但人还具有社会性。人是社会的产物，人的生产、生活活动具有社会性。人不能离开社会而生存。人不仅有欲望，还有理智；有私欲，还有良知；依靠自然，还能改造自然。因此，人的社会属性是人的本质属性，是人区别于其他动物的最本质的属性。

人不完全属于自己，也不完全属于某一群体，而是属于人类社会。

（二）人的起源的问题

我们再讲述一个神话故事。在西方，有一个主宰世界的万能的神叫做上帝，他在天上用五天时间造出世界的各种事物，第六天，他欣赏自己造出的世界，有各种植物动物，有山川河流。但是上帝觉得还缺少什么，于是就造出了一个人，取名叫做亚当。上帝很满意自己的作品，自己也很累了，就休息了一天。这就是传说中的星期日的来历。后来，上帝觉得亚当一个人很孤单，就从亚当的胸中取出一根肋骨，又造出一个女人，叫做夏娃，让他们互相陪伴。亚当和夏娃在天上无忧无虑地生活。上帝告诉他们，园子里的各种果实都可以吃，就是善恶树的果实不能吃。和他们居住在一起的蛇，煽动亚当和夏娃去吃善恶树的果实。他们经不住蛇的诱惑吃了善恶果，头脑中立即有了思想和智慧，懂得了什么是善、什么是恶，知道了什么是美和丑，也有了情感。接着，双方首先发现各自都没有穿衣服，感到十分羞耻，便立即从树上摘下一些叶子来遮挡自己身体的隐私部位。人类有了第一件衣服。但是这件事到底被上帝发觉了，上帝惩罚了善于诱惑的蛇，让它永远用身体走路，同时也惩罚了人类，让人类的男子必须通过自己的劳动来养活自己，女人必须有生孩子的痛苦。人类也就这样一代一代地传递着生命。

这就是西方的上帝造人的传说，从这个传说里，我们看到古代人对自身的认识，虽然有浓重的神秘色彩，也存在着许多荒诞的成分，但是我们也看到了劳动的价值，人也正是由于劳动才发展了自己，才有了智慧，用树叶编制的人类历史上的第一件衣服，就是一个伟大的创造。经过科学的考察和考古的推测，人的起源有了答案，人是由猿进化而来的。在由猿进化成人的漫长过程中，劳动起了关键的作用。人正是在生产劳动的过程中发展了四肢，进化了大脑，开发了语言和思维。所以说，人是生产劳动的产物，是社会活动的必然结果。因此人应该把自己融入社会之中，既要爱护自己，又要关心他人，人和自然、人和社会应和谐共处。

（三）人的生命的特征

1. 生命是人进行社会活动的物质基础

人既然是自然属性和社会属性的统一，那么，这两个属性就是缺一不可的。自然性是前提和条件，没有了自然性，就没有社会性。正像人们说的那样，身体是“1”，其他是“0”，有了“1”，“0”才有价值和意义。所以，我们提倡珍爱生命，以确保能实现自己的社会价值。

2. 生命不完全属于自己

人的生命是父母生命的延续，是社会存在的最小单位，没有了人也就没有了人类社会。人和社会相互依存，人和人构成了各种不同的社会关系。所以，人的生命不完全属于自己，应该属于整个人类社会。因此，人的生命的去留也就不应该由你自己来决定。我们应该珍重自己，同时也珍重别人。

3. 生命的不可再生性

我们珍爱生命的最直接的理由就是生命的不可再生性。生命属于人的只有一次，一旦失去后就不可能再来。

4. 生命的不可逆性

生命遵循着从小到大，从生到死的规则，从不会发生逆转。人们幻想能返老还童，或是长生不老，那只是一种良好的愿望而已。生命的不可逆转性，是我们对生命不可舍弃的又一个重要的根由。

二、当代青年漠视生命的表现形式、原因及危害

（一）对生命漠视的表现形式

我们知道目前大学生中漠视生命的现象很严重，轻生自杀和校园暴力事件呈上升趋势，具体表现在以下几个方面。

第一，自杀行为。这是最严重的漠视生命的行为，也是对社会危害较大的行为。

第二，行凶杀人。这更是不珍爱生命的表现，既不珍爱别人的生命，也不珍爱自己的生命。

第三，自轻自贱。表现为对自己的漠视，过度吸烟、酗酒，甚至沾染毒品，在女性中还表现为做“三陪女”等行为。这虽然不是直接的放弃生命，也等于是慢性自杀。

第四，自暴自弃。人生没有理想、无目标，生活无兴趣、无规律，整天浑浑噩噩，这也是一种对生命的不重视的表现。一旦受到挫折，就会走向极端。

（二）漠视生命现象产生的原因

1. 社会原因

独生子女一族，因为受到家族、父母亲友的过度呵护，逐渐形成一种养尊处优、唯我独尊、自制力差等个性心理特征。所以，他们一旦离开家庭，走向学校、走向社会独立地去生活，就会产生愿望和现实之间的矛盾。一方面，贪图较高的物质生活；另一方面却不能靠自己获得享受生活的物质和金钱。具体表现在：想要吃得好些，却不能挣钱来增加伙食标准；想要穿得干净整洁，自己却不愿意或不会洗衣服；想要受到别人的尊重，自己却做得不好，他们生活在困惑和不理想的状态之中，对生活不适应，从而产生悲观、失望和消极的心理，以致做出自杀、自弃等行为。

再者，现代社会就业的压力、物质的刺激以及人与人之间的差距加大，也会给青年人带来心理的失衡、焦虑和情绪失控等问题。

2. 教育不足

在现代中国的教育体制中，虽然不断地进行着改革，但仍存在着许多不完善的地方，比如高考的唯分数性，直接导致全国各中小学学生、家长、地方教育行政管理部门紧紧围绕着分数来运转，中央反复提倡减负，但收效甚微。而就业、评职、晋级、涨薪等一系列有关个人利益的社会制度和规则，也都与高考、学历有密切的关联。所以导致从小学开始就在学习的分数上进行艰苦的拼争，而忽视了学生其他方面的教育，如劳动教育、挫折教育、吃苦教育、感恩教育、安全教育等。所以学生存在抵御挫折、战胜困难、适应环境、逃

生等方面的能力缺陷,一旦遇见应激事件,就会做出过激行为。

3. 心理不健康

按照哲学的命题来解释,一切事物的发生都有内因和外因两个方面,内因是根本,外因是条件。纵然有许多客观因素,会诱发大学生采取漠视生命的行为,但大学生自己的心理素质不良和人格缺陷仍然是致命的因素。如云南大学的马加爵报复杀人事件,仅仅因为与同学之间小小的摩擦;中国矿大的牛某对其同学的投毒事件,也是因为一个小的矛盾;而北京某高校的一名学生自杀只是因为不能很快适应新的陌生环境。

心理不健康主要表现在依赖心理过强,独立生活的能力低下;性情孤僻,性格傲慢,不能很好地协调人际关系;缺乏自信,不能客观面对生活的现实性,承受困难、挫折的韧性不足;没有积极的人生理想,导致心理的"免疫力"下降;对婚姻、爱情、家庭的心理准备不足,草率恋爱,轻率同居,不考虑责任,缺乏厚重的思想和物质基础;对事物的认识和判断不是客观准确的,而是偏激、狭隘、冲动,不能控制情绪。总的来说,心理的防御性不够强劲和坚固,一旦有不良的外因诱导和激发,就会轰然倒塌,毁灭的后果自然就出现了。其危害是毁灭了自己,毁灭了他人,伤害了亲人家庭,给学校、社会和国家带来极坏的影响。

三、怎样才算珍爱生命

(一) 有积极向上的人生理想

人生在世,有很多种活法。有的醉生梦死,毫无价值;有的平淡不惊,庸碌无为;有的积极进取,光彩辉煌。对生命的珍爱,最理想的状态是生活得有意义和有价值。一个醉生梦死的人,他的生命再长久,也毫无意义;如果一个人饱食终日无所用心,即便是颐养天年,也算不上爱惜生命。我们提倡有价值的人生,就是要对生活充满信心,对未来充满希望,对自己充满自信。在成绩面前不骄傲,在挫折面前不低头,达到乐观豁达的境界,有正确的人生观、价值观、爱情观、社会观。

(二) 远离侵害身心的有害物质,养成良好的生活习惯

社会生活丰富多彩,社会现实复杂多变,人们置身其中,要善于分辨有益的和有害的,对有益的事物我们去接近,对有害的事物我们要坚决地拒绝。

1. 远离毒品

青年人的生活中,要多一些健康有益的内容,少一些奢侈糜烂的成分。拒绝毒品的诱惑,不要图一时的快意而创伤自己的身体。

2. 不吸烟,不酗酒

吸烟有害健康,这已经被科学所证实,全世界都在倡导远离香烟,我们当代大学生正处在求知的关键时期,是未来世界的生力军,应该相信科学,培养良好而文明的生活习惯,发扬艰苦朴素的优良传统,勤奋求知,不吸烟,不酗酒,这样才有利于自己的身心健康。

3. 远离黄、赌

现代社会在科技力量的作用下,创造了高度发达的物质世界。高速发展的物质社会给人们带来了丰富多彩的物质生活。尤其是计算机网络的发明与应用,又给人们创造了无限的虚拟空间交流渠道。但是任何事物都有相对的负效应,物质社会的大发展,也刺

激了人们的各种欲望，如果我们不能很好地把握自己，就容易被物欲所诱惑。国家和社会虽然坚决禁止黄、赌行为，但是最关键的还是我们自己能抵御黄、赌的侵蚀，保障身心的健康。

4. 远离“黑”色，遵纪守法

社会不止一种颜色，有阳光的一面，也有黑暗的一面。我们要阳光，而不要黑暗。这里的“黑”，包括“黑社会”的活动，即“黑恶势力”、“黑恶团伙”、“黑交易”、“黑客”等不利于国家和人民的一切行为。如果有染，最终要被绳之以法，既伤害了他人，又伤害了自己。这是对生命和人生的最大戕害。

(三) 善于保护自己，有安全意识，学会在灾难中逃生

1. 安全的警钟长鸣

我们的生活中，经常会有潜在的危险因素存在，如果不注意，就会引发不必要的牺牲，如果能有安全的意识，就会避免危险的出现。在这里我们列举几个生活中的安全知识。

交通安全：走路、骑车、驾车要遵守交通规则；不要在走路时聊天打闹和相互追赶，横过马路时要注意力集中；雨雪或雾天走路最好穿色彩鲜艳的衣服或雨衣；乘坐出租车时要系好安全带。

用电安全：使用电器之前要检查用电器的线路、插头、插座、开关等物件是否完好，以免漏电而发生触电和火灾；严格按照说明书的要求来使用电器，不要超负荷地使用电力设备；用电线路不要放在潮湿的地面上，避免沾上水；看见有人触电不要用手去拽拉，应该马上关闭电源；雷雨天气不要在高压线杆、铁塔、避雷针的接地导线周围 20 米内停留，不要在户外游泳、接打手机。

旅游安全：旅游住宿时，要首先注意住处的安全通道，意外事故发生时，能迅速地逃离现场；在森林里迷失方向时，要保持镇静，往高处或顺着河流走，学会用指南针、手表、树叶、苔藓、星座等来辨别方向；遇见险情时，要学会利用可以利用的工具发出求救信号；在陌生的水域不要去游泳等。

生活中的危险因素到处存在，诸如饮食安全问题、运动安全问题、意外伤害、校园暴力等。生活中虽然有危险的因素存在，但是我们完全没有必要草木皆兵和杞人忧天，只要具备安全意识，提高警惕，就能平平安安地工作、学习和生活。

2. 学会避免灾难

(1) 火灾

俗话说：“水火不留情。”当火灾发生时，我们应该怎么办？首先是不要惊慌，要沉着冷静。然后根据火灾发生的地点和具体的情形选择逃生的方法。如果是公共汽车上发生了火灾，要迅速地开启车门，按顺序离开车内。如果车门不能打开，应该想办法打碎车窗玻璃，离开车厢。如果是火车或是地铁发生火灾，不要打开车厢门窗，以免进入大量的新鲜空气后，加速火势的蔓延。利用附近的灭火器迅速灭火，如果火势太大，应该迅速离开火场。如果是影剧院发生火灾，应理智地向安全通道离散，切不可盲目拥挤。如果烟气较大，应弯腰行走或匍匐前行。

(2) 水灾

当水灾来临时，要注意来水的方向，迅速地向地势较高的地方转移。如果不能转移，要寻找坚固的树木,或者抓住水上的木板等漂浮物,等待救援人员的到来。

(3) 地震

地震虽然不是常见的自然灾害,我们也应该了解预防知识,掌握逃生的方法。当较强的地震发生时,如果我们正在室外,应该远离建筑物,到地势开阔的地方去;如果是在室内,应该迅速到有竖直钢管的房间或小空间去。尽量地靠近水源或有食物的地方,为的是能有时间延续生命,以等待救援的到来。切不可轻易地从楼上往下跳。

海啸、飓风、泥石流等灾害在我国也是常见的,因为这些灾害发生的地点有区域性,靠近这些灾害的多发地带的青年学生应了解一些安全常识,做到防患于未然,未雨绸缪。

3. 在歹徒面前的防御

青年学生在外学习和生活,应尽量避免夜间活动。如果必须要夜晚外出,最好是结伴而行。走灯光明亮的或者是行人较多的街道。遇见歹徒,也不要惊慌,想办法脱离险境。用智慧和歹徒进行周旋较量。想办法呼救或者传达出自己处于危险境地的信号,等待解救人员的到来。女性学生更要注意自己的安全,学会保护自己。遇见威胁,要及时地向老师或同学报告,不要自作主张,以免上当受骗。

四、加强珍爱生命的思想意识

1. 死亡不是我们急着要做的事情

人的出生,不是由本人来决定的,所以来到这个世界,就必须认真地面对人生,不可回避,也不能回避。而死亡也不是由人的主观意志所决定的,必须遵循自然规律。青年作家史铁生,在《我与地坛》里,有过对生命的深刻的思考,他本人是个残疾人,在下乡时,得了病,造成双腿残废,只能借助轮椅来行动。在起初的日子里,他多次想到死亡,一个人在北京的地坛公园里,静静地思索着,看片片飘落的树叶,飞来飞去的昆虫和野鸟,看来来往往的各种人群。他心里显得孤寂苦闷,常常一个人躲进树丛里,故意让暗中关注自己生怕自己想不开的母亲看不到自己,母亲看不见他,万分焦急。而母亲一旦发现自己儿子还在树丛里,又故意显现出不在意的样子。这使史铁生对自己的轻生的想法有了改变。他认为死亡不是人们急着要做的事情,人在有限的生命旅程中,应该有足够的责任。首先要报答父母的养育之恩;其次要充实社会给予的生命空间,报效国家对你的教育培养;最后要承担抚养子女的社会责任,以维系人类社会的发展和运行。

2. 以人为本,关注民生

我们知道社会的发展、科技的进步、物质的文明,其最终的目的就是要人们更好地去生活。无论西方还是东方,在对待人的生存、生活、生命的问题上,都在不断地进步。西欧在16世纪兴起的文艺复兴运动,就强调了对人个性的尊重,以人为本的思想得以全面流行,从而为提高人的生活质量打下了深厚思想基础。美国在关注人权和民生方面也比较进步,从林肯的解放黑奴运动开始,美国人在推行人权平等和消除种族歧视上可以说是有了一定的效果。而在中国,自古以来就有“民为贵,君为轻”、“仁政”的思想,汉朝的休养生息行为,以及唐太宗的“贞观之治”都在实际的国家治理中体现了以民为本的做法。在现当代,中国共产党更是在其纲领中明确表示“全心全意为人民服务”,如今又提出“和谐社会"的民生口号。所以说，社会在不断地进步，人生在不断地得到重视，生命在不断地得到关注，我们作为生命的个体，就没有任何理由不从自己的行为上去努力珍爱生命。

3. 假如给我三天光明

《假如给我三天光明》，这是美国现代作家海伦·凯勒的作品，她是一个残疾人，双目失明，非常羡慕能看见光明的人，幻想自己如果能有三天的光明，她将做出许多有意义的事情。这表明她对生活的热切向往和热爱。我们从中可以得出这样的启发，有些东西等到失去的时候才知道珍惜，那就已经晚了。生命对于人只有一次，失去了就不会再来。我们不可能等到失去生命的时候再说珍惜生命，所以，从海伦·凯勒的文章中，我们要懂得珍惜生命，要认识到不要等到失去的时候再去珍惜。我们可以这样来假设：假如我还有三年的生活时间。那我们就会知道我们要做的事情还很多，我们要回报的很多很多，我们哪里还有时间来郁闷、烦躁和忧愁？

五、热爱生活，修身养性，提高心理素质

1. 心底无私天地宽

人生在物质社会中，产生欲望是人之常情。俗语说"人为财死，鸟为食亡"，又说"人心不足蛇吞象"，说明人的欲望对人的生存是有害的。人不能没有欲望，但是如果欲望膨胀，就会伤及自身。在 20 世纪中期，德国法西斯希特勒、日本法西斯东条英机野心膨胀，企图吞并整个世界，最终被世界人民送上了断头台，走上了自取灭亡的道路。过分贪心的人，整日忧心忡忡，得到的还想要，得不到的也想要，势必要心力交瘁，身心不能承受其压力，导致精神崩溃，或是体力透支，给身心带来巨大的伤害。所以我们提倡清心寡欲，心底无私，平和心态，以保健康。

2. 常想一二，不思八九

人生在世，难免坎坷不平，风风雨雨，挫折失败都是在所难免的。因此我们借鉴一位名人所说的一句话："常想一二，不思八九。"因为人生中得意之事不过十分之一二，不如意的事要占十分之八九，如果总是想那些不好的事，就会整天被不如意所困惑；反之，如果想到好的方面，心情就会好起来，人也就不会走向绝路。

3. 办法总比困难多

在学习、工作和生活中，出现困难是正常的，相反，如果没有困难才是不正常的。我们要有不足够的心理准备。在困难到来的时候，不要被困难所压倒，相信"办法总比困难多"，相信没有解不开的疙瘩。我们可以从英国作家笛福的小说《鲁滨逊漂流记》和美国作家海明威的小说《老人与海》的描述中，看到人类的智慧、勇气和力量。只要有人在，就会有办法克服困难，人类的漫长的发展历史，就是在不断地战胜各种各样的困难的过程中才走到今天的。

4. 精神不倒，生命不老

生命有时是极其脆弱的，有时又是非常坚强的。有资料表明，一块重几吨的无法用人力挪动的石板，用许多种子发芽所产生的生命力就可以顶起来。在福建地区的桥梁建筑中，人们为了加固桥墩，采用在水下繁殖牡蛎的方法来"焊接"桥墩和水下岩体。而在

人类活动的记录中,表现生命力强大的事例也是屡见不鲜的。比如,前些年,在印度发生地震,一个母亲为了保护自己的孩子,用身体支撑巨大的水泥板长达好几天之久;一个人在废墟中不吃不喝生存十几天;美国的一个不足十岁的男孩在山洪中救出自己的母亲等。这其中的奥妙可能很难用科学来解答,但是,有一点是肯定的,生命力如此强大,是因为精神的作用起着十分关键的作用。精神不倒,生命不老。我们应体会意志坚强的大学生洪战辉所说的一句话:“只要有精神支柱,就没有翻不过去的大山。”

第二节　案例及其分析

案例1

案例描述

包某,大学即将毕业,学习成绩很一般。在将近四年的大学生活中,不思进取,却又贪图安逸和享乐,时常出入棋牌室、歌舞厅等娱乐场所,沾染上了赌博的坏习惯。家里的经济状况不好,只好到处借钱,拆东补西。到后来,几乎借遍了同学、老师和亲友。在临近毕业的前夕,很多人都追着他要账,他哪里有钱?只好到处躲藏,然而还是被同学发现了,被逼着偿还债务。包某觉得实在是没有什么办法,就在夜晚服了大量安眠药以求解脱。幸好被同学发现,经医生抢救脱离危险。

案例分析

这个案例中的包某的悲剧,主要原因是包某在生活态度上消极混世、没有理想造成的。一个人如果生活中没有理想和目标,贪图吃喝享乐,就会变得精神空虚,一旦出现挫折,就会走向极端。所以,人还是应该有一点精神的,既不要好高骛远,也不要自暴自弃,实实在在地生活,本本分分地做人。

案例2

案例描述

崔某,性格比较内向,思维略有偏激。做事执拗,不善于变通。经常因为一些小事和同学闹得很不愉快。因此,同学们虽然不喜欢跟他交往,却愿意逗他玩,愿意看他着急认真的样子。有一次,同学跟他开玩笑,给他出了一道非常简单的题,并说:"如果你不能在一秒钟之内回答出来,就从楼上跳下去。"情急之下,崔某真的没有很快回答出来,脸色变得黑红。大家还在嬉笑的时候,崔某冲向窗边,推开窗户,纵身跳下楼(三层),等同学反应过来后,已经来不及了。崔某被送进医院,经全力抢救,才保住性命,但造成高位截瘫,终生不能站起来了。

案例分析

这是一个情绪型的悲剧事件。这种事件往往带有突发性,情绪不稳定,是俗话所说的"沾火就着"。这就需要人学会冷静沉着,慢慢修炼自己的个性,学会自己安慰自己,自己调整自己。对于那些刺激段某的同学,应该注意说话和相处的分寸,不可过度地开一些险恶的玩笑。

第八讲 感恩父母,报答社会

第一节 不忘生命之本斗量父母恩

古往今来,普天之下,谁人不是父母生,父母养。父母对于子女,出于本能,有一种无与伦比的慈爱。正因如此,子女们长大后,应该时刻想着回报父母的养育之恩。这种知恩、感恩、报恩的情感是人类无法泯灭的天性。

大学生只有首先从感恩父母开始,才能学会对社会感恩,才能更好地怀着一颗感恩的心去报答所有关心、帮助过自己的人,报答社会。

一、诠释生命

生命就是生物体所具有的活动能力,生命就是蛋白质存在的一种形式。人们在对生命真相一无所知的情况下降临到这个三维的物质世界,那么应该如何度过这段有限的生命时光?

(一) 生命存在着,便有意义

1. 生命的意义在于奉献

人,最宝贵的是生命,最漫长的也是生命。裴多菲说:“生命的多少用时间计算,生命的价值用贡献计算。”人的一生虽然是极其漫长的,然而它总会有结束的一天,我们如何才能无限地延长它,而又如何才能获得它的永存呢?

我们可以不断地去追求它的美,可以奉献自己的一切,默默的奉献可以换得一种永恒,一次耀眼的光芒,一次瞬间的闪现——也可称得上是生命的永恒,难道这些所谓的奉献不是生命的闪光吗?

生命的意义不在于生命本身,而在于奉献。只要对人类有所奉献,不管是长久而又默默无闻的奉献,还是在瞬间发出的灿烂光华,这样的生命都是永恒的,都是闪光的。

你的生命如何闪光呢?有谁能够像保尔那样忧思人生?又有谁能够在回忆往事时,不为虚度年华而悔恨,不因碌碌无为而羞耻呢?

就如同保尔一样,努力奋斗了一生,到最后献出了自己最宝贵的生命,如此一番轰轰烈烈的壮举,最终才会永恒,才会闪光。至少,在临死的时候,他能够说:“我的整个生命和精力,都已经献给了世界上最壮丽的事业——为全人类解放而进行的斗争。”

生命的意义要在平时的生活中去领会,每个生命的降临,都有着极为重要的意义,若想让人生的意义更加深远，不仅要爱自己，更要爱别人，爱世界，把快乐和希望带给整个世界。

2. 生命的意义在于从创造生活中享受生活

对人生来说，“奉献”就是创造生活，“取得”就是享受生活。因此，人生的意义就是创造生活和享受生活；而生活的艺术就是创造和享受的最佳谐调。

任何一个人的付出与精彩都是相伴而生的。毫无例外，你付出的与你得到的一般情况下是成正比的，而往往人们付出的时候总会觉得比得到的要少。其实这个公式换算起来很简单，因为付出是一个过程，得到则是付出过程的终点。这个终点却又是在兴奋之后很快地趋于平静，然后走进了你人生中的历史，成为其中的一个章节。还有一种说法，说付出才是人生中的精彩，而付出过后的终点则是一种让人难以说出来的疲惫。

在创造生活方面，每个人奉献的大小不可能是相同的，这里面除了勤奋和天分以外，更重要的是机遇。每个人的机遇不同，因而只要有奉献的愿望并尽了自己最大的努力，就可以问心无愧、心安理得。

在享受生活方面，物质因素是相对的。可以根据自己的经济条件适当处理。应该与自己的过去相比，只要不断有所提高，就应知足，知足者常乐。千万不要与别人的物质生活作横向的比较，因为这种要求将是无止境的，永远得不到满足。人生的最大享受在于人们的真诚相爱，再从爱情、亲情、友情中去享受生活。这样才能充分体现真善美的人生和生命的意义。

（二）生命是一种责任

生命是美好的，因此，要学会享受生命。然而，享受并非是沉溺于“蜜罐”中的吟唱，而是面对人生的甘苦，能充满喜乐地去尽自己的本分——肩负起生命的责任，那才能切实地领略到生命的壮美。

责任就是分内应该做的事。每个人都是责任的载体。人的一生可以分为四个阶段：学前、学习、工作和退休。在生命的两端，侧重于身心健康的责任；学习时代，侧重于学习责任；就业以后，则凸显于社会责任。如果从精神层面去规划人生，则形成另一组“风景”：为优美人格奠基的幼儿为养性，用圣贤智慧陶冶的童蒙为养正，以心中的理想与抱负鼓舞的少年为养志，以及真实生命展开的成人为养德四个阶段，而这几个人生阶段的精神责任也各显“瑰丽”。

1. 生命是做人的责任

有些人，遇到了一些生活中的挫折和磨难，就会选择自杀，那就是对生命的不尊重和不负责任！

俗话说：“没有过不去的坎，没有走不过的河。”在任何时候，我们都不能对生活绝望，即使陷入了人间绝境。只要你对自己有信心，对未来有信心，你就应该永不退缩地走下去，就一定能够走出绝境。在这个世界上，有许许多多的快乐在等着你，你自然能够体验到生活的美妙。试想一下，连珍贵的生命都敢于结束，还有什么沟沟坎坎不能解决的呢？又何必贸然结束自己的生命？这只能表明你是懦弱的，是脆弱的，是消极的，是在逃避生活，逃避感情。自杀，是对社会的不负责任，是对自己的不负责任，是对家人的不负责任，也是对朋友的不负责任。你可曾审问过自己，你是否有权利结束自己的生命？对那些爱你的人,难道你不知道你这样做将使他永远地心痛吗?

“生命,如果跟时代的崇高的责任联系在一起,你就会感到它永垂不朽。”这是俄国著名作家车尔尼雪夫斯基说的,他把生命与责任的关系说得很通俗,然而含义很深刻。

在自己极其有限的生命里,我们需要努力地活着,这不仅是对生命的尊重,更应该是我们每个人都无法回避的责任。一个人,幼小时有很多美好的愿望与理想,在生命成长的过程中,都成了虚无缥缈的东西,生命的格式繁衍着不变的自由和爱的幻灭。正是有了生命,世界才是美好的,然而生命已经是如此的脆弱,脆弱到一根针、一条线、一瓶安眠药也可以让一个生命体终结。面对如此灿烂的世界,面对如此脆弱的生命,保护尚且需要努力,千万不可轻视生命。

生命只有一次,虽是来也匆匆,去也匆匆,但既然来到这个多彩的世界,就应该用心去对待周围的一切,每个人的生命都是飘忽不定的,对与错、喜与悲、爱与恨之间根本就没有距离,你本应该相信自己,用生命、用真心创造属于自己的生活!

2. 担起生命赋予的社会责任

责任,是一种感应,一种对生命的忠诚,一种不计收获的付出。正如红花是春天的责任,绿树是夏日的责任,巍峨是泰山的责任,奔腾是长江的责任,博大是沧海的责任,广袤是蓝天的责任。

那么我们应该如何去面对自己生命的责任呢?

纵观历史,多少个千古不渝、缠绵悱恻的故事曾经上演,多少个矢志不移、可歌可泣的佳话因此而生,又有多少个刚正不阿、风流倜傥的面孔镶嵌于历史的画卷。有“在天愿做比翼鸟,在地愿为连理枝”的深情之责,有“先天下之忧而忧,后天下之乐而乐”的无私之任,有“我以我血荐轩辕”的铁诤之责,有“不到长城非好汉”的刚毅之任。如此一个个流芳千古的责任贯穿于历史的始终,滋长于后世人的心头。

历史是长长的有始无终的距离,它贯穿着人类的血脉,沉淀着先人用生命写就的启示。几百年的风风雨雨,早已荡涤了风波亭的点点残血;几百年的潮起潮落,早已淹没了零丁洋的声声叹息。然而,岳武穆的满腔热血,文天祥的一颗丹心,早已深深地印在历史的书页中,化作了民族的魂,让人用心去体味其中所存在的永恒。

担起生命的责任,就如同跋涉一座高山,没有丰厚的资财伴随着你去上路,仅有的只是沉甸甸的信念与丛生的荆棘随你前行;担起生命的责任,就是履行神圣的使命,即使付出千百倍的代价,耗费所有心血,也无愧圣洁的信念;担起生命的责任,也就是坚守做人的理念,需要有大山一般沉重的步履,需要有“贵贱不相渝”的忠贞和惨淡经营的苦心孤诣。

生命之船最终是要由有形转为无形,但生命不是一次简单的奔赴死亡的约会。在出发和抵达之间,生命在赋予我们青春和活力的同时,也赋予了我们责任和义务,从而给了生命价值一个度量的标准。一代又一代的人来了,一代又一代的人又走了,他们的生命价值何在?有的人有一个轰轰烈烈的生,却留下一个默默无闻的死;有的人有一个默默无闻的生,却有一个轰轰烈烈的死;有的人显赫一时,却成为匆匆的历史过客;有的人潦倒终生,却成为灿烂星空的泰斗。所有的这一切绝对不是以个人的意志为转移的;璀璨者在于他们勇敢地担起了生命所赋予他们的使命,而平庸者则因为他们放弃了责任。

当代大学生要挚爱自己宝贵的生命,每前进一步都是对责任的履行。

因为责任,要面壁十年,继承前人的衣钵,汲取他人智慧,在茫茫学海中撷取知识的浪花,在荆棘丛生的路上磕磕绊绊。

因为责任,要甘于淡泊,"不惜尺之璧,而重寸之阴",远离繁华闹市,寄身书中案旁,废寝忘食,量身而力行。

责任使我们步履匆匆,平添阳刚;责任让我们扬起人生的风帆,撑起社会的背景。责任中折射出应有的光辉,也使人之高下泾渭分明。

走出历史,走进生活,我们风华正茂,生命给了我们许多美好的东西,也赋予我们一份沉甸甸的责任。你、我、他都要勇于担起生命赋予我们的责任,让生命灿烂!

二、感受生命,方知父母恩

生命中有很多机会,但生的机会只有一次。

我们有太多太多的选择,但唯一不能选择的就是我们的父母。父母把无私而伟大的爱奉献给了我们,才有了我们的今天。父母也许不能给予我们金钱、地位、名誉,乃至出众的外貌,但是他们却给了我们世界上最重要的东西——生命。

(一) 感养育之恩

生命是什么? 是奇迹,是独一无二的造化!

感激父母,他们给了我们生命,给了我们情深似海的父爱和母爱,他们哺育我们、培养我们,教给我们做事的原则与做人的品质。人生路上的点点滴滴无不凝聚父母无私的爱,再华美的语言都是苍白无力的。

有一个人喜欢喝酒,在每天工作之前,他都会去镇上的酒馆喝上一盅。

一天,天下着鹅毛大雪,他穿戴完毕后,向自己的妻子告别,和平常一样哼着小曲向酒馆走去。走着走着,他总是觉得后面有人跟着他。回头一看,竟是自己年幼的儿子。儿子顺着父亲的脚印走了过来,兴奋地喊道:"爸爸,你看,这雪多厚啊,我正在踩你的脚印呢!"

儿子的话令他心头一震,他想:"如果我去酒馆,儿子顺着我的脚印走,也会找到酒馆的。"

从那以后,这位父亲改掉了饮酒的习惯,再也没有去过酒馆。

人生之初,父母无疑是孩子的领路人,每一个孩子都是学着父母潜移默化的言行,跟着他们的脚印长大的。为了孩子的成长,父亲及时调整自己的言行举止,改变先前曾有的不良习惯。这是父亲在孩子成长过程中的付出。

夏季的一个傍晚,天色很好。在一片空地上,有一个 10 岁左右的小男孩和一位妇女。那孩子正用一只做得很粗糙的弹弓打一只立在地上、离他有七八米远的玻璃瓶。

那孩子有时能把弹丸打偏一米,而且忽高忽低。妇女坐在草地上,从一堆石子中捡起一颗,轻轻递给孩子手中,安详地微笑着。孩子便把石子放在皮套里打出去,然后再接过一颗。从那妇女的眼神中可以看出,她是孩子的母亲。

孩子很认真,屏气,瞄了很久,才打出一弹。

"让我教他怎样打好吗?"这时一旁的青年对孩子的母亲说。

男孩子停住了,但还是看着瓶子的方向。

"谢谢,不用!"母亲顿了一下,望着孩子,轻轻地说:"他看不见。"

青年怔住了,半晌喃喃地说:"噢,对不起!但为什么?"

"别的孩子都这么玩儿。"

"呃——"青年说,"可是他——怎么能打中呢?"

"我告诉他,总会打中的。"母亲平静地说,"关键是他做了没有。"

青年沉默了。过了很久,男孩子的频率逐渐慢了下来,他已经累了。母亲并没有说什么,还是很安详地捡着石子,微笑着,只是递的节奏也慢了下来。

过了一会儿,渐渐发现,孩子打得越来越有规律了,他打一弹,向一边移一点,打一弹,再移点,然后再慢慢移回来。

他只知道大致的方向啊!

夜风轻轻袭来,天幕上已有了疏朗的星星。那皮条发出的"噼啪"声和石子崩在地上的"砰砰"声仍在单调地重复着。

对孩子来说,黑夜和白天没什么区别。又过了很久,夜色笼罩下来,已看不清瓶子的轮廓了。

突然,传来一声清脆的瓶子的破裂声。

"关键是他做了没有。"这是母爱的力量,点燃了心中的明灯,是母爱的力量创造了人间无数的奇迹。

在我们的成长的过程中,又有多少像这样的父母啊!

(二) 尽孝敬之道

拥有一颗感恩的心,你便会更加爱父母,更加孝顺他们。是他们使我们能够在人世间经风雨,见世面,建功立业,这一切都是父母所赐。《诗经》云:"哀哀父母,生我劬劳。""父兮生我,母兮鞠我。……欲报之德,昊天罔极。"父母不仅对我们有生养之恩,更有培育之恩,我们的每一步成长都凝聚着他们的心血。当我们长大成人,他们却已白发苍苍,岁月在他们脸上刻下了深深的皱纹。

可是,在我们的成长过程中是否能理解父母的挚爱呢?下面讲述中也许有你的影子。

当你1岁的时候,她喂你并给你洗澡,而作为报答,你整晚哭着。当你3岁的时候,她怜爱地为你做菜,而作为报答,你把一盘子的菜打翻在地上。当你4岁的时候,她给你买了彩色笔,而作为报答,你涂满了墙。当你5岁的时候,她给你买了漂亮而又昂贵的衣服,而作为报答,你穿上后到附近的泥坑去玩。当你7岁的时候,她给你买了皮球,而作为报答,你用球打碎了邻居家的玻璃。当你9岁的时候,她付了很多钱给你辅导钢琴,而作为报答,你常常旷课并且从不练习。当你11岁的时候,她送你和同学去看电影,而你要她坐在另外一排去。当你13岁的时候,她建议你去剪头发,而你说她不懂什么是现在的时髦发型。当你14岁的时候,她付了你一个月的野营费,而你没有给她打一个电话回来。当你15岁的时候,她回家想拥抱一下你,而你把门插起来。当你17岁的时候,她在等着一个重要的电话,而你捧着电话聊了一个晚上。当你18岁的时候,她为你高中毕业感动得流下眼泪，而你跟朋友聚会到天明。当你19岁的时候，她付了你的大学学费又送你到学校的第一天，你要她在离校门口比较远的地方下车，怕被朋友看到会丢脸。当你20岁的时候，她问你，“你整天去哪里？”而你回答：“我不想和你一样。”当你23岁的时候，她给你买家具让你布置新家，而你对朋友说她买的家具真是糟糕。当你30岁的时候，她对怎样照顾婴儿提出劝告，而你对她说：“妈，现在时代不同了。”当你40岁的时候，她给你打电话告诉你爸爸的生日，而你回答她说：“妈，我很忙，没时间。”当你50岁的时候，她常患病，需要你的看护，而你和朋友在饭桌上侃大山，发牢骚说现在的孩子不懂事。

终于有一天，她去世了。突然你想起了所有从来没做过的事，它们像榔头一样痛打着你的心。

其实，为我们洗澡穿衣，牵手走路，为我们远行牵挂的父母，是我们一生的财富，你是否有尽到你的孝道？关心他们吧！别到了“子欲养而亲不待”时才体会父爱母爱的深情。亲情有时就体现在那种自以为微不足道的东西之上。

尽孝道的方式很多，在不乏物资的今天，从亲情上靠近父母，从精神上慰藉老人，从情感上沟通长辈，才是父母真正需要的。

第二节 感恩生活，报答社会

其实我们在来到世间的一刹那，就是一个幸福的人，因为在我们出生之前，这个世界就已经把一切都准备好，无论是阳光，空气还是水。它像一个大花园，静静地等待我们光临。所以我们应该庆幸，为生活的赐予而感恩，即使是一无所有也无可抱怨，因为至少我们来到这个世界，我们有生命。

一、什么是感恩

感恩就是对别人所给的帮助表示感谢。

有这样一条短信：“所谓幸福，是有一颗感恩的心，一个健康的身体，一份称心的工作，一位深爱你的爱人，一帮信赖的朋友。当你收到此信息，一切随之拥有。”这条信息把“一颗感恩的心”放在幸福内涵的第一位。虽然人们对幸福的定义各有各的理解，但对人与自然的感恩确实是一个汩汩流淌的幸福源泉。

（一）感恩是一种心态

如果你有一颗感恩的心，你会对你所遇到的一切都抱着感激的态度，这样的心态会使你消除烦恼和怨气。早上起来的时候，阳光爬到你的窗台，你会感恩；坐在明亮的教室里上课，你会感恩。然后你的一天乃至你的一生，就在这感恩的心情中度过，那你还有什么不幸福可言呢？

如果总觉得别人欠自己的,从来想不到别人和社会赋予的一切,那么,这种人心里只会产生抱怨,不会产生感恩。有位哲学家说过,世界上最大的悲剧或不幸,就是一个人大言不惭地说,没有人给我任何东西。感恩是一种美好的感情,是一种健康的心态,是一种良知,也是一种动力。人有了感恩之情,生命就会得到滋润,并时时闪烁着纯净之光。永怀感恩之心,常表感激之情,生活每天都是新的。

(二) 感恩是一种幸福的生活方式

有了一颗感恩的心,就是一个幸福的人。为什么有不少大学生对现状总是不满,整日叫苦连天,怨声载道,这其实是心态的问题。如果我们怀着一颗感恩的心来面对身边的人、事、物,感谢别人的理解进而理解别人,感谢别人的帮助进而帮助别人,感谢别人的关心进而关心别人,那么,世界上最美好的理解、帮助、支持、赞美和关怀都会一起向你涌来,你会感到原来生活是如此的快乐和幸福。

(三) 感恩是一种利人利己的责任

很多时候我们对社会、老师、同学、朋友甚至父母的付出漠然置之,认为那是自己应该得到的,是天经地义的。其实并非如此,人是社会动物,任何人离开了他人都无法正常生活。“人”字的结构是一撇一捺,说明人的构成有一半是自己,另一半是他人。每一个人要想顶天立地,必须有众多人的鼎力相助,否则,“人”字就会坍塌,甚至一败涂地。中外历史上很多英雄豪杰,成在“振臂一呼,应者云集”,败在“离心离德,孤家寡人”。所以,感恩其实就是一种利人利己的责任:对自己的责任,对亲人的责任,对他人的责任,对公司的责任,对社会的责任……只有将这些铭记于心,才会有恒久的责任。

(四) 感恩是一种不求回报的自觉和奉献

蜜蜂采花而去,嗡嗡的表白是感恩;葵花沐浴着阳光,微笑向着太阳是感恩。鸦有反哺之义,羊有跪乳之恩,对有精神做支柱、文化为底蕴的万物之灵来说,知道好歹,有恩当报何其重要。当感恩成为一种自觉,当感恩成为一种心态,我们的身心便得到了升华。

奥修曾说过:“真正的祈祷只有一种,那就是开始以感激存在的方式来生活。存在给了你这么好的机会,那是你从来没有要求过的,你根本就不值得它这么做,但你还是得到了。你开成千千万万朵的花,然后带着感谢的芬芳离开这个世界。”

学会感恩,就会懂得尊重他人,以新的视角看待身边的每个人,尊重每一份平凡的劳动。在现代社会这个分工越来越细的巨大链条上,每一个人都有自己的职责和价值,每一个人有意无意间都在为别人付出,自然也得到别人有意无意地回报。当我们感谢他人的嘉言善行时,第一个反应应该是今后自己怎样做,怎样回报别人的付出,怎样为别人做得更好。

(五) 感恩让我们坦然面对人生的坎坷

顺境时心存感恩,逆境中心存喜悦,这才是快意舒坦的人生。人的一生,不可能一帆风顺,种种挫折、失败、无奈都需要我们勇敢地面对,豁达地处理。就看我们是一味地埋怨生活,从此委靡不振,还是对生活满怀感恩,跌倒了再爬起来?你感恩生活,生活将赐予你灿烂的阳光;你只知怨天尤人,最终可能一无所有!感恩,会使我们在失败时看到差距，在不幸时得到慰藉。

二、塑造感恩心态

心存感恩，知足惜福，人与人、人与自然、人与社会之间才会变得和谐、美好。

（一）学会感恩是成功的第一步

现实学习和生活中，我们付出的远比我们收获的要多得多，关键是付出的时候，我们不仅要学会如何付出，更要学会感受付出所带来的快乐，而不是去寻求回报。反之，以感恩的心去接受别人给予的任何一种付出，你自然可以获得更多的回报。

对于一个极端负责任的人来讲，其首要的一个条件就是学会发自内心的感谢。拥有一颗感恩的心就是一个人成功的起点。

很多大学生在学习和生活中一遇到逆境，就开始抱怨，可是他始终也没有意识到，他所缺少的东西正是他对那一部分感恩的还不够多！在童话故事中，魔鬼总是装扮成天使出现在人们的周围，以靓丽的外表和快乐的笑容来欺骗善良的人们。同样，圣洁的神灵却从来也不用风光登场，往往化成痛苦和遭遇挫折的困苦样子，去考验人世间凡人的眼光。在这里也说明：凡事发生必有其因果，必有助于我！

一个人的成功，并非偶然，其根上取决于他的自身素质和品质。每个人都在追求完美，但任何人、任何事都是不完美的，这是客观事实。生活中最大的误区就是可以看到别人的不足，而对自己的缺点视而不见，即总是“严于律人，宽以待己”。因此，只有知道了自己的不完美，才可以去接纳别人的缺陷，用感恩的心去接受有缺陷的人，去和他们合作，只要他们能帮助你达成目标，即便他还不完美，总比你单枪匹马地单干要多一分成功的机会，更何况有句古话说得好：“三个臭皮匠顶一个诸葛亮！”

学会感恩而不是抱怨，就是迈向成功的第一步。

（二）感恩国家和社会

感恩应该是每一个有家有国的人最基本的道德素养。

改革开放使沉睡的中国取得了举世瞩目的成就，综合国力和世界影响大幅度提升，老百姓的物质和文化生活也随之得到了显著改善。可是，一方面大口吃肉；另一方面大声骂娘的现象也司空见惯，甚至习以为常，这仿佛正在成为现代中国人的一种病态心理。抛开政治因素不谈，我们认为这其实是人的心态出了问题。

贪污腐化、两极分化、分配不公、治安混乱等，我国的确或多或少地存在这些现象。但是，这些问题是能够马上解决的吗？这些问题是中国所独有的吗？何不把抱怨、骂人的精力和时间用在自己能够控制的事情上呢？比如把手头的工作干好，把学业完成好，从而使自己也得到成长与实惠。

在痛骂的时候，我们是否看到国家和社会正运行在一条良性发展的轨道上？是否知道我们仅用 20 多年的时间已经或即将走完西方发达国家 200 年的市场经济之路？是否体会到世界上还有不少人生活在相互残杀的种族冲突中，而我们却工作生活在平安稳定的环境里？

我们应该感恩于国家和社会,感恩于这个激情燃烧的时代。应该少一些高谈阔论,多一些实际行动,给自己的国家、社会、政府、企业多一些宽容和理解,为民族的振兴与社会的和谐尽一份力量。

(三) 感恩父母

我们有太多太多的选择,但唯一不能选择的就是我们的父母。父母把无私而伟大的爱奉献给了我们,才有了我们的今天。父母也许不能给予我们金钱、地位、名誉,乃至出众的外貌,但是他们却给了我们世界上最重要的东西——生命。不要总抱怨父母给予我们的太少,我们要对父母感恩。父母赐予我们生命,辛辛苦苦把我们养大,照顾我们生活,教导我们如何做人。等到父母两鬓斑白时,依然会清晰记得我们绽放的第一个微笑、喊出的第一声"妈妈"、蹒跚迈出的第一步,记得我们人生路上的点点滴滴。与父母无私的爱相比,再华美的语言都是苍白无力的。作为儿女的我们,又有什么理由不对父母感恩呢?

不少世界500强公司在进行用人调查时,都会把孝顺父母作为一项十分重要的内容加以考查。试想,一个连父母都不爱的人,怎么能尊重师长,关爱同学和朋友;怎么会热爱公司、忠诚老板、体贴下属呢?

(四) 感谢你的"敌人"

有这样一个故事:故事的大意讲的是一个生意人要将一船带鱼运到另一个国家,尽管带鱼在有水的舱里,但仍有不少带鱼死去。有人出点子让往舱里放几条吃带鱼的黄鱼,黄鱼放入之后,舱里顿时活跃起来。为了躲避敌人的捕食,原来那些昏昏欲睡的带鱼就只得不停地来回游动,每一条都变得十分机警和灵活。生意人终于成功地将大批活鱼运到了目的地。

上面的这个故事告诉我们一个道理,没有天敌的动物往往最先灭绝,有天敌的动物则会逐步繁衍壮大。大自然的这一悖论,也同样存在于人类社会当中。

人生其实就如同是个"鱼舱",我们在生活中就好像鱼待在鱼舱里。生活中有两种人:一种人希望生命的水域里永远风平浪静,好让他们安享生活的舒适和安逸,却不知道这一潭死水,会一点点消耗掉他们生命的激情与活力,到最后终将使他们活得"奄奄一息";另一种人永远也不会甘于生活的平庸,他们乐于迎接危机挫折和苦难这些"敌人"的挑战,愿意承担别人不愿意承担的风险,敢于面对别人不敢面对的泥泞,也正是在与"敌人"的拼搏之中,才让他们活出了自身的精神,活出了自己的出类拔萃。

在这个竞争日趋激烈的社会,其实早已没有了风平浪静的水域,也没有了草丰水美的原野。要想成就一番事业,想活得无怨无悔,就一定要有敌人。使人成就一番事业的,往往不是他的朋友,而是他的敌人。勾践"卧薪尝胆,三千越甲可吞吴"便是极有力的一例。现实生活不是处处一帆风顺、事事称心如意的,没有困难、没有厄运,甚至连愤怒都没有而要想成为强者、成为栋梁、成为大人物的人是不可能的。

感谢那些冒着被唾沫星子淹死的危险给予我帮助的人;也感谢那些落井下石把我打翻在地再踏上一万只脚的人。其实,真正促使你成功让你坚持到底的,真正激励你让你昂首阔步的,不是顺境和优裕,不是朋友和亲人,而是那些常常可以置你于死地的打击、挫折，甚至是死神。因此，我们要感谢朋友，更要感谢你的敌人。

（五）感谢挫折

在漫漫的人生旅途中，可能有过好多的失意。工作的失误，生意的失利，也许还有爱情的苦闷，友情的折磨和疾病的缠绕……挫折似乎时时陪伴着我们，并且时时出现在生活当中。那么你是如何来看待面前的挫折的呢？是埋怨它的出现还是感谢它的存在？当然答案是因人而异的，但有一个答案是可以肯定的，就是要学会感谢挫折。

在平时的生活中，如果你未经历过坎坷泥泞的艰难，就不能够感受到阳光大道的可贵；未经历风雨交加的黑夜，哪能体会到风和日丽的可爱；未经历挫折和磨难的考验，又怎能体会到胜利和成功的喜悦？俗话说得好：不经历风雨，怎能见彩虹，那么，这一切难道不是挫折的功劳吗？你又有何原因不去感谢挫折呢？

挫折虽然无处不在，而且还会给人带来极大的痛苦，但挫折将更多的快乐留给了你，你也在挫折中不断成长。假使没有了挫折，生活将是一纸空白，乏味并且单调。那你连最基本的胜利和快乐也不会得到，你就会因此而感到悲伤。

很多人都想做一个成功者，无论在生活、工作还是学习上。因此有不少人都成功了，但他们在成功之前无不备受挫折的折磨，也在其中尝到了人世间的酸甜苦辣，所以承受挫折也变成了通往成功之路的不可缺少的一步。

因此，我们应该感谢挫折，挫折并不可怕，挫折是你修行的伴侣、觉悟的资粮，只要你真正修为你必然要感谢挫折，只要你真正觉悟，你肯定会发现：烦恼即是菩提。感谢挫折，感谢你的敌人，要真诚地感谢他们，要发自内心用福德回报他们，是他们成就了你。感谢挫折吧，你会因此而变得坚强，充满自信的，你也会因此不畏惧挫折，高高兴兴地踏上成功的道路。

三、怀有一颗感恩的心，才能去回报

美国博士拿破仑·希尔说：“心态是命运的控制塔，心态决定我们的人生成败。”身处复杂的社会中，我们难免会与别人产生误会、摩擦。如果不注意，仇恨便会悄悄生长，最终堵塞我们的成功之路。比如，当别人批评我们时，如果我们有一颗宽容和感恩的心，就能够心平气和地审视自己。于是你就会发现，别人的批评其实是一片好心，应该感谢才对。但如果我们以敌视的眼光看待别人，心胸狭窄，处处提防，最后终会因孤独而陷入忧郁和痛苦之中。那么，我们应该怎样充满感恩地生活呢？

1. 停止抱怨

在日常生活中，抱怨声随处可闻，有些人甚至一生都活在抱怨之中：抱怨自己没有有权势的父母；抱怨自己没有好的运气等。抱怨对我们的成长和生活百害而无一利，它的六大害处是：抱怨惹人厌恶；抱怨会引起负面连锁反应；抱怨是逃避责任的表现；抱怨会使自己成为“孤家寡人”；抱怨是失败者的借口；抱怨堵塞了幸福的通道。

2. 善于赞美

真诚的赞美是取得他人信任的催化剂，下面这个故事就传递了赞美的力量。一次，女教师在课堂上提问一个小女孩：“如果有一个小朋友非常聪明，那么，我们该用什么语言来表达对他的喜爱呢?”小女孩慢慢地站起来,红着脸,好半天才支支吾吾地说了一句:“就是就是,就是……”然后怯怯地低下头,似乎在等待着老师的讽刺和批评。这时,女教师一边温和地示意她坐下,一边笑眯眯地夸奖着:“好!回答得很好!老师听懂了,你的意思是说,这位聪明的小朋友太可爱了,可爱得简直无法用语言表达!大家说对不对?”全班同学齐声说:“对!”小女孩笑了。她从此由衷地喜欢上了语文课,天天盼着语文课,因为教语文课的是一位充满了爱心并善于赞美的老师,在填报高考志愿的时候,她毅然地选择了师范院校,后来,她成了全省知名的特级语文教师。以感恩的心态,善于发现生活中美好的方面,善于发现他人身上的长处和优点,并由衷地加以赞美,在愉悦了他人的同时,自己也分享了喜悦和乐趣。

3. 真诚微笑

怀有感恩之心的人,微笑自然会洋溢在他快乐的脸庞上。在喧嚣而忙碌的生活中,受约束的是身体,不受约束的是心情,只要你有一颗充满阳光的感恩之心,人生就没有阴天。生命有时只需要一个真诚的微笑。

无论你是面对亿万富翁还是潦倒乞丐,无论你是面对老师的批评还是同学的赞扬,只要学会微笑,你就领悟了仁爱和尊重。一切来自外界的纷扰和内心的羁绊也都变得无足轻重,因为你的微笑让你的周围充满了友善和温情。微笑像冉冉升起的羽毛,让心灵飞翔在更加广阔而澄澈的天空。学会了对自己微笑,就学会了热爱生活;学会了对别人微笑,就学会了珍惜友谊;学会了对一切生命微笑,你的人生便处处充满阳光!

4. 关爱他人

有一则寓言,说上帝要从人间选出一个人,带领他到世界各地去调查民情,之后那个人就可以成为神。筛选到最后剩下春和冬两个人,由于两人技艺相当、难分伯仲,上帝只好用爬山比赛来确定最后的入选者。结果冬很快就爬到了山顶,来到了上帝的身边,不过他爬过的那座山却变得一片萧条。而春尽管姗姗来迟,但他爬过的那座山却变得一片翠绿,生机盎然。

似乎胜券在握的冬焦急地等待着上帝的旨意,上帝却微笑着对春说:“你正是最适合的人选,你善良得连山上的一株小草都不忍心践踏,把每根倒伏的树枝都扶起来,我将你封为春神,永远受到人们的爱戴。”上帝又转身严肃地对冬说:“为了自己的便利,你砍掉了所有树木,弄得万物肃杀、民不聊生,尽管你的能力非凡,但你将受到世人的憎恨和诅咒。”上帝带着春来到人间,于是人间万物复苏,繁荣昌盛。

如果把人生比做花,那么关心他人、服务他人的快乐便是酝酿人生之蜜。如果说人生是杯水,那么要想得到活水,就只有不断地将自己的一半施与他人,待水满了,再施一半,只有这样才会不断的清澈。

5. 知足常乐

心情郁闷或对司空见惯的学习和生活觉得厌倦的时候,我们应该上街走走看看。

也许在一个酷热难耐的午后,你会看见一些汗流浃背的人拉着车子或挑着担子,在为生计奔忙。偶尔还会有一两个衣衫破旧的女人从你身边匆匆走过,背着孩子,手中提着篮子,不知从多远的地方来,要到多远的地方去。

也许在一个风雨交加、行人稀少的夜晚,仍有一两个寂寞的摊贩,哆嗦着身子在冷清黯淡的街口等待可能出现的希望。而在数九寒冬的凌晨，你也许会听到送煤人的吆喝声，这些为别人送去热量和温暖的人何尝不知在被窝里躺着的惬意和温馨。

看到这些生活在社会最底层的人们，看到他们为摆脱苦难的命运而挣扎、奔忙，却总是所得甚少，我们是否应该为自己而觉得庆幸，是否应该努力学习、快乐生活以不辜负这得天独厚的恩典？

活着就好！

不必羡慕张三的富裕，嫉妒李四的权势，感叹自己的不幸，因为我们的生命中也有很多让别人向往的精彩。知道自己幸福的人是最幸福的，以为自己不幸的人是最不幸的。我们应该学会发现自己平凡生命中的精彩和美好。

第三节　案例及其分析

案例描述

有这样一位母亲，一辈子面朝黄土背朝天，大字不识一个，她的书放在农闲时与她做伴的针线笸里，当然这本书是不允许小孩子乱翻的。

一个晚上，在明亮而温暖的油灯下，母亲静静地坐在床头，纳着鞋底，针线笸静静守在旁边，只有鞋绳的吱吱声和母亲的呼吸声交织着，墙上静映着一幅画："一个母亲低头纳着鞋底，她的孩子坐在被头看着这一幅浑然天成的黑白剪影。"

儿子悄悄地望着那本书，那本令他好奇神往的书，母亲似乎明白了，在含着笑意的目光下，打开了它，这是一本纸张都发黄了的杂志，里边依次夹着大大小小的鞋底鞋帮的纸样。

母亲指着说："这虎头鞋，是你过周岁时穿的；这是你 3 岁时穿的；这是你 8 岁上小学时穿的；这是你 13 岁上初中时穿的……"望着一个比一个大的鞋样，儿子感到一惊。母亲关心和珍藏的是一个孩子的成长轨迹啊。最使他震撼的是，在一个寒假中，他回到离别很久的老家，白发满鬓的母亲坐在门口，晒着太阳，身边还是那个跟随她大半辈子的发黑发亮的针线笸。她在翻那本书，端详着一张一张鞋样，那样专注，那样执著……

他眼睛有点儿湿润了，母亲是在看儿子成长的足迹，更是在看儿子所走的路。

鞋样到他 23 岁时就没有了，布鞋已很少有人穿了，他的脚到 42 码也就定型了，他的一切是否也都停滞了呢？

年迈的母亲闲下来就读那本属于她自己的书。

案例分析

母亲的书，是用爱和辛劳去书写的，倾注着她全部的智慧和毕生的心血。时光流逝，

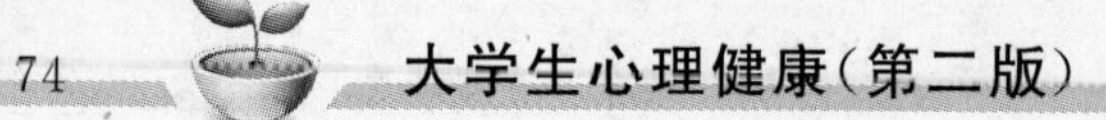

我们一天天长大,总是忙着认识和探索外面的世界,追逐诱人的名与利的光环,脑海里母亲的空间似乎越来越小,母亲在我们心目中似乎变得越来越不重要,甚至成为叮咛唠叨的代名词。可在你回首往事的时候,才发现正是这细微中才是最淳朴的爱,最朴素的恩,可有几个孩子真正读懂了呢?或许在我们也为人父,为人母的时候,才会真正读懂,或许永远不会。

第九讲 带着健康的心理上网

第一节 网络心理

一、网络与网络学习

Internet是由分布于五大洲的许多网络系统构成的,从字面意义来说,“Inter”表示相互之间,“net”表示网络,Internet可以称为全世界最大的“计算机网络”,中文名叫做“互联网”。它是继报刊、广播和电视之后崛起的第四媒体。网络时代的来临,改变了人与信息之间的互动,更改变了人与人之间的关系。人们可利用个人计算机上网来实现自己的梦想。真所谓“坐地日行八万里,巡天遥看一千河”。网络的迷人之处就在于每次上网不论是有目的的,还是无聊闲逛,都可以找到吸引你的新鲜事物。许许多多的“你”、“我”、“他”在这个虚拟的世界中,因为其隐匿性,只要自己高兴,就可以任意变换自己,更可以肆无忌惮地高谈阔论。

网络时代到来了,谁也无法阻挡这股网络发展浪潮。随着网络技术的深入发展和日臻成熟,真正的网络信息时代必然来临。美国著名的未来学家阿尔温·托夫勒就曾预言说:“谁掌握了信息,控制了网络,谁就拥有整个世界。”毫无疑问,在这个时代里谁也不能对网络的扩张无动于衷,坐视不管。学习网络,应用网络来学习,将是大势所趋。网络必将带来学习活动的重大变革,甚至爆发一场“学习的革命”。

阿尔温·托夫勒在《第三次浪潮》一书中指出:“未来的文盲不再是不识字的人,而是没有学会学习的人!”信息技术的发展,使网络学习由可能向现实转化。因此,网络学习可简单地定义为通过网络进行学习的过程,其本身和通过书籍、视听媒介等进行的学习并没有本质的差别。网络作为知识与信息的载体,是书籍、视听媒介等学习媒体的自然延伸,只不过网络本身的强大功能,是以前任何途径无法比拟的。它使人们获得信息从没有这么容易,与人交流更是达到空前的方便。

正如加拿大学者马歇尔·麦克卢汉所说:网络使整个世界成为一个“地球村”。“天涯若比邻”,学习者可以在任何时间通过电子邮件、聊天室、在线问答等方式向世界各地的提供网络服务的优秀教师提出问题和请求指导,并且发表自己的看法和体会。

二、大学生的网络心理行为问题

大学生正处于心理发展的“断乳期”、“危险期”和“关键期”。网络对大学生的心理健康的影响更为直接、激烈和深刻。网络导致大学生沉迷虚拟世界、荒废学业;甚至出现不同程度的心理与行为问题,因此,网络被称为是“争夺眼球的战争”。

大学生网络心理问题主要表现为躯体症状和心理症状两个维度。

一是躯体症状。由于大学生上网过度,导致躯体疲劳。最明显的症状是头昏眼花、腰酸背痛、手颤抖、疲乏无力、体能下降。

二是心理症状。直接表现为情绪失调,常常有一种莫名其妙的烦躁感甚至痛苦感。间接表现在以下几个方面。

(1) 认知能力的迷失。大量的、瞬息万变的网络信息呈现在学生面前,大学生不仅来不及使之成为自己的认知结构的组成部分,而且还严重地干扰和破坏了原有的认知结构,从而导致认知能力的迷失。

(2) 情感失控。在人际交往中,人际沟通的语言及非语言都起着重要作用,从某种意义上说,非语言沟通更为重要,因为它是情感沟通极为有效的途径和方式,而网络交际,无非是在键盘上双手敲打自己想要表达的意思,感情色彩匮乏而冷漠,容易产生情绪的焦虑。他们把不满和焦虑宣泄到网上,并没有得到预期的情感反馈,得到的只是人能看懂却无法慰藉人内心情感的符号,从而引发一系列的动机冲突和障碍。

(3) 精神意志丧失。网络的最大特征是虚拟性,它导致大学生过分地依附网络,不知道也不清楚离开了网络他们该怎么办。

(4) 角色错位、现实疏离,人际观念淡薄。大学生把业余的精力主要都用于上网,很少参加集体活动,甚至不愿意参加活动,把自己封闭在那一块狭小的天地里,与现实社会疏远,与同学疏离,同学之间情感淡漠,麻木不仁,各自干各自的事,把自己排除在集体之外,按照个人的需求和满足标准我行我素,这是网络孤独症和抑郁症的具体体现。

(5) 人格变异。辛辛那提大学的精神病学家内森·夏皮拉发现他的网络成瘾症患者中,大多数人在成瘾前患有躁狂抑郁症和社交恐惧症。卡内基-梅隆大学对过度使用互联网者的研究,以及匹兹堡大学的研究都显示,网络人格变异在现实社会中变异之前具有下列人格特点:喜欢独处、敏感、倾向于抽象思维、警觉、不服从社会规范。按照弗洛伊德精神分析学理论,网络人格变异者,存在有口唇期满足的创伤。婴儿通过哺乳得到精神上的满足,并保留了对代表母爱的温暖、关怀、安全等美好感觉的回忆和思念。网络成瘾者,通过上网,重新获得了这种从口唇期结束后,就似乎消失而又隐藏在潜意识中的满足感。成年后,受到挫折,如工作上失利,社交恐惧,失恋等,为了寻求解脱,沉溺于网络之中,可依赖的网上刺激得以弥补口唇期未满足的创伤,网络成了精神激动剂,成了继发性获益的促进剂,成了唯乐原则的实现地。

三、产生网络心理问题的原因

大学生网络心理产生的原因比较复杂,应该综合地去分析,只有找出产生问题的原因,才能对症下药,从根本上解决大学生的网络心理问题。

第一,大学生有情感表达与期望获得自我实现的需要。网上的匿名使人们善于更真实地表达自己,不需要掩饰和伪装,给人的感觉是活得不累。生活中的压抑在网上得以宣泄，从而在一定程度上大学生获得了心理自疗。

在网络这个虚拟的世界中，获得成功的机会远远高于现实生活，个人容易获得满足。网络为满足人的心理需要，提供了新的方式，这种方式就是替身，真实的自我隐藏起来。如果将替身的成功看成是自身的成功，就会迷失在网络虚拟世界。因此，迷恋上网会导致种种心理障碍，比如网络机制的制约力太过薄弱而造成的自我膨胀、自我道德意识弱化；长期处于虚拟角色扮演状态会使个体表现出行为责任意识降低、自制力降低，降低了对社会评价的关注，通常的内疚、羞愧、恐惧和承诺等行为力量被削弱了，使压抑行为外露的阈值降低，使人们做出通常不会做的、社会不允许的行为。

第二，主体的人性回归是产生网络心理问题的原始动力。从人性的角度看，人性回归指的是：原有的人性本能在某一时期已得到满足，当这一时期结束过渡到其他时期后，肌体满足的感觉并没有随着"时期"的结束而消失，而是以某种形式潜藏在无意识中，当主体经历了某些特定的"情境"打击之后，它就会以某种形式（如上网）把埋藏在无意识中的压抑释放出来，以缓解人肌体的紧张状态。这就是人性本能。个体的许多为正常社会意识所不容许的本能欲望在虚拟的网络环境中得到释放。从马斯洛的层次需要理论分析看，这也是一种需要的满足。一方面，主体有交往、归属和自尊的需要。而人际疏离的社会现实使得他们的需要得不到满足，因而产生了强大的内驱力，网络是他们获得满足的比较好的途径；另一方面，自我实现的愿望也是需要的满足，在网上，能实现自己的远大理想和抱负。

第三，家庭教育对网络心理问题的产生也起着不可忽略的作用。有调查研究表明，家庭气氛越好，孩子对真实世界和真实生活的参与度和满意度越高，子女的情感体验和表达更积极正向，乐于参与各种社会活动，对集体或社会倾向于认同和适应。家庭气氛越差，子女的现实疏离程度就越高，使用网络时所产生的负性情绪也越多，故出于气氛越差的家庭中的学生更易在虚拟的世界中寻求情感补偿。国外的研究表明：过多使用网络会导致社会卷入和社会联系减少，造成与现实的疏离。

第四，学生本身人格的扭曲也是产生网络心理问题的原因。许多大学生上网动机不纯，如有的大学生专门通过网络来骗取对方情感，即人们常说的网恋，一旦获得满足，马上更换对象，给对方造成了极大的伤害，也有的大学生上网是为了骗取钱财。

四、如何摆脱网络成瘾

网络成瘾，是指各种生理需要以外的、超乎寻常的嗜好。大学生过度迷恋上网实际上也是一种成瘾行为，又称互联网成瘾综合征，临床上是指由于患者对互联网络过度信赖而导致的一组心理性异常症状以及伴随的一组生理性不适。中国台湾的学者认为，网络成瘾是由于长期使用网络所导致的一种慢性周期性的着迷状态，并且带来难以抗拒再度使用的欲望，同时对于上网带来的快感一直有生理及心理依赖。

（一）网络成瘾的主要特征

（1）时间长。每天上网的时间超长，一般都在7～8小时以上，不知道饿，不知道渴，有的甚至睡在网吧。上网时精力集中、愉快，从网上得到解脱与欢乐，忘记人世忧伤与烦恼。

(2) 出现行为反差。网瘾者说谎,隐瞒上网情况,网恋、偷钱或盗用别人账号,有的还经常表现出逃学、不与人交往、暴躁等反常行为,一些人会滑向犯罪的深渊。

(3) 生理特征明显。表现为视力下降、生物钟紊乱、神经衰弱等。

(4) 强行中止上网便会出现戒断症状。如网瘾者感到空虚、无聊、烦躁、无助、不安、抑郁,或出现摔物、吵架、打人、偷窃、寻死觅活等冲动行为。一旦上网,上述症状立即消失,同时产生欣快感。

网络成瘾的危害类似于对毒品的依赖,一旦成瘾,便不能自拔,很难矫治。网络成瘾在精神成瘾方向与物质海洛因有惊人的相似之处:电脑赌博、游戏、网聊以及网恋等,是一种具有很强的刺激性、趣味性、新奇性的交互式活动,对"心理断乳"和人生转折时期的大学生具有极强的诱惑力,不少大学生沉溺其中,流连忘返,严重影响了自己的身心健康,影响了大学生的学习和正常生活。

用心理学解释就是,网络成瘾机理如同烟瘾、酒瘾、毒瘾一样,同样是操作条件反射形成、巩固、习惯化的过程。上网是操作过程,网上尝到的"满足和快乐"是强化物,两者的结合称之为强化,多次强化后,便形成了"网瘾"操作条件反射。

(二) 正确对待网恋

随着高校校园网络的广泛建设以及校园内外 Internet 网的开通,大学生上网的人数越来越多。但绝大多数学生偏离上网的方向,网恋便是其中之一。

网恋是基于互联网而发生的恋爱。网上谈恋爱浪漫、自由、虚拟,产生联想的空间大。因而网恋成为时尚。目前,大学生网恋比例较高,上网的人几乎都有一次网恋的经历。他们对网恋的态度已公开化,不避讳班主任、辅导员、家长和同学。网恋大多都是速成。聊过一次天,发过一次 E-mail 便"一见钟情"。大学生的网恋的目的在于:有的是游戏;有的是寻求感情寄托;有的是追求浪漫;有的是表现自我;有的是追求时尚;有的是随波逐流;有的是为了消除自卑;有的是为探索神秘的异性;有的是为了吸引异性等。不管哪一种,几乎都有一个共同点:大学生网恋都抛弃了"恋爱是为缔结婚姻"的原则,把网恋视为一种网络游戏,在网上进行网络情感交流,释放自己被压抑的性本能,不受现实和社会的种种规则约束,而且常常以模糊的性别和身份,把所有的感情当做游戏。

大学生网恋一般很容易上瘾,一旦上瘾就会沉溺于网络而不能自拔,把网络爱情视为生活的唯一追求。网恋大学生中午、晚上不休息,加班加点在网上谈恋爱,上课却无精打采,有的因为谈恋爱逃课,不仅严重影响了学业,而且很容易减少与老师同学之间的交流,从而导致不愿参加集体活动,性格变得孤僻,甚至造成人格分裂,有的则靠偷窃支付上网费用。

大学生网恋的成功率相当低,而花费成本却十分昂贵。因为网恋是虚拟的,从概率上看,网恋成功率仅为 0.62%,而且网络爱情都"死"得很悲惨。可以说,每一个进入 QQ 的聊友都有一部"血泪史",一部令人不齿的"血泪史"。"死了"的网恋主要表现为:一种是"网络死",当你庆幸刚刚找到一位情投意合的恋友时,对方早已消失得无影无踪了;另一种是"见光死",网恋到一定程度必定要见面。一旦见了面,现实中的对方让你大失所望。

网恋的投资成本十分巨大。花费的不仅是金钱、时间、学业，还有心灵。得到的却是一场梦，一场空。因此大学生要正确看待网恋。要清醒地认识到网恋的实质是虚拟的，不能与现实生活相交，最好把它看成精神感情的另一半。网恋的人不要很盲目地把自己放在心灵恋爱的位置上，应建立在坦白位置上，如果无法搞清楚对方的真实资料，最好还是“网事如风，破网而出”。

五、带着健康的心理上网

人类既是网络的创造者，成为网络的受益者；也有可能成为网络的寄生虫或受害者；更有可能成为网络的害人者。

在网络时代拥有自制力、学会科学分配时间，可能比学习知识更重要。在网络时代，只要打开计算机上网，到处都可以找到知识，人们根本无须为知识的贫乏而犯愁，但要把网络上纷繁复杂的无穷的知识与美丽的陷阱分开，需要的是分辨力、判断力、控制力、免疫力。带着健康的心理上网，才是网络时代最为要紧的事。

(1) 科学合理地利用时间。大学生的主要精力是学习，应把精力都用在学业上，即便是上网也应以学习知识和解决问题为主。因此，大学生要严格控制上网时间，不能过度上网，更不能把网吧看做是自己的栖身地，大学生上网的时间长短以不影响自己的身心健康，不影响学习为准。

(2) 辩证地看待网络，增强网络是非的辨别能力。大学生要清楚地了解网络的虚拟性与现实的差距。网络的虚拟使“社区”生活和情感交流很逼真，但它毕竟是假的，是与现实脱节的，大学生不可能离开社会现实，尽管可以暂时逃避到虚拟的网络“乐园”，但终究要回到现实社会中来的。因此，要勇敢地直面自己在现实生活中存在的问题，不要逃避，要面对现实，不能改变的现实，要勇于接受。树立信心，落实行动，提高自身素质。大学生既要利用网络的快捷、便利来学习和解决问题，又要明辨是非，提高自己的免疫力。大学生要远离色情传播，远离赌博游戏，更不要陷入网络的虚幻情境中而不能自拔。

(3) 提高自我意识能力，尤其是自我控制能力。自我意识是自己对自己的认知能力，包括自我认识、自我体验和自我控制，大学生要积极参加课外、校外活动，在生活中提高自我意识能力，尤其是自我控制能力。大学生要自觉地抑制不良的网络传播，经得起网络的诱惑，增强自我调节能力，塑造健全的人格。

(4) 自觉地积极参加各项有益的校内活动和校外社会实践活动。通过活动，充分调动大学生的主动性、积极性和参与意识，开阔视野，增强是非判别能力和抵制力，使他们充分体验到自我价值感和自豪感，从而觉得生活更有意义。网络是信息时代的产物，我们应该充分去其糟粕，取其精华，发挥其积极作用，用良好的心态去面对，树立健康的网络心理。

(5) 自觉遵守网络规范和道德，做文明的网民。大学生要加强自律修养，提高自身判断信息和选择信息的能力。大学生要加强自身上网的法制意识、责任意识、政治意识、自律意识和安全意识，树立良好的网络道德。大学生不做无节制的“网虫”，不做不道德的“黑客”，不利用互联网从事非法活动；在网上不说恐怖、下流、淫秽的语言；不浏览、传播、下载、复制、制作各种色情淫秽的文章和图片等。遵守网络文明公约“五要五不”:即要善于网上学习,不浏览不良信息;要诚实友好地交流,不侮辱欺诈他人;要增强自护意识,不随意约会网友;要维护网络安全,不破坏网络秩序;要有益身心健康,不沉溺虚拟空间。避免和消除一个时期以来业已存在并不断蔓延的网上不文明行为和网络道德失范现象。不逾越网络“道德底线”——不从事有害于他人和社会的网络活动等。

第二节　案例及其分析

案例描述

刘某,女,大二学生,长相漂亮。她有许多网友,大家常常在网上聊天。渐渐地,她发现和其中一个男生特别投机。一次不太在意的见面,却让女孩更加钟情,因为她发现男孩的外表比想象中好很多,从此网恋就变成了现实中的恋爱。长时间的相处,让女孩发现男孩并不是对自己情有独钟,他有许多从网上骗来的女朋友。而男孩一直在欺骗她,这犹如晴天霹雳,刘某心里接受不了这样的事实,没有心思做任何事,甚至要割腕自杀。

案例分析

女大学生的这种网络心理障碍属于情境性忧郁,她把自己真实的感情给了一个并不真实的人,真正相处了以后,发现他根本没有网上那么优秀,感觉也不像在网上那么好,只是徒有外表而已。更没想到男孩是一个专在网上欺骗女孩感情的人,因此造成心理障碍甚至想要自杀。而从男孩的角度来看,这也是一种网络心理障碍。他上网的目的就是欺骗和玩弄女性情感,他徒有一个好的外表,就好像“绣花枕头烂稻草”。他在网上把自己说得天花乱坠,其实全是谎言。网络是虚拟的,它可以让人们随意幻想,有些男孩把自己想成白马王子,女孩把自己想成白雪公主,过度的幻想就产生了病态心理。

第十讲 大胆寻求科学的心理干预

第一节　科学的心理干预

一、心理咨询、心理辅导、心理治疗

心理咨询、心理辅导和心理治疗是三个在学校心理健康教育中经常会遇到的名词，它们有什么区别与联系？如何正确使用这三个概念？这些是教育者比较关注的问题，同时也是专业人员和研究人员关注的问题。

（一）心理咨询

咨询，在古汉语中，咨是商量的意思；询是询问，合起来就是与人协商、征求意见。英语的咨询含有协商、商讨、会谈、征求意见、寻求帮助、顾问、参谋、劝告、辅导等含义。心理咨询是指来访者与心理咨询师之间，就来访者提出的问题和要求进行共同分析、研究和讨论，找出问题的所在，经过心理咨询师的启发和指导，找出解决问题的方法，以克服情绪障碍，恢复与社会环境的协调适应能力，维护身心健康。

心理咨询的重要方法是：多提问，少评判；多讨论，少建议；多问："你认为怎样？你觉得呢？"少说："你听我的没错。"这是因为，心理咨询的终极目的是助人自助。

在心理咨询中，首要掌握的原则是学会聆听。听是善意、虚心的表示，是建立友情的基础。聆听要求诚心诚意、全神贯注地听对方讲话，不要随意打断。这也是感情宣泄的重要方法。

心理咨询是一门使人愉快和成长的科学。这里的成长，是心理学意义上的人格成长，它含有心理成熟、增强自主性和自我完善的意思。

心理咨询既可以表示一门学科，即咨询心理学，也可以表示一种心理技术工作，即心理咨询服务，作为一种技术与服务的心理咨询，其含义是：运用心理学的理论和技术，借助语言、文字等媒介，与咨询对象建立一定的人际关系，进行信息交流，帮助咨询对象消除心理问题与障碍，增进心理健康，发挥自身潜能，有效适应社会生活环境的过程。

（二）心理辅导

辅导，在古汉语里，辅是帮助、佐助、辅助的意思；导是指引、带领、传导、引导的意思。英语里辅导的含义和中文相同或一致，泛指有关专业人员对当事人的协助与服务。

心理辅导是学校教育者根据学生心理发展的特征与规律，在一种新型的建设性的人际关系中，有关专业人员，运用心理学等专业知识技能，设计与组织各种教育性活动，以帮助学生形成良好的心理素质，充分发挥个人潜能，进一步提高心理健康水平的过程。心理辅导重在“导”，难在“导”，怎么“导”——倾听→同感→判断→商量。

我们可以把心理辅导理解为：顺其所思，予其所需，同其所感，引其所动，扬其所长，助其所为，促其所成。心理咨询师不应该对学生作强制的说理和武断的解释，必需的暗示、忠告、说服等“指示性”手段也只能最低限度地使用，而应力求做到“随风潜入夜，润物细无声”。

（三）心理治疗

心理治疗在英语中有时被称为“心理治疗”，有时直接被称为“治疗”。心理治疗的含义是指在良好治疗关系的基础上，由经过专业训练的治疗者运用心理学的有关理论和技术，对当事人进行帮助的过程，以消除和缓解当事人较严重的心理问题与障碍，促进其人格向健康协调发展，恢复其心理健康。

（四）心理咨询、心理辅导与心理治疗的关系

对人的心理问题的处理，目前大致有医学模式和教育模式，前者重心理的治疗和重建；后者重心理的预防和发展。按使用这两种模式因素的多少，可区分为心理咨询、心理辅导和心理治疗三个层次或类型。共同点是被认为心理有问题者的一个学习过程，即通过学习来改变其不健康的心理和行为。所以三者都强调双方之间的合作和建立一种民主、平等、和谐的关系，但是三者之间在目的、手段、对象等方面又各有差异（见图 10-1）。

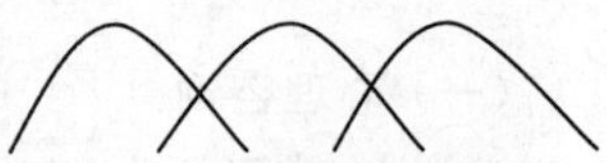

心理咨询 心理辅导 心理治疗

图 10-1 心理咨询、心理辅导与心理治疗的关系

（1）心理咨询是以遇到心理困惑或有强烈心理冲突与矛盾的正常学生为对象，关注对象的现在，心理干预的重点是发展，根本目标是改善学生个体的心理机能，提高心理健康水平。

（2）心理辅导的对象往往是处在转变或转折时期的普通学生，即他们的心理健康状况相对良好。心理辅导关注对象的未来，心理干预的重点是预防，根本目标是为防止未来问题的发生提供知识性服务。

（3）心理治疗是以心理健康水平较低或心理机能失调及心理上有障碍的疾患学生为对象，关注对象的过去，心理干预的重点是矫治，根本目标是纠正与治疗学生心理与行为的失常问题，恢复其心理健康。

虽然心理咨询、心理辅导和心理治疗是互相紧密联系的，不能也无法完全区别开来，但是这三者毕竟是不同的，从真正意义上来说，都具有各自不同的特点，所以它们应该区别开来。只有这样才有利于进行心理咨询、心理辅导与心理治疗工作，也有利于学校心理健康教育工作的准确性、针对性和科学性的提高。

（五）心理咨询与心理辅导的过程

心理咨询与心理辅导是一种过程，包括一连串有序的步骤和阶段，了解和重视每阶段的任务以及重点、难点和注意事项，有助于工作的顺利开展和效果提高。

1. 信息收集阶段

信息收集阶段的主要任务是广泛深入地收集与当事人(求助学生)及其问题有关的所有资料,并与当事人建立初步的信任关系,下面介绍主要步骤和要求。

首先,要建立良好和恰当的关系。咨询员要给当事的求助学生以良好的第一印象,给他们以职业上的信任感,并使他们感到你乐意帮助他们。同时要以热情而自然的态度,亲切温和的言行,消除初次见面的陌生感,使来访者的紧张情绪得以放松。

其次,通过求助者的自述和询问,了解他们存在的问题和要求,此时要注意了解他们的基本情况、社会文化背景和存在的问题。在这一阶段,心理咨询师要注意倾听对方的谈话,不要随意打断,避免过多提问和追问,必要时才加以引导。

2. 分析诊断阶段

分析诊断阶段的主要任务是根据收集到的材料和有关信息,对当事人进行分析和诊断,明确当事人问题的类型、性质、程度等,以便确立目标,选择方法,其要求和注意事项有:

首先,要弄清当事人是否适宜作心理咨询与心理辅导。例如,有的来访者是由家人、亲友、单位送来,而非本人自愿,没有求助的咨询动机;某些人的文化水平和智能极低,缺乏领悟能力;某些人对心理咨询与心理辅导及从业人员采取不任信的态度等。这些人都不适宜在一般情况下进行心理咨询与心理辅导,为此,要在这一阶段进行分析和诊断、确认。

其次,要对来访的求助当事人的问题及原因、形式、性质等进行分析诊断。求助的当事人,有些问题可能包括有精神病的症状,这属于精神病学范畴,要注意区别。心理咨询师要对当事人的问题进行辨认,并对其严重程度予以评估,特别是对问题的原因进行分析,必要时可结合心理测量等手段进行诊断和分析。

3. 目标确立阶段

目标确立阶段的主要任务是心理咨询与心理辅导的双方在心理分析和诊断的基础上,共同协商和制定心理咨询与心理辅导的目标。通过心理咨询与心理辅导目标,引导心理咨询与心理辅导过程,并对心理咨询过程进展和效果进行监控评估,督促双方积极投入咨询。确立目标,可以这样引导当事人:通过心理辅导,你希望解决什么问题?有什么改变?达到什么程度等,确立目标应注意以下几点。

第一,目标是具体的,具体的目标应有一些客观标准,很清晰,可接近,最重要的是可操作,可测试。

第二,目标是现实可行的,要根据当事人的潜力、水平及周围环境来制定。

第三,目标是心理学的,也就是心理学方面的,可以通过心理学的手段来达到,而非依靠生物学的干预手段。目标限制应在心理品质和行为特征的改变上,不应以生活干预作为咨询的基本目标。

第四,目标应分轻重缓急,应有经常检查和评价。

4. 方案探讨阶段

方案探讨阶段的主要任务是根据问题性质及其与环境的联系,当事人自身的条件、资源、能力、经验等,结合既定的辅导目标,设计达到目标的方案。通俗地说,也就是双方共同拟订类似日程表一样的方案,明确双方在什么时间,做什么事件,怎么去做,做完如何等,此阶段应考虑以下问题。

首先是心理咨询与心理辅导方案应由双方共同探讨、协商确定,不能由咨询人员单方面直接拟订,也不能仅依从当事人来拟订。

其次是有效性、可行性,应首先设想多种可能的方案,然后对这些方案的优劣进行权衡、评估,最后选择一个合适的、有效的、可行的方案。当然最后选定的方案还应该是经济、简便的。

5. 行动实施阶段

行动实施阶段的主要任务就是根据拟订的方案,采取行动,达到咨询与辅导的目标。在此阶段,咨询人员应以心理学的方法和技术帮助当事人消除各种心理问题,改变不良心理状态,提高心理健康水平。这一阶段是心理咨询与辅导中最关键的、最具影响力的、最根本的阶段。辅导人员对当事人的帮助,常采用领悟、支持、解释和行为指导等方法,支持和引导当事人,积极进行自我探索,产生新的理解和领悟,克服不良情绪,开始新的有效行为,巩固一些新的生活方式,借此发生真实的转变,此阶段应注意以下问题。

(1) 辅导人员要介入当事人的行动过程中,对其遇到的困难,不明白之处予以及时的讨论或指导。

(2) 保持对行动过程的监控或作必要的调整。

(3) 随时注意评估进展情况,并创造一种积极的氛围,保持双方良好的关系。

6. 结束阶段

结束阶段的主要任务是对心理咨询与心理辅导情况作小结,帮助当事人回顾工作的要点,检查目标的实现情况,指出当事人的进步、成绩和需要注意的问题,更需要注意传达这样的信息:你现在表现得越来越好了等,此阶段要注意处理好关系结束和跟进巩固等问题。

首先,要处理好关系结束。成功的辅导关系在结束时会使当事人感到一些不情愿、焦虑,甚至依恋,因为他担心失去一位最知心的朋友,并要独自面对挑战。因此咨询人员应及时说明,今后会仍然关心他的情况,还会有一些跟进辅导(随访),随时提供一些必要的支持。

其次,为学习迁移和自我依赖做准备。针对当事人的情况,咨询与辅导的双方要讨论:在离开咨询与辅导后一段时间如何自我依赖,并运用在咨询与辅导中学到的知识和技能处理新问题,或应用到以后的生活里,从而扩大辅导效果,促进成长发展。

最后,要帮助当事人愉快自然地结束咨询与辅导。

心理咨询与辅导是一个过程,由不同的步骤和阶段构成,每阶段都有各自的任务和侧重点。它们相互关联,相互重叠,形成完整的一体。

二、危机干预

(一) 危机及危机干预

危机是一种认识,当事人认为某一件事或境遇是个人资源和应付机制所无法解决的困难，除非及时缓解，否则危机会导致情感、认知行为的功能失调。

危机干预又称危机调停，是借用简单的心理治疗手段，帮助当事人处理迫在眉睫的问题，恢复心理平衡，安全渡过危机。

（二）危机干预的适用范围

（1）丧失因素。涉及人员、财产、职业、躯体、爱情、尊严、地位等的丧失。如亲人病故、失窃破产、失业下岗、妇女遭受暴力、致残、失恋、离婚、事业及追求受挫等。

（2）适应问题。包括新生入学、退伍、离休、乔迁新居、初为人妇、移民等情况，多指对新的环境或状态需要重新适应的心理应激。

（3）矛盾冲突。面临各种亟须作出决断的矛盾及长期的心理冲突等状况。如弃学求商、商海沉浮、现实的趋俗与良心道德价值观的激烈冲突等。

（4）人际紧张。严重的或持续的人事纠纷极易使人陷入心理危机。

（三）危机干预的方法与技术

1. 确定问题，评估危险程度

从求助者的立场出发探索和确定问题。使用积极倾听技术，包括使用开放式问题，评估求助者的危险程度。既注意求助者的语言信息，也注意其非语言信息。

2. 保证求助者安全

评估对求助者躯体和心理安全的致死性、危险程度、失去能动性的情况或严重性。评估求助者的内部事件及围绕求助者的情境，如果必要的话，保证求助者知道代替冲动和自我毁灭行动的解决方法。

3. 提供支持

让求助者认识到危机干预工作者是可靠的支持者。通过语言、声调和躯体语言向求助者表达，危机干预工作者是以关心的、积极的、接受的不偏不倚的个人态度来处理危机事件。

4. 提出并验证可变通的应对方式

帮助求助者探索他或她可以利用的解决方法。促使求助者积极地搜索可以获得的环境支持、可以利用的应付方式，发掘积极的思维方式。

5. 制订计划

帮助求助者做出现实的短期计划，包括发现另外的资源和提供应付方式，确定求助者理解的、接纳的行动步骤。

6. 得到承诺

帮助求助者向自己承诺采取确定的、积极的行动步骤，这些行动步骤必须是求助者自己的、从实现的角度看是可以完成的或是可以接受的。

在结束危机干预前，危机干预工作者应该从求助者那里得到诚实、直接和适当的承诺。

有成就的危机干预工作者的特征：具有生活经验、具备专业技巧、镇静、精力旺盛、创造性与灵活性、快速的心理反应及其他特征。

三、自杀是一种危机

(一) 自杀的现状

自杀率是一个国家人群心理卫生状况的重要参照指数。据世界卫生组织统计,全球每 40 秒就有一个人自杀,自杀率达到 10 万分之 12 就是高自杀率的国家,而中国目前的自杀率是 10 万分之 23。在中国,据推算每年约有 28.7 万人自杀死亡,至少有 200 万人自杀未遂。自杀死亡占全部死亡人数的 3.6%,是第 5 位最重要的死亡原因。在 15~34 岁人群中,自杀是第 1 位死因,占相应人群死亡总数的 19%。自杀成为青少年(包括大学生)第 1 死亡因素,这是一个值得我们高度重视的问题。世界上最早的自杀求助热线是 1960 年在美国洛杉矶出现的生命热线,其功能主要是通过电话对那些打算自杀的人在临死前进行情绪疏导,挽救生命。

(二) 自杀及高危人群

自杀是指在意识清醒的情况下,个体故意损害甚至毁灭自己生命的主动的或被动的行为。

自杀的高危人群包括老人(体衰、丧偶)、青年、大学生(完美主义、理想与现实不匹配、异性关系不顺)、女性(婚姻不如意、丈夫有外遇)。

大学生似乎特别容易产生自杀的动机,并且很多颇有声望的大学中也时有自杀发生。在企图自杀的人中,女性多于男性。自杀率在规模较大的大学里比在社区或其他地方院校中要高。

(三) 自杀的自救

(1) 平时注意建立一个有一定规模、密度并具异质性的支持系统,学会和他人交流与沟通(既会聆听也会倾诉)。

(2) 培养参与体育运动或文娱活动的习惯,在一定程度上有助于不良情绪的释放和宣泄。

(3) 提高自我觉察力,一旦发现产生自杀意念,便及时实施自我救助(如转移注意、避开刺激物等)。

(4) 必要时可向心理辅导等专业人士咨询或寻求帮助。

(四) 如何预防自杀

(1) 在心理健康教育中增加自杀预防知识的宣传的内容(包括对学生的宣传和对学生管理干部的宣传)。

(2) 对新入校的学生进行心理健康普查,从中了解学生的自杀意念,有针对性地开展预防工作。

(3) 提供生命线或热线电话之类的电话服务,随时为处于危机状态的人提供及时的服务。

(五) 自杀干预的策略

自杀干预的策略是由弗雷德里克(C. J. Frederick)在 1973 年首先提出的,并得到广泛的认可。

(1) 倾听。任何一个处于心理危机中的人，他最迫切的需要就是有人能倾听他所传达出的信息。对有自杀可能的人的指责只会阻碍有效的交流。专业人员应努力去了解有自杀可能的人潜在的情感。

(2) 对处于危机中的人的思想和情感进行评估。对任何自杀的想法都要认真对待。如果处于危机中的人已对自杀作了详细的计划，那么自杀的可能性要比仅仅想到自杀时大得多。在做出自杀行动之前，他们既可能表现得很安静，也可能表现得情绪激动。如果既处于明显的抑郁之中，又伴有焦躁不安，这时出现自杀的危险性最大。

(3) 接受所有的抱怨和情感。对处于危机中的人的任何抱怨都不应轻视或忽视，因为这可能对他们是非常严重的问题。在某些情况下，处于危机中的人可能以一种不经意的方式谈到他们的不满或抱怨，但内心却有着剧烈的情感波动。

(4) 不要担心直接问及自杀。处于情绪危机中的人可能会隐约涉及自杀问题，但却不一定明确提出来。根据过去的经验，在适当的时候直接询问这一问题并不会产生不良的结果。但一般应在会谈进展顺利时再询问这一问题，因为当与处于危机中的人建立良好的协调关系后再问这一问题效果会更好。处于危机中的人一般也比较喜欢被直接问及自杀的问题，并能公开地对此进行讨论。

(5) 要特别注意那些很快“反悔”的人。处于危机中的人经常会因为讲出了自杀的念头而感到放松，并且容易错误地以为危机已过，然而问题往往会再次出现，这时的自杀预防工作就更为重要。

(6) 做他们的辩护者。处于危机中的人，他们的生活中需要有坚定、具体的指导者。这时，治疗者要向他们传达这样的信息：他们所面对的问题已处于控制之中，并且治疗者会尽全力阻止患者自杀。这样可以让患者有力量感。

(7) 充分利用合适的资源。每个个体都既有内部资源(个人的、心理的)，又有外部资源(环境中的、家庭的、朋友的)。心理资源包括理性化、合理化，以及对精神痛苦的领悟能力等，如果这些资源缺乏，问题就很严重，必须有外界的支持和帮助。

(8) 采取具体的行动。要让患者了解你已做好了必要的安排，例如在必要时安排患者住院或接受心理治疗等，对一个处于危机中的人来说，如果他觉得在咨询会谈中一无所获，他会有一种挫折感。

(9) 及时与专家商讨和咨询。根据问题的严重程度，要及时与有关专家取得联系。任何事都由自己一个人去处理是很不明智的，但同时应在处于危机中的人面前表现得沉着，让对方感到他的问题已处于完全的控制之中。

(10) 绝不排斥或试图否认任何自杀念头的“合理性”。当有人谈到自杀时，绝不能把这一问题看做是“操纵性的”或并不是真的想自杀。如果这样做，处于危机中的人会真切地感受到这种排斥或谴责，这是很不明智的。

(11) 不要试图“大喝一声”就让试图自杀的人翻然悔悟。公开向试图自杀的人讨论并劝告他停止自杀，并相信这种评论会使对方认清自己的问题，这种想法是很危险的，可能会导致悲剧的发生。

第二节　案例及其分析

案例1

案例描述

陈某,男,20岁,班长,是班上大小活动的积极分子,学习成绩在班上也是一路领先,每次考试都是全班第一。老师每次在班上列举表扬的例子,他都是名列其中。然而一次外语考试,他却从以往的第1名掉到了第10名,从此,他变得沉默寡言,也很少再主动提出搞一些文娱活动。后来经医院诊断,他患了严重的精神忧郁症。

案例分析

该案例中男生自尊心很强,过分追求完美,容不得一丝一毫的"失败",在校学习都一帆风顺,遇到一点挫折就显得不知所措。他的心病很大程度上还是他个人成长经历、个性积淀的结果。建议优秀生如果在心理上遇到了"心结",可以与自己最信任的人倾诉,把自己想说的话推心置腹地一吐为快,或向有此经历的同龄人咨询,看他们是如何处理的。

案例2

案例描述

某大学生,高中时成绩突出,考入某重点大学后,当地政府将他作为榜样宣传,成了家喻户晓的人物。上大学后,在各个方面都面临着与其他人的竞争,这使他产生了很大的精神压力,担心学不好对不起家乡父老的期望。由于上课时总想着这些问题,致使学习受到影响,成绩日益下降,精神负担也就越来越大。有一次期末考试他没有通过,补考后仍未及格,顿时产生了强烈的负罪自责心理,十分内疚,觉得对不起家人和乡亲父老,再也没脸去见他们。在这种激情状态的驱使下,一时冲动,自杀身亡。

案例分析

如何让优秀生心理坚强?社会对优秀生的夸赞应适可而止,过多夸赞在某种程度上增加了优秀生的心理压力。优秀生在学校里总与荣誉有缘，习惯了别人的夸赞，所以一旦遇到挫折，或处于被遗忘的状况，就难以承受。另外，一些学校仍将“成绩好”、“听话”作为三好学生的标准，而忽视了学生抗压能力和素质的培养。优秀生中绝大部分是小学当到大学的“老干部”，这很不利于他们的成长，因此，班干部应该轮流当，不应该让优秀生“垄断”，以加强对他们的挫折教育，同时也让更多的学生参与锻炼。家长应经常与孩子沟通，习惯了做优秀生的孩子往往自尊心太强。

第十一讲 透视心理疾患

如果问你一个问题——“你有心理疾患吗?”你会怎么回答呢?有心理疾患就是心理不健康吗?其实,每个人都会有心理疾患,正如每个人都可能患躯体疾病一样。每个人会在不同的发展阶段出现不同程度的心理问题,并不代表一定是心理不健康,有些人出现了心理疾患,还能保持基本的生活适应,也有些人出现了心理疾患,却到了完全不健康的心理状态。我们认为,心理健康的人不是没有心理问题,而是能积极有效地解决心理问题。健康的心理不是天生的,而是在不断地学习和自我完善中培育出来的。

第一节 常见的心理问题、心理障碍和心理疾病表现

一、大学生对心理问题存在的误解

1. 心理问题是“神经病”

在现实生活中,当有人情绪或行为反应过度时,人们可能会说他们是“神经病”,认为他们的表现不同于正常人。实际上,神经病专指神经系统疾病,包括由于感染、外伤、血管病变等原因引起的脑血管疾病。

2. 心理问题是“精神病”

有心理问题的人有充分的自知力,社会适应能力基本没有缺损,通常主动寻求帮助。而精神病患者缺乏自我内省,很难正常融入社会生活。

3. 心理问题是“思想问题”

有的大学生出现注意力不集中,学习成绩下滑,不是思想问题,也不是不积极要求上进,可能是由于内部或外部的一些因素造成心理压力过大,致使无法集中注意力。

4. 心理问题是“不治之症”

一方面,人人都会出现心理问题,不必羞于承认,忌讳就医;另一方面,如果出现心理问题,主动自我调节,严重时寻求专业帮助,是可以改善的。

二、校园中常见的心理问题

一般的心理问题是随处可见的。例如,今天上课被老师批评了,心里有些不舒服;又如,某位同学对很好的室友发了一通火,让人感到莫名其妙……所有这些,都属于心理问

题,大学生常见的心理问题有以下几种。

(一) 环境适应问题

学校环境的变化,学习条件和方法的变化,生活习惯的改变对刚入大学的新生来说都有一个适应的过程,由于绝大多数大学生都是出生于改革开放后的20世纪80年代以后,80%是独生子女,他们是在家长和教师的保护下一帆风顺地成长起来的,对变化的新环境和独立处理新环境中的各种问题常常很困惑,加上他们承受挫折的能力较差,从而影响了情绪的稳定,遇到困难常常想家、想父母,常产生怀旧情绪,大学生对新环境不适应,如果得不到及时调整,便会产生焦虑、烦恼、自卑、失落、抑郁等不良心理。

(二) 与学习有关的问题

进入大学后,有的学生不喜欢自己所学的专业,出现厌学情绪;有的学生发现自己十几年总结出来的学习方法并非完全有用,有的学生担心自己学的内容将来是否用得上,缺乏学习兴趣;学习压力过大,如考试、升学、就业的压力,还有来自父母期望的压力等,使他们长期处于矛盾与冲突之中,精神长期紧张可能导致大学生出现强迫、焦虑、抑郁等。

(三) 人际交往和社会适应问题

人际交往是大学生最关注的问题之一。大学生正处在步入社会的关键期,内心渴望着与他人建立良好的人际关系并试图发展这方面的能力,调查显示:人际交往问题常常是困扰大学生心理的主要来源。有些大学生不愿敞开心扉,自我封闭,有的学生觉得他人的感情不纯而不愿与其交往,有的学生为了交际而交际,大学生普遍存在不知道如何与人沟通,不懂交往的技巧与原则的问题,他们在社交中常常感到交不到知心朋友,似乎每个人都有“个性”,部分学生会遭受人际挫折,从而产生烦躁、孤独、焦虑、苦闷的情绪。

(四) 情感与性方面的问题

大学生均处于青春期,“爱情”是大学校园中的一个敏感的话题,是复杂、独特而微妙的情感体验,也是大学生容易产生心理困扰的领域之一。现在大学生中谈恋爱的越来越多,恋爱的动机也比较复杂,他们大都情感比较脆弱、忍耐性不强,当他们不能处理好恋爱与学业关系问题或恋爱受挫时,就会产生苦闷、痛苦、失落、抑郁,甚至会产生报复、绝望心理。调查显示:因恋爱所造成的情感危机是诱发大学生心理问题的重要因素,失恋在所有造成心理疾患的因素中是最严重的,约占30%,性生理成熟、性心理的发展以及两性相处等方面也会出现问题。

(五) 有关就业和未来发展的问题

随着高等教育就业制度改革的不断深入,一方面,市场带给大学生更多的择业机遇和更大的自由度;另一方面,也增加了择业难度,加重了大学生的心理压力。社会对人才的需求、实际的工作情况、学生的主观愿望、自身的素质、性别、专业以及社会关系等都会引起他们各方面的思考和权衡。很多同学从大一起就开始考虑自己的出路问题,为了使自己将来的出路更加宽广,他们花很多的精力准备各类“技能”证书,神经长期处于紧张状态和精神长期处于压抑状态是大学生出现心理问题的一个重要因素,焦虑、烦躁打破了他们的心理平衡。

三、大学生常见的心理障碍

大学生心理障碍有多种,这里只介绍大学生中常见的神经症、人格障碍。

(一) 神经症

神经症(neurosis),是一组精神障碍的总称。它们没有精神病性障碍,主要可表现为烦恼、紧张、焦虑、恐惧、强迫症状、疑病症状或神经衰弱症状等,病前多有一定的素质和人格基础,发病常与心理社会因素有关。其症状无肯定的器质性病变基础。依其主要临床表现,又可分为以下类型。

1. 恐怖症

所谓恐怖症,是指对某些不具任何伤害性的事物产生不合理的恐惧反应。也就是说,即使当事人明明知道自己不会受到伤害,仍然无法控制自己的恐惧情绪。当事人在生活中对不该恐惧的事情产生恐惧,自然会造成困扰。恐惧症最重要的特点是内心恐惧感的不合理性。比如与他人交往是很正常的事,可有些人不敢与人接近,不敢在陌生人面前讲话,必须这样做时会非常紧张、脸红、语塞,甚至逃避,这就是社交恐惧症。再如很多人都怕蛇,不能认为这是恐惧症,但是如果看到蛇的图片、电视里的蛇,甚至听到蛇字,就吓得受不了,那就是恐惧症了。

2. 焦虑症

焦虑是由紧张、不安、忧虑、恐惧等感受交织而成的情绪状态。在日常生活中很多人都体验过焦虑情绪,有的是由心理—社会因素诱发的忧心忡忡、挫折感、失败感和自尊心的严重损伤而引起的焦虑;有的是现实性或客观性焦虑,如父母渴望孩子考上大学,孩子目前正在加紧复习功课,在考试前父母显得非常焦急和烦躁,夜不能寐;还有的是道德性焦虑,自己的行为不符合自我理想的标准而受到良心的谴责,如自己工作忙,不能常回家探望老人,老人生病了,于是深感内疚,坐立不安,不断自责,这些暂时性的焦虑不属于心理障碍。

焦虑症患者常常是在没有明确的现实威胁时也产生焦虑反应,而且其焦虑体验较正常人更强烈。

焦虑症的一般症状是情绪紧张、注意力不集中、身心疲惫、心悸、失眠等。平日大多处于一种无时不担心、无时不忧虑的生活状态,有时突然无缘无故地惊慌,好像大祸临头一般,同时伴有心跳加快、呼吸急促、四肢发抖、头昏目眩、肌肉发紧、尿急尿频等症状。

3. 强迫症

强迫症是指当事人的行为不受自由意志的支配,即使其行为违反自己的意志,却一再身不由己地重复。

强迫症状的特点是有意识的自我强迫和自我反强迫同时存在,二者的尖锐冲突使患者焦虑和痛苦,患者体验到,观念或冲动系来源于自我,但违反他的意愿,遂极力抵抗和排斥,但无法控制,患者认识到强迫症状是异常的,但无法摆脱。

其实,在日常生活中谁都难免会有强迫倾向。比如走出宿舍楼,忽然想起“锁门了吗”，这个念头一出现便有些担心，回去检查发现已经锁好便安心去上课，这是很正常的。只有那些回去反复检查，而且不反复检查多次就不放心，也知道自己这样做没必要但还是要做的情形，才称为强迫行为。

4. 躯体形式障碍

躯体形式障碍的主要特征是患者反复陈述躯体症状，不断要求给予医学检查，无视反复检查的阴性结果，不管医生关于其症状有无躯体基础的再三保证。患者有时有某种躯体障碍，但并不能解释其症状的性质和程度，不能解释患者的痛苦与先占观念。

患者感觉身体某部位敏感度增加，过分关注，部位不恒定，描述不清；有的描述逼真，但实际并不存在。患者要求做各种检查，要医生同情，认为检查有误，为此担心、苦恼。

5. 神经衰弱

神经衰弱是一种常见的神经官能症，是由于大脑神经活动长期持续性过度紧张，导致大脑的兴奋和抑制功能失调而产生的心理障碍。

神经衰弱主要表现：

精神疲乏、注意力难集中、效率减低等衰弱症状；

回忆及联想增多且控制不住，对声、光敏感的兴奋症；

易烦恼、易激惹的情绪症状；

紧张性疼痛；

入睡困难、多梦、易醒等睡眠障碍。

6. 抑郁性神经症

抑郁性神经症是以持久的心境低落为主要临床症状的神经症性障碍，常伴有焦虑、躯体不适和睡眠障碍。患者几乎全部时间都为抑郁性情绪所困扰，自感忧愁，沮丧和悲伤，对日常生活和娱乐活动无快乐感，即使在风景美丽、环境幽雅的旅游区也无欣赏的心情，遇见远来的亲朋好友也不愿应酬，回避热闹场合。

（二）人格障碍

人格障碍是指人格特征明显偏离正常，使患者形成了一贯的反映个人生活风格和人际关系的异常行为模式。这种模式显著偏离特定的文化背景和一般认知方式（尤其在待人接物方面），明显影响其社会功能与职业功能，造成对社会环境的适应不良，患者为此感到痛苦，并已具有临床意义。患者虽然无智能障碍，但适应不良的行为模式难以矫正，仅少数患者在成年后程度上可有改善。通常开始于童年期或青少年期，并长期持续发展至成年或终生。

人格障碍患者与神经症患者不同。神经症患者常常为自己的症状焦虑不安，而且有希望改变自己的意向；而人格障碍患者虽然客观上显示生活适应困难，但他们并不因为自己的行为感到愧疚。

常见的人格障碍有：

(1) 偏执型人格障碍——以猜疑和偏执为特点。

(2) 分裂型人格障碍——以观念、行为、外貌装饰的奇特、情感冷漠、人际关系明显缺陷为特点。

(3) 反社会型人格障碍——以行为不符合社会规范，具有经常违法乱纪、对人冷酷无情的特点。

(4) 冲动型人格障碍——以阵发性情感爆发,伴随明显冲动性行为为特征。

(5) 表演型人格障碍——又称为癔症型人格障碍,以过分感情用事或夸张言行以吸引他人注意为特点。

(6) 强迫型人格障碍——以过分要求严格与完美无缺为特征。

(7) 依赖型人格障碍——以性格幼稚、凡事依赖别人的帮助与支持,否则就感到极大的恐惧为特点。

(8) 妄想型人格障碍——以对事多怀疑,对人不信任,重视自己的身份地位为特点。

(9) 分离型人格障碍——以性格孤僻、感情冷淡、缺少与人相处的兴趣和能力、社会适应困难为特点。

(10) 被动攻击型人格障碍——以被动而又间接的方式表达其带有恨意的攻击性行为,甚至在暗中向对方攻击,性格矛盾而怯懦为特点。

四、大学生常见的心理疾病

如果有人告诉你,说某人要谋害他,在饭菜里下毒,用仪器监视他的行踪,并对此深信不疑,面对这种情况,你该怎么做呢?

显然,对于这种人绝不能掉以轻心,因为他已经出现了一些精神病学的症状。因此,需要赶快与老师联系,使该同学就医诊断,得到恰当的治疗。

(一) 精神分裂症

精神分裂症是一类心理疾病的总称,具有精神分裂的各种症状。在各种心理异常中,精神分裂症是最严重的一种,在大学生中也有发病。精神分裂症主要是患者身心异常的程度,已经丧失社会生活的功能,恶化到非住院治疗不可的地步。

精神分裂症大多具有以下典型症状,在精神病学上作为主要的临床诊断依据。

(1) 思维紊乱。精神分裂症的核心症状是思维紊乱,联想过程缺乏连贯性和逻辑性。无论经由口头还是文字,均不能系统地表达其所要表达的意义。

(2) 知觉扭曲。精神分裂症患者对知觉经验的陈述有明显扭曲事实的现象,例如本来非常微弱的声音在患者听来震耳欲聋,极暗淡的颜色在患者看来鲜艳耀眼,此外还表现在对身体的知觉也困难,会更扭曲,比如觉得自己手变短了,腿变长了,脸形变小或变大了。严重的精神分裂症患者站在镜子前面,不能识别镜子中的人是自己还是别人。

最典型的症状是幻觉和妄想。幻觉是不真实的知觉,即无中生有。患者在毫无事实根据的情况下认为他听见什么声音、看到什么景象或闻到什么气味等,这些症状被分别称为幻听、幻视和幻嗅等。

妄想是指不根据事实、不合逻辑的思想或观念。例如,迫害妄想:认为别人在有计划地跟踪、迫害他,吃饭怕人下毒,睡觉怕人袭击,惶惶不可终日;夸大妄想:说自己是重要领导人,过分夸大自己的身份和地位,以此炫耀自己;关联妄想:认为一些不相干的事情都与自己有关,觉得报纸上的新闻评论或小说中的故事都是在影射自己。

(3) 情绪错乱。精神分裂症的明显症状之一是情绪错乱,患者以明显异于常人的方式表达喜怒哀乐等各种情绪。他们的内心世界与外界环境已失去统合功能，这也是之所以称这类患者为精神分裂的原因。

精神分裂症患者喜怒无常，在引人悲哀的情境他可能发笑，而惹人发笑的场合他可能悲伤。他们经常呆坐良久，表情冷漠，即使告知亲人病势也无动于衷，但在另一时间，有可能无缘无故地痛苦。

(4) 脱离现实。精神分裂症患者不仅不肯与周围人交往，而且也不愿意与周围的环境接触，经常离群索居，孤独自守，不知世事之变化、时间之流逝。他们与现实严重脱节，退缩到属于自己的世界之中，这也是在外人看来他们喜怒无常的原因。

(5) 动作怪异。精神分裂症患者动作减少，表现奇特，异于常人。他们表现极为怪异，时而无故傻笑，时而咬牙切齿，时而愁眉苦脸，时而指手画脚，似乎在表达某种意义，但与所处的环境并无直接的关系。

（二）抑郁症

情绪低落是很多人都会经历的情绪体验，大学生中最多的担心是自己是不是患了抑郁症。每个人都会有情绪的起起落落，考试失败令我们沮丧，恋爱分手让我们痛苦，未来发展使我们焦虑，但不一定就是患了抑郁症。

抑郁症在心理异常中最为常见，也最不容易辨别。起病大多缓慢，最初往往是失眠、乏力、食欲不振和工作效率降低等。抑郁症的典型症状是"三低"：情绪低落、思维缓慢、言语动作迟缓。其主要表现有以下四个方面。

1. 认知方面

对自己、对周围事物以致对整个世界均持有负面的想法和看法，认为自己无能、失败，是个废人，因而极度自卑，丧失自尊心，有自责自罪观念，对别人不再关心，冷漠；对未来看不到希望，充满悲观和绝望。

2. 情绪方面

精神症状以情绪低落、抑郁悲观最为突出，而且昼重夜轻，情绪消沉以早晨最为严重。患者整日忧心忡忡，唉声叹气，丧失了对生活的任何兴趣，甚至懒得吃饭、睡觉，在生活中只感到痛苦，在绝望中时常有自杀的念头。

3. 动机方面

在任何活动中完全处于被动，厌倦生活，当被动的外力消失以后会处于极度孤独的困境。

4. 生理方面

出现食欲降低、体重下降、睡眠失常，常常感到四肢无力，容易疲劳。这些有碍身体健康的症状，又会加重忧郁，造成恶性循环。

我们必须看到，心理疾病是普遍的，只不过存在着程度上的差别而已，例如，工作适应疾病：过度承受压力、物质金钱关系不当；职业性心理疾病：教师的精神障碍，单调作业产生的心理障碍，噪音和心理疾病，夜班和心理问题，高温作业的神经心理影响。而且现代文明的发展使人类越发脱离其自然属性。污染，生活快节奏，紧张，信息量空前巨大，社会关系复杂，作息方式变化，消费取向差异，在公平的理念下，不公平的事实拉大等，都使心理疾病逐渐增多并恶化。

我们认为,心理治疗是一个系统工程,需要多种治疗方法的配合运用。几乎所有的精神病、神经症、心理缺陷和不良心理习惯都可以通过心理治疗得到明显改善,甚至成功治愈。如何根据实际情况选择适当的疗法,而不是照本宣科,这是对心理医生的最大考验。

第二节　案例及其分析

案例描述

柳某,女,21岁,某科技大学三年级学生。她认为自己是个怪人,有个害羞的怪毛病。两年多来,从不与人多讲话,与人讲话时不敢直视,眼睛躲闪,像做了亏心事,一说话脸就发烧,低头盯住脚尖,心怦怦跳,浑身起鸡皮疙瘩,好像全身都在发抖,她不愿与班上同学接触,觉得别人讨厌自己,在别人眼中是个"怪人"。最怕接触男生,即使在寝室里,只要有男生出现,就会不知所措,对老师也害怕,上课时,只有老师背对学生板书时才不紧张,只要老师面对学生,就不敢朝黑板方向看,常常因为紧张对老师所讲的内容不知所云,更糟糕的是,现在在亲友、邻居面前说话也"不自然"了,由于这些毛病,极少去社交场所,很少与人接触。

案例分析

柳某患了社交恐惧症。对社交恐惧症的治疗应以心理咨询为主,并辅以心理治疗,如转移疗法、满灌疗法,尤其是系统脱敏疗法。

第十二讲 有效管理自己的情绪

第一节 情绪概述

情绪无时无刻不在伴随着我们的生活，有时欣喜若狂，有时焦躁不安，有时孤独恐惧，有时满腔怒火，有时舒适愉快，有时悲痛欲绝，情绪与我们的生活、学习、人际等密切相关。如何管理好自己的情绪，不仅会影响大学生活的质量，而且还将影响甚至决定未来人生的成败。

一、认识情绪

说到情绪，人自然会联想到喜怒哀乐、悲欢离合。生活中人们必然要遇到得失、顺逆、荣辱、善恶等各种情境，因而有时积极、有时消极、有时高兴、有时气愤、有时恐慌、有时轻松、有时悲伤、有时焦虑，这些不同的心理状态渗透在我们的生活、学习、交往中，并直接影响着我们的生活、学习和健康。

那么，什么是情绪和情感呢？当前比较流行的看法是：情绪和情感是人对客观事物的态度体验及相应的行为反应。这种看法说的情绪是以个体的愿望和需要为中介的一种心理活动。当客观事物或情境符合主体的需要或愿望时，就能产生积极的、肯定的情绪和情感，如渴求知识的人得到外出学习的机会就感到满意；生活中遇到知己会感到欣慰；看到见义勇为的行为会产生敬慕；找到志同道合的情侣会感到幸福等。当客观事物或情境不符合主体的需要和愿望时，就会产生消极、否定的情绪和情感，如失去亲人和朋友会引起悲痛，无端遭到攻击会感到愤怒，自尊心受到伤害会感到羞辱难过，损害集体荣誉会感到内疚和惭愧等。由此可见，情绪是个体与环境间某种关系的维持或改变。

二、情绪的种类

关于情绪的分类，我国古代名著《礼记》中提出“七情”说，即喜、怒、哀、惧、爱、恶、欲。从情绪的维度进行划分，有高兴、轻松、厌恶、惊恐四种。20 世纪 70 年代，伊扎德用因素分析的方法提出人类基本情绪有 10 种，即兴趣、惊奇、痛苦、厌恶、愉快、愤怒、恐惧、害羞、轻蔑和自罪感。

按照情绪发生时的速度、强度、紧张度和持续时间的长短可以把情绪划分为心境、激情、应激三种。

（一）心境

心境是指人比较微弱、平静而持久的情绪状态，也称心情。如心情舒畅或郁郁寡欢、兴高采烈或无精打采等。心境具有弥散性，它不是关于某一事物的特定体验，而是由一定情绪唤起后在一段时间内影响对各种事物的态度和体验。当一个人处于某种心境中，他就像戴上有色眼镜看待周围一切事物，使自己的整个生活都渲染上某种情绪色彩，影响着人的全部行为表现，例如，在舒畅的心境下，会觉得事事、处处快乐，在他看来一切都染上了欢乐的色彩，看花花似在笑，看草草像在舞。在悲伤的心境中，会觉得无处不悲。在他看来，一切都令人烦恼，花开他惆怅，花落他悲伤。

心境对人的生活、工作、学习和健康有着重大影响。积极、乐观的心境能使人更好地发挥积极性、创造性，提高活动效率，有益于健康；消极、悲观的心境会使人消极颓废，降低工作效率，有损于健康。

（二）激情

激情是一种强烈的、短暂的、爆发性的情绪状态。激情具有冲动性，发生时强度很大。它使人体内部突然发生剧烈的生理变化，有的是外部表现。例如，愤怒时全身肌肉紧张，双目怒视，怒发冲冠，咬牙切齿，紧握拳头等；狂喜时眉开眼笑，手舞足蹈。激情具有爆发性，发生时的速度很快，如迅雷不及掩耳。例如，狂喜时猝然大笑；暴怒时，勃然大怒，愤然而起；恐惧时，突然昏厥、猛然休克等。激情发生的时间很短暂，一旦离开了引起激情的具体情境，会很快冷静下来，或转化为心境。激情状态下人往往出现"意识狭窄"现象，即认识活动范围缩小，理智分析能力受到限制，自我调控能力减弱，使行为失去控制，导致不良情绪出现。实际上，人是能够意识到自己的激情状态，也能够有意识地调节和控制它。因此，任何人对在激情状态下的失控行为所造成的不良后果都是要负责任的。

当然，激情也有它积极的一面，积极的激情常常能调动人的身心的巨大潜力，成为激励人上进的强大动力，使人积极地投入到行动中去，做出通常情况做不到的事情来。

（三）应激

应激是出乎意料的紧急情况所引起的高度紧张的情绪状态。它是人对某种意外的环境刺激所作出的适应性反应。人们遇到某种意外危险或面临某种突然变化时，必须集中自己的智慧和经验，动员自己的全部力量，迅速而及时地作出决定，采取有效措施应对紧急情况，此时人的身心处于高度紧张状态，即为应激状态。例如，飞机飞行中，发动机突然发生故障，驾驶员会紧急地与地面联系；突然发生的水灾、火灾、地震等，在这些情况下人们所产生的特殊的紧张的情绪状态都是应激状态。

三、情绪的表达

情绪是一种内在的主观体验，但在情绪发生时，又总是伴随着某种外部表现。这种外部表现就是可以观察到的某种行为特征。人在某种情绪状态下，人的身体各部位的动作、姿态会发生明显的变化，这种变化称为表情，即情绪的外在表现。表情可分为以下三个方面。

（一）面部表情

面部表情是由面部肌肉、腺体和面色的变化所表示的情绪状态，它以眉、眼、鼻及颜面肌肉的变化为主。例如，人在喜悦时双眉展开、两眼放光、鼻孔扩张、嘴唇扩展、眼笑（环形皱纹）、笑容满面；人在愤怒时，横眉张目、鼻孔张大、咬牙切齿、面部发红、怒容满面；悲痛时哭，眼眉拱起、嘴朝下，有泪有节奏地啜泣；恐惧时，双眼呆睁、面色苍白，脸出汗发抖，毛发竖立；兴奋时眉飞色舞，舒畅时满面春风；轻蔑时嗤之以鼻，嘴唇朝上；羞愧时面红耳赤，眼朝下头低垂。另外，眉目传情、暗送秋波、和颜悦色、横眉冷对等成语都是形容面部表情的。

（二）身段表情

身段表情是由身体的姿态和动作的变化所表示的情绪状态。头、手、脚是身段表情的主要动作部位。例如，人在高兴时手舞足蹈、昂首挺胸、欢呼跳跃、捧腹大笑；人在愤怒时，双手叉腰、捶胸顿足、全身发抖；恐惧时，手足无措，全身颤动；点头表示满意，摇头表示不满意，垂头表示沮丧，手忙脚乱表示紧迫，手势常常是表达情绪的一种重要形式。如振臂高呼表示激愤，双手一摊表示无可奈何。手势表情是通过学习得来的。另外，趾高气扬、呆若木鸡、躬身俯首、奴颜婢膝等成语都是形容人的身段表情的。心理学家研究表明，身段表情不仅存在个体差异，而且存在民族或团体的差异。

（三）言语表情

言语表情是指由语言的音调、音色、节奏、速度等方面的变化所表示的情绪状态。例如，人在高兴时，语调高昂、节奏轻快，语音高低差别较大，音色悦耳动听；人在愤怒时，音调变大变粗、尖锐严厉、生硬刺耳；人在悲哀时，音调低沉、语速缓慢、平淡。笑声朗朗表示愉悦，声嘶力竭表示慌张。同样一句话不同的声调讲出来，会表达出不同的情感，如“什么”一词，既可以表示疑问，也可以表示生气，还可以表示惊奇、恼怒、鄙视等不同情绪。人们还可以根据言语的声调、语气等了解其话中话、言外之意。可见言语表情的作用是十分明显的。

四、情绪与健康

现代科学研究表明，人的情绪与身体健康的关系是十分密切的。

情绪反应适度的人，其神经系统功能正常运转，内分泌功能保持适度平衡，全身各系统器官的功能更加协调、健全。专家指出，人在情绪轻松愉快时，脉搏、血压、胃肠蠕动、新陈代谢都处于平稳协调状态，体内的免疫活性物质分泌增多，抗病能力增强。

不良情绪致病，中医称之为“七情内伤”，西医称之为“心身疾病”，二者异名同类，实为一体。中医认为，频繁持续而过度的情绪变化，会影响脏腑的生理功能。故有“大怒伤肝”、“暴喜伤心”、“思虑伤脾”、“悲忧伤肺”、“惊恐伤肾”之说。情绪内伤，主要影响内脏的气机，使之升降失常，功能紊乱。古有“百病皆生于气”之训。如人在愤怒时，呼吸每分钟可达 40 次左右（平静时 20 次左右），恐惧时，呼吸每分钟达 60 多次，狂喜和悲痛时，呼吸还会出现痉挛现象；情绪急躁，易发火、爱生气、爱激动者或者经常处于抑郁、焦虑、自卑、固执状态的人易患高血压和心脏病；沉默抑郁、多愁善感的人易生肺病；精神分裂、心脏病和癌症多数情况下是由于长期的情绪不稳定、剧烈变化所致;紧张性头痛往往有生活不如意的诱因。在临床和现实生活中,因不良情绪引起的心脑血管疾病、神经内分泌失调以及癌症等的发病率大大高于常人者,早已不是耸人听闻了。据临床观察统计,癌症患者在发病前76%的人有过比较严重的精神创伤或长期的精神抑郁史。抑郁会引起支气管病或癌症,不表达情绪会加重癌症的恶化。

相反,大多心理问题和心理障碍多是由不良情绪造成的,如常见的神经衰弱与焦虑等就与不良情绪有关,过度焦虑会引起大脑兴奋与抑制活动的失调,使人的认识范围狭窄,注意力下降,严重的还会患神经症;以自我为中心,幻想丰富,暗示性高,情绪不稳定的人容易患癔症;对紧张应激的过度反应往往使当事人易患抑郁症等。另外,情绪对人际关系也有影响。良好的情绪特征,如乐观、热情、大方、自尊、自信等是人际间产生相互吸引、心理距离缩短、情感融洽的重要条件,而自卑、压抑、嫉妒、易怒的人,往往不能与他人正常相处,难沟通、易疏远。

由此可见,积极的情绪对人的心理健康是有益的,消极的情绪对人的心理健康是有害的,情绪与身心健康息息相关,没有情绪因素的心身疾患是不存在的。只有良好健康的情绪才能谈及心身健康,才能谈及健康幸福的人生。

五、学会有效管理自己的情绪

情绪对一个人的心理成长和发展有着极大的影响。对于大学生来讲,管理情绪、调节情绪、驾驭情绪、做情绪的主人,不仅是维护身体健康的需要,而且也是自我发展和人格形成的条件。情绪调节是个体管理和改变自己或他人情绪的过程,在这个过程中,通过一定的策略和机制使情绪在生理活动、主观体验、表情行为等方面发生一定的变化。

对情绪的调节与控制不能等同于对情绪的抑制或压抑。正常的情绪体验和反应如果受到过多的压抑,将会影响正常的免疫功能,降低免疫力,增加癌症发生的可能性,有害于心身健康。人是具有主观能动性的,情绪是可以改进和完善的。

(一) 恰当的需要

人的情绪以需要为基础,需要得到满足,人就愉快;需要得不到满足,人就不愉快。然而,人的需要很多,又在天天变化,要想事事都如愿以偿是不可能的。对难以得到的东西和力所不及的事情不要奢望,许多烦恼与忧虑常常是和不知足相联系的,要学会知足者常乐,同时淡化烦恼给自己带来的心理压力,即做到"难得糊涂"。

另外,同样的生活事件,由于人们对待的态度不同,应激的策略和方法不同,它对身心健康的影响是不同的。如就业、恋爱等,这些事件的成败得失,有的人可能因挫折而悲伤、愤怒甚至心理失常;有的人能泰然处之。如果人们对待目标的追求能放眼估量,而不急功近利;对需要的满足能适当抑制,而不是贪得无厌;对别人的情感能设身处地理解,而不苛求于人;对矛盾的解决善于等待和忍耐,而不急于求成,那么,我们就会对不同的事件作出恰当的应激反应,以利于身心健康发展。

(二) 变换角度,学会辩证思维

消极情绪并非由事物本身引起的,而是由人对事物的评价引起的,对引起消极情绪

的事物重新评价，改变原有认识，就可以使消极情绪得到化解。当你为别人的过失生气时，当你想去责怪别人时，最好是双方来个换位思考，站在对方的角度看待问题，这样你就容易与对方心灵沟通，宽容对方，理解对方。万事都有两面，好事可变坏事，坏事可变好事，如“塞翁失马，焉知非福”、“破财消灾”、“失恋比婚后离婚好”等，辩证思维可以使人从容地对待挫折和失败，人的心境就可以保持泰然了，因而可避免有害的消极情绪。

（三）提高自己的情绪能力

有些人情绪调控能力比较低，源于他情绪能力较低或能力欠缺，提高自己的情绪水平，须学会和完善以下几个方面。

（1）了解自己的情绪，能立刻察觉自己的情绪，了解产生情绪的原因；心理学研究表明，只要能识别自己的情绪，就能在一定程度上缓解情绪压力；

（2）控制自己的情绪，能够安抚自己，摆脱强烈的焦虑忧郁以及控制刺激情绪的根源；

（3）激励自己，能够整顿情绪，让自己朝着一定的目标努力，增强注意力与创造力；

（4）了解别人的情绪，理解别人的感觉，察觉别人的真正需要，具有同情心；

（5）维系融洽的人际关系，能够理解并适应别人的情绪。

（四）合理宣泄

宣泄就是人为地创造某种主体所能接受的情境或活动，把自己压抑的情绪释放出来。心理学研究表明，能适时、适当地把情绪表达出来，心理压力就会大幅度减轻。情绪宣泄分为积极宣泄和消极宣泄。积极宣泄是一种对身心健康有益的宣泄，对其他人无影响而自己却受益无穷。如体育运动（打球、跑步、爬山）、文娱活动（唱歌、跳舞、打鼓、吹奏）、看影视作品（书、电影、电视）、写信、写文章、找朋友聊天都是比较好的宣泄方法。

哭也是宣泄的一种好方法，特别是难过的时候让眼泪流出来或放声大哭，过后会令人有“如释重负”之感，有利于缓解内心压抑和紧张。而且眼泪可以将人体内导致情绪抑郁的化学物质排出体外，对人的健康有益无害。

消极的宣泄，是把怨气和烦闷指向某物或某人，表现为砸、摔物品，或者与人吵架，它不仅损害自己或他人的物质利益，也将影响自己和他人的人际关系，因此，消极的宣泄虽然能缓解人内心的紧张和压抑，但所带来的新的心理问题会使人的不良心态产生恶性循环，所以，我们尽可能多采取积极、合理的宣泄。

（五）适度的期望值

辩证地对待自己的情绪，有些人把自己的抱负定得过高，根本无能力达到；有些人做事要求十全十美，往往因为小小的瑕疵而自责。如果把自己的目标和要求定在自己的能力范围内，自然就会心情舒畅了。心理学研究表明：人的期望值只有达到适中的水平，才有可能发挥最高的活动效率。同时我们也要降低对他人的需求水平，许多人把希望寄托在他人身上，若对方达不到自己的要求，便会大失所望，即我们通常所说的“希望越大，失望也会越大”就是这个道理。

（六）积极的心理暗示

所谓心理暗示就是运用内部语言或书面语言的形式来自我调节情绪的方法。暗示对人的情绪有一定的影响和调整作用，既可以缓解紧张情绪，也可以激励自己。积极的心理暗示对人学习和生活有积极的动力作用，如始终以成功人的言行和情绪来暗示自己，就容易使自己不断地走向成功。

(七) 学会转移

当争执双方怒气冲冲、激情发作时，要立即主动地(或被动地)离开争执的现场，以利于双方冷静下来，避免激情继续高涨而引发更强烈的冲突。转移就是转移注意力，当个体出现消极情绪时，通过借助各种有益的形式或方式，如运动、读小说、听音乐、看电视、旅游、观光等，使自己的情绪得以转移、抵消、释放，使情绪逐渐恢复平静；也可参加一些有益的社会活动，在活动中可以使自己忘却烦恼，而且还可以确定自己的价值，获得珍贵的友谊。

(八) 常笑多幽默

有心理学家认为，人不是因为高兴才笑，而是因为笑才高兴；不是因为悲伤而哭，而是因为哭才悲伤。生活中要多笑勿愁，笑一笑，十年少，愁一愁，白了头；笑还有较好的生理作用，如吸氧量增加，按摩心脏，松弛肌肉，降低基础代谢等；幽默是不良情绪的消毒剂和润滑剂，学会幽默可以减少消极情绪。

(九) 补偿和升华

补偿就是当一个人追求的目标(或理想)受挫时，能以其他能获得成功的活动或方式来弥补自己的自尊和自信，而自身的情绪不受到影响，即所谓"失之东隅，收之桑榆"。另外，我们要学会适应外部环境，避免不良刺激引起心理冲突，提高心理承受力，自觉运用积极情绪克服消极情绪。升华即把受挫产生的消极情绪引向崇高的境界，化悲痛为力量，把全部身心都投入到伟大的崇高的事业中，如著名文豪歌德在失恋后，把失恋的情绪能量升华到文学写作中，写出了名篇《少年维特之烦恼》。

除了上述的方法以外，像认知疗法、放松训练、音乐疗法、心理治疗与药物治疗也常常被用来调适情绪、情感。

第二节 案例及其分析

案例 1

案例描述

一位大学生来信谈心理上存在的一些问题：刚上大学时，有些不习惯，不过我适应能力还算好，可是我却总觉得自己压力很大，干什么事情总是没有精神，情绪很不稳定，尤其是这几天，大家都在复习，我看到大家都在读书，我就不想看书，觉得很难受，甚至有点儿痛恨她们在读书。我发现我控制不了自己的情绪。

当我情绪不好的时候，就吃东西。我现在长了十斤，这是一个女孩子很敏感的问题，我也不例外。曾尝试过节食减肥，的确瘦了不少，但闲起来还想吃，我的胃已经出现问题，一吃多了就吐，估计是胃炎，可我还是常常控制不住自己。

我把精力放在与学习无关紧要的事上，这样我的生活不规律，学习不规律，饮食不规律，我觉得生活、学习一团糟，对什么都很没有信心，我觉得我对不起很多人，对不起所有对我有期望的人，父母、同学、师长，包括我自己，我觉得我好像有两种人格在厮杀。我很害怕，但是不知该如何做……

案例分析

该生情绪不稳定，自己感到很烦恼，没有良好的学习习惯、生活习惯，自信心不足，自我意识发展薄弱。

案例2

案例描述

学生A和学生B是某名牌大学的学生，大学期间两人是形影不离的好朋友，在研究生学习期间，两人同时参加出国考试并被美国大学录取，只因A申请的学校排名高于B申请的学校，B膨胀的嫉妒心使她无法面对A优于她的现实，于是，她以A的名义向A申请的学校写了一封信，拒绝去美读书，当A得知最终结果时，她无论如何不能相信事实，而B的理由只有一条：嫉妒。这一致命的弱点毁掉了两个青年的前程。

案例分析

嫉妒心强的人往往争强好胜，常想方设法阻止别人的发展，总想压倒别人。严重的嫉妒是一种极不健康的心态，它使人的心灵扭曲。嫉妒是一种非常有害的情绪，大学生必须意识到这一点，把对别人的嫉妒转化成向上、进取、提高自己的内部动力，使自己不断进步。

第十三讲 保护身心健康,建立自我防御机制

第一节 什么是自我防御机制

为什么我在拿到考试成绩,看到没考好后会脱口埋怨老师:“真讨厌,判得这么严?”

为什么我对别人有意见时不直说却去摔杯子、摔门?

为什么我明明做了错事,但在别人问我时,我却会矢口否认,然后又自责不该说谎?

为什么我总是喜欢做各种幻想,但对现实却总是视而不见?

为什么我会这么虚伪,明明不喜欢甲,见到他时却热情得不正常?

为什么有的人总爱追求时髦?

为什么有的人总是快乐不起来?

为什么有的人总爱为自己做错的事找借口?

……

生活中,我们常常被这些问题所困扰,有时甚至百思不得其解。

当它发生在我们身上时,便引发我们对自身的怀疑甚至自卑;而当我们在别人身上看到这些时,我们又会心生责备和不满。

其结果不仅常常影响我们对自己的评价,而且也常常影响我们对他人的评价甚至关系。

其实,心理学家对此早有解释,而最早发现其中奥妙并加以解释和命名的则是精神分析学家弗洛伊德,他首先发现,上述种种现象,都是人们心理上的自我防御机制发生作用的表现,换言之,是人们的心理正在行使紧急自我保护功能的标志。

自我防御机制是人类在进化过程中获得的一项十分重要的心理上的自我保护功能。

一、自我防御机制

自我防御机制是自我面对有可能的威胁和伤害时一系列的反应机制。

当自我受到外界的人或是环境因素的威胁而引起强烈的焦虑和罪恶感时,焦虑将无意识地激活一系列的防御机制,以某种歪曲现实的方式来保护自我,缓和或消除不安和痛苦。

要说清自我防御机制给予我们的保护和影响,我们先了解一下弗洛伊德精神分析学说中的本我、超我、自我以及焦虑这几个概念。

二、本我、自我与超我

弗洛伊德在其研究中发现，人的人格可以分作三个部分：本我、超我和自我。

（一）本我

本我是指人格中原始的、非理性的冲动和本能，如生本能和死本能。“本我”代表着不肯驯服的激情，弗洛伊德喻之为“一大锅沸腾而汹涌的兴奋”。

本我没有价值、善恶与道德感，它的唯一目的就是发泄种种本能冲动。

本我信奉快乐原则，像一个率真而又任性的孩子。

生活中，凡是那些容易冲动的、以自我为中心的人，那些会因为一些小事而与别人发生很大冲突的人，那些不知道顾及他人感受的人，那些不懂得调和个人需要与社会规则间关系的人，那些特别富有想象力、创造力的人，通常都是本我较强的人。

可以想象，如果人人都按本我行事，这个世界是难以正常延续下去的。

为此，社会必然要对本我进行约束。

社会通过家庭、学校、机关单位等对人的本我实施强有力的约束，从而将大部分本我压抑到人心理的潜意识层。但是压制并不能使本我消亡，它总是试图冲破压抑表现自己。

因此，作为人格中一个恒久存在的成分，本我在个体的精神生活中永远扮演着重要的角色。

（二）超我

超我是人格中的良知部分，它超越生存需要，渴望追求完美。超我得之于父母、老师等社会的影响。父母、老师以自己的超我为模型教育儿童，使之逐渐积累起好坏善恶的观念，因此，超我中包含着民族的传统，甚至古代的风尚及思想。

超我按道德原则行事，超我像一个正直、自律而又严厉的老年人。

生活中，凡是那些完美主义者，那些喜欢苛求自己和他人的人，那些总是被“应该”和“必须”紧紧束缚着的人，那些为了追求完美而使自己精疲力竭的人，那些循规蹈矩、律己律人都极严的人，通常都有比一般人强大得多的超我。

（三）自我

自我是人格中理智而又现实的部分，它产生于本我。自我有三重作用：感受并满足本我的需要，接受超我（道德良知）的监督，应付外界的现实。

换言之，自我调节本我与超我之间的矛盾以及本我与外界的关系。

自我按现实原则行事。自我像一个成熟理性的中年人。

生活中，那些能以建设性方式处理问题的人，那些注意调节个人需要与社会需要间关系的人，那些能与他人友好合作的人，那些能有效处理人际关系的人，那些能保持持续成长的人，通常都是有较强自我的人。

自我受本我的推动，受超我的包围，受外界的挫败，举步维艰。久而久之，就会产生焦虑——一种令人难以忍受的情绪状态,它表现为担心、紧张、害怕、恐惧、坐立不安,并伴有胸闷气短、心跳过速、全身无力等躯体症状。

为了降低焦虑,保护自己的心理不受损害,自我发展出一套自我防御机制,即一套自动发生作用的非理性的应付焦虑的适应方式:通过言语、行为、思想、情感等虚构或歪曲现实,以此达到协调本我、超我与现实的关系,从而减低焦虑给自己造成的心理压力。

按照弗洛伊德的观点,左右个体生命的最基本原则便是躲避焦虑与不快。因此,每当人在遇到挫折、感觉焦虑时,便会在无意识中迅速调动起自我防御机制,以否认或歪曲现实的方式协调本我、超我与现实的关系,从而降低焦虑。

三、自我防御机制的常见种类

(一) 压抑

压抑是指自我把意识所不能接受的冲动、情感和记忆抑制到潜意识层中。其目的是使不受欢迎的精神因素尽可能永远从意识中消失。压抑是一种最基本的成熟的心理防御机制,其他防御机制都以压抑为前提。

例如,一个儿童看到食品店门口摆着香喷喷的食品时,只能抑住口水,不会硬要或偷拿,心想:这是商店里的东西,自己不能拿来吃,回家向妈妈要钱来买才行……再如,一位男子在马路上闲逛,碰见一位陌生的漂亮姑娘,一刹那间产生了想入非非的念头,可是马上想到这样的念头是不好的,也对不起自己的妻子,应赶快压抑、打消不应有的邪念,这都是压抑作用的表现。压抑是需要付出代价的,它会持续耗费自我的大量能量。自我把过多的能量耗费在压抑上,它就没有能量去做有利于自己成长的事,个体的发展就会出现停滞。

(二) 合理化

合理化又称文饰作用,是指无意识地用一种通过似乎有理的解释或实际上站不住脚的理由来为其难以接受的情感、行为或动机辩护以使其可以接受。

例如,对儿童的躯体虐待可以说成是“玉不琢不成器,树不伐不成材”、“打是疼骂是爱”。合理化有两种表现:一是“酸葡萄”心理,即把得不到的东西说成是不好的,又如,某考生没有考上某重点大学,就说那所大学不好,离家太远等;二是“甜柠檬”心理,即当得不到葡萄而只有柠檬时,就说柠檬是甜的,例如,那位考生考上了一所较一般的学校,就说这所学校离家近、专业也好,以此求得没考上重点院校时心理上的平衡。两者均是掩盖其错误或失败,以保持内心的安宁。

(三) 替代

替代是无意识地将指向某一对象的情绪、意图或幻想转移到另一个对象或替代的象征物上,以减轻精神负担取得心理安宁。如一个孩子被妈妈打骂后,满腔愤怒,难以回敬,转而踢倒身边板凳,把对妈妈的怒气转移到身边的物体上(如“替罪羊”)。这时虽然客体变了,但其冲动的性质及其目的仍然未改变。这类做法眼前也许会起到一点缓解心理压力的作用,但从长计议,只会使人类陷入更大的困境。在心理治疗中,情感的无意识移置既是移情的基础，也是反移情的基础。

（四）过度代偿

过度代偿又称过度补偿，是指一个真正的或幻想的躯体或心理缺陷可通过代偿而得到超乎寻常的纠正。这是一个意识的或无意识的过程。如有些残疾人可通过惊人的努力而变成世界著名的运动员；有些口吃者可成功地变成一位说话流利的演说家；一个从小失去家庭温暖的人用百倍的“爱心”呵护他的孩子。

（五）抵消

抵消是指一个不能接受的行为象征性地而且反复地用相反的行为加以显示，以图解除焦虑。如说了不吉利的话就吐口水，或用说句吉利话来抵消晦气或不吉祥的感觉。除夕打碎了碗，习俗上说句“岁岁平安”。

（六）升华

升华是指一种最积极的富有建设性的防御机制。因为它可以把社会所不能接受的性欲或攻击性冲动所伴有的力量转向更高级的、社会所能接受的目标或渠道，进行各种创造性的活动。从文艺家的一些著名创作如歌德的《少年维特之烦恼》等，均可见到升华机制的作用。这是把本能主要是性能量转移到一个有社会价值的对象或目标上去。

（七）幽默

对于困境可以以幽默的方式处理。幽默与诙谐、说笑话还不完全一样。幽默仍然允许一个人承担及集中注意于困窘的境遇上，而诙谐、打趣的话却引起分心或使从情感的问题上移开。

据记载，苏格拉底的妻子是一位性情非常急躁的人，往往当众给这位著名的哲学家以难堪。有一次，苏格拉底在同几位学生讨论某个学术问题时，他的妻子不知何故，忽然叫骂起来，震撼了整个课堂。继而，他的妻子又提起一桶凉水冲着苏格拉底泼了过去，致使苏格拉底全身湿透。当学生们感到十分尴尬而又不知所措的时候，只见苏格拉底诙谐地笑了起来，并且幽默地说：“我早知道打雷之后一定要跟着下雨的。”这一忍让的幽默虽话语不多，仅仅是一句话而已，却使妻子的怒气出现了“阴转多云”到“多云转晴”的良性变化。大家听了都欣然大笑起来，更敬佩这位智者明哲的文化修养和坦荡胸怀。

（八）认同

认同是指无意识中取他人（一般是自己敬爱和尊崇的人）之长归为己有，作为自己行为的一部分去表达，借以排解焦虑与适应的一种防御手段。如达官显贵的子女常以父辈之尊为己尊，遇到挫折则自抬身价，作出坦然自若的神态，以免除在人们面前的尴尬局面。儿童在做作业遇到困难时，常说：“我要学习解放军叔叔”，从而有力量和信心把作业坚持下去，直到成功。

（九）补偿

补偿是指因为身心缺陷或自认为的缺陷而感到焦虑，并以在其他方面的发展加以弥补。补偿心理是一种心理适应机制，个体在适应社会的过程中总有一些偏差，需要得到补偿。从心理学上看,这种补偿,其实就是一种“移位”,即为克服自己生理上的缺陷或心理上的自卑,而发展自己其他方面的长处、优势,赶上或超过他人的一种心理适应机制。正是这一心理机制的作用,使自卑感成了许多成功人士成功的动力,成了他们超越自我的“涡轮增压”,而“生理缺陷”愈大的人,他们的自卑感也愈强,寻求补偿的愿望就愈大,最典型的要算“拿破仑情结”。按照精神分析的观点,他在军事上的特殊才能,就是他对自身身材特别矮小的一种补偿。

(十) 去圣化

去圣化指的是青年人由于生活中见到太多欺骗行为或者多次生活受挫,因而怀疑价值观和美德的存在,他们不愿听从别人的劝告,不相信生活中还存在值得珍视的、神圣的、具有永恒意义的事物。去圣化在生活中确实很常见,我周围就有这样的人,他们曾经是善良的、乐于助人的人,但由于经历了种种欺骗、伤害,因而变得冷漠,不再关心任何事物。去圣化过度给人造成的最大损失是使人丧失幸福感。

(十一) 隔离

隔离是指人在无意识中把部分事实在意识部分中加以回避,以此避免引起不快。用“隔离”机制时,通常都是有所忌讳。

比如,我们中国人忌讳说“死”字,因此,在说某个人去世时,常常用“走了”、“去了”或者“仙逝”来代替。又如,有时,我们喜欢用“那个”代表很多难以启齿的事。

(十二) 否认

否认是指当自我遇上痛苦得难以接受的事情时,在无意识中对之加以拒绝承认。例如,明明做了错事可当别人问起时却硬说自己没做,那脱口而出的并非谎言而只是否认。

更极端的例子是,某人意外去世,其未亡人无法接受这一痛苦的事实,无意识中会将否认这一防御机制调动起来,使其确信“并没有意外发生”。以至于吃饭时不仅要摆上逝者的碗筷,而且还会不断自言自语地劝逝者多吃,以至于让现实中清醒的家人震惊不已。

(十三) 白日梦

白日梦是指人终日沉湎于幻想之中,以至于对现实视而不见而成为脱离现实的人。

白日梦通常有以下两类。

(1) 强者型。在幻想中自己无所不能,屡战屡胜,总拯救他人于水火。最典型的强者型白日梦者莫过于塞万提斯笔下的堂吉诃德了,他生活在主观的幻想中而不能自拔,他怀着无比善良而又美好的愿望,想要把别人从痛苦中解救出来,结果却常常四处碰壁。

(2) 弱者型。在幻想中自己历尽磨难,受尽欺凌,总等着别人来拯救。某种意义上,德国作家格林兄弟应该说就是这样的白日梦者,我们去看他们收集的童话故事,那里面那些最著名的人物,不论是灰姑娘,是小红帽,还是青蛙王子或者白雪公主,他们都是受尽凌辱并在别人的拯救下重获新生的。

不论是做英雄梦还是做等着被英雄拯救的弱者梦,白日梦都有暂时缓解内心焦虑的作用。问题是,这样的梦做得越多,人就越脱离现实。

（十四）反向作用

反向作用是指自我为了控制某些不被允许的冲动而无意识地做出相反方向的过度举动。如某人明明不喜欢甲，但见到甲时却热情非常。那是因为自我无法接受自己对甲的反感，为降低焦虑，而在无意识层中调动起反向作用。

同样，有的人明明非常喜欢某人，但由于种种原因，他不能明确表达，压抑的结果便是：当他见到他所喜欢的人时，却总是不由自主地要挑剔或责备对方，如黛玉对宝玉。

（十五）退行

退行是指个体面临应激事件时，为降低焦虑，自我通过使个体倒退到儿时的幼稚状态，以回避现实危机和困难。

例如，成年人遇事时的任性妄为、大吵大闹、大哭大叫等都属于退行表现。

2003 年的 SARS 危机中，很多成年人表现出的过度恐慌，其实也是一种退行的表现。例如，一个成年人，做错了一件事，之后用吐舌头的方式，表现自己认识到错误，并希望得到宽容，以摆脱痛苦。

（十六）投射

投射是指自我把不能接受的冲动、欲望和观念转嫁到他人身上，说成是他人有此观点和冲动，以此降低自身焦虑。

生活中，那些总抱怨别人不信任他，总怀疑别人要算计他，总担心别人看不起他，总认为别人嫉妒他的人通常都正受着投射的影响。这样的人的症结在于：他由于种种原因看不起自己并且羡慕别人的成就，但是，他的超我不允许他看不起自己和嫉妒别人，为降低焦虑，他的自我启动了防御机制，就这样，他使自己成了别人的牺牲品（而事实是，他是自己过度防御的牺牲品）。

总之，自我心理防御机制是无形的，像一个卫士一样保护着我们，当我们心理上感觉受到威胁时，它便自发启动，以保护我们的心理不受伤害或把伤害降到最低限度。它是在瞬间发生的，当我们意识到它时，它已完成了对自我的保护。

因此，自我防御机制是人的心理在适应过程中为应付焦虑而发展出的自我保护功能之一，是人类在进化过程中所获得的一项十分重要的自我保护机制。

四、自我防御机制的特征

仅以上述就可以看出，自我防御机制有以下几个特征。

（1）自我防御机制不是蓄意使用的，它们是无意识的或至少是部分无意识的。固然，我们时常会做一些有意识的努力，但真正的自我防御机制是无意识进行的。

（2）自我防御机制是借支持自尊或通过自我美化（价值提高）而保护自己及防护自己免于受伤害。从它的作用和性质来看，可分为积极的自我防御机制和消极的自我防御机制两种。

（3）自我防御机制似有自我欺骗的性质，即以掩饰或伪装我们真正的动机，或否认对我们可能引起焦虑的冲动、动作或记忆的存在而起作用。因此，自我防御机制是借歪曲知觉、记忆、动作、动机及思维,或完全阻断某一心理过程而防御自我免于焦虑。实际上,它也是一种心理上的自我保护法。

(4) 自我防御机制本身不是病理的,相反,它们在维持正常心理健康状态上起着重要的作用。但正常防御功能作用改变的结果可能引起心理病理状态。

(5) 自我防御机制可以单一地表达,也可以重叠地表达。例如,某工人在车间受到组长批评,于是说:“我才不在乎呢!”随后在工作中有意无意地摔摔打打、制造废品以消心中之愤,就是合理化与迁怒的双重作用。

五、自我防御机制的作用

弗洛伊德的发现不仅使我们学会了深入认识并把握自己,使我们得以在降低自罪感的同时,提高自身的控制感。而且,他还为我们开出了药方。

(1) 我们要学会正视自己的本能冲动,不是压抑它们而是不带偏见地看待它们,尽可能用理性的眼光或说意识去看待潜意识中被压抑的东西,然后以社会和个人都能接受的方式妥善地表达并满足内心的愿望。

(2) 我们要学会接纳自己,学习接受自己的不完美,并把自己的能量转移一部分到爱他人以及有意义的工作或学习中,这样,我们就可以获得健康的心理。

不仅如此,由于弗洛伊德的研究与发现,我们在自我认识与接纳的同时,也增加了对他人的了解与接纳。

(3) 很多以前难以理解甚至难以容忍的人际现象,在“防御机制说”前都变得容易理解。而宽容和谅解也会因此油然而生为一种发自内心的情感。

(4) 防御机制说使我们认识到:一个百般挑剔我们的人可能正是一个最关心我们的人;一个对我们说谎的人可能正经历着巨大的内心冲突;一个总怀疑别人看不起他的人可能正被自卑折磨得无法自拔;一个总爱跟风的人或许正为“不知道自己是谁”这样的人生大问题所困扰。

(5) 一个本我强的人,通常有一对过于溺爱并且放任的父母。

一个超我强的人,其家教则通常都非常严,其父母中至少有一个有完美主义倾向。

(6) 有人可能会有这样的疑问:既然人的防御机制是环境压力的产物,而且,它又是自动发生并在瞬间完成的,那么我们了解它除了可以降低自罪感还有什么用?

我们了解它,不仅是为了降低自罪感,更是因为可以采取“亡羊补牢”的补救措施。

了解,可以降低不确定性。很多时候,人们因不确定性而产生的困扰和盲动往往大于为一个确定的难题所产生的困扰和盲动。

(7) 了解自我防御机制,不仅可以帮我们深入认识并且接纳自己,而且也可以增加我们的选择范围和自我调控水平。

我们考试考砸了,见到分数时的第一反应可能是:“都怪老师出偏题”,这是防御机制中的“合理化”自动发生作用,是我们无法控制的。

但反应过后我们可以运用自己学过的防御机制知识,深入觉察自己的感受,然后从理性或说意识层面对此问题进行再思考:“没什么,刚才是合理化作用的自动反应。我现在该做的是向同学或老师请教，找出出错的原因并吸取教训，以后的考试就可以避免犯同样的错误了。”

通过这样的体验、分析与调控，我们就可以避免被自我防御机制的过度反应所左右，使自我能以更健全的态度并选择更恰当的方法看待并应付现实中的问题。

(8) 我们不仅可以从自身的防御机制反推自己为什么会焦虑，并进而了解自己有什么样的内心冲突，而且可以借助自我防御机制的知识，增强对他人无意识的洞察并学会与他人和平共处。

第二节 案例及其分析

案例描述

以“反向作用”为例：当一个人对一个他不喜欢的人表现出过分的热情后，他往往会在事后陷入深深的自责中，他会责备自己很虚伪，甚至会生自己的气。

案例分析

我们可以考虑采用建设性方式去降低与自己不喜欢的人相处时的焦虑，比如可以选择去多看对方的优点以接纳对方，也可以选择对对方保持敬而远之的态度而避免把自己经常置于焦虑的境地等。

第十四讲 学会自强自立,克服攀比心理

第一节 透视大学生消费攀比心理

一、当代大学生消费攀比现象

随着改革开放的深入和市场经济的发展,人们的消费观念也由节俭型向享受型转变,高消费和超前消费之风刮入高校校园,高校学生攀比消费行为日益盛行,攀比的范围从高档消费品到日常用品,大学生热衷于追求“人无我应有,人有我亦有,人优我亦优”的消费境界。在高校,电脑、手机、CD、MP3、录音笔被称为大学生的“五件武器”。昔日“风声、雨声、读书声”的大学校园如今还夹杂着“手机声声”。大学生对电脑、手机的依赖性越来越强,不少大学生甚至拥有几部手机,分别用来和不同的人联系。有些学生追求名牌,崇尚“只买贵的,不买对的”,攀比消费、从众消费很普遍。

大学生作为一个特殊的消费群体,其敏锐的时尚触角决定了消费行为的特殊性,他们的消费现状在某种程度上折射出当今大学生的生活状态和价值取向。“花明天的钱,做今天的事”是当今有职业、有稳定经济来源人群的流行活法,贷款买房、买车成为现代人张扬而新锐的消费理念。然而,没有固定收入来源的现代大学生也潮流般地加入了“负翁”一族,让人对传统意义上“白衣飘飘、远离尘俗”的“象牙塔”的消费实力不敢小觑。毋庸讳言,大多数大学生的经济来源都是依附于家庭,学费和生活费一般都是由父母、兄弟姐妹供给,很少有同学能够在经济上独立自主,大学生依赖型的经济来源和追求潮流的对抗性决定了他们的引领潮流必然是以负债消费为前提的。对于攀比消费的超额支出,一部分家境富裕的可以靠父母“潇洒”买单,但是这部分贵族学生毕竟是少数,家境贫寒的学生群体中负债消费尤为突出。

一项针对大学生的消费行为调查表明,大学生的平均月消费水平为382元,其中最低的月消费为105元,在200元以下的占4.77%;在200～300元之间的占23.83%;在300～500元之间的占54.45%;500元以上的达16.95%,最高消费竟达2 050元。消费在200元以下的学生基本都是勤工助学的学生,除了伙食费以外,其他用于必需的花销上,特别节俭;200～300元的学生伙食费占全部消费的2/3,其他用于适当的消遣与必需的花销上,比较节俭;300～500元的学生伙食费只占全部消费的1/2左右,服装消费10%,通信费10%,上网费与交际费用增多,生活较宽松;500元以上的学生伙食费用占总消费的1/4左右,用于通信、服装、上网、零食的费用较多,存在明显的攀比消费行为(见表 14-1)。

表 14-1 大学生生活月平均消费表

单位:元

项目消费	日常用品	伙食	通信	交通	服装	零食	上网	交际	其他	合计
最低消费	10.00	50.00	20.00	0.00	0.00	20.00	5.00	0.00	0.00	105.00
最高消费	200.00	450.00	100.00	150.00	200.00	150.00	100.00	200.00	500.00	2 050.00
平均消费	22.86	177.42	32.56	18.17	41.93	25.11	25.13	17.45	21.39	382.02

调查显示,大学生消费行为具有消费层次两极化和消费结构不合理两个特征。其中大学生消费差异加大的趋势非常明显,个体间消费差异很大,消费层次高的与消费层次低的竟相差 20 倍,部分贫困生消费过低,且存在自卑心理。而就消费结构不合理的表现而言,500 元以上的消费人群,伙食费以外的开支中平均竟有 1/3 的费用用在通信及上网上,据调查有 50%的同学每月通信消费为 50 元,更有甚者在 100 元以上。对于大多数女生来说,各种服饰、化妆品消费成为日常消费的一个大头。有将近一半的女生在购物时,将品牌作为第一考虑因素。很大一部分同学过分追求时尚品牌,为了买一双名牌运动鞋,一件名牌衣服,不惜向别人借钱以满足欲望,情愿在伙食费上采取高压"政策",不懂得量入为出。

二、大学生消费攀比心理成因分析

大学是社会的缩影,大学生在消费方式、消费观念、消费过程中的攀比行为受社会、家庭、个人等方面的深刻影响。

(一) 客观环境对大学生消费攀比心理的影响

1. 社会对大学生消费攀比心理的影响

当代大学生,是出生于 20 世纪 80 年代以后,生活在 21 世纪的"第五代人"。观念更新快、彰显个性、追求时尚是他们的共性,渴望引起他人的注意,博取其他同龄人的羡慕以满足自己的虚荣心是普遍的心理状态。加之媒体对消费主义铺天盖地、无孔不入的宣传,更加营造了一种消费至上、享受生活的社会环境,给一些思维活跃、模仿力强但认知和辨别能力差的大学生带来了强烈的刺激与诱惑,并导致其产生了追求时尚,攀比炫耀的心理。

2. 家庭的溺爱为大学生消费攀比提供了物质基础

在中国传统文化中,父母无私地为孩子打造一个避风港,而孩子们也就心安理得地接受父母的庇护。在家庭的消费结构中,消费的支出也更多的是往年青一代身上倾斜,"再穷不能穷孩子",父母对子女的爱集中在经济上的一味满足,家长的这种做法在客观上助长了大学生攀比消费恶习。尤其是一部分高收入家庭的孩子,在父母纵容默认的教养环境中,以拥有与众不同的新潮物品为荣,力争成为校园时尚的"领袖式人物",在同学的欣羡追捧中满足自己的虚荣心。

(二) 个人心理不成熟是大学生消费攀比心理的内在成因

社会和家庭是影响大学生消费攀比心理的外在因素,个人则是内在动因。心理学研究指出:人们总是要将自己的现实状况与一个和自己条件相当的人进行比较,如果这两者之间的比值相等,那么双方都有公平感,如果这两者之间比值不相等,某一方的比值高于另一方,那么另一方会产生不公平感。同时,人们还会进行自己现在与以往的纵向比较,当经过纵向和横向比较后,感到不公平时,就会产生心理的不平衡感。大学生的消费攀比心理即来自于盲目比较中的心理失衡。个人因素的影响表现在以下四个方面。

1. 消费炫耀心理

炫耀心理实际上是一种超越自我价值的自我虚构,表现在对物质生活的高欲望——追名牌、追流行。许多大学生以拥有各类名牌(而不是用优异的学习成绩或才华)作为炫耀的资本。这样的现象实际上反映出大学生心理的一个症结:用富裕的物质生活来美化自己的形象,以此来提高自己在班集体中的地位和显示自己的社会价值,尤其是一些家庭富有的大学生,更想以此来塑造自己的形象,以求得自尊的满足和心理的平衡。

2. 求异心理

大学生总是走在时代的前列,敏锐地把握时尚,唯恐落后于潮流。他们更容易热衷于衣、食、住、行的时髦和文化领域的时尚,甚至以叛逆式、标新立异的奇特行为彰显个性,以"追逐前卫和新潮"的消费心态向成人社会显示自己的存在,在群体模仿式的消费行为中滋生压倒对方而求独领风骚的畸形心理和行为,从而产生攀比消费行为。

3. 从众心理

从众是指个人受到外界人群行为的影响,而在自己的知觉、判断、认识上表现出符合于公众舆论或多数人的行为方式。大学生由于所处的环境以及自身的群体化特征,往往采取与大多数人相一致的消费行为。从众心理表现为消费者看到别人购买某种物品时,哪怕这一物品自己本身并不那么需要,也会随大溜购买,以保证自己与群体的一致性。从众心理如果不加以正确的引导就会发展成为攀比、炫耀心理。

4. 虚荣心理

攀比心理是虚荣心理的一种表现,而过度的虚荣心则是自尊心的过分表现,是为了取得荣誉和引起普遍注意而表现出来的一种不正常的社会情感。马斯洛的需要层次理论表明,自尊心是人的需要之一。一定的自尊心可以促使大学生上进,但是如果自尊心过强,或者被扭曲表达,则表现为严重的消费攀比心理。

虚荣心的背后掩盖着的是自卑与心虚等深层心理缺陷。大学生以消费中的攀比行为掩藏内心的自卑,竭力追慕浮华,唯恐"落后"于他人,以补偿心理掩饰内心的虚弱。而攀比消费所带来的自尊心满足也只是昙花一现,在经济压力和攀比心理的冲突之下大学生将陷入更加窘迫的两难困境。

三、消费攀比心理的危害

庄子在《秋水》篇中所描述的"邯郸学步"的故事广为世人传知,故事寓意在于劝诫人们不要盲目追随、模仿别人,而舍弃自身的优点和长处。大学生的消费攀比心理一旦达到较为严重的程度,可能会对个体的生活、学习及心理状态造成严重的干扰,处理不当甚至引发犯罪行为。大学生消费攀比心理的主要危害表现在以下几个方面。

（一）给家庭造成沉重的经济负担

当前，随着市场经济的深入发展和高等教育收费制度的全面推行，大学生接受高等教育所支付的教育费用越来越高。我国的大学生70%来自农村，家庭经济并不富裕，部分学生过分注重生活享受、追求高档消费，致使家庭不堪承受过重的经济负担。

（二）负债消费严重影响心身健康

大学生的无计划消费、消费结构不合理带来的债务负担会给他们带来沉重的心理包袱，他们会为自己陷入债网而惴惴不安，常常为了还债"拆东墙补西墙"，甚至不惜向父母撒谎以获得额外的经济供给。对于心智发育尚未成熟、心理承受能力有限的大学生而言，这种由经济压力和自卑心理所造成的双重心理负担可能诱发各类心理生理问题。

（三）攀比消费扭曲了校园人际关系

生活上的享受往往伴随着道德的堕落和学习目标的迷失。大学生追求时尚、前沿化的消费攀比行为在学生中容易形成"示范效应"，当一部分学生都做同一件事情或处于某种状态时，就会产生一种群体压力，那些生活节俭、自强自立的学生在这种群体压力之下，反而觉到自己被排斥于群体之外，容易产生不协调感，由此在校园中形成不良的校风、学风，不利于校园形成良性的人际关系。

（四）大学生的攀比分散了学习精力

大学生不是把主要精力放在比学习、比勤奋、比文化素质、比技能、比能力上，而是在吃、穿、打扮、时髦上攀比，这样只会分散精力，耽误时光。

（五）引发校园暴力和犯罪行为

从表面上看攀比消费是个人行为，但从更深层的意义上说，消费心理、消费意向、消费意识是一种精神文化现象。在攀比意识的刺激下，少数学生为了达到享受生活的目的，不惜铤而走险，走上犯罪道路。

（六）使学生形成畸形观念和畸形人格

从表面上看，攀比消费是学生个人行为和表面现象，但从更深的精神层面上说，消费心理、消费意识是一种精神文化现象，长此以往，攀比消费容易使学生养成畸形观念和畸形人格。

四、走向自强自立，克服攀比心理

大学生一般为18～22岁，属于人生发展的青年晚期或成年前期。心理学家哈维格斯(1953)认为成年早期的发展任务是：学习或实践与同龄人之间新的熟练交际方式；承担作为男性或女性的社会任务；从精神上到行为独立于父母或其他成人；具有在经济上自立的自信；选择职业及就业；学习或实践作为行为指南的价值和伦理体系等。黄希庭等通过对大学生的自立意识进行探索性研究，认为大学生的发展任务，首先，必须完成心理自立。所谓心理自立就是善于独立思考，形成健全的人格。其次，必须做好经济自立的准备,即准备选择职业和就业并树立起走向社会创一番事业的自信心;同时还必须学习作为社会一员所需的知识和态度、学习按照社会所规定的行为规范、责任和义务而行动,即做好社会自立的准备。

"自立"是大学生的立身之本,是大学生作为独立个体存在的标志。自立能使大学生积极地面对现实,思考现实并努力去改变现实。著名教育家陶行知先生有一句名言:"千学万学,学做真人。"当代大学生在遨游知识的海洋之时,应克服浮夸的消费攀比心理,学"真本事",做"真人",克服消费攀比心理可以从以下几个方面做起。

(一)发挥自身长处,培养适度自尊心

大学生要学会客观看待自我,当遇到挫折时,应先从自己的主观方面去寻找原因。"勤能补拙",用自己的勤奋特长去弥补不足之处,只要积极有为,长善救失,努力发挥自身长处,就能找到属于自己的自信,而不是将自尊心建立在肤浅的表面层次的消费攀比行为之上。

攀比心理的深层心理原因是虚荣心,是渴望得到别人肯定的自尊心的一种歪曲体现。虽然虚荣与自尊有很大关系,但是却有本质的区别。自尊是向内的,首先是自我认同,自尊的人会悦纳客观条件的不平等、起点带来的差异以及发展阶段和不同道路带来的明显对比。他们不在比较中寻求优越感,也不会因为比较觉得自己矮一截。自尊的人有自己的价值观和道德标准,以及自我发展的乐趣和信心。所谓的"举世誉之而不加劝,举世非之而不加沮"就是有着适度自尊心的人的境界。而虚荣则完全不同,虚荣的人往往尚空谈、好攀比、不务实,这样无形之中就为自己的发展设置了障碍。当代大学生应该不断挖掘自身长处,不断提升自信心,培养适度的自尊心,才能有效地抵制诱惑,克服消费攀比心理。

(二)学会自强自立,树立合理劳动观

面对学业、经济和生活的多重负担,很多大学生勇敢地选择自强自立,通过从事勤工俭学、家教、社会实践乃至个人创业来缓解经济上的压力,同时通过社会实践活动认识社会,完善智能结构,提高综合素质。这不仅使大学生所学的知识有了用武之地,而且也能增强他们的责任心和解决问题的能力,而成功的喜悦更能给他们以成就感,让大学生学会关心他人,替他人着想。目前有的高校支持大学生创业,让他们有了更加广阔的发展空间,鼓励已经具备一定基础的大学生投身于社会竞争,能使他们学有所用,真正发挥课堂所学内容的作用,品尝自立的甜蜜。而且由于在实践中会碰到问题,他们会更加重视学习的必要性,同时由于时间的短缺,他们会更加珍惜学习的机会,充分利用空余时间进行学习。

长期以来,封建的劳动观念严重影响大学生自立能力的发展,也使得部分大学生轻视体力劳动。作为教育对象和被服务群体的大学生,在参与勤工助学等社会实践的过程中以"社会准工作者"的身份出现在为他人服务的岗位上,他们既是服务对象也是提供服务的主体。在服务与被服务之中,他们自觉地实现着"角色转换",体验到为他人服务的艰辛,从而在接受服务时正确对待施予服务的对象,养成自觉尊重他人劳动的情感,进而学会如何做一个"社会人"的道理。这种双向式的互动教育增强了学生的自主意识,为将

来走上工作岗位奠定了良好的基础。

（三）学会理财，树立正确消费观念

当代的大学生要懂得如何在激烈竞争的社会中生存，就应该具备独立理财的能力。理财不是简单的四则运算和收支平衡，而是需要长期的理性积淀。盲目和冲动的攀比消费不是独立，而是任性的表现。著名财商教育专家罗伯特·清崎提出的"财商"概念同样适用于大学生理财能力的培养。所谓财商，指的是一个人在财务方面的智力，即对钱财的理性认识与运用。财商与你挣了多少钱没关系，它是测算你能留住多少钱以及能让这些钱为你工作多久的能力。财商主要包括两方面的内容：一是正确认识金钱及金钱规律的能力；二是正确运用金钱及金钱规律的能力。许多同学都坦承自己的消费已经超出计划范围，甚至有些同学还需要向别人借回家的路费。可见，大学生的财商和理财能力亟须加强。

针对大学生的消费攀比心理，在高校开展消费观教育已经刻不容缓。科学的消费观包含三个方面的内涵：一是理性，表现为会花钱；二是能够针对个人的实际情况，实事求是地消费；三是根据收入来源，量入为出。大学生应树立良好的消费心理，培养良好的消费习惯，正确处理物质消费与精神消费的关系，促进知识结构和道德情操的完善。

（四）注重内涵美，扬弃攀比心理

培根说过："美德好比宝石，在朴素的背景的映衬之下，更显其熠熠之辉。"

大学生的消费攀比心理往往流于追求物质的浮华和享受，忽略了内涵美的培养。"腹有诗书气自华"，外在美只是人的个性化的一个方面，人的内在的学识修养和能力才是使人保持经久不衰的魅力，从而在激烈的社会竞争中立于不败之地。一个好学上进、内心美好的人即使衣着朴素，也能博得众人的肯定和欣赏。大学生应该克服物质层面的攀比心理，注重道德修养的提高和审美品位的培养，只有拥有了丰富从容的内心，才能避免别人的物质享受带来的心理落差，从而减少消费攀比行为。

对大学生而言，大学时代弹指即逝，应该珍惜宝贵时光，树立良好的竞争意识，不能在吃、穿、用等表层上你攀我比，而是要在学习、工作、交际等方面比，养成"比学赶帮超"的良好意识，大家在竞争中共同提高。同时应该在大学之始就做好职业生涯规划，明确自己当前的首要任务，提高对不科学消费的抵抗力。

（五）接受不能改变的，积极行动去改变能够改变的

虽然在众人的观念中，攀比不是一种好的心理现象，但它是我们认识自己，认识别人，认识社会很好的工具，善于认识自己的不足和长处，合理地调整情绪、行动方向，是一种较实用的人生演练，它时常促使我们内省自己，将能实现的尽量实现。至于不能实现的，其实也可看做是一种美丽的期待。说到底，比较方式的选择是生活策略的选择，选择一种适当的比较方式，也就是选择了一种轻松的生活方式。

生活条件越来越优越的现代人却感到生活越来越累，他们没有意识到这种使人陷入困境的心累有时是由于比较方式选择上的偏差所致。社会不应该鼓励人们一味地向上比较，有时需要有意选择向下比较来卸下一些心理的负担，尽可能作自我比较，把自己的现在和过去进行比较会更客观。

第二节 案例及其分析

案例1

案例描述

即将毕业的小王收到了一家公司的面试通知。在兴奋之余,小王也好好打扮了一番:头发整齐有型,西装笔挺,皮鞋擦得一尘不染,材料证件也准备得一应俱全。因此在面试的时候沉着冷静,稳重大方,给公司留下了比较好的印象。可就在最后一个环节,当公司说明关于薪金的有关规定时,刚才还神采奕奕的小王不禁黯然失色。走出公司所在的办公大楼,小王摇摇头,也颇带些嫉妒,嘀咕道:"李明在学校的成绩没我好,素质没我高,活动能力没我强,怎么什么好事都让那小子沾上了。不行,我还就铁定心了找个更好的工作,消消那小子的锐气。这家不行,我再找下一家,天无绝人之路嘛。"虽然这么想,可小王的心里依旧酸酸的。

案例分析

在案例中,小王并不是没有机会,而是没有把握机会。在提到的那次面试中,小王穿着得体,资料齐全,谈吐稳重大方等方面都给公司留下了不错的印象,这些表现值得我们借鉴、学习。但就是因为碰到了人人敏感的薪酬问题,而错过了近在咫尺的成功。让人觉得可笑也更可惜的是,他对薪酬的不满来自和他人的比较,出于嫉妒而阻断了自身的发展。

案例2

案例描述

小卓是某学院艺术设计专业二年级的学生。自幼生活在优越的家庭环境里,在同学中以出手阔绰大方闻名。在同学欣羡和追随的目光中,小卓力争要做校园时尚人物,手机、电脑、MP4等时尚消费品"一个都不能少",为了吸引大家的眼球,还频频更换,如果有老师同学提醒其应该节俭,他便得意洋洋地说:"我的消费我做主,年轻有什么不可以?"

案例分析

案例中的小卓为了满足虚荣的攀比心理，一味地对父母索取来购置高档消费品以保持其"时尚品位"，殊不知，这种用攀比消费堆砌起来的优越感仿佛墙上芦苇，经不住现实的考验和冲击，当面临独立生活的挑战之时，也许等待小卓的将是更加凄惨的自卑。

第十五讲 兴趣广泛,心胸宽敞,心明如镜

第一节 心胸宽敞的基本理论

一、心胸宽敞

"心胸"本是人体器官,在这里主要指人的胸怀,本意为人的气量,引申为人的志向。心胸宽敞既是一种生活态度,一种思想深度的体现,也是一种良好心态的表现,是一种宽广、平静的情绪的缩影。大学阶段是大学生人生观、世界观及价值观形成的关键时期,也是塑造健全良好心态的重要阶段。作为成长中的大学生,作为有抱负的青年,应该培养自己拥有宽敞的胸怀,养成一种良好心态,因为心态决定人生命运,更影响人的前途发展。

二、心胸宽敞的具体特征

1. 有责任心

责任心是任何一个人做事情并力图把事情做好的前提。心胸宽敞的人具有强大的责任感,具备良好的责任意识。他们能对工作投入更多的精力,会从内心深处意识到这份工作的重要性,最终会以宽广的胸怀做好工作。每个人从呱呱坠地起,就带着一份责任来承担生活所带来的酸甜苦辣。因此,具有宽广胸怀的人,会以认真负责任的态度去生活,并获得生活所给予的回报。

2. 有远大的志向

一个胸襟宽广的人自然有远大的志向。志向的高远程度也体现一个人胸襟的广度。所谓做大事者不拘泥于小节,一个气度非凡的人,一个有鸿鹄之志的人在乎的是大是大非,心存大目标,遇事大度,不会畏畏缩缩,小家子气十足。作为新时代心胸豁达的青年人,面对激烈的市场竞争,我们应该自如地面对学习、工作,树立远大的志向,怀揣着抱负,立志报效祖国、回报社会。

3. 有为人谦虚的品质

心胸宽敞的人通常会虚怀若谷,堪称"大丈夫"。常言道:"谦虚使人进步,骄傲使人落后。"无论是多么优秀的人,都不是最完美的,在我们身边还有比我们更出色的人。不管是学习、生活还是工作,都有值得我们学习的榜样。心态平和,保持大度的心胸,就能低头向他人请教，时刻要求自己虚心上进，以向别人学习为荣，不断促使自己更快地成长。

4. 有牺牲精神

古人云："塞翁失马，焉知非福"，眼前的损失，也许就是日后的报酬。有宽广的心胸和气度的人具有鲜明的牺牲精神。能化不足为奋进的动力，变有余为助人之乐事。而且会顾全大局、心系大局、服务大局，遇事不只从个人利益出发，更多从他人、集体的立场考虑。自己轻松，大家宽松，带着一种甘愿付出的意识工作，坦然面对人生，勇敢地自我牺牲。

三、心胸宽敞的影响

具有宽敞心胸的人，能保持乐观向上的积极情绪，能认识到周围的事物是美好的，能带着一份美好的心情迎接早晨的明媚阳光，能把全身心的快乐融入学习、工作和生活中去。当清晨的小鸟鸣叫的时候，他们往往能感受到其中悦耳的声音，即使是分贝较高的汽笛声也是生活的点缀，他们具有海一样广阔的胸襟来包容大自然。在这种平和的心境中生活工作的人，能够发挥自己的才华，展示自己的人生价值，体现对社会的作用和贡献。

相反，如果大学生没有宽广的胸怀，不能以一种大度、宽敞的心胸来处理事务，那必然造成各种不良影响：①阻碍身心健康成长。要想保证身心健康成长，必须有良好的心理情绪。如果大学生把发生在他成长中的事情看得很重，特别是他内心很不愿意接受的事情，比如评选优秀学生，很多学生干部入选并且占的份额比较大，这时作为普通学生的他就容易产生不满情绪，这种情绪会导致心态不平衡，如果不能及时疏导就会影响其身心成长。②人际关系紧张。大学生一般以寝室群居为主，他们来自四面八方，各自的生活习惯大相径庭，如果彼此间不能包容、忍让，不能以平和的胸怀对待生活中的琐事，必然导致同学朋友之间关系紧张。比如有的女同学因为错拿水盆，被人指责谩骂，生气恼怒，两个人争执不下。如果我们用宽广的胸怀处世，学会包容，这样的不愉快就可以避免。

如何才能做一个心胸宽敞的人？

1. 兴趣广泛

要培养自己成为心胸宽广的人，先要培养自己广泛的兴趣。兴趣是个人力求认识、探究某种活动的心理倾向。兴趣以特定的事物、人或活动为对象，并常常伴随着积极的情绪。首先，要知道自己需要什么兴趣，应该爱好什么。需要是兴趣产生和发展的基础，人对自己感兴趣的对象常常自觉或不自觉地给予特殊的注意。当一个人明确自己的兴趣选择的时候，他/她就会投入更多精力，在无聊或者没有其他事情可做的时候往往能想起自己的爱好，并不断探索，寻求更大的进步，并很有可能在这方面获得很大的成绩。其次，要培养自己广泛的兴趣爱好。积极地想象总是与兴趣、爱好紧密相连，大学生将所学知识与日常细微的洞察相结合，不断加入新的想象，发现新的收获。比如一个学生喜欢打乒乓球，他总是练习，总是希望打好，就会探求钻研，也能不断提高自己的协调能力和技巧。从乒乓球中找到乐趣后他还会去尝试打篮球,自己的兴趣范围就扩大了。最后,广泛的兴趣爱好会舒展人的心胸。一个人有广泛的兴趣爱好,就会以积极的心态面对学习生活,也能积极地面对各种事情,特别是当出现误会或者烦恼的时候,他们更愿意通过兴趣爱好来摆脱自己的苦闷。而且对喜欢的事情精力集中性很强,所以当投入精力时就能忘却身边的忧愁和抑郁,心情舒畅,心胸豁达。

2. 心明如镜

心明如镜是指心胸恬静如明亮清晰的镜子,能直接反射出人豁达的内心。如果一个人没有私心杂念,没有任何干扰他思维的事情,他就能以百分之百高昂的情绪投入工作生活中,并能创造出最大最可观的业绩。心清净明朗,如一张没有涂写的白纸,只要有任何想法或者新的思维,就可以在上面涂写并能牢固记住。比如,一个学生酷爱英语,没有任何事情干扰她,每天努力学习听说读写,一段时间后她的英语成绩就会有所提高。

3. 受点委屈不生气,不计较个人得失

在现实生活中,有得必有失,有失必有得,我们要培养自己心胸宽敞的品德,就必须学会宽以待人,不斤斤计较个人损失。正如富兰克林所说:“人在受到外来的羞辱时,需要一点心胸开阔的修养。承受不了一点委屈,喜怒哀乐都挂在脸上的人,是成不了大事的。”生活中不会每件事情都让我们非常满意,站在不同立场考虑问题,从不同的角度出发去审视问题,也必然引起一部分人的不满意。因此当涉及与自己相关联的利益冲突时,我们内心深处会觉得很不是滋味,很不愿意接受事实,感觉自己很委屈。这个时候我们就要勇敢地承担起这份责任,不去计较个人的损耗,不去计算他人的占有。乐观接受事实,相信自己获得的是最公平的,最多的,也相信自己并没有受到不公平的待遇。

4. 遇到挫折不灰心

人的一生不可能是风平浪静的,学习生活中必然遭遇各种各样的失败或者挫折打击。当出现失误,遇到不理想的事情的时候,我们应该怎样应对呢?经历失败是成长的动力和源泉,是以后进步的垫脚石。只有我们冷静地分析失败的原因,遇挫不折,勇往直前,相信自己,敢于拼搏,以广阔的胸怀来容纳百川,无论出现什么样失败伤心的事情,我们都不放弃,百折不挠地向前看,始终坚信成功是属于努力付出的胜者,相信下一个胜利就是属于自己的。

5. 多学会换位思考,试着从别人的角度去想问题

当有损我们自身利益的事情发生的时候,我们不能怨天尤人,怨声载道。要多方面地综合考虑,学会换位思考,尝试着从别人的角度来考虑问题:假如我遇到别人这样的事情能会是什么表现呢?他遭遇了比我们还大的失误,他不是也一样快乐地生活吗?假如发生像别人那么大的问题,我还能是现在这样的心情吗?多问自己几个假如,多问自己几个为什么,多把自己的事情同别人的处境比较,会发觉自己的心态平衡很多。其实换位思考就是一种将心比心的做法,把自己放在别人的位置上考虑事情,多替别人想想为什么,多考虑别人的难处,就会放平心境来对待事情。比如老师批评学生干部没有把事情做好,其实学生干部已经尽力,但是当他受到老师的批评时非常难受。如果老师能自己设身处地地考虑学生干部的处境,相信老师就会以平和的心境勉励学生做得更好,而不是一味地批评指责。

6. 学会与各种不同人沟通，促使自己交往面更宽广

一个人交往的面广泛，接触的人就多，认识的事物多，心胸自然会变得更为宽广，自己的承受能力也能得到提升。因为在结交的这些人中总是或多或少能找到一些某些方面强过自己，能给予自己帮助的人，可以同他们认真地交谈，学习他们做事的方式方法，给自己的为人处世提供良好的借鉴，遇到同样的事情能够自如地应对。当自己确实不知道采取什么样的办法解决的时候，也可以找自己的交际圈子的人倾诉，请求他们帮忙处理。这样在紧急关头有众人帮忙，即使事情再大也会妥善处理，也能让自己忙乱的心情松弛下来，更有利于保持宽广的心胸。随着时间的推移，心胸豁达的人会不断成长为成熟稳重的人。

7. 用别人的优点弥补自己心灵上的缺憾

当别人获得某种奖励或者取得比自己优秀的成绩时，我们是否能以宽敞的胸怀接纳呢？我们能否向他道声祝贺呢？一般情况下我们都不愿意接受别人的快乐和喜悦，但是我们要磨炼自己宽广的胸襟。那么我们怎么做才能培养自己的胸怀呢？我们要看到别人的优势，时刻注意别人的闪光点，提醒自己向着别人的优点学习，这样我们能心悦诚服地为别人喝彩。当领奖台上站的不是自己时，你也能向你的对手鼓掌，也能握手祝贺他。

第二节　案例及其分析

案例描述

(1) 大学生王某与张某同时参加学生会主席职位的竞选，王某以出色的表现赢得同学们非常高的支持率，但是张某竞选前就在学生会做过其他部门的部长，与老师、学长的关系较近。当张某得知自己的票数低于王某时，在民意调查环节中，就找来自己的朋友，到老师和学长那里说王某的坏话，最后王某被淘汰。后来王某知道这一事情后，王某还是一如既往地与张某交往，王某的行为得到了全班同学的称赞，连张某也甘拜下风，并主动找王某道歉。

(2) 我国某名牌大学一女大学生，在小学和中学都是尖子生，考进名牌大学后，发现班上的同学都是来自各个学校的尖子生，既然大家都是尖子生，凑在一起就谁也不是尖子生了，需要经过一段时间的角逐才能重新分出高下，这位女大学生自然也和大家一样，至少暂时不是尖子生。她对这样的现实不能承受，内心想到很多不如意的事情，不能以一种平静的心态来学习和生活，十分痛苦，终于给母亲留下一份遗书，自杀了。

(3) 西南大学谌容同学是个兴趣广泛的典型。她在2006年"挑战杯"全国大学生课外学术科技作品竞赛中脱颖而出，从全国280多所高校、636支参赛队伍的701件作品中胜出，最终获得第一名。她生长在农村，接近大自然的自由洒脱使她养成一种对什么都

好奇、什么都愿意接触、敢于尝试的性格,正是这种广泛的爱好使她抓住了《萝芙木毛状根培养体系的建立》的科研项目并最终获胜。她认为热爱大自然、善于从大自然提取各种兴趣,培养自己广泛的爱好非常有利于自己的成长。

(4) 李光与贾知是某大学的学生,他们在学校图书馆借书发生冲突。李光先来到图书馆,找到想借的书后,发现图书证没带,然后就回去拿。在此期间贾知来到图书馆借书,在找书的过程中发现李光借的一本书是他想借的,于是,他随手就拿走了。结果李光回来时发现自己准备要借的书没有了就很恼火,当他来到借书台前时发现贾知拿的书正是他要借的那本。结果两个人因为这本书到底应该是谁先借争吵起来。

(5) 小岳是某大学计算机专业的学生,他入学前曾雄心勃勃地要好好学习,拿奖学金。但是当他走进大学以后,他却不能全身心地投入学习中去。看到别人带着自己的女朋友到处游玩,成双成对地出现在自己的面前时,自己的心也动摇了;看到寝室的哥们儿在看武侠小说,那种投入的劲头让他沉醉于其中;看见室友都在操纵手中的鼠标,遨游在游戏的海洋里并有成功者的喜悦时,他的心也被带走了。就这样,他不能控制住自己的情绪,不能沉下来专心地学习,结果成绩非常不理想,甚至出现"挂科"现象。

案例分析

(1) 该事例中的王某是个心胸宽敞的大学生的典型,而张某则与王某形成鲜明的对比。作为大学生,我们要宽以待人,不斤斤计较个人的得失,用自己宽阔的胸襟去包容万物,使身边的事情变得更和谐。

(2) 因为这位女大学生心胸狭窄,心理素质不佳,进入一种不是很适应的环境就不能平和地面对,悲观绝望,精神崩溃,乃至最终自杀。在身遇逆境时,要树立正确的态度,心胸宽广地、正确地面对现实,相信以自己像海一样的胸襟一定能战胜挫折。更要依靠进取心去适应环境,以积极的情绪、乐观的心境朝气蓬勃地对待生活,就一定能有所获。

(3) 兴趣广泛容易保持自己喜悦的心情。谌容她之所以能取得全国大学生的课外学术成果奖是与她的兴趣分不开的。因为她愿意接触新奇事物,愿意对自己喜欢的事情投入更多精力。同时,因为她有兴趣追寻事物,她就能心平气和地钻研,以一种宽阔的气度来处理事情。

(4) 李光与贾知的争吵是心胸不够宽广造成的。如果双方都能心情平和、心胸宽敞地处理问题,也许这种巧合能促成两个人的朋友关系。因此,我们应该冷静地面对,心胸宽敞地处理事情。

(5) 小岳做不到心明如镜,也就不能全身心地投入学习中去。他本来有自己的抱负,但是当周围同学的生活方式呈现在他的眼前的时候,他就被那些具有吸引力的事情所感染,忘却自己的计划。随着他投入时间的增多,他发现那些事物比他的雄心壮志更能抓住他的时间。

第十六讲
学会自我调节，保持心态平衡

第一节　平衡心态的基本理论

一、平衡心态的含义

古语云：哀大莫过于心死。这句话说的是人的心态在任何事情中都起关键作用。一个人心灰意冷丧失希望的时候，不可能创造出人生的奇迹，也不可能成为命运的主人。无数成功人生的事实证明：心态决定命运。心态就是决定我们心理活动和左右我们思维的一种心理态度。那么心态平衡怎么理解呢？我们可以把心态平衡归纳为两层含义：一是指心理常态；二是指一定量的心理应激，通过心理防御机制无意识的自身调节和心理应激中个体有意识的自我调节，心理负荷仍处于心理上能够承受、调节、适应，生理上未出现病理变化的健康状态。

二、心态不平衡的具体表现

1. 自卑忧郁，期望值过高

心态影响人的情绪，心态不平衡的人容易产生自卑心理，对什么事情都犹犹豫豫并且产生较高的期望值。自卑，就是自己轻视自己，自己看不起自己。但凡有自卑倾向的人并不是他本身有严重缺陷，而是他总是把自己放在一个低人一等的标准看待，妄自菲薄，使自己陷入一个不能自拔的困境中，而实际上自己的内心深处却充满了极大的期望。忧郁，是因为面对事情的出发点没有自信，没有放平心态，总有种悲观的心态干扰自己的思维，对事情考虑又考虑，瞻前顾后，最终还是不明确自己该怎么做，总是在一种思索的模式中浪费时间。思去想来还是对结果有很大的欲望，希望能有出色的表现。比如有的人参加舞会，因为自己的相貌平平而总是感觉自卑寒酸，忧虑，不敢进入角色。但是在内心她却希望自己能引起别人的关注，能跳得最好。

2. 胆小懦弱，恐惧心与期望度成反比

胆小懦弱其实是一种害怕承担责任的表现。心态不平衡的人，容易将自己卷入懦弱痛苦之中。因为他们懦弱恐惧，面对事情没有控制力，没有决断力，在与别人对抗的时候，往往先打败自己。他们没有足够的勇气面对新事物的挑战，总是不安、忧虑、愤怒、胆怯等。这种心态摧残一个人的意志和生命、伤害人的修养、减少人的活力，与他希望达到的最终目标往往南辕北辙。它锤击人的希望,扼杀人的创造精神,使人变得总是在恐惧徘徊中踱步,没有前进的动力,没有争取的勇气。例如,同是参加朗诵比赛,一个是朗诵的常胜将军,另一个是朗诵的新手,这位新手心态失衡无法接受那位常胜将军的水平,希望自己表现超越对方,但这种心理却与自己的目标形成反差,就产生明显的恐惧参赛的心理。

3. 虚荣心强,贪婪欲望大

莎士比亚曾经这样说:"虚荣的人不但拿利刃刺进他们自己低劣的感情,而且还要把他的刀头掉转去刺伤别人。"实际上虚荣心害人又伤己,因为虚荣心作怪,人会感觉到周围的人都是他的敌人,为了满足自己的虚荣心,他会不择手段地排挤、讽刺、嘲笑别人,与别人攀比。因为虚荣心的驱使,他会在众人面前怒斥同事甚至好朋友的观点,使得原本友好的关系破灭。同时,贪婪、欲望强也是心态不平衡造成的表现之一。看到别人有钱有权有地位,自己内心承受不了不平等的待遇,贪心大增,便变本加厉地想办法获取利益,唯利是图,正所谓"贪心不足蛇吞象",于是出现了震惊全国的"慕马案件"等。有的大学生家境贫寒,但是虚荣心切,为了买名牌衣服竟然不吃饭,这就是贫富差距造成的心态不平衡悲剧。

4. 怨声载道,转化期望值

没有平和的心态,遇到不顺利的事情就容易产生埋怨情绪,总是把不如意归结为"点儿背"、命运不好或者别人的过错等。更有甚者把事情扩大化,怀恨在心,不能用宽容的心态来考虑分析事情的前因后果,而总觉得是别人故意在和自己作对。实际上这是他们对自己的期望值太高,又无法实现而采取的转化方式。就像很多大学生遇事想不开,不吃饭、不睡觉,自己折磨自己,总觉得"吃亏"、"窝囊",总觉得是别人的过失,那其实都是自己期望太高造成的后果。比如全国大学生英语等级考试,某学生没有通过,他就开始抱怨:先说是考试当天收音机不好使,然后说是监考教师放录音晚了,再说是前一天睡眠不足,总之在他思维里就没有自己的主观错误。其实这样的行为的根源就是看到其他同学通过考试而自己没有通过,开始考试前对自己充满期望,而结果事与愿违,内心产生不平衡的抵触情绪。

三、导致心态不平衡的原因

1. 心态不平衡是由于社会认知偏差引起的

社会认知偏差是指人们在感知事物的时候,由于特殊的主观动机或外界刺激,对事物产生一种片面的或歪曲的印象。社会认知偏差主要受自身的主观性、复杂性等特点的影响。首先,从主观特点来看,社会认知的主体和客体不一定直接接触,可以通过第三者的口头描述,使主体对客体进行认知。但第三者的描述往往受他本身的态度、需求等的影响,从而使主体不能客观地感知客体,必然产生一定的偏差。其次,社会认知对他人的判断易发生逻辑错误。因为社会认知既包括对人外部特征及行为的知觉,也包括对心理特征、心理状态及行为动机等的判断。人们习惯性地形成"晕轮效应",即认知者对事物的某种特征形成好或坏的印象后,还倾向于据此推断该事物的其他方面的特征。例如,当大家认为学生李四是个聪明的学生时，就容易推断出他的创造力较好。这样极端化的判断就导致偏差。最后，人们形成认知是将以往生活中储备的一定的知识和经验进行组织和分类，储存在记忆中，当遇到某种刺激时候，会立刻把与刺激有关的信息提取出来，对此进行感知，这样加速人的认识过程，但最终结果是与客观事实产生一定偏差。

2. 心态不平衡是人过高评价自己的能力和过低评价社会对自己的回报而形成的反差

人生活在现实社会中，很多时候对自己产生积极性认知偏差，即对自己做出积极的、肯定的评价，总有种宽大的倾向。人们认为自己是优秀的、有才华的，应该在社会中拥有自己的事业或者享有良好的声誉，往往对自己的能力估计认可度较高，相信自己能胜任某种职位，甚至有的人有种“怀才不遇”的感觉。当人们在社会中施展自己的抱负的时候，渴望得到社会的支持和认同，但是社会回应的却恰恰是令当事人意想不到的低落，这种强烈的反差就造成人们心态不平衡。比如心理学中的人际交往“增减”原则，如果重感情轻物质，对交往媒介的价值估计往往高于交换行为的发出者，人际交往倾向增值交换；反之产生减值原则，人际交往双方会很失望，形成反差，就容易产生不平衡心态。

3. 心态不平衡受某些人格因素的影响

一般来说，性格开朗的人认知偏差小，他能以宽广的胸怀接纳别人，而相反，性格狭隘、疑心重的人就易产生偏见。比如，当老师和同时走来的两名新生说话，并和其中一位开玩笑，如果另一位同学是个爽快开朗的人就不会介意，如果是位心胸狭窄的人就认为老师不喜欢他才没和他开玩笑的。

4. 心态不平衡易受其他因素的影响

如果个体的主观欲望未满足或者实现，如果个体间的沟通交流少，如果周围人际环境复杂、群体风气不好、成员间交流少等，都容易产生心态不平衡。

四、心态不平衡的影响

1. 不平衡的心态影响身心健康

心态不平衡，人们总感觉失落、沮丧，对任何事情总不断忧虑愁闷甚至抱有仇恨等。长期在这样的精神状态下生活，人会觉得忧心忡忡，身心疲乏。人没有一个快乐愉悦的心情，更谈不上一种奋发的斗志，势必损害正常的身心健康。

2. 不平衡的心态阻碍人成长进步

每个人的发展进步都需要动力，良好的心态是个人事业成功的关键，快乐的心态能使人拥有美好的人生。相反，假如一个人没有积极的心态，总是抱怨社会对他不公平，他没有遇到欣赏他的领导，他没有结识会培养他的老师，那么贝多芬就不会在耳聋的情况下依然成为著名的音乐家，张海迪也不可能成为身残志坚的典范。因为心态不平衡，没有快乐的心情陪伴，就没有努力的方向和动力，就阻碍个人成长。即使是一个年轻有为的人，没有平衡心态，也不会有发愤图强的信心和源泉，也就不会有成功进步的可能性。

3. 不平衡心态破坏和谐的人际关系

有不平衡心态的人总是发现周围的人和事对他不利，总疑神疑鬼地认为同事或者朋友影响他的发展。为了满足自己的自卑、恐惧、虚荣心等不健康心态，常以言语讽刺、讥笑、挖苦他人,或者提防别人说自己的坏话等。在这样戒备森严的心态下,与他人相处是不会有和谐的人际关系的,原本和谐的关系也必然遭到破坏。

五、如何调整保持平衡心态

关键是要改变认知,调整好自己对生活的期望值,即“理想用减法、现实用加法”。

认知是认识和理解客观事物的过程,它包括感觉、知觉、注意力、领悟、记忆力、思维能力等方面的活动。改变认知就是要改变对事物的认识和理解,改变自己对生活的期望。人都有生存发展的动力,都有一个美好的理想愿望,并为这个目标努力。我们在努力的过程中应明确:理想来源于现实,是以现实为基础的,但永远高于现实,是现实生活的提升。面对理想,我们要看到它的实质价值,即用减法来衡量理想。当我们对理想打折,对它的期望也就相对缩小,不会对理想下特别大的赌注。如果我们特别期望实现理想,但是现实结果出现差距,就必然产生认知偏差,形成不平衡心态。现实中,我们为理想拼搏,应该充满信心,心情高昂的为目标奋进,要用加法来点化现实,因为实际结果是靠现实努力获得的。只有在现实中增加动力,以百分之百的士气来争取理想,才有可能取得最佳成绩,也最有希望实现自己的生活期望值,才能更好地保持平衡的心态。

调整平衡心态有以下几种具体方法。

1. 自信战胜自卑,乐观驱除忧郁

自信是成功的一半,自信是心态平衡的前提。对于有自卑心理的人,要学会用补偿心理克服,也就是“移位”,即发展自己其他方面的特长、优势,以自己的优点来弥补生理上的缺陷或者心理上的劣势。或者以自嘲的方式,也就是我们常说的精神胜利法来缓解自己的自卑,这样能促使我们保持良好的自信心态。同时更要乐观,不为生活中的琐事烦恼,用行动带给自己快乐,用乐观抵消失望和颓废。

2. 勇敢坚强,克服担心

要以一种积极的心态打败软弱,意志坚强地面对各种困难,给自己鼓足信心,相信“天生我材必有用”,通过换位思考,各种问题总有解决的办法。要在战胜困难之前先战胜自己,自我才是最后的赢家,只有自己有勇气去挑战,尝试去做“做不了的事情”,才能实现最终目标。对任何事情都要始终保持平静的心态,尽量不去想可能发生的后果,而把注意力集中在正在做的事情上。

3. 淡泊求实,戒除贪虚

不为名利驱使,不成为利益的奴隶。年轻人要有斗志,要以求实的态度积极向上,发展自己,实现自己的人生价值。人有欲望但不能被欲望所侵蚀,要知足常乐,享受生活,追求更高的精神境界,多些情趣,戒除贪婪的心理。

4. 宽容平和,消解怨恨

无论遇到什么事情,我们要始终控制自己的情绪,保持平和向上的心态。平静的心能带给你喜悦,怨恨却不可能让你拥有任何好处,当我们遭遇逆境或者不顺心的时候,我们要以静制动,正确看待怨恨的根源,认识到它的危害,宽恕包容,打开痛苦的死结。为人处世中我们应宽以待人,不计较得失,用一种豁达高尚的品德来处理事情,多一分宽容也就是多一分快乐，多一点真诚更多一份喜悦。宽容是人生强者的所为，更是我们新时代大学生应该学习的处世之道。

第二节　案例及其分析

案例描述

段某是某大学二年级的学生，他性格内向，喜静不喜动，很少与人交往，不过他学习用功，从小成绩就非常好，上大学后成绩也属于中上水平，偶尔还拿奖学金。然而段某的精神生活却特别烦躁和痛苦。因为多年来，他的心底始终存在一种难言之隐——害怕女生。这种心态经常折磨他，以致每次突然看见或者接近女同学时，他心里就产生一种不可名状的恐惧感，同时后脑勺还伴有阵发性头疼。甚至有的时候当他无意中扫视前面或者旁边的女同学时，他马上就会觉得很不自在，心绪慌乱，连老师讲课都听不进去。

案例分析

段某的问题是典型的心态不平衡的、情绪上引起忧郁心理。因为他长期有这种精神负担，但又不便对别人说明，只能默默忍受。他为了减少接触女生的痛苦，就封闭自己，限制自己的视野，更不敢主动结交女生，很少和同学交往而总愿意独来独往，渐渐时间长了同学们议论他性格孤僻，甚至有的人说他不正常。就这样他的恐惧越来越重，自我恐惧的意识越来越强。其实，段某最需要的是战胜自己，勇敢地面对，用行动、用平静的心态思索，慢慢改变自己的恐惧忧郁感。

第十七讲 摒弃嫉妒心理,学会欣赏别人

第一节 嫉妒心理的基本概念

一、嫉妒的定义

嫉妒是大学生常见的情绪困扰之一,它给大学生成长成才带来的负面影响很大,也有害本人的身心健康。那么,什么是嫉妒呢?仁者见仁,智者见智,从不同出发点考虑的人给出的结论不尽相同。黑格尔说:嫉妒便是平庸的情调对于卓越的才能的反感。康德说:嫉妒是憎恶人类的恶习。法国作家拉罗会弗科也曾说过:嫉妒是万恶之源,嫉妒的人不会有丝毫同情,嫉妒者爱己胜于爱人。嫉妒(envy)是人类社会发展必然存在的一种普遍现象。朱贤智主编的《心理学大词典》,对嫉妒所下的定义是:与他人比较,发现自己在才能、名誉、地位或境遇等方面不如别人而产生的一种由羞愧、愤怒、怨恨等组成的复杂情绪状态。

二、嫉妒心理的特征表现

1. 嫉妒心理具有相对主体差别的明确指向性

嫉妒心理的指向性即嫉妒主体所指向的对象。既可以是某一单位个体——人,也可以是人和某一现象,亦可以是某一集体或群体。例如,人与人、企业与企业、家庭与家庭之间都难免存在各种嫉妒。所谓相对主体的差别可以是现实的客观差距,如相貌差距,大学女生中相貌出众的学生容易被那些外表平平的人嫉妒;也可以是隐形的差距,如才华差别,有的学生能言善辩、能书会画自然引起其他人的嫉妒;或者还可以是构想出来的差距,例如有的人感觉自己的好朋友与自己的死党很亲密,恼火不断,心情不悦。还有的上级对自己非常出色的下属的才能不满,总认为下属可能超越自己、取代自己。

2. 嫉妒心理具有明显的对抗性

对抗性,即明显的攻击性。其进攻目的在于攻击对方比自己占优势的地方,也就是对自己欠缺的地方不满而形成对别人的诋毁。正如古希腊斯葛多派的哲学家所说:"嫉妒是对别人幸运的一种烦恼。"嫉妒心理是一种明确的憎恨心理,它的对抗性是对比过程中形成的不满和愤怒情绪。嫉妒者往往看不到他人的优点、可取之处,总讽刺他人的弱点,更有甚者颠倒是非,弄虚作假。而且嫉妒心理的对抗性容易对社会造成巨大危害,震动全国的“马加爵事件”，不也因马加爵有嫉妒心理才导致与室友的争吵，而最后造成人间惨剧吗？

3. 嫉妒心理具有不断延伸且难以摆脱的发泄性

发泄性是指嫉妒者向被嫉妒者释放内心的不满、怨恨。一般来说，浮浅的嫉妒驻留在内心，大多数的嫉妒心理都表现为无法轻易摆脱的发泄行为。发泄方式一般有三种：言语上的讽刺；行为上的疏远；攻击性的行为等。培根曾幽默地说：“嫉妒心是不知休息的。”他指明了嫉妒心理的顽固特征，只要在嫉妒者的心里产生，是很难改掉或者淡化的。此外，同龄人间最容易滋生嫉妒心理，因为他们的地位、年龄及文化程度很接近。当然是否出现嫉妒心理还与思想修养、道德情操等有关。

4. 嫉妒心理具有刻意伪装性

鉴于社会道德舆论的压力，有嫉妒心理的人一般不直接表露自己的内心，反而千方百计地掩饰它，妄图不被他人知晓。进攻某人的某方面，往往不点明而是旁敲侧击地谈论，拐弯抹角地从另一个方面指责，素质欠缺的人习惯于指桑骂槐。比如嫉妒他人钱财多，或许会说人脑袋聪明能赚等。

三、嫉妒心理形成的原因

嫉妒心理是与不满、怨恨、烦恼、恐惧等消极情绪联系在一起而构成的独特情绪，它的实质是自信心或能力缺乏的表现，是相互比较产生的。嫉妒心理一般是以“我”为圆心向外规划，规划的目的是实现“我”的利益或效用的最理想化。因此，嫉妒心理的产生是以“我”为出发点，自私的人嫉妒心更强。最新的研究表明，嫉妒心理形成主要有以下几方面原因。

1. 需求的理想性与个体结果的差异性是产生嫉妒心理的根源

社会群体中的人与人之间存在着形形色色的差异。差异是事物发展的客观状态，其存在的必然性决定了对比结果的个体性，也就是比较中处于劣势的人群出现不满情绪的嫉妒心理，即嫉妒心理产生的根源。同时，社会中的不同个体，有着相同的物质和精神上的需要，这一系列需要就成为个体活动的动机。个体在行为活动过程中，都努力达到自己认为理想化的动机，以满足自己的内心需求。但是，个体能力又有较明显的差异，必然导致同一行为基础产生不同的结果。这就打破原有行为过程的平衡，这种不平衡直接产生嫉妒心理。比如参加高考的两个同学，学生A非常认真学习，考分却不如平时贪玩的学生B，这时学生A就容易不平衡，嫉妒学生B。而且，每个人都渴望自己比别人优秀，由于客观综合因素的影响，这种期望无法完全实现，不能实现就形成一种打击。事实上这种打击是没有正确估量自己的实力，在自以为是的情况下造成的。但是，如果这个时候别人实现了自己没有实现的目的，就会产生强烈反差，形成嫉妒心理。

2. “绝对公平”主义是产生嫉妒心理的思想根源

社会是由人组成的，人是社会不可或缺的一分子，似乎每个在社会上生活的人都应得到社会平等的回报，享受共产主义的待遇。但是实际上社会给予每个人的东西并不是一样的。特别是在竞争激烈的现代社会中，不同的个体存在差异，能给企业带来的利润也大相径庭,同样,企业给每个个体的回报也不一样。这种结果与大部分人期望的"绝对公平"出现了矛盾,也就是人理想中的"绝对公平"与现实中的"相对公平"差距遥远,形成鲜明的对比,这种对比造成了嫉妒心理的滋生。

3. 嫉妒心理形成的外部原因

一个人的成长离不开家庭和学校的培养,如果家长和教师运用错误的教育观点引导学生,使用错误教育方法教导学生,那么也同样触发大学生嫉妒心理。

四、嫉妒心理造成的不良影响

1. 嫉妒心理易使人丧失自信心

一般来说,轻微的嫉妒心理能转化为嫉妒者奋斗的动力。严重的嫉妒心理则容易导致焦虑、充满敌意,不敢相信自己的能力,优柔寡断,没有上进的动力。

2. 嫉妒心理易引起人际关系的紧张

当嫉妒者发现被嫉妒者的优势时,嫉妒者往往挖苦、讽刺被嫉妒者,使双方原本和谐的关系不再和谐,变得生硬,疏远。

五、如何摒弃嫉妒心理

1. 对自己充满信心

大量的研究表明有嫉妒心理的人对自己没有信心。

信心是成功的一半,只有对自己满怀信心,才能有做事情的动力,才能把事情真正做到位。因此对自己有信心就不易产生嫉妒心理。某企业的厂内告示牌标明:有信心未必能把事情做好,但是没有信心是坚决不能把事情做好的。如果我们能相信自己,那么做事情成功的几率更大,就能更彻底地摒弃嫉妒心理。

2. 客观公正地评价自己

嫉妒心理的产生是在一定程度上没有公正客观的认识自己的能力和水平,在某些方面过高地估计自己的实力,自以为是,没有客观的评价自己才造成了恶果。现实中,无论面对什么事情,我们首先应该有自知之明,充分全面地认识自己,能够积极主动地调整自己的意识和行为,控制自己的动机和情感。需要不断冷静地分析自己的想法,更客观地评价自己,从中找出差距。当我们真正地认识自我后,就能有新的感想,就能抵制嫉妒心理。

3. 保持良好的心态

心态决定做事的方式和风格,心态影响工作的效率和质量,心态更密切关系到当代大学生的成长。每天都拥有一份愉悦的心情,呼吸新鲜空气,欣赏花草的美丽,那么无论是学习还是生活都将有无限的动力,也必然能接受别人的成功,杜绝嫉妒心理的产生。快乐的人拥有快乐的情绪,有嫉妒心理的人看到的更多是令自己嫉妒痛苦的事情。其实哪种情绪占据主导地位,需要我们自己把握。如果有嫉妒心理的人总看不到自己的优点,总是觉得别人的快乐多,那么他永远瘫陷在痛苦中。因此,保持着快乐的情绪对于调节嫉妒心理很重要。

4. 摆正自己的自尊心

自尊心人人都有,但能摆正自己的自尊心却不是人人都能做到的。如果没有实现自尊心目标,那么摆正自己的自尊心很重要。有很多人扭曲了自尊心,形成了虚荣心。有嫉妒心理的人就是扭曲自尊心的典型。他们追求面子,不愿意别人超越自己,希望通过贬低别人来抬高自己。其结果是挫伤了别人也伤害了自己。因为虚荣心作怪产生了嫉妒心理,所以克服掉虚荣心,也就找回了自己的自尊心。因此,要甩掉灰色的虚荣心,摆正自己的自尊心。

5. 学会欣赏他人

首先,要喜欢自己。喜欢自己是乐观地欣赏别人的前提。心理研究表明,心理健康的人都表现出对自己的接受和认可,都能客观地评价自己。而心理嫉妒者则呈现出对自我的不满,总是挑剔自己的不足,产生自我排斥想法。比如,有很多大学生对自己的外貌、家庭、性格都不满意,努力想办法改变但很多时候力不从心,因此只能"望洋兴叹"。如果不能心悦诚服地接纳自己,那怎么可能赏心悦目地看待别人呢?因此,只有我们客观地评价认同自己,接纳自己,才能进而欣赏别人。其次,要尊重别人。尊重别人是别人尊重自己的前提。常言道:"若要人敬己,先要己敬人。"随意的讽刺讥笑别人就是对别人的一种不尊重。我们要学会欣赏他人,前提是认可尊重他人,接受他人的思想行为等,才能去赞美他人。同时得到欣赏的他人也会更尊重、更喜欢你,这样欣赏他人也是对自己的欣赏。因此,我们要尊重别人。再次,要以大度的胸襟宽厚待人。人们常说男子汉大丈夫要有宽广的胸怀,用大度的心胸去包容他人,实际上欣赏他人就是要接受他人,以一颗宽大的心容纳他人。这正是常言所说的"宰相肚里能撑船"。唐朝是我国历史上的鼎盛时期,李世民作为开国皇帝之所以能将国家治理得那么强大,是因为他能吸纳魏徵等人的忠告,能欣赏房玄龄的才华,以宽广的胸襟接受众臣的意见和建议,以一种大度的风格统治天下。最后,欣赏别人要看到别人的闪光点,鼓励自己上进。欣赏他人就要对他人进行客观综合评价的同时真正从内心接受别人的可取之处。通过对比发现自己的不足,积极主动地向他人学习经验,取长补短,充实自己,丰富自己的阅历。比如,有的学生看到别人英语学习特别好,会非常羡慕并祝贺他人取得好成绩,并向他人请教,愿意欣赏别人的长处。

第二节 案例及其分析

案例描述

有这样一个故事:某逃犯隐居深山,一次,他在回家途中,偶遇一小孩玩耍,气质非凡。他看出了神,却猛然间想到这个孩子将来做贼也一定比自己更强。一时恼羞成怒,妒火中烧,竟把小孩抱起来重重地摔下去。小孩断气前仰起头来,两眼盯着他,咬牙切齿地流着泪说:“我哥哥是个有名的逃犯,他回来一定会给我报仇!”话音像一声霹雳惊呆他,原来死者竟是自己的亲弟弟。

 案例分析

这名逃犯自尊心特别强,但是他心胸狭窄,不能正确地认识到自己的过失,他更不愿意接受这种现实。他的自尊心也不允许比他优秀的人存在,他认为只要他存在,不希望别人成为他的竞争对手。所以,当自己的弟弟以聪明伶俐的气质出现在他面前时,虽然仅仅是个孩子,但是在他的内心深处已经掀起了轩然大波,他承受不了这个孩子的成长对自己的打击,结果他亲手置自己的弟弟于死地,后悔也来不及了。

第十八讲
学业为重，切忌走偏

目前，有些大学生以为考进大学就万事大吉了，思想上逐渐看淡了学业，干起了与自己学业无关的事情，从而走上了偏路，甚至有的人在大学期间染上了股瘾、恋瘾、毒瘾、赌瘾、商瘾、烟瘾、酒瘾、网瘾等。下面就大学生吸毒和炒股两个突出问题作以分析与讨论。

第一节　大学生吸毒问题分析

吸毒是困扰全球的社会公害。近年来，由于多种原因，曾在我国基本绝迹的这一丑恶现象又死灰复燃，且有愈吸愈烈之势，给人们的身心健康和社会治安带来了极其严重的危害。

截至 2005 年年底，中国有吸毒人员 78.5 万名，其中海洛因成瘾人员 70 万名，占 89%。在海洛因成瘾人员中 35 岁以下的青少年占 69%。一些个别大学生由于各种原因，也染上了毒品，成为毒品的牺牲者，毁掉了前程，毁灭了自己。

一、毒品的种类

新修订的《刑法》第三百五十七条规定："本法所称的毒品，是指鸦片、海洛因、甲基苯丙胺(冰毒)、吗啡、大麻、可卡因以及国家规定管制的其他能够使人形成瘾癖的麻醉药品和精神药品。"毒品通常分为麻醉药品和精神药品两大类。主要的品种有海洛因、鸦片、大麻、可卡因、安非他命、冰毒、强力胶、摇头丸、吗啡、安纳咖、K 粉等，吸食这些毒品，都会对人体造成各种伤害。

二、毒品的危害

1. 吸毒对身体的危害

(1) 对神经系统的损害

毒品对中枢神经系统和周围神经系统都有很大的损害，可产生异常的兴奋、抑制等作用，出现一系列神经、精神症状，如失眠、烦躁、惊厥、麻痹、记忆力下降、主动性降低、性格孤僻、意志消沉、周围神经炎等。

(2) 对心血管系统的损害

吸毒特别是静脉注射,毒品中的杂质及不洁注射器,常会引起多种心血管系统疾病,如感染性心内膜炎、心律失常、血栓性静脉炎、血管栓塞、坏死性血管炎等。

(3) 对呼吸系统的损害

采用烤吸方式吸毒时,毒品与呼吸道黏膜发生接触;静脉注射毒品时,毒品通过肺部细血管,因此极易发生呼吸系统疾病。如支气管炎、咽炎、肺感染、栓塞、肺水肿等。

(4) 对消化系统的损害

吸毒者普遍会出现食欲减退、恶心、呕吐、腹泻、便秘等症状;肝脏也受到严重损害,如引发肝炎、肝硬化、肝脓肿等。因此,有关专家指出,只要是确定的吸毒者,一定会合并患上肝炎。

(5) 对生殖系统的损害

长期吸用毒品,可造成性功能减退,甚至完全丧失性功能。男性会出现性低能或性无能;女性会出现月经失调,造成不孕、闭经,孕妇会出现早产、流产、死胎及血液中毒品通过胎盘进入胎儿体内,导致胎儿海洛因依赖。

(6) 吸毒引发艾滋病

迄今为止,对于艾滋病还没有效的治疗手段。艾滋病病毒存在于患者或感染者的血液、乳液、精液和阴道分泌物中,其主要的传播方式有:①血液传播;②性接触传播;③母婴垂直传播。吸毒者采用静脉注射的方式吸毒,使用不洁注射器或共用注射器,都会直接造成病毒的血液传播。此外,女性吸毒者为获取毒资而卖淫也是传染艾滋病的一个重要渠道。

2. 吸毒对心理的危害

由于吸毒行为的特殊性,吸毒人员受到自身、家庭及社会的或轻或重的正性或负性刺激,导致其内心产生了焦虑、自卑、忧郁、挫折、压力、痛苦等逆境心理反应。

(1) 焦虑心理

由于吸毒是一种违法的隐蔽的行为,所以许多吸毒人员极力隐藏吸毒事实,害怕他人知道自己吸毒,长期处在担心和害怕的情绪状态中。吸食毒品需要大量资金,许多吸毒人都是“吃了上顿愁下顿”,整天为了“下顿”而忧心忡忡。吸毒人员在过完瘾后,都会有正常的良知,对于自己吸毒所造成的危害,以及自己未卜的前程“魂牵梦绕”。

(2) 自卑心理

吸毒现已为世人所不齿,吸毒人员往往因此心理自卑、敏感。原来很有上进心的人,吸毒后也变得消极,对前途失去信心。生活中,他人一个动作、一个眼神,吸毒者都会相当敏感。如此恶性循环,使吸毒人员越发自卑、敏感。

此外,正是由于这种自卑心理导致了吸毒人员的回避型人格障碍。其人格特征为:易受伤害、缺少朋友、心理自卑、行为退缩、不涉他人事、惧怕困难、敏感羞涩。吸毒人员由于吸毒而产生一系列生理、心理、行为模式改变。患者渐渐变得性情急躁、易怒,与亲朋好友亲疏远,与正常人自觉无过多感情及语言交流,只有与毒友在一起才觉得有共同语言,有亲切感。

3. 吸毒对家庭的危害

家庭中只要有一个人吸毒,这个家庭就会失去宁静、和谐、幸福和快乐。吸毒将导致家庭内部关系恶化,破坏周围邻里的和睦关系,给家庭生活及家庭成员心理造成很大影响。某大学生家庭条件优越,因染上毒瘾被学校开除。尽管家人苦口婆心劝其戒毒,但他依然沉迷其中无力自拔,给家人带来了巨大的精神伤害。后因毒瘾发作死亡,其祖母精神失常,其母抑郁而死,剩下孤独的老父亲一人艰难度日。吸毒往往导致倾家荡产、家破人亡、众叛亲离。

4. 吸毒对国家和社会的危害

如今,吸毒已成为影响社会稳定、威胁人类生存与发展的消极因素。吸毒诱发犯罪,影响社会稳定。1994 年 11 月 25 日深夜,吸毒人员周西民、白俊杰为弄钱吸毒,闯入陕西省著名画家秦惠浪家,将其一家 4 口全部杀害。

无数事实证明:吸毒与犯罪是一对孪生兄弟,吸毒者在耗尽个人和家庭钱财后,为了维持吸毒,往往会铤而走险,走上违法犯罪的道路,进行以贩养吸、贪污、诈骗、盗窃、抢劫、凶杀等犯罪活动,严重危害社会治安。据有关部门调查,在一些地区抓获的犯罪嫌疑人中,有60%～70%的人与吸毒有关,在吸毒人员中,有 70%以上的人进行过其他犯罪活动。

第二节 大学生炒股问题分析

如果说 20 世纪 80 年代大学生追求知识、90 年代大学生追求自我实现,今天的大学生则更多是追求财富。可是在物质日益丰富又被宠爱的环境中长大,会花不会挣,几乎是当今大学生的普遍特征。然而,高薪、名牌、豪宅、香车……每个大学生都渴望,那么,最近两年股市带来的财富效益,让人们都为之疯狂,其中大学生也不例外。据报道,我国股民队伍的组成中,占比例最高的是下岗职工和退休人员,还有不少是在职的机关或企事业单位工作人员。

而近年来又出现了新情况——大学生开始加入了股民队伍。据统计,大学生股民大军的队伍人数有数十万之多。大学生股民已悄然成为大学校园里新的时尚人群。

一、大学生炒股现状

大学生炒股大致可以分为三类:第一类,世家子弟,父母都是老股民,自小耳濡目染;第二类,科班出身,就读于经济、金融类相关院校,把理论应用于实践;第三类,草莽英雄,半路出家,凭一腔热血投身股海。

1. 世家子弟:初中时姥爷成“马仔”

初中时,父母就赞助了一万多块钱给他炒股,那时候还不能网上交易,炒股要到交易部去。他还是个上学的孩子,没时间做这些。于是,姥爷成了他的“马仔”,他选股票,托姥爷去给他交易。凭着感觉和父母提供的小道消息,他建“老鼠仓”,买卖杭钢居然也赚了几千块钱。后来遭遇了崩盘,割肉之后算算总账,还是小赚了几千块。——某大学经济学院国际贸易专业大三的学生赵某说起他的“下海”经历,不免骄傲起来。

受家庭环境和父母的影响,赵某从小就对股票感兴趣,但是由于学业的关系一直没有自己操作。2006 年 8 月,赵某到了一家基金公司实习,公司的氛围和股市的走好,让他又萌发了炒股念头。这一次,他在湘财证券开了户。

2. 科班出身:第一只股票老师推荐

丛某是中央财经大学研究生二年级的学生,他周围的朋友有半数以上都在炒股。丛某的第一只股票来自导师的指点。有一次正在上课,谈到股市,老师说 G 丰原做的是乙醇燃料,所处的行业非常有前景。几个月以后,一个在银行工作的同学打来电话告诉他,中粮收购丰原了,根据以往的案例,凡是被中粮收购的企业,都是它认为有良好前景的公司,都有好的业绩。这一次,丛某又赚了。他最骄傲的成绩是一个星期之内买进中国联通和中国银行,两只股票都遇到了涨停板。

他总结认为,虽然自己比较幸运,大跌入市,然后马上碰上大牛市,但是凭这点本钱不可能发财。赚钱并不是最重要的,主要还是学习知识。学经济的最起码要炒炒股,这样才能了解经济的各个方面。上市公司是行业中的佼佼者,它们代表了国民经济的整体发展,了解它们就能够了解国家经济的整体走向,这些都是他在炒股过程中慢慢体会出来的。

3. 草莽英雄:风萧萧兮易水寒

在大学生股民中,还有一类人,他们往往多是非经济类专业的学生,是偷师学艺或者自学成才。但是凭他们这点“三脚猫”功夫,在股市的腥风血雨中往往成为最早的一批牺牲品,当然,也有个别人修成正果,成为一代大侠,但大多数却是“风萧萧兮易水寒,资金一去兮不复还”。

二、大学生炒股的利与弊

1. 大学生炒股的益处

时下炒股风盛行,大学生炒股是市场经济发展的必然现象,也反映出当代大学生具有相当的经济头脑与强烈的实践愿望。我国经济正处于一个高度发展的过程中,证券市场作为其中的一个重要组成部分,也日益展现出蓬勃的生机与活力。在校大学生渴望了解经济动态,渴望了解经济的风向标——股市,各大高校也都在积极加大经济文化宣传力度,努力使学校与社会接轨,努力提高年青一代的经济知识与运用水平,这不仅是提高个人综合素质的重要组成部分,也是推动我国经济发展的迫切需要。

现在的教育形式是提倡大学生多才多能,如果大学生墨守成规,只拘泥于书本,而不能提前接触社会,接受新事物,这样的大学校园不可能培养出多才多能的学生。

一些人认为:大学生炒股实际上有一些优势,大学生群体比较年轻,但是大学生有一个非常大的弱点,就是社会实践能力比较差,所以从这个角度来说的话,大学生炒股能增强他自己的学习能力,还有一点就是对自我,对自我人格的发展与完善可以让他心理上更快地成熟起来。

还有一些人认为，大学生炒股既能培养理财观念，又可以增加社会经验，具有积极意义。

有的大学生觉得，通过炒股赚钱让大学生提前进入社会，感受赚钱的滋味，培养理财观念。大学生炒一下股，可以体会股市风云变幻莫测、牛市熊市相依相伴，对人生的体验也多了一分，具有积极意义。

2. 大学生炒股的弊端

同时，大学生炒股也有弊端，体现在以下几个方面。

第一，危害大学生的劳动就业观。认为在股市里投机，赚钱轻松，可以不劳而获，把炒股当做职业，而不再想找份依靠诚实劳动的踏实工作了。

第二，会影响学生的财富观甚至人生观。如果个别学生靠炒股就能赚大钱，就能轻易发家致富，这会对大学生群体的思想意识造成混乱，甚至颠覆性地破坏他们既有的人生观和价值观。

第三，影响大学生的学业。炒股是非常耗费精力的事情，并且交易时段往往是周一到周五学生上课的时间段，大学生炒股不影响学业，几乎是不可能的事情。

即将毕业的小赵说，炒股对自己的学习生活还是有影响的。他每天要花六七个小时去观察股市行情，分析自己所持的股票，眼看学校规定的毕业设计时间迫近，自己只得少睡点觉，晚上挤时间做了。大学毕业这一人生关键的日子临近，毕业设计却远不如自己所料想的那么顺利，他担心毕业论文答辩"塌场"，给自己留下遗憾。

才读大一的小刘原来每天下课回寝室后，第一件事就是开电脑看股市行情，上课的时候心里也老惦记着，听不好课。不过，她前些日子已经退出股市了，主要是觉得影响学习。小刘说，投资赚钱的机会今后有的是，这样好的学习机会今后就难得了。

一些炒股大学生承认，自己投入股市后，花在学习上的时间比过去至少减少了一半，学习精力也没过去那么集中，学习效果打了折扣。没有炒股的学生说，现在天气好起来了，但图书馆、食堂、运动场的人却并没有过去多，原因就在于学生炒股分流了这些场所的人流。

第四，影响大学生的心理健康。现在的大学生自身并没有经济收入，日常生活开支多是靠家里的生活费，不具备炒股的经济条件。大学生炒股还缺乏正确、全面的引导，经济能力与心理承受能力也不一样。那些准备或已经投身股市的同学，也不是每个同学面对变幻无常的股市都有良好的心理素质：一旦赚了，容易滋生不顾后果、赌博人生的心态，忘记踏踏实实做事的道理；一旦亏了，巨大的压力也可能对他们的心理造成阴影，如果投资失败，将很难承受这一现实。

有部电影叫做《股疯》，炒股对心理的冲击和刺激，有时候的确会令人疯狂，大学生心理尚未完全成熟，承受能力很差，容易沉迷其中，甚至做出傻事。一位大学生说，前一段时间，他所持有的股票全线飘红，高兴得没办法静下心来学习。后来，自己所持有的股票全部跌停，睡觉都睡不好，郁闷得没有心思去学习。

第五，影响大学生的身体健康。大学生哪来的钱炒股？大多是从生活费里挤出来、省出来的。大学生还在长身体，长时间节衣缩食地过日子，难保身体不出问题；如果炒股赚了钱，又大吃大喝起来，饥一顿饱一顿的不规律饮食最容易导致肠胃病，转成慢性的，更会贻害终生。

三、大学生如何炒股

1. 炒股要有正确的动机

大学生的“主业”是学习,应该把学习放在第一位,把炒股当做一种知识能力的掌握来尝试,注重学习炒股过程中的技巧,也可作为一种兴趣,但是大学生绝不能把炒股当成主业,不能当成一种赌博,不能投机,更不能因为受炒股影响甚至荒废学业。

赚钱不是唯一目标,对于进入股市的大学生,一是必须明确,此举的目的是锻炼能力而非赚钱;二是不应巨额投资,尤其不应负债炒股,更不可孤注一掷地将生活费都用于炒股;三是要善于运用自己的专业知识进行分析判断,做一个理性的投资者;四是要有风险意识,从来没有只涨不跌的股票,不要因一时小有所获而冲昏头脑,一定要正确处理好投资与学业的关系。

要明白能获取一些经验教训比赚钱更重要,要抱着学习的心态去买,使大学生见识广了,胆子大了,发现自己还有很多专业知识上的缺陷,让大学生用更理智、更从容的心态去面对一切。

2. 学生应树立良好的心态

学生应树立良好的心态,有充分的思想准备。投身股市,要具备一定的理财知识,拥有良好的心理承受能力。赚了想再赚点儿,赔了想捞本,这属于一种正常心态。不过,如果赔了就不顾一切,拼命想翻本,近乎疯狂,失去理智,炒得走火入魔,就不应该了。

3. 炒股不能超越自己的经济能力

大多数大学生还是消费者,没有经济收入,炒股要量力而行,不要超越自己的经济能力而给自己和家人造成经济负担。

大学生应该用自己挣来的钱去炒股。俗话说,崽花爷钱不心疼。如果不知道父母挣钱的难处和辛苦,用父母给的生活费炒股,一旦亏了,可能不会太心疼;如果用勤工俭学挣来的钱去炒股,相信炒的时候,小心翼翼,会更加注意“火候”。

4. 学校对大学生炒股应该给予足够的重视

(1) 对学生做好炒股的引导工作

学校应对学生做好引导工作,要让学生合理安排炒股时间。对炒股的学生来说,股市是另外一个社会课堂,是学习外的一种学习和实践,是在校学习的一个附属物,是对在校学习的一个补充。千万不能为了炒股,本末倒置,其他一概不顾,不思学习,不求进步。

同时,还要告诉学生不要投入过多资金,更不能借钱炒股,重在体验。大学生炒股的资金主要来源于父母,也有一部分是自己打工挣的钱。有些学生怕父母不同意自己炒股,就把自己的生活费全部拿出来。一旦赔了,会对自己的生活造成严重影响。

引导学生建立良好的心态,使其有充分的心理准备。有的学生炒亏了就委靡不振,觉得前景一片黯淡,影响正常的生活学习,甚至做出不应该做的事。对这些可能发生的后果,学校要提前打“预防针”,让炒股的学生懂得,即使亏了,收获的痛苦和教训,也是一种财富,使他们既能欣然品尝胜利的甜蜜,也能坦然咀嚼失败的苦果。

(2) 学校还应该举办模拟的炒股活动

学校还可以专门设置可以模拟股票、期货的看盘、操作的实训机房。通过实践教学将教材、课堂学习内容与证券投资结合在一起,增强趣味性、操作性和感性认识,既为老师们提供了一个配套实务教学方法,也为金融专业教学提供了很好的虚拟实践环境,从而大大拓宽学生的视野。

第三节 案例及其分析

案例1

案例描述

一位吸毒女大学生回忆:在大西南重镇贵阳,我生活在一个幸福的家庭里,爸爸是一名工程师,妈妈是基层妇联主任。家里人对我很好,高中毕业时,我没有辜负家人对我的期望,以优异的成绩考上了师范学院,成为一名令人羡慕的大学生。在大学里,一向不服输的我努力学习,断然拒绝了校园外多彩世界的诱惑,成绩年年排在系里的前列。毕业时我被分配到一所省重点中学教书。参加工作后我一如既往地勤奋、执著,总希望通过自己不懈的努力来换取明天更大的成功。曾被评为优秀教师。

可在我参加工作两年后,我对生活、工作有了新的想法。自己一年到头累个不停,却没能好好享受人生,看到别人吃好的,穿好的,总觉得自己比不上别人。我内心深处悄悄滋生了盲目攀比、效仿的虚荣心,随着时间的推移,我越来越不满足于清贫的生活。就在这年暑假,我作出了令我后悔一辈子的决定:辞去工作,南下广东挣钱。

我不顾一切地来到深圳,梦想找到一份理想的工作。但现实却跟我开了一个残酷的玩笑。我到深圳一个多月了,工作一直没有着落。此时的我有一种穷途末路的感觉,但内心一股强烈的欲望在支撑着我,我不能就此罢休,不能这样来无声去无影般地离开深圳,我一定要混出个样儿来,不能让人笑话。

正是当时那种过分贪图享受、爱慕虚荣的心态使我认识了叶某,从而踏上了一艘没有航标的船,驶向漫无边际的人生苦海。认识叶某,使我吸毒成瘾,难以自拔。在人生的陷阱里我越陷越深,把自己折磨得人不像人,鬼不像鬼。

案例分析

吸毒的大学生往往是虚荣心比较强,意志力薄弱,自制力差,遇到困难与挫折容易妥协,总结起来,他们普遍具有以下的特征与表现。情绪容易冲动,不考虑后果便行动。吸毒的大学生,往往都是因为爱慕虚荣,好奇心强,爱面子,过分追求物质享受,缺乏正确的人生观和价值观而走上吸毒道路的。有的大学生不能把精力集中于学习上,过分沉迷于外界的花花世界,交友不慎,容易听信别人的花言巧语,上当受骗。有些女大学生由于缺乏经验,沉醉于所谓的爱情世界中而失足于吸毒的泥潭中。有的大学生一旦遭遇挫折与困难,往往失去战胜困难的决心与勇气,自暴自弃,自甘堕落,一蹶不振。

案例2

案例描述

大学生小雷是一个股民,他认为:炒股就是为了锻炼自己。他从小就对炒股很感兴趣,对股票知识稍有一些了解,父母对他炒股也很支持。他说现在有很多同学炒股,炒股已经深入大学校园。其中学经济的学生居多,但他们投入的金额都不大,都是用生活费进行投资。目前大学生炒股已逐渐形成一股潮流,网上QQ炒股群也日益盛行,在这里大学生股民每天都会交流炒股经验。小雷还说,有些股民不是有正式工作、稳定经济收入的人,大学生同样也可以加入股民的行列。时下炒股风盛行,大学生炒股是市场经济发展的必然现象,也反映出当代大学生具有相当的经济头脑与强烈的实践愿望。大学生要多才多能,如果墨守成规,只拘泥于书本而不能提前接触社会、接受新事物,那么,在未来的社会里将不会有立足之地!

案例分析

大学生炒股有各种各样的原因和动机,通过以上案例,我们发现,当前大学生炒股主要有以下的动机。

1. 炒股是为了证明能力

被问及炒股原因时,不同的大学生给出的答案基本相似。许多大学生都表示,书本知识学了不少,但他们都缺乏实践经验,炒股可以提高自己的社会实践能力。某高校金融专业的小王说,炒股不仅能把学过的专业知识拿到股市上去运用,还能培养自己对事物的分析和决断能力。

2. 炒股是为了赚钱

小徐是国际贸易专业大二的学生,也是一个股民,自2005年4月份开始炒股至今。他说,由于父亲一直炒股,所以他对股票知识也颇有了解,看着父亲炒股赚钱,自己也想尝试一下,看着今年股市行情不错,就把自己存的钱拿出来投资了。

大学生炒股的目的各不相同,有的为了满足一下自己的兴趣爱好;有的财经专业的学生为了更好地理解专业知识而作尝试,积累经验;也有的单纯是为了赚钱。小徐坦言,他最初的动机就是赚钱。

与同学合开股市户头的小马说:我没更多想法,我炒股就是为了赚钱。看别人都赚了，我也心里痒痒。但在被问及如何看待股市风险时，小马表示，没有过多考虑，别人都能赚，自己应该不会太“背”。

3. 炒股是为了学习专业相关知识

某大学大四学生小王虽是一个新股民，但却是一个十足的股迷，因为他每时每刻都拿着一本《股市必胜手册》。他认为炒股有利于他们加深对市场、对金融证券业的认识。

其实在半年前，小王对股票是一窍不通的。听到同学们大侃股市行情，他还表现得很不耐烦，总是试图将话题拉回自己感兴趣的 NBA 比赛上。但是 2006 年以来，大盘节节攀升，沪深指数屡创新高，寝室里的哥们儿每天聚在一起侃得热火朝天，而且听说不少人都小发了一笔，耳濡目染之下，小王心里开始痒痒了。寝室里的“老股民”也劝他：“你先花 90 元开个户吧。等你想进入股市的时候就可以迅速出击，要不然，机会来了你也来不及抓住。”

有点儿心动的小王从此就跟着同学开始关注股市，学习股票知识。3 月 29 日，他去证券公司开了户。4 月 3 日，小王用向父母借的一万多元，在同学的指导下在 7.20 元的价位，购买了生平第一只股票，正式成为一名新股民。

第十九讲 学会反省,多作自我批评

任何事物都有相互矛盾的两个方面,物极必反,过犹不及。自信的缺失,会导致依赖心理的形成,而过强的自信又会走向反面,形成自负、自傲、目空一切、唯我独尊的人格误区。在这一讲里,我们要探讨如何学会反省、怎样对待不同意见以及正确理解别人的批评和自我批评的问题。

第一节 相关的理论知识和问题探讨

一、人的社会化理论

人从出生到成长壮大的过程是把个体逐渐融入社会的过程,也是人的自然属性不断隐匿而社会属性不断彰显的过程。在特定的国度里,自然属性的人受文化、社会舆论以及道德标准的共同作用,逐渐形成特定社会所需要的社会的人。如果个体不按照社会需要来行动,就要受到社会的约束、限制和惩罚,严重者还可能被社会剔除。对罪大恶极的犯罪分子执行死刑,某种意义上就是把被社会所不容的人从社会中剔除,因为他的所作所为不符合社会需要。人要想生存,就必须按照社会的要求来活动,按照社会规则来进行游戏。所以说,人最终还是社会的人。

在古希腊,亚里士多德就指出:“人在本质上是社会性的动物;那些生来就缺乏社会性的个体,要么比人低,要么是超人。社会实际上是先于个体而存在的。不能在社会中存在的个体,或者因为自我满足而无须参与生活的个体,不是兽类,就是天神。”人由自然状态逐渐转变为社会性的过程中,需要同他人交往,接受社会影响,学习掌握社会角色和行为规范,形成适应社会环境的人格、社会心理、行为方式和生活技能,这个过程就是人的社会化的过程。

社会化涉及社会和个体两个方面:一方面是社会对个体进行教化的过程;另一方面是个体与其社会成员互动,成为合格的社会成员的过程。

一般认为人的社会化过程到成年人就结束了,而学术界则主张人应该终身社会化。虽然说青年人的世界观人生观基本形成,但实际上他们在社会中还不能很好地生存,有些行为很大程度上还和社会的需要不相容。这是我们反省自己的客观依据,通过反省我们可以准确认知自己的角色地位,正确对待不同的意见和看法,按照社会的需要来发展自己，调整自己。

人的社会化理论，说明人是不能离开社会而存在的，个人的活动是社会活动的一部分，因此，我们没有理由不去考虑其他人的意见和看法，没有理由否定和自己不相同的观点和立场，没有理由排斥其他人的需要和感受。人也正是通过他人来完善自己，证明自己，拥有自己。

二、社会角色理论

社会角色是个体与其社会地位、身份相一致的行为方式及相应的心理状态。

社会是一个大舞台，每个人都在这个舞台上扮演一定的角色，人们在互动中表现自己，树立自我形象，实现自己的人生理想。并不是每个人每个时候都能清楚并且扮演好自己的社会角色的。人们在角色扮演中常常会产生矛盾、障碍，甚至遭遇失效，这就是角色失调。常见的角色失调有四种形式：角色冲突、角色不清、角色中断以及角色失败。

1. 角色冲突

个体在不同条件下有不同的地位、身份和角色。如果他们互不相容，出现矛盾，个体在心理上就会感到角色冲突。角色冲突有角色间冲突和角色内冲突。角色间冲突主要指同一个体的两个和两个以上角色的矛盾冲突。例如，对于青年学生来说，一方面，在家庭中充当独生子女的角色，备受家庭的宠爱，成为家庭的核心人物；另一方面，在学校里又是老师和学校以及集体管理教育的对象，这两种角色有时是难以协调的。角色内冲突主要是由于人们对角色有不同的期待所引起的冲突，例如，对于教师的社会角色，国家期望教师在提高学生的素质上下工夫，而家长和学校要求老师多做提高升学率的工作。

2. 角色不清

个体对其扮演的角色不清楚，或者公众对社会变迁期间出现的新角色认识不清，还未能形成对这一新角色的社会期待，都会造成角色不清。个体在角色不清时往往会产生应激反应，出现焦虑和不满足感。青年学生和刚毕业的求职者，更容易产生角色不清的心理现象。即我们常说的“找不准自己的位置”、“不知道自己是干什么的”，对自己没有客观的认识和评价，不会从另一个方面来反省自己。就像一个大学生刚从高中毕业，已经走向独立了，应该转变角色，却还把自己停留在高中阶段的自我认识上，还希望周围的人都围绕着他来运转；再如，大学刚毕业，就基本上走向社会了，自己已经是到了为社会做贡献的时候了，却还把自己的位置摆在大学读书时的阶段，因此会产生所有人都对不起自己的感慨，不能承认自我的不足。

3. 角色中断

由于各种原因，角色的扮演会发生中途间断的现象，出现没有心理准备地改变自己的地位、身份、职位的情况。有的人从旧的角色退下来了，不知道或来不及建立新的角色规范和行为准则。比如师范专业的学生，毕业后的相当长的一段时间里，不能适应学生称之为老师。再如，一个流浪多年的儿童，有一天突然有了自己的父母和兄弟，也会感到不适应。

4. 角色失败

角色失败是最严重的角色失调。角色承担者不得不退出舞台，放弃原有的角色。例如,官员由于渎职而下台,学生由于违纪而被清退等。

社会角色理论提醒青年学生,人在社会之中总是要扮演或者叫做充当一定的角色,并且还要不断地变化自己的角色,那么学会反思反省,善于听取不同的意见,对自己的发展和适应社会需要有十分重要的价值。况且我们正处于角色的变化、调整的高峰期。

三、弗洛伊德的精神分析说

精神分析学说是奥地利著名学者弗洛伊德在治疗神经症及精神病的临床实践中创立的一种学说,后来发展成为一种强调潜意识过程对人的行为有决定作用的理论,也叫深层心理学。我们摘录以下概念和观点。

1. 意识和潜意识

意识是个体能觉察的心理部分,是人的社会性的表现。潜意识(无意识)包括个体的原始冲动、本能及欲望,它们受法律、道德和习俗的控制,隐藏在意识之下,但依然存在并追求满足。意识强的人,能控制自己的思想和行为;潜意识状态的人,就容易失去理智。

2. 性本能

性本能是精神分析论的核心概念。弗洛伊德假定,性本能是人类生命力的根源。性本能从幼儿时期就以口唇性欲、肛门性欲等形式存在;如果正常发展受阻可能产生性倒错的形态,如同性恋、暴露癖等。

3. 快乐原则与现实原则

个体的初级心理系统顺从冲动,追求快乐。这是快乐原则,在婴儿期表现尤为突出。而社会生活中的法律、道德、习俗要求个体克制本能与冲动,适应现实;否则不但得不到快乐,反而会痛苦,这就是现实原则。

4. 人格结构

人格结构有三个层次:本我、自我、超我。存在于潜意识中的本能、冲动与欲望构成本我,本我是人的生物面。自我介于本我和外部世界之间,是人格的心理面。自我的作用是:一方面,使个体意识到其认识能力;另一方面,使个体为了适应现实而对本我加以约束和压抑。超我是人格的道德面,是"道德化的自我",由"良心"和"自我理想"组成。超我的作用是指导自我,限制本我。

从人的结构学说中,我们可以看到人的不同层面,在生活中如何协调三个层面之间的关系,以避免这三个层次发生激烈冲突,造成心理障碍。

四、反省自己,多做自我批评的意义

1. 反省是获取真知的慧眼

最了解自己的人是自己,最不了解自己的人也是自己。人既然是社会的人,要在社会中充当一定的角色,就要正确地认知社会、认知世界和认知自己。如何能做到? 一个很好的方法就是经常去反省。能反省的人,是比别人多只眼睛的人。因为他不仅能看到事物的正面,还能看到事物的背面;既能看到所得,也能看到所失;既能看到他人的短处,也能看到他人的长处。在纷繁复杂的社会中,就多几分胜算,少几分危险。不能反省的

人,往往只看到事物的一面,固执己见。如果你看的是事物的真相,那没什么损失,要是看到事物的假象,那就十分危险了。就像在陷阱面前你只看见陷阱上面的装饰物,在鸩酒面前你只看到了酒而没有看到毒,后果可想而知了。

中国古代有一个很开明的皇帝叫李世民,他就是一个能反省自己的人,尽管有时被直言敢谏的魏徵逼得不得不反省,但最终还是能够承认过错,采纳正确意见,走上正确的道路。所以他在魏徵死后,能发出颇有意味的话:人以铜为镜子,可以看到自己的衣帽是否整洁;以历史为镜子,可以看到为什么有的朝代兴盛,有的朝代衰亡;以别人的不同意见为镜子,可以看到自己的所作所为有没有过错。魏徵去世,我"失去了一面镜子"。

我们再看一个汉高祖刘邦的故事。汉高祖刘邦在秦末众多的起义部队中,实力比较强大,但是和项羽比起来还差不少。他和项羽共同推翻秦朝之后,为了争夺帝位,进行了长达四年的征战,最后实力不如项羽的刘邦取得了胜利。在一次庆功会上,刘邦问在座的文武大臣:"我为什么能打败项王夺取天下?"许多大臣都说刘邦英明,有能力。可是刘邦却说:"公知其一,未知其二。夫运筹帷幄之中,决胜于千里之外,吾不如子房。镇国家,抚百姓,给馈饷,不绝粮道,吾不如萧何。连百万之军,战必胜,攻必取,吾不如韩信。此三者,皆人杰也,吾能用之,此吾所以取天下也。项羽有一范增而不能用,此其所以为我擒也。"这个故事说明刘邦很能反省自己,避免了因高高在上而犯偏执一念的毛病。能够反省,就容易看到真相,才能在人生的博弈中获取更多的胜算。

2. 反省,是寻得沙底黄金的神铲

世界上有许多极富价值的东西是不易被人们发现的,有的深藏在底部,不容易探测到;有的被遮掩,不易看到;有的隐匿在另一面,不便注意到;有的可能就在眼前,熟视无睹。原因是人们常存在主观臆断的心理现象,常认为自己比别人高明,自以为是,被事物的表面或假象所蒙蔽,从而丢失了很有价值的东西。

因此,我们提倡青年人不断反省自己,避免因个人的独断专行出现错误行为,善于换位思考,三思而行,在认为一定可能或一定不可能的思维中转变看法,从而找到正确的答案。

中国古代有一个《和氏璧》的故事。一个穷苦的人叫做卞和,他意外地发现了一块宝玉隐藏于丑陋粗糙的石头的里层,就把它献给楚王。楚王一看这个破破烂烂的石头,怎么是块宝玉呢?就下令砍下卞和的一只手,说他犯了欺君之罪。可是卞和确认这是一块宝玉,又去献给楚王,结果又被当做欺君之罪砍掉了另一只手。卞和十分痛苦,明明是宝玉,怎么能说是假的呢?他又去诉说,先后被砍掉了两只脚。这时,他已经不能走路了,独自一个人抱着价值连城的宝玉痛哭不止。这个故事说的是楚王被玉石表面的假象所迷惑,视宝为土,犯了固执偏见的错误。

人们由于时间地点和其他条件的限制,不能直接看到事物的真相是可以理解的。比说古代人不能飞行到太空上,看不到地球是圆的;人们看到夜晚月亮上的亮光,就认为月亮本身是发光的等。如果有人通过一些方法和角度,提出了新的说法,就不应该一概地加以否定,要反思一下,否则就会犯错误。

当代大学生,由于大部分是独生子女,受到家庭的关爱特别多,社会实践比较少,娇生惯养，再加上当代的学校教育体制所带来的负面影响，动手能力较差，往往会有"独"的性格，主要表现在：听不进去不同意见，不能正确地对待批评，看不清事物的复杂性和多面性，对别人要求很高，对自己要求很低，性情粗暴，处世简单，心理焦躁不安。因此，我们倡导青年学生在学习中、生活中和工作中不断地培养反省自我的良好心理品质，遇事能从多角度考虑，三思而行，这样会洞察事物的真谛，获取埋藏在"沙底的黄金"。

3. 转益多师是吾师

世界的多面性和事物的矛盾性，促使我们在做事的时候，要多角度多层次地观察、分析事物，以便找出事物之间的内部联系和规律性。

从社会的归因学说中，我们得知任何事物的发生发展都有其原因，而且在很多的情况下，一个事物的出现会有许多的和复杂的原因，简单地从一方面来解释，就有失偏颇。古人云：兼听则明，偏信则暗。

比如说下雨的问题，对于久旱的农民来说，是喜从天降，而对于雨涝成灾的地区，就是雪上加霜。而对于有些人来说不喜不忧。我们说，一个事物，从不同的角度看，会得出不同的结论，有不同的观点和看法。在我们的实际的生活和学习、工作中，会许多这种现象。赞美你的人不一定是你朋友，批评你的人不一定是你的敌人；会说的人不一定是会做的人，会做的人不一定会说；愤怒的人不一定勇敢，和蔼可亲的人不一定懦弱；诸如此类，不一而足。所以，我们就应该学会分析和综合，学会反思，切不可刚愎自用。善于从事物的另一个方面思考问题，转益多师是吾师。我们相信，只要学会反思，如古人所说的那样："吾日三省吾身，则智明而行无过矣。"路在自己的脚下，如何把握自己，战胜自己，创造自己，超越自己，就在你的思考、判断和行动之中了。

4. 承认错误和公开自我批评的人是勇者

金无足赤，人无完人。犯错误是在所难免的，犯错误能改正的人是真正的勇者。中国人历来不喜欢承认过错，这有着中国传统文化的影响。大概中国人过于重视自己的声誉和名声，也特别看重"面子"，而现实中经常会出现有损名声和"面子"的事。在西方，人们有错误就坦然的承认，也不损失什么。而在我们东方，因为"名声"太重要，所以有错误就不采取承认的方式，而采取回避或欺骗的方式。因此，中国人最重视诚信，也最爱撒谎和欺骗。这种沉重的文化积淀，时常会影响到一代又一代的中国青年人。

人们普遍有这样的心理：犯了一个小的错误，也没什么人看见，自己不说谁也不知道，仍然是个完美的人，至少是个很不错的人。事实上没这么简单。人的欲望是不容易满足的，犯错误是经常的，不犯错误很少，为了不让他人知道自己错了，就去遮掩，这就是错上加错，这样不断地遮掩又不断地犯错误，最终的结果是葬送自己，可谓是"千里之堤，溃于蚁穴"。我们来假设一个案例：有一个人和朋友吃饭，在朋友的劝诱下，参与了一次赌博，恰恰输了当月的工资。这本不是什么太严重的错误，承认就是了，结果回家跟妻子撒了谎。但是钱是输掉了，于是这个人就想办法占用公款，自己伪造了假账，这就更加错了。可是做的假账又被同事发现，他就想办法来掩盖或转嫁他人，后来发展到把同事给杀了。

这虽然是个假设，但是如果我们有了错误，不能及时地承认，而采取隐蔽的方式处理，那必然是在错误的道路上越走越远，非但不能获得好的结果，当有一天事情败露，还会名誉扫地。中国有句古语叫做讳疾忌医，其道理和犯错误一样，在思想和行为上有的毛病，也要及时地治疗，不治疗也会和蔡桓公一样，导致不可救药。

我们不怕犯错误，就怕不能正确地对待错误，这是很重要的一件事情。美国作家贝·李德拉、尤珍·柏里写过《丑陋的美国人》，中国台湾作家柏杨写过《丑陋的中国人》。我们把时间向前推移一个世纪，清朝灭亡前的中国人，正是因为没有看到自己的落后和贫弱，也没有看到西方的强盛，才导致国家的破碎、民族的危亡和被列强的吞食。我们再把时间向前推移三十年，改革开放前的中国，人们不承认我们的生产力不如西方国家，不敢说我们落后于西方国家，其结果是国民经济到了崩溃的边缘。如果我们没有及时地拨乱反正的话，那么，再次被西方发达的国家侵略和欺压，是完全有可能的。

我们不要以为自己犯了错误，别人不会知道，这完全是掩耳盗铃的做法，或者说是一种“皇帝的新装”的游戏，不是别人没看见，而是别人不说而已。这就更加对犯错误的人不利。我们非常赞许原西德的一位总理，能在波兰人民面前下跪，最终赢得的不仅是波兰人民的信赖，赢得了欧洲许多国家的信赖，也赢得了全世界更多国家的信赖。

第二节　案例及其分析

案例1

案例描述

赵某，某大学二年级学生。在宿舍里丢失了一本书，便怀疑是同宿舍的李某拿去了，但又不说出来，把这种想法藏在心里。但是尽管不说出来，却总是觉得这个人不好，私下里还和其他人说李某的坏话。就连李某做的好事也说成是别有用心。到了学期末，突然一个朋友把书送来了，原来赵某把书落在朋友家里了。

案例分析

赵某主要在看待事情的方法上出了问题。在自己的内心里，存在着狭隘的一面，又把事情的发生及其因素简单化。一个事物的出现，可能只有一个原因，但更可能有许多个原因。东西丢失了，不一定就是他人拿去的，没有必要随便怀疑他人。有些事情常常是出在自己的身上，在事情还没有弄清楚之前，最好不要怀疑他人。

案例2

案例描述

某大学学生梁某,生性脾气暴躁,个性较强,不喜欢听不同的意见,也不赞同他人的意见,总认为别人的说法都是错的。后来逐渐形成心理定式:只要别人提出一个看法,他马上就提出一个跟你完全相反的看法,接着就为自己的看法寻找根据,在他心里,不管别人的看法是否正确,也不管自己的观点是否错误,就是跟你相反。例如,有人买一件衣服(我们姑且不去认定衣服的好坏),大家都说很好,他马上说不好;大伙都认为不太好,他立即就说很好。后来,发展到他所使用的物品,包括服装,只要看见有人在用,他就立即停止使用。因此,在人群之中很孤僻,没有几个朋友,和别人很难相处。

案例分析

这是一种偏执型人格障碍。主要表现为武断专横,刚愎自用,和长期娇惯、过分溺爱有关。独生子女的家庭是滋生这种心理障碍的土壤。凡事以我为核心,对自己要求十分宽松,对别人要求十分严格。自以为是,别人说不得,管不得,批评不得。对自己的社会角色不十分清晰,不会反思。

第二十讲 了解心理科学,掌握心理保健知识

第一节 心理学及心理保健知识概述

一、心理科学知识

(一) 心理的概念及理解

心理现象人人都有,它是宇宙中最复杂的现象之一,也是最微妙的现象之一。那么,什么是人的心理呢?从古至今,科学家对它进行了不懈的探索,形成众多的观点和派别,比较权威的观点是:心理的本质是客观世界在人脑中的主观映像。我们从三个方面来理解这个问题。

1. 心理是人脑的机能

在古代,人们一直认为人的心理活动是与人的心脏有关,人们从经验上感觉到心脏停止了跳动,人的感觉、运动和思想都停止了。那时人们还认为灵魂是能运行的,而热血畅流遍及全身,运动则需要血液的支持。一个人的血液没有了,他的生命就完结了。后来人们才发现,产生人的心理的器官不是心脏,而是人的大脑,心理是大脑的机能。这已经被现代科学所证明。人在睡眠和受麻醉时,心脏并没有变异,而精神状态却大不相同;人的大脑受到损伤,心理活动就受到严重的破坏。临床发现,人的大脑与人的运动、感觉紧密相连,大脑的不同部位主管不同的感觉和运动。有的主管语言,有的主管记忆,有的主管行走,有的主管书写。大脑的哪个部位受到损伤,哪个部位所主管的器官就会出现障碍。

2. 心理是客观现实的反映

人的大脑给心理现象的产生提供了物质基础,但是,大脑只是从事心理活动的器官,有反映外界事物产生心理的机能,心理并不是大脑本身所固有的。心理现象是客观事物作用于人的感觉器官,是通过大脑的活动而产生的。客观现实是心理的源泉。离开了客观世界来考察人的心理,心理就变成了无源之水,无本之木。这个客观世界包括自然界、人类社会和人类自己。

3. 人脑对客观世界的反映是能动的,不是镜子似的平板的反映

人们通过心理活动不仅能认识事物的外部现象,还能认识到事物的本质和事物之间的内在联系。人对外界的反映带有主观性,心理是大脑活动的结果,而不是大脑活动的产品,因为心理是一种主观映像,主观映像可以是事物的形象,也可以是概念,甚至可以

是一种体验。不同的人(或同一个人在不同的时间)对同一外界事物的反映是不尽相同的。例如,同一班学生,听同一个教师讲同一节课或看同一部电影,所获得的认识和体验是有差异的。

(二) 心理学及分类

心理学是一门研究人的心理现象发生、发展和活动规律的科学。

在科学的心理学产生之前,人们很早就对人的心理现象进行过积极的探讨。在我国战国时期,就有“人性善”和“人性恶”之说,孔子也有过“性相近也,习相远也”的说法,这些都是对心理现象的探讨。在西方,古希腊哲学家、医生希波克拉底把人分为四种类型,即胆汁质、多血质、黏液质和抑郁质;后来,古希腊的盖伦(Galen)提出了气质的概念,把希波克拉底的分类叫做人的气质类型。在人类漫长的心理探讨过程中,心理学一直隶属于哲学范畴。直到19世纪中叶,由于对心理现象的研究引进了实验的方法,才使心理学成为一门实证的科学。这期间主要有德国生理学家韦伯(E. H. Weber)1840年发现了差别感觉阈限,即韦伯定律;1860年德国心理学家费希纳在韦伯定律的基础上开创了心理物理学的新领域;德国心理学家艾宾浩斯(Hermann Ebbinghaus)开创了记忆的实验研究等。但是,对心理学影响最大的是德国心理学家冯特(Wihelm Wundt),他创建了世界上第一个研究心理现象的实验室,相继创办《哲学研究》和《心理学研究》,出版了大量的心理学著作,培养了大批的学生,这些人后来在世界各地,在世界范围内推动心理学的发展,产生了重大影响。为了纪念冯特对心理学的贡献,人们把他1879年在莱比锡大学建立世界上第一个心理学实验室,看做是科学心理学诞生的标志。

心理学的内容十分广泛,通常把心理学分为基础心理学和应用心理学。基础心理学注重于理论体系的建立和基本规律的讨论,应用心理学则将心理学的理论运用于社会实践活动。

我们还可以根据心理学服务的不同对象和研究内容的不同,把心理学分成发展心理学、社会心理学、变态心理学。发展心理学还分为幼儿心理学、青年心理学、中老年心理学等。

另外还有教育心理学、犯罪心理学、家庭心理学、恋爱心理学等分支。

二、心理学的主要观点及其代表人物简介

(一) 巴甫洛夫的反射学说

1. 反射学说

巴甫洛夫通过对动物和人的反射活动的研究,发现了许多神经系统高级部位机能活动规律,创造了高级神经活动学说。

反射是有机体在神经系统的作用下,对内外环境刺激做出的规律性回应。比如吃东西流口水;瞳孔在受到光线的照射时就会收缩;皮肤碰到热的东西就会立即躲避开等,巴甫洛夫称其为反射。

反射是多种多样的,有简单的,有复杂的。一般分成两大类:一类是无条件反射;另

一类是条件反射。

无条件反射是人和动物先天就有的，用不着学习就会的反射。如一只刚生下来的小狗，把食物喂到嘴里，它就会咀嚼吞咽；一个刚出生的婴儿会自动吮吸奶头等。

条件反射是后天获得的，是动物和人经过学习、模仿才会的反射。如一只小狗在生活中逐渐学会根据物体的形状、声音、气味等线索去寻找食物，学会辨别生人和熟人。

巴甫洛夫曾经用狗进行了条件反射的实验：把食物喂到狗的嘴里，狗就会分泌唾液，这是不学就会的，是无条件反射。以后，每当给狗喂食物时，都摇响铃声。刚开始时，狗听到铃声并不分泌唾液，但是把铃声和喂食反复结合数次之后，当铃声响起来的时候，即使没有食物，狗也会分泌唾液，这时的铃声已经成为食物的信号，形成条件反射。条件反射必须在无条件反射的基础上才能进行，而且需要不断的巩固，否则就会消退。

巴甫洛夫为了区别动物和人的条件反射，提出了两种信号系统的概念。以直接作用于感觉器官的现实的、具体的刺激物为信号刺激，而形成的条件反射属于第 信号系统，如灯光、铃声所引起的条件反射都属于第一信号系统；以词和语言为信号刺激而形成的条件反射属于第二信号信统，它是人所独有的。例如，对学生来说，电铃坏了，铃声没有响，只要喊一生“下课了”，学生照样会走出课堂，这是词的作用，是属于第二信号系统的反射活动。在森林里有人看到一条草绳子，以为是蛇，回头就跑，所谓“一朝被蛇咬，十年怕井绳”，就是第一信号系统的条件反射；如果这个人一边跑一边喊：“蛇！蛇！”后边的人听到前边有人在喊“蛇”，也回头跑起来，这是词作用的结果，是属于第二信号系统的条件反射活动。

2. 巴甫洛夫简介

巴甫洛夫(1849—1936)，苏联生理学家，科学院院士。1849 年 9 月 28 日生于俄罗斯的梁赞。1870 年就读于圣彼得堡大学，学习动物生理学。1875 年转入军事医学院学习，1883 年获医学博士学位。1804 年因消化腺生理学研究的贡献获诺贝尔奖。1936 年 2 月卒于列宁格勒。

巴甫洛夫继承了前人的思想，从 19 世纪 90 年代开始致力于动物和人的反射活动的实验研究，创立了高级神经活动学说；提出了条件反射和无条件反射以及第一信号系统和第二信号系统的概念；发现了条件反射的抑制、神经运动的扩散和集中、神经过程中兴奋和抑制、相互诱导等高级神经活动规律。

（二）艾宾浩斯和他的记忆（遗忘）规律

1. 关于记忆的定义

记忆是感知过的事物在头脑中留下的印记，是经验的再现。人们在生活实践中，接触到许多事物，产生了关于事物的感觉、知觉，引起人的言语、思想、情感和行动。之后，这些活动在人的大脑中留下一种印象，并且在一定的条件下再现出来，这个从感知到再现的过程称为记忆。

记忆对人类经验的积累和智力的开发有十分重要的意义。凡是过去感知过的事物都可以储存在大脑之中，需要时可以把它提取出来，因此，记忆就可以把过去的经验和现在的心理情形联系起来，在时间上把人的心理活动联系成一个整体，甚至把人的一生的经历都联系起来。这样人们通过积累的经验，进行分析、比较、综合等思维活动，把握事物之间的内在联系,认识事物的本质,从而对解决现实中的实际问题起到帮助作用。

2. 记忆的种类及过程

记忆按内容分为五种:形象记忆,即对感知过的事物的形象的记忆;情景记忆,对经历过的有时间、地点、人物和情节的事件的记忆;情绪记忆,对自己体验过的情感的记忆;语义记忆,又叫语词—逻辑记忆,是用语词概括的各种有组织的知识的记忆;动作记忆,对身体的运动状态和动作技能的记忆。

记忆的过程有三个环节,开始是识记,接着是保持,最后是回忆或再现。识记是记忆的开始,也就是我们感知并获取知识经验的过程。保持是知识经验在大脑中储存和巩固的过程。回忆或再现是把存储在大脑中的知识经验提取出来的过程。这三个环节互相联系,其中保持是中间环节。识记是保持和回忆的前提,没有识记就没有保持,没有保持也就没有回忆或再现;没有识记不可能有保持,识记了没有保持也不能再现。

3. 艾宾浩斯的记忆(遗忘)规律

艾宾浩斯经过实验,研究人们记忆的保持量和时间的关系。他发现人们在识记后的最初的阶段里遗忘的速度很快,但是,随着时间的推移,遗忘的速度越来越慢,甚至一两天以后的保存量的变化就不大了。后来人们根据他的实验数据,以间隔的时间为横坐标,以保存量为纵坐标,画了一条表示记忆保持过程的曲线,叫保持曲线,如图 20-1 所示。

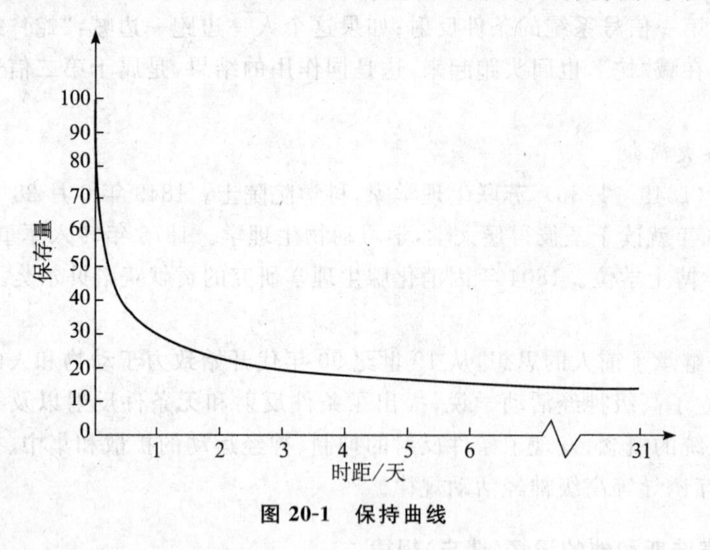

图 20-1　保持曲线

4. 艾宾浩斯简介

艾宾浩斯(1850—1909),德国实验心理学家,1850 年 1 月 24 日出生在波恩,先后在波恩大学、哈雷大学和柏林大学学习,1873 年在柏林大学获哲学博士学位。从 1880 年起,相继在柏林大学、布雷斯劳大学和哈雷大学任副教授及教授。

艾宾浩斯致力于用实验的方法研究记忆这个高级的心理过程。他制作了 2 000 多个无意义的音节,以保证使用的材料对被实验者来说难度一样大。他以一次能够正确回忆学习材料所需要的学习遍数作为测量记忆效果的指标,这叫完全记忆法。他还用达到学会标准后,间隔不同时间再来学习原来的材料,达到学会的标准所节省的学习时间或学习遍数作为测量记忆效果的指标,叫节省法或叫重学法。他比较了学习无意义的材料和学习有意义的材料以及学习不同长度材料的学习速度；考查了过度学习、集中学习和分散学习的效果。后人根据他的实验结果，绘制了间隔时间和保存记忆量之间的曲线，叫做艾宾浩斯曲线，也叫保持(或遗忘)曲线。

（三）弗洛伊德和他的人格结构说

1. 人格结构

弗洛伊德把人格分成三个层次，即一个人有三个层面生活在现实生活之中，人有三重人格，一个叫本我，一个叫自我，一个叫超我。

本我处在人格结构的最底层，是人的自然性的一面，基本上是一种原始的无意识的本能，特别是性本能组成的能量系统，包括人的各种生理需要。他寻求直接的满足，而不顾社会要求和社会伦理道德，遵循快乐原则。

自我位于人格的中间层，它在本我和超我之间起着调节的作用，一方面尽量满足本我的要求；另一方面又受制于超我的约束。自我遵循着现实的原则。

超我位于人格的顶层，由社会道德价值观念等内化而成，是人的社会化的结果。它遵循道德的原则，是道德化的自我，起到抑制自我、指导自我的作用。

人格的三个层次相互交织，形成一个有机的整体。它们各行其责，分别代表着人格的某一方面：本我反映人的生物本能，按快乐原则行事，是自然的人；自我寻求在环境条件允许的情况下让本能冲动能够得到满足，是人格的执行者，是现实的人；超我追求完美，代表了人的社会性，是道德的人。当三者处于协调状态时，人格表现出一种健康状态；当三者发生冲突时，就会导致心理疾病的发生。

2. 弗洛伊德

弗洛伊德(1856—1939)，奥地利精神病医生，精神分析学派的创始人。1856 年 5 月 6 日生于摩拉维亚的一个犹太呢绒商人家庭。后来全家搬到德国的莱比锡，又搬到维也纳，在维也纳住了近 80 年。由于德国法西斯入侵奥地利，弗洛伊德被迫流亡英国，并于 1939 年 9 月在英国去世。

弗洛伊德 1873 年就读于维也纳大学医学院，1881 年获医学博士学位。他发现病人在催眠状态下的想法和在现实状态下的想法不大一样，而且常常有悖于道德。经过反复考察和研究，他发现让病人在放松的状态下自由联想，也能获得在催眠状态下的同样效果。此后，弗洛伊德说他发现了症状背后的驱动力——本能，被压抑的欲望大部分是属于性的，性的扰乱是精神病的根本原因。

弗洛伊德 1895 年发表了《癔病的研究》，这是他的精神分析学说的起点；1900 年发表了《梦的解析》，提出梦是无意识欲望和儿童时欲望的伪装的满足；俄狄浦斯情结是人类普遍的心理情结；儿童具有性爱意识和动机。

（四）马斯洛的需要层次理论

马斯洛是美国的心理学家，他把人的需要分成五个层次：生理需要、安全需要、爱和归属的需要、尊重的需要和自我实现的需要。这五个层次由低到高逐级形成并逐级得以满足。

生理需要是人的生存的需要，以保证生命的存在和延续，包括人的饮食、性需要等。当生理需要已经得到满足，就会产生较高一层次的需要，即安全的需要，人们需要生命财产的安全,生活稳定,避免灾祸和焦虑等。爱和归属的需要是指人要求与他人建立联系,比如结交朋友,追求爱情,隶属于某一团体并在群体中享有地位的需要。尊重的需要是人希望有稳定的地位和得到他人高度评价,受到他人的尊重和尊重他人的需要。最高的需要是自我实现的需要,是指人希望最大限度地发挥自己的潜能,不断完善自己,实现自己理想的需要。

(五) 阿希的从众学说

从众是指个体在群体的压力下,其认知、判断、信念和行为等方面自愿与群体保持一致的现象。

阿希在大学生中做了实验,让被试判断两张卡片上线段的长短。当被试单独判断时,正确率超过99%;而当被试在有人连续的故意进行错误判断之后去判断,作出错误判断的人达到37%。阿希还发现,当卡片上线段的客观差异变小时,从众的比例开始上升。这意味着,当情景很模糊时,人们进行客观判断的把握性就会下降,容易选择从众。如果群体中再加入一个真被试者,从众的比例会明显下降。这说明,个体的判断受到支持,哪怕是少数人的支持,他也能抗拒群体的压力。

三、有关心理健康和心理保健的知识

(一) 关于心理健康和心理不健康的理解

在我们的生活中,经常会使用"正常心理"、"不正常心理"(有时叫"异常心理"或"变态心理")、"健康心理"、"不健康心理"等概念。如何正确理解这些概念,对心理的健康发展、心理的自我保健以及尽早纠正已出现的不健康心理有着很重要的意义。当今社会竞争的激烈、压力的增加和时间频率的加快,在时刻影响着人的心理状态,有不少的人心理已经出现了问题,自己却不知道,也不去看心理医生,长期发展下去,不但会影响工作和学习,还会形成心理疾病,给自己的家庭和事业带来损失。

人的心理是人类的高级神经活动,除去正常的心理,就是不正常的心理。正常心理又分为健康心理和不健康心理。不正常的心理是一种疾病,即我们通常所说的"精神类的疾病"。但在实践中,我们不能完全把不健康心理看成是一种疾病,把"疾病"放在某些人身上是恰当的,而放在另一些人身上却是不恰当的,因为很多心理异常的人,尚找不到器质性损害的证据,所以,我们把不正常的心理称之为异常心理或变态心理。

在正常的心理这一范畴内,才有健康心理和不健康心理的分类。不健康的心理属于正常心理的范围,它只是不健康而不是疾病。

我们这样来描述不健康心理:在现实中,一个人在其从事各种活动(学习、工作、交往、恋爱、婚姻、家庭等)时,多次或较长时间出现不良情绪与行为(烦恼、困惑、懊悔、怨气、道德冲突、苦恼、怯懦、狂躁、依赖等),我们即视为心理不健康。

(二) 评价心理健康的标准

心理健康的评价标准较多,这里我们借鉴几位学者的观点。

1. 心理健康三标准

第一,体验标准,是指以个人的主观体验和内心世界的状况,主要包括是否有良好的心情和恰当的自我评价。

第二,操作标准,是指通过观察、实验和测验的方法考察心理活动的过程和效应。其核心是效率,主要包括个人的心理活动的效率和个人的社会效率或社会功能。比如人的工作效率的高低,人际关系的和谐与否等。

第三,发展标准,着重对人的个体心理发展状况进行纵向考察与分析。

2. 郭念锋的心理健康十标准

(1) 心理活动的强度

心理活动的强度是根据人们在遭受到精神刺激时心理抵抗力的强弱来判断心理的健康状况。人们在遭受到精神刺激时,反应各不相同。这说明,不同人对精神刺激的抵抗力是不同的,抵抗力低的人反应强烈,容易因为一次精神刺激而导致反应性精神病或癔病;而抵抗力强的人,虽有反应,却不强烈,不会致病。这种抵抗力,和人的性格、知识水平、生活阅历和当时的环境有关,一般来说,性格刚强、知识渊博、阅历深厚的人,抵抗力就强一些;反之就差一些。

(2) 心理活动的耐受力

心理活动的耐受力是指人们在慢性的长期的精神刺激下所能承受的心理活动能力。耐受力差的人,会一直处于痛苦之中,精神不振,个性改变;耐受力强的人,虽然也能体验到痛苦,但最终不会在精神上出现严重问题,甚至能把痛苦和不幸当做动力,做出辉煌的成绩。

(3) 周期节律性

人的心理活动在形式和效率上都有着一定的节律。比如人的思维水平、判断力及注意力等都有高低起伏的规律,甚至人的所有的心理过程都有节律性。一般可以用心理活动的效率做指标去探察节律的变化。如果一个人的心理活动的固有节律经常处于紊乱状态,不管是什么原因造成的,我们都可以说他的心理健康水平下降了。

(4) 意识水平

如果一个人的注意力不能很好地集中,思考问题不能十分专注,经常出现"开小差"的现象,说明他的意识水平处于下降状态,这就要警惕心理健康问题了。意识水平越低,注意力就越难集中,就会导致记忆水平下降,心理健康水平也就会下降。

(5) 暗示性

易受暗示的人,受环境的影响较大,包括受自然环境和人文情境的诱导,情绪容易被感染,造成情绪和思想的波动。每个人或多或少的都有受暗示的情形,但是受暗示的程度是有差异的,这表示着不同人的心理健康程度不一样。

(6) 康复能力

在人的一生中,总避免不了要遭受到不同程度的精神创伤,人不可能一帆风顺。有的人在受到精神打击后,会很快地从打击中摆脱出来,恢复到正常的状态。这就是人的心理康复能力。我们还可以从康复的时间上和康复的程度上来考察人的心理健康水平。从精神打击中恢复到正常状态所需的时间越短,健康水平就越高;恢复的程度越接近恢复前的水平甚至高于打击前的水平,心理健康水平就越高。

(7) 心理自控力

我们在生活当中经常会遇见一些人,在跟人发脾气,有时是火冒三丈,暴跳如雷,甚至是歇斯底里。有些人在和人交往中偏执,调控不好自己的情绪,掌握不住自己的思维方向。这就是我们所说的心理自控力较差。自控力的高低与人的心理健康水平有密切的关系。一个心理健康的人,他的心理活动会十分自如,情感表达十分恰当,不过分拘谨,也不过分随便,辞令畅达,仪表大方。

(8) 自信心

人们在实际生活和工作中,总要从事某种事业或承担某种任务,这就有一个如何看待自己的能力的问题。有人过分自信,有人过分自卑。过分自信,就可能过高地估计自己的能力,容易犯骄傲自满、刚愎自用和掉以轻心的错误。一旦失败,情绪一落千丈,则会产生失落感或抑郁情绪。过分自卑,会使自己做事畏首畏尾,放不开手脚,惧怕失败,从而产生依赖他人,祈求别人帮助的怯懦心理。而健康的心理是能客观地评价自己的实际能力,有自信心,又不妄自尊大;处世严谨,又不畏缩不前。

(9) 社会交往

正常的社会交往是人生存的需要。健康心理的人社会交往适度。当一个人毫无理由地与亲友和社会中的其他成员断绝来往,变得十分冷漠,十分封闭时,他的心理状况就发生了问题;相反,过分地进行社会交往,与任何素不相识的人都一见如故也可能是一种狂躁状态。

(10) 环境适应能力

人适应环境是人生存和发展的需要。环境是经常变化的,人就应该主动地去适应它。当生活的环境突然变化的时候,一个人能否很快地采取各种有效的办法去适应,并以此保持心理的平衡,往往标志着一个人心理活动的健康水平。

(三) 影响大学生心理健康的因素

人的心理健康是一个极为复杂的动态过程,导致心理不健康的因素很多,有生理方面的,有心理方面的,也有外界的社会环境方面的。我们只有了解心理不健康的因素,才能有效地进行心理的保健和心理问题的解决。就目前大学生的状态看,主要有以下几个方面的诱因。

1. 环境的变迁

环境的变迁主要包括生活环境、学习环境的变迁。比如,班级教室的变化、宿舍的调整、校舍的转移等。

2. 学业的期望

大学的学习不同于中学的学习,在方法上、考核上和听课讲课的形式上都有别于中学。如果不能很快适应这种变化,就会影响学习成绩,产生失望、悲观情绪,甚至还会产生嫉妒心理。

3. 人际关系

大学生刚要走向社会,对社会的认识和对自己的认识都不是很准确。他们来自四面八方,有着不同的生活习惯和文化背景。他们既对良好的人际关系有很高的期望,又对这种期望过于理想化,形成矛盾的心理。

4. 自我认知

大学生是同龄人中的优秀群体,现实的自我和理想的自我有一定的差距。他们时常认为自己是佼佼者,自信心很强,取得了成绩很容易自负,骄傲自满,目中无人;一旦失败，也很容易自卑，出现消极、苦闷、忧郁甚至放纵、麻痹自己的心理问题。

5. 心理冲突

大学生处于心理的断乳期，这期间会出现很多心理上的矛盾，比如自己强烈希望自立和不能摆脱依赖的矛盾，人生的理想和社会现实的矛盾，想得很好做得不足的矛盾。

6. 生活事件

在学习中，大学生会遇见很多不如意的事件，很容易引起他们的心理损伤。常见的有同学之间的矛盾冲突、恋爱的失败、家庭的变故、人际关系疏离、评优失败。

（四）大学生心理自我保健

1. 保持健康、文明的生活方式

人的身体健康状况与心理的健康有密切的关系。不健康的生活方式极易导致身体健康状况的下降，从而诱发心理问题。所以，我们应该有健康良好的生活方式。这包括合理作息，起居有常；早睡早起，充足睡眠；平衡膳食，坚持吃早餐，体重保持正常水平；科学用脑，科学管理时间，提高学习效率；劳逸结合，有张有弛，避免用脑过度；积极休闲，选择文明高雅的休闲娱乐方式，愉悦身心；适量运动，积极参加体育锻炼，不抽烟，不喝酒。大学生不文明的生活方式有网络沉溺、暴饮暴食、节食瘦身、晚睡晚起、饮食不规律、不从事体育运动、抽烟酗酒、做危险动作等。

2. 努力培养健康完善的人格

大学生要有比较远大的理想，树立科学客观的人生目标，树立合理人生观、价值观、社会观和世界观，心胸开阔，宽以待人，严于律己，善于调节自己的情绪。

3. 积极参加社会实践，提高自己的综合素质

大学生要避免读死书，死读书，注意培养自己的实际能力，参加群体活动，理解人与人之间的关系，体验友谊和沟通的快感。

4. 学校开展行之有效的心理健康教育活动

(1) 学校应该对学生实施“五会”教育，即学会生存、学会生活、学会学习、学会做事、学会做人，按照国家和社会的要求设计与发展自己。

(2) 适当地进行挫折教育。对于现代的大学生来说，他们所缺少的并不是物质方面的营养，而是挫折、吃苦、委屈等负面教育。通过负面教育，提高他们的受挫能力，以抵御生活中出现的应激事件带来的创伤。

第二节　案例及其分析

案例描述

中国矿业大学曾发生过一起学生投毒事件。常某，山东人。父母都是当地的国家干部，家庭条件较好。常某从小在条件比较优厚的家庭中长大，比较脆弱，平时不爱说话，

性格木讷,爱钻牛角尖,交际能力、学习成绩都比较差。渐渐地变得封闭自己,在同学中不合群、受排斥,自己非常痛苦。就是仅有的能和他谈得来的牛某、李某、石某也经常不理他。于是他产生了敌意,就在牛某、李某和石某饭里下了毒,走上了犯罪的道路。

案例分析

这个极端的案例,给我们留下了深刻的教训,反映出青年学生心理健康教育的严重缺失。独生子女一族,娇生惯养,尤其是家庭条件较好的,大部分都自尊心很强,容不得微小的反对意见,在生活中往往以自我为标准来衡量事物,凡和自己不相容的,都视为敌人,不会协调关系,不会处理矛盾,不会宽容,不会反思。心理的排他性恶性膨胀,偏执极端,不计后果。社会中出现的伤害父母、老师的行为,以及其他学校暴力等均属于这一类型。

第二十一讲 充分做好生涯规划，客观求职择业

第一节　相关理论知识及问题探讨

一、能力问题

众所周知，人要进行某种活动，需要一定的能力。人们在就业求职之前，所做的大部分工作，都是为将来的工作、生活做能力上的储备，大学阶段所进行的专业知识和技能的培训，则是直接针对就业而进行的系统的能力开发和拓展训练，甚至我们还认为这种训练应伴随人的终生。那么，什么是能力呢？能力和知识、技能有什么关系？在大学阶段如何提高自己的能力？这是我们在这一节里要讨论的问题。

（一）能力的概念

能力是顺利有效地完成某种活动所必须具备的心理条件。例如，音乐能力，需要具备听力、音乐想象力、记忆力和音乐感染力等心理条件。一个人可能不具备音乐能力，但具备美术能力或写作能力。因此，能力是和完成某种活动相联系的人的个性心理特征，离开了具体的活动或任务的抽象的能力是没有的。

有一些心理条件是人从事某一特定活动必需的，敏锐的听力是音乐能力所必需的，敏锐的视觉又是美术能力所必需的。但有一些心理条件是从事任何活动都必须具备的，如想象力、观察力、记忆力、思维能力等，我们通常叫智力。在组成智力的各因素中，思维能力是支柱和核心，它代表智力的发展水平。

（二）能力与技能、知识之间的关系

能力与知识、技能既有联系又有区别。知识是一种经验性的东西，比较固定；技能是通过反复练习巩固下来的一种方式。知识和技能都不能称为能力，但能力是掌握技能、获取知识的前提条件。没有某种能力，就难以掌握相关的知识技能。另外，在掌握知识技能的过程中，也会促进相关能力的发展。比较而言，培养能力比获取知识和技能更重要。

（三）能力的分类

1. 能力、才能和天才

按照能力发展的高低程度，可把能力分为能力、才能和天才。顺利完成某种活动所

需要的心理条件是能力;具备了能力所需要的各种心理条件叫才能;一个人不仅具备才能,而且能力所需要的各种心理条件达到了完美的结合,又给人类做出了杰出贡献的叫天才。

2. 一般能力和特殊能力

按能力的结构可把能力分为一般能力和特殊能力。一般能力即平常所说的智力,是指完成各种活动都必须具有的最基本的心理条件。特殊能力是指从事某种专业活动或某种特殊领域的活动所表现出来的那种能力,如音乐能力、美术能力、数学能力、写作能力等。

3. 认识能力、操作能力和社会交往能力

按能力所涉及的领域来划分,可把能力分为认知能力、操作能力和社会交往能力。认知能力是获取知识的能力,也就是平常所说的智力;操作能力是支配肢体完成某种活动的能力,如体育运动、艺术表演、手工操作的能力;社会交往能力是从事社会交往的能力,如与人沟通的言语交往和言语感染力、组织管理能力、协调人际关系能力等。

4. 模仿能力、再造能力和创造能力

按创造程度可把能力分为模仿能力、再造能力和创造能力。模仿能力是指仿效他人的言谈举止做出的与之相似的行为的能力;再造能力是指遵循现成的模式或程序掌握知识技能的能力;创造能力是指不依据现有的模式或程序,独立地掌握知识和技能,发现新规律,创造新方法的能力。

人的能力是有差异的,一方面受遗传因素的影响;另一方面受所处的环境和受到的教育以及开发的早晚的影响。我们承认这些差异,在择业时,就应该客观地选择职业,不可好高骛远,一定要脚踏实地。

二、人生的目标问题

1. 理想目标的重要性

清代学者王国维曾经有过治学的"三境界说"。

第一境界:昨夜西风凋碧树,独上高楼望尽天涯路。

第二境界:衣带渐宽终不悔,为伊消得人憔悴。

第三境界:众里寻他千百度,蓦然回首,那人却在灯火阑珊处。

"三境界说"指的是成功人士要经历的三个过程。首先就是要有高远的目标,有一个比较合理的理想,即"独上高楼",在别人都消退的时候,登楼远看,不消沉;其次是辛勤耕耘,以致"衣带渐宽";最后是在努力的追寻之中,蓦然回首,目标已经实现。这三种境界都很重要,我们觉得更重要的还是目标,有了目标,才有努力的方向。

有人做过这样的实验:在一个直径为一米的圆面上放一只蚂蚁,经观察蚂蚁很长时间才从圆面的中心爬到圆面的边缘;同是一只蚂蚁,我们把它放在一米长的木棍的一端,它却非常快地爬到了顶端。人当然不能和蚂蚁相提并论,但至少能说明,当我们给出一个目标时,总比给出多个目标或没有目标行动得快。从圆心到圆的边缘,有无数个点,相当于无数个目标;而木棍除去起点就是终点,可以看成就是一个目标。所以,目标的存在加快了行动步伐，目标越多，人们就越不易达到目标。如果目标过多，分散了人的精力，人很难有所建树。

有一个很值得玩味的调查，把人分成以下三类。

第一类人，从儿时开始，就梦想有许多目标：文学家、科学家、艺术家，随着年龄的增长目标越来越少，最后只剩下一个。

第二类人和第一类人相反，开始时目标单一，随着年龄增长，目标逐渐多。既想做这又想做那，今天希望成为作家，明天又想当政治家。

第三类人，开始的目标和终极的目标一致。调查结果是成功人士属于第一、第三类，第二类是平庸之人。

2. 科学规划人生，使目标和能力统一

我们相信没有人想一辈子平庸，没有人不想有所作为。可事实上有所作为的人总是寥寥无几，而平庸的人却层出不穷。尽管有许多社会学专家、心理学家在不断地研究这其中的奥秘，力图能为人们的个性发展做些有益的指导。诸如"成功之路 "、"创造奇迹的秘方"等，为青年人的发展自我，提出理论指导，但还是收效甚微。有关人的成功的论点也比较多，比如天才论、机遇论、天才加机遇论、勤奋论、执著论、宿命论等。这些理论有一定的合理的成分，但也都有其片面性。人的成功是极为复杂的社会问题，目前尚没有一种理论能完全解释这种现象。成功者成功的秘诀是不存在的，但有一点是肯定的，人的目标和自身能力相合就会大大提高成功率，这个道理不难理解。有了目标就有了前进的动力，有了能力，就有了实现目标的工具和手段，只要中间不出意外环节，通向目标的时间是可以预定的。我们可以这样假设，单方面靠能力来完成目标或单方面靠勤奋来完成目标，都只能是提速，而产生不了加速度，这样总有落他人之后的可能。因而，我们力求目标和能力的统一，再加上勤奋执著，成功就在前面。

三、大学阶段，做好知识的积累、技能的训练和能力的储备

我们每个人都具备一定的能力，而每个人的能力又有不同的等级。但是我们可以开发和挖掘自己的能力，发展和培养自己的能力。

人的能力（智能）开发能有多大的空间，后天的努力对智力发展能起多大的作用，这些问题尽管都有待于进一步研究和实践的证明，但我们更看重开发的过程，即知识的掌握和技能的提高的过程，大学阶段正是完成这个过程的必要阶段。

我们认为知识可以转化为技能，有时也可以把知识直接看做是一种"能力"。古人云"君子性非异也，善假于物也"。知识就是工具，工具就是外力。第一个发明杠杆的人是高能力，可是掌握杠杆原理并应用到生活中的人也很不错。我们现代大学里专修的专业就是学习前人留下的知识，你掌握了，就会使用这些知识，解决问题，如果机遇好，在学习知识的过程中，还真的能够开发大脑，创造新的方法方式来解决不断出现的新问题。

因此，不管我们是否存在能力差异，只要我们通过努力，不断充实自己，不断汲取新的科学知识，不断锻炼我们的技能，就一定会做出贡献。这好比是把石头从山脚不断地

往山顶搬移,石块离地面(垂直高度)越高,积蓄的能量就大,释放时,产生的效应就更多。有人管学习知识叫“充电”,我们叫“蓄势”,道理是一样的。具体的做法,我们有以下几个要点供同学们参考。

1. 系统掌握本专业的理论知识,打好坚实的基础

这是人生规划的基础,没有这个基础,其他一切的活动都将是空中楼阁。比如说,一个学医学的学生,在学校里,不用大量的时间去学习医学方面的知识,而去研究和探讨其他的学科,去研究政治、经济、军事等,这不仅不会有太好的收获,还浪费了时间,本专业也没学好,副业也不精通。这是我们在求学中的大忌。

2. 适当拓宽领域,向本专业相近的学科延伸

在不放弃本专业的情况下,适当地拓宽自己的知识领域,有助于加深对本专业的理解,也为将来的就业拓宽道路。

3. 密切关注本学科的前沿状况

大学生在校期间应密切关注本专业、本学科的前沿发展,不断汲取最新的研究结果,为在本专业领域创新做准备。

4. 非智力因素的培养更为重要

我们还从人的伟大和平庸谈起,伟大的人是塔尖,平庸的人是塔底。他们之间的成因从来就众说纷纭,从现代心理学角度来看,也并非是先天和遗传决定论(天才论),人们智商不可能造成如此巨大的差别。我们认为一个重要因素就是“非智力因素”的差别。

举一个极为简单的例子,我们在媒体上可以看到很多身体残疾的人,创造出了正常人所不能企及的成果。一个用脚写书法的人,其书法能力、条件是不可能超出用手来写书法的人的,但用脚写书法的人成功了,很多用手写书法的人,没有成功,这唯一可以解释的原因就是毅力、执著和持之以恒。

海伦·凯勒因为双眼看不到光明,才备感光明的可贵,我们拥有那么多的优越条件却毫不吝惜地浪费掉。所以每当我们想到这些,就该清醒地感受到学习的重要性。掌握一技之长,学得专业本领,何愁今后在职场中没有我们的一席之地?鲁迅曾经说过:“天才,我们从来没有见过,地才倒是随处可见。”而他自己就是“把别人喝咖啡的时间都用在工作上了”。

中国国学中有一段话很简单而又很深刻,现抄录如下以供反思:“玉不琢不成器”、“人不学不知仪”、“犬守夜,鸡司晨,苟不学,何为人”、“蚕吐丝,蜂酿蜜,人不学,不如物”。只要我们认真做了准备,将来就会有用武之地。

四、择业中要遵循的几个原则

1. 从基础开始做起,脚踏实地

这是择业的最起码的原则,也是总的指导思想。虽然说我们有了较高的起点或一开始就进入较高的领域是值得庆贺的,但我们没有任何理由鄙视从基础开始做起的从业人员。相反,我们倒是应该为这些人庆幸。因为有高智能又有高水平、高知识的人,能从基

础的工作做起，那是为未来工作打基础，有了这个基础，今后他无论发展到多高的位置，都不至于倾覆。相反，那些一开始就在高位置上工作的人，表面看上去很“场面”，其实他们的压力很大，也很容易从高处跌落下来，因为没有牢固的基础。

“一屋不扫，何以扫天下”，这样的说法还是很有道理的。

这方面的例子特别多。达·芬奇的艺术生涯是从画鸡蛋开始的；洛特菲勒公司首席执行官，是从“每桶四元”的推销工作开始的；中国的“傻子瓜子”也是从街头小卖开始的。这些成功的人都是从平凡的小事做起的。如果你是个有能力的人，基础工作绝对埋没不了你；如果你是无能力的人，高端工作也不能长久地眷顾你。如果你是普通的人，很可能通过基础工作的磨炼，成为出色的人。

2. 从“冷”处开始

人们普遍有从众的心理，喜欢追寻热门职业。这也是社会利益驱动的结果。但恰恰由于过热，高水平的人集中于此，不易于发挥个人的特长，也不易做出成绩。如果你从“冷”处着眼，则将会很快进入角色，并能有效地展示自我才能，发挥自己的潜能。这种“冷”，包含着未来的“热”。而现在的“热”则蕴涵着未来的“冷”。

“冷”有以下两个方面内涵。

第一，比较“冷”的地点。东南沿海“热”，我们把立足点放在西北；大都市较“热”，我们放在小地点；发达地区“热”，我们到贫穷地区。

第二，比较“冷”的职业。事情都是矛盾的对立统一体。矛盾双方是可以相互转化的。现在比较冷门的行业，就是将来比较热的职业。热度越高，人才的密度就越大，竞争就越激烈，发展空间就越少。因而，从人的整体发展角度来看冷门职业是有十分的发展前途的。

3. 选择对口专业，兼顾相近专业

人们所学习的知识和技能，是人们走向社会的工具。我们通过使用自己的技能，获得生存价值，并给被服务者提供效益，从而推动整个社会的运转。因此，当我们已经掌握了某种技能或知识，理所应当地就要利用这些技能实现价值。由于社会层次角色繁多，所学并不一定所用，所以在选择职业的过程中，除了要求专业对口外，相近的专业也是我们从业的重要方向。切不可为了对口，而放弃一切可求职业的机会。我们可以这样推想，在现有的从业人员中，所学的专业和所从事的职业完全一致的能有多少？许多从事管理的人员，大多数都不是从管理院校毕业的，许多记者和作家是理工、医类专业出身。

已学习的技能，在从业之中没有使用上，却从事了一个新的专业，这势必要从头学习，可这并不完全是件坏事，这也不能说明从前掌握的技能已经作废。恰恰相反，你有这样的机会开始一个新的职业，就比别人拓宽了活动的领域。打个比方，原来你是一条鱼，适应在水中生活，现在你要做“鸟”以适应天空的环境，这些不比单一的“鱼”或“鸟”强了许多吗？当然从鱼到鸟，是一个很难的过程，但只要有机会，就不妨尝试一下。实在“飞”不起来，我们仍然可以回头做“鱼”。我们的老一辈革命家，在战斗中是指挥家，在建设中是建设家，这是事实。

五、注意择业中的几个误区

1. 误区之一:学历越高,就业就越容易;学历越低,就业就越困难

学历的高低,只能证明你在某一层次的学校学习,但绝不能说明某个人的所获得知识的多少和水平的高低。虽然在社会上,普遍存在"唯学历"的现象,但绝不是说,学历越高就越容易就业。相反,有一些"海归"人员,在求职过程中,恰恰不如那些在高职院校获得一技之长的人容易就业。关键的问题是,我们要找准自己的位置。

我国有一位"童话大王",叫郑渊洁,他曾经写过一篇短文,叫做《我家三代小学生》,其中对学历与水平的问题作了较为深刻的思考,郑家三代人的学历没有一个是高过中学的,但却最终成了中国极其有影响的人物,而我们常常看到一家几代都是书香门第,却也名不见经传。有人手中拿到了文凭,以为完事大吉。文凭不是学习的终止,人,应该永远不停地学习下去,只有到了生命的最后一天,才能算真正毕业。文凭不决定一切,文凭较高的人,不必自恃;文凭较低的人,也不必自卑。只要你拥有才智,就可以寻得一份满意的职业。

2. 误区之二:毕业院校越是名牌,就业就容易

通常认为名校出来的人,肯定比普通院校出来的人好找工作。学校牌子越硬,自己的身价就越高。这个推理表面上看十分合乎逻辑,而现实社会也存在重视学校品牌的现象。在选用人员时,用人单位注重你是从哪个学校毕业的,名牌生容易被聘用。

那么,名牌学校是如何成为名牌的?那是因为学校能培养出优秀的学生。学校如果没有优秀的学生,它的牌子就只是空的木板。所以名牌学校是因为培养质量好的"学生"才成为名牌的,最后的落脚点是"学生",所以,不要眼光只看到学校,更重要的是要看到"学生"。不管你是从什么学校毕业的,在就业求职的路上,是平等的,只要你有能力和水平,就容易找到职业。所以我们照应一下前边的一个问题,择业之前,是培养技能的阶段,这个阶段如果做得充分就不愁如何就业了。

3. 误区之三:学得好不如长得好

现在社会比较开放,新潮前卫之族粉墨登场。眼球经济在中国的确很受推崇,人们十分看重外包装和外部形象。从服饰的变化上看,20世纪70年代的全国上下不管男女老少,服饰的颜色不外乎"黑蓝绿"三种;改革开放初期,开始出现西装革履;到了现代,又出现了"迷你"、"超短"式。在体态上,从过去的"束胸",到现代的"隆胸"和"美体",人们的观念,跃进了一大步。应该说,外部形象是一种资源,但也只能是众多资源中的一个而已,而且这种资源是有时间限制的。有这样一个幽默:有一个牙齿长在唇外、外形较丑的人,看起来的确有些让人接受不了。可有一天,竟破例地被一个电影导演看中,并约好某一天试镜签约。这下可把他高兴坏了,心里想:我这个牙,有些不让人满意,好不容易被人家看中,明天试镜头,别因为牙而影响签约,于是忍痛去医院拔去畸牙。第二天去试镜,导演说:"你回去吧,我们不用你了。"他问:"为什么呢?"导演说:"我们需要的是特殊演员,因为你的牙没了,也就没有什么特殊了。"我们没有讽刺丑人的意思,但丑人也有丑的用途。我们再说一个现实的例子,在国外一个商场,老板雇用了很多年纪比较大的妇

女，结果商场营业额很快有所增长。原来，雇用的老妇人，不是去搞促销而是在商场里帮助那些携带小孩的顾客照顾小孩，以便购物者能安心购物。这种以人为本的举动，使我们从另外一个角度看到，能给企业带来赢利的不仅是年轻和漂亮的人，企业更需要的是能创造价值的人。

4. 误区之四：片面看重技术能力的优势，忽视做人处世的道德力量

在我们的社会生活中，人们越来越明显地看到，技术水平的高低只是人才的一个方面；另外，一个人的思想道德的好坏也是选择人才的重要尺度，也是用人的重要标准。我们认为，极有天赋的、极端出类拔萃的人占少数，大部分人的智能和技术水平差不多。而职业素养的好坏就决定了一个人工作成就的高低。我们常说“医乃仁术”，就是说，医生治病救人的水平的高低，不在于他的技术水平的高低，而在于他对患者的爱心多少，在于对医生的职业操守的把持与否。我们可以推而广之：凡职业以道德持之。即古人所说“天行健，君子以自强不息；地势坤，君子以厚德载物。”

所以，我们无论是处于准备择业阶段还是正在择业抑或是从业阶段，都要把道德的修炼、为人处世的忠厚当做重要的原则去遵守。

第二节 案例及其分析

案例1

案例描述

吴某，某高职院校毕业生，所学专业为数控机床专业。毕业后，学校介绍他去一家中型机械加工厂工作，他勉强做了一个月就不做了。原因是工作时间长，环境不好，也没有休息日，工资低。接着经人介绍到一个较大的工厂去，他还是不能适应。认为工资给得低，在这里干一辈子啥时能富起来。他总想找一个工作时间短，又十分清闲，工资也高的地方去工作。结果转悠了几年也没有找到一份满意的工作，思想变得十分苦闷，怨天尤人，到处发牢骚。

案例分析

吴某的择业思想存在着不合理的因素。主要是不能正确地估计自己的能力，摆不正自己的位置，好高骛远，梦想一夜暴富，心理上还是属于上学读书的状态，离社会有一定的距离。这就更需要他从实际的基础工作做起，逐渐地把自己融入社会。这样才能把自己学到的知识运用到实际中去。从小的事情做起，脚踏实地地去工作，认真地做好每一

件事情，不要苛求工作环境，不要对工作的要求太高。努力锻炼自己，坚持做下去，就一定会有所作为。

案例 2

案例描述

周某，大专文化。所学专业为全科医学。毕业后坚持要找对口的工作。在中等城市里的各种医院求职，但由于他的学历较低，再加上现在各医院编制有限，一直不能如愿，甚至连个体的诊所和社区的医疗站都进不去。后来经过思想转变，到偏远的山村里去做乡村医生，很快在乡村打开局面。在几年的行医生涯中，既提高了自己的业务水平，又给当地人解决了就医的困难，实现了自身的价值。现在他的事业红红火火，成了远近闻名的医生。

案例分析

周某的最后选择，就是避开了过于“热”的地点，而选择了较为“冷”的地区。有了自己的领地，到能实现自己人生价值的偏远山区去工作，在那里为那些看病有困难的人看病。当他看到病人从痛苦中解脱出来的时候，才觉得这里才是实现自己的人生价值的地方，并且在业务上有所提高。

第二十二讲 进行积极的自我暗示，培养自信心

第一节　积极的自我暗示

20世纪以前，德国曾有百名勇士驾驶小船横渡大西洋，结果都惨遭失败，有一个人却奇迹般地成功了，他就是当时德国的一名精神科医生林德曼博士。事后他谈到那次冒险经历，得出了这样的结论：在大洋上孤身奋战，最可怕的不是体力不支和风浪的袭击，而是来自于自身内心的恐惧和绝望。他说，在航海过程中，他一直在内心深处鼓励自己，坚信自己一定能成功。他就是用这样的方法让自己有了坚强的意志并最终战胜心理恐慌。到了20世纪初，法国著名的心理学家爱米尔·库埃(1857—1926)经过多年的探索和实践，提出了一个新的方法——暗示和自我暗示法。就是运用积极的心理暗示，使得人们由内而外地改变自己，增强自信心，打造成功的自我。他的名言"日复一日，我会在各方面干得越来越好"被人们反复传诵，他的方法也引来越来越多的关注，被广泛推广和应用，并取得了很大的成效。他也因此被尊称为"自我暗示之父"。林德曼博士运用的自我鼓励方法，就是一种自我暗示。

一、自我暗示概述

暗示是人们日常生活中一种最常见的心理现象，是指人接受外界或他人的愿望、观念、情绪、判断、态度影响的心理特点。俄国心理学家巴甫洛夫认为：暗示是人类最简单、最典型的条件反射。通过主观想象某种特殊的人与事物的存在来进行自我刺激，达到改变行为和主观经验的目的。暗示作用往往会使人自觉或不自觉地按照一定的方式行动，或者不加批判地接受一定的意见或信念。现实生活中，心理暗示被人们有意无意地广泛应用，心理暗示分为积极的心理暗示和消极的心理暗示，不同的暗示对人们的心理和行为产生的影响和作用各不相同，导致的结果也是截然相反的。所以，我们要学会运用积极的自我暗示不断地提高自我、完善自我。

积极的自我暗示又称自我肯定，是对某种事物肯定的、积极的叙述。通过大量自我肯定的练习，首先在思想上，让我们开始用一些更积极、乐观、向上的思想和观念来替代我们过去陈旧的、否定性的、消极的思维方式，这是一种自我提升技巧，能在短时间内迅速改变生活的态度和期望的技巧。以内心的主观想象,并坚信它能引起相应的生理、心理变化来进行自我刺激、自我调节的自我心理疗法。自我暗示法的实质是自觉地诱发积极的、良好的心理状态,并使其保持稳定,从而改变消极、不良的心理状态,产生良好的心理激励与平衡作用。

自我暗示,可以通过言语的产生、环境的影响、日常生活中的小动作、在无意识状态下思考对事物的处理态度、发现自己的缺点和不足,逐步改变自己,放松心情,找回自我,充满自信,积极地面对人生。积极的自我暗示可以默不作声地在心里进行,经常给自己一个自信的动作和微笑;也可以大声地说给自己或他人听;还可以写在纸上,贴在床头,或者放在自己经常能看见的地方;更可以放声歌唱《我的未来不是梦》、《不要认为自己没有用》,每天只要坚持十分钟有效的、积极的自我暗示,就可以逐渐地消除掉我们多年来形成的思维习惯。当然,我们在做这些事情的时候,越是经常地告诉自己,我现在所说的和做的将来一定会变为现实,就越能加快转化的速度和提升发展的程度。积极的暗示可以是任何积极的叙述,它不拘泥于形式,也不局限于哪个方面,它可以是我们愿意改善的任何领域、任何方面。例如,“一切都会好起来的,一定会的”;“我是一个聪明、漂亮的人”;“我是出类拔萃的”;“我的理想一定能实现”等。

二、自我暗示运用的原则

当我们进行积极的自我暗示的时候,要遵守以下原则。

(1) 尽量使用现在时态而不是将来时态进行暗示。例如,“我有良好的人际关系”而不应该说“我将来会有良好的人家关系的”,做事情的时候,要努力想“我行！我一定行!”这些不是盲目乐观、自欺欺人,而是让人们营造这样的一种事实,你会发现友好地面对大家,你才能充满信心,全力以赴地去做事。因为生活中的每件事物都是首先被人接受,然后才能在客观现实中付诸于实践。

(2) 由于每个人的兴趣、爱好、性格、气质等的不同,决定了注重的暗示的内容、方式也各不相同。对这个人有效的暗示,对另一个人也许压根无效。所以要注意选择适合自己的暗示。我们所选择的暗示应该是能让自己产生积极、向上的动力,不断完善自我。例如,“我的能力又提高了!”、“我变得越来越漂亮了!”。

(3) 自我暗示的话语要言简意赅,简短有力。这样的话语感染力强,能迅速调动情绪。那种烦琐、冗长的话语减弱了对情感的冲击力和鼓动性。我们要说“我是最好的!”、“我越来越棒了!”、“我是快乐的!”、“我是幸福的!”,等等。

(4) 要使用肯定句和运用积极的词语来表达,避免用否定句或消极的词语进行暗示。要说“我越来越踏实了,越来越上进了”,不要说“我再也不好高骛远了”,或者“我再也不拖拉了”,这样做可以保证我们总是在积极的状态下提高自己,不断的自我肯定,有利于自信心的培养。

(5) 在进行暗示时,首先要让自己对这个暗示的内容产生认同,尽可能营造出一种这就是事实的感觉,由于主观上已肯定了它的真实性,心理上便会竭力趋向于这个内容,这样将使肯定更加有效。在鲁迅的《阿 Q 正传》里,每当阿 Q 无辜被打的时候,他都会想,这是儿子打老子，他的心理也就平衡了，仿佛打他的那个人真就是儿子，他就是老子了。因为在现实生活中，儿子打老子虽然是大逆不道的，但是终究是可以原谅的，这就是阿Q的精神胜利法。

(6) 要不断地重复肯定暗示。一个观念反复重复、一句话反复重复就会逐渐地相信它就是事实，逐渐深入到潜意识中，成为一种习惯。古代的“三人成虎”、“众口铄金”的故事，说明的就是这个道理。

(7) 积极的暗示也要注意可行性和适度的问题，自我暗示时要切合实际，不能太好高骛远，要有渐进性，不能期望“一口吃个大胖子”。对于每一个自我暗示来说，它是一个我们要力求改进的方向和目标，可能它现在还不是事实，但我们可以在积极暗示的作用下，增强自信心，不断完善自我。目标是在不断提升的，暗示也要不断更新、变化，每一个暗示都是下一个目标的基础，所以在进行自我暗示的时候，也要贴合实际。

三、自我暗示的应用

1. 言语暗示

东汉末年，曹操率部队讨伐张绣，时值盛夏，骄阳似火，士兵们口渴难忍，曹操灵机一动，对士兵喊道：“前边不远处有一大片梅林，那里的梅子又大、又酸、又甜，大家坚持一下，到了那儿就能吃到梅子解渴了。”士兵们一听，不禁口舌生津，精神大振，步伐加快了许多。这就是著名的“望梅止渴”的故事。曹操这位历史上出色的军事家和政治家，有意无意间利用了心理学中十分重要的一种心理现象——暗示。曹操利用语言暗示的作用，收到了止渴的效果，这在心理学上属于“他暗示”。或者炎热季节，当你口渴得厉害想到前面就能买到酸梅汤，也能起到缓解口渴的作用。

在一些体育比赛中我们发现很多这样的例子。有些世界冠军在比赛前，总是紧闭双目，手放在胸前，口中念念有词。赛后，很多人都特别想知道他们到底说了些什么。其实，他们默念了什么并不重要，重要的是，他们的这种“默念”起到了积极的自我暗示作用。

为什么通过言语的自我暗示，就能起到安定情绪的作用呢？这是因为，言语中的每一个词、每一句话，都是一定的外界事物和生活现象的代表。例如“酸梅”这个词，代表着生长在树上的酸的梅了。吃酸梅会流口水，这是一切动物都具有的本能。巴甫洛夫称之为第一信号系统的活动；而听到、见到“酸梅”这个词也会流口水，则是人类所特有的第二信号系统的活动。这就是用言语自我暗示，影响生理功能而起到治疗作用的科学依据。

当然，自我暗示，并不仅限于语言，其他暗示如感觉、意念、想象、情境、睡眠也有同样的作用。

2. 情境暗示

情境暗示，就是利用周围环境中对自己有积极影响的因素，对自己进行暗示。如心情不好的时候，可以出去旅游，看看广阔的大自然；可以购物；可以到风景优美的公园散散心；可以看一些让人发笑的漫画；也可以到一个能让自己的心沉静下来的地方去坐坐，可以想，也可以什么都不想。这些环境，自然都会对人的情绪起到暗示作用，产生良好影响。

美国作家欧·亨利在他的小说《最后一片叶子》里讲了一个故事：一个生命垂危的病

人躺在病榻上,透过窗户看着窗外的一棵树,树叶在秋风的摇曳下片片飘落下来,就像自己的身体一点点衰落,走向尽头。她说:"最后一片树叶落下的时候,也就是自己生命终结的时候。"一位老画家得知后,用彩笔画了一片叶子挂在树上。最后一片叶子始终没有落下来,这位病人也靠着这份希望一直延续着她的生命。这个故事只是小说中的一段情节,不是真实的病例。但我们仍然可以从中得到启示:人们对自身的感觉、自身的信念,如果无条件地加以接受,就会有自我暗示的作用,就会影响人的心理和生理,而且对疾病的愈后也有重大的影响。现在很多女大学生都倾心的瑜伽,就是通过运动、气息调节和意念想象综合法来调节身心状态的。

3. 睡眠暗示

睡眠在使人消除疲劳,恢复体力的同时,也能让人头脑清醒。因此也可利用睡眠性休息来进行自我暗示。当心情不好,或者遇到挫折难以解决的时候,就可以利用睡眠暗示法,在睡眠时暗示自己"没什么大不了,好好睡一觉,一切都会过去"。这个时候运用的是思维停顿、情绪断代,一觉之后重新开始一个新的情绪带,这样反而会起到好的效果。

4. 音乐暗示

音乐是最具魔力的东西,它可以使一个性情狂躁的人安静下来,也可以使一颗平静的心产生躁动,所以,我们要科学运用音乐的调节作用,不同的情绪下,选择适合自己的音乐。由于个体情况不同,选择也就各不相同,这要因人而异。

四、自我暗示的种类

按照心理学和相关学科的分类,暗示和自我暗示可以分为三种情况。

1. 环境对人产生的暗示和自我暗示

我们每个人都生活在各种各样的环境包围之中。环顾四周,我们周围的环境、大自然每天都在给我们不同的暗示。

如果我们心情不好,来到海边看着一望无际的大海,顿时感到大海的广博,我们的心胸会不由得开阔起来;仰望巍峨壮丽高山,不由得感到庄严而宁静;看到高高飘扬的五星红旗,不由得肃然起敬。

我们在这个世界中生活,大自然和社会文化融为一体,于是,我们不可避免地要受到自然环境和文化传统的暗示。比如,电视广告对购物心理的暗示作用。在无意识中,广告信息会进入人们的潜意识。这些信息反复重播,在人的潜意识中积累下来。当人们购物时,人的意识就收到潜意识中这些广告信息的影响,左右人们的购买倾向。"暗示"就像人类的影子,只要有思维存在的地方,就会有暗示的存在。

2. 通过语言文字产生的暗示和自我暗示

看过春节联欢晚会小品《卖拐》的人们都知道,范厨师瘸了,是被"忽悠"瘸的,也就是在他人不断的暗示的情况下瘸的。我们在日常生活中又何尝不是经常被他人忽悠呢?生活中,当你身边有三个人都非常真诚地重复一句话"你看起来很虚弱,脸色很不好,去医院检查检查吧"。这时,你也许真的会觉得自己是不太舒服。然后,真的去医院检查了,而且很可能就真的检查出疾病了。

语言不仅对他人有暗示作用，还有自我暗示的作用。一个人如果故意对他人说自己心情不好，说得多了，他的心情就真的会不好了，这种情况是经常发生的。

美国心理学家霍特举过一个例子：有一天，他的朋友弗雷德心情很不好，每当这种时候，弗雷德通常不和任何人接触来封闭自己，一直到情绪好转为止。但有一次他必须参加一个重要会议，所以，他不得不装出一副快乐的表情。可令他意外的是，过了一会儿，弗雷德发现自己心情好了很多，不再抑郁了。其实弗雷德无意中采取的这种办法在心理学领域是已经被公认的原理：当你装出某种心情的时候，往往能使一个人真的获得这种感受——利用这种方法，你可以在困境中获得自信，在失意时获得快乐。

在生活中，我们往往有"我真笨"，"学习太难了"，"我怎么总是这么倒霉"的自我暗示，这些都是一种消极的暗示习惯。时间久了，我们可能就真的变成思维迟钝、对学习失去兴趣、不顺心的事情接二连三了。而那些有所成就，总是乐观的人，他们的习惯是相反的。也就是说，在面对悲观事件时，他们习惯进行积极的自我暗示。这样的人，当有着强烈的成功愿望的时候，他就会经常这样暗示自己：我是一个成功者。然后他就会不自觉地表现出那种想象的形象来。

一位心理学家曾做过这样一个试验：他拿了一个注满清水的香水瓶，对学生说：这是一瓶进口香水，谁能说出这是什么味道的香水。学生有的说是玫瑰香味，有的说是茉莉香味，有的说是玉兰香味。其实，这就是教师对学生"暗示"的结果。

按照刺激的来源，暗示可以分为他人暗示和自我暗示。像前面提到的"卖拐"和"香水事件"就是他人暗示，弗雷德则属于自我暗示。如果自己用某种观念来影响、改变自己的认知、行为和情绪，就是自我暗示。

3. 通过肢体语言和面部表情产生的暗示和自我暗示

人们进行交流不光通过语言，还通过肢体动作和面部表情去传递信息、表达情感。

两个人初次见面，通过握手、拥抱这些动作表明善意、友好；演讲时，听众的鼓掌表明对演讲者的肯定、赞扬和鼓励，这会让演讲者的信心倍增。与对方交谈时，当对方出现摇头和皱眉的动作和表情时，这说明对方对你的谈话的否定和怀疑。这些表情、动作都是语言，对人有非常强烈的暗示和自我暗示的作用。

五、自我暗示的心理效应

自我暗示是一种常见的、有效的心理调整方法，具有以下的心理作用。

1. 自我暗示可以稳定情绪，消除紧张心理

随着科技的发展，社会的进步，社会对人们的要求也越来越高了，竞争也越来越激烈了，为了适应社会的需求，人们不断地提高自己，面对着学习、生活、择业、人际关系等压力，难免会出现紧张、焦虑的情绪，这种负性情绪又会影响潜力的挖掘和发挥，这时运用积极的自我暗示，会排除杂念，起到稳定情绪的作用。

高考对于每一个考生来说是一件大事，在考试中遇到答不上的题，考生自然会紧张焦虑，也就自然会影响考生的正常思维。这时就要稳定自己的情绪，先告诉自己：题难，大家都难，我答不上，别人也不一定能答上，我答不上是正常的。情绪稳定了之后，同时

再提醒自己:如果我凭借自己的努力,答上了,我就比别人有了一些优势。这样一想,就会调动起积极性。要给自己足够的信心:"我做足了功课,怕啥!"、"我一定行!"、"我是最棒的!",心情自然就会平复一些。

当你准备做某件事情,而出现心理障碍,如胆怯、紧张时,自我暗示也能起到缓解克制的作用。

心理专家认为,口吃的人绝大多数是由于自己内心紧张而引起的,只要能消除紧张,就能像正常人一样说话。第二次世界大战前,苏联一位天才的演员 N. H. 毕甫佐夫,生活中口吃得厉害,但是在他演出时却判若两人。所用的办法就是利用积极的自我暗示,暗示自己在舞台上讲话和做动作的不是他,而是戏中的另外一个人,这个人是不口吃的。

我国的著名演员周迅在演戏的时候你根本看不出她在生活中也是有些口吃的,这也是心理暗示的作用。

2. 可以使人注意力更加集中

做一件事情,尤其是做具有一定难度的事情时要想成功,总是离不开高度集中的注意力。有些工作对精确性和严密性要求特别高,比如科研人员、外科大夫、会计、银行人员、精密仪器设计者等。那么缺乏定力和没有经历过特殊心理训练的人,常常是到了关键时刻,却出现注意力集中不起来的情况,这个时候要学会用自我暗示来稳定情绪和集中注意力。

自我暗示的作用很多,范围也很广,只是开始时,往往效果不明显。这不奇怪。人的心理调整不是一朝一夕的。要把原有的心理活动纳入自己所期望的轨道,需要具有较强的心理约束力。凡事开头难,效果也有一个由小到大的过程。只要我们持之以恒,日久天长,每个人都能成为自己心理调节的高手。

积极的自我暗示是一种自我激励,它对自己的生理和心理活动都能产生积极的作用,有利于学习、生活和事业的成功。每个人都有选择的能力,从今天起,就改变你的消极暗示习惯吧!你要给自己一种积极的自我暗示,并且让这种意识融入你的思维习惯中。当你的积极暗示形成习惯,融入你的血液里,那么你会成为一个永不绝望、永远自信的、一个真正的强者。

"相信你自己!"

"你会成功的!"

"你一定能成功!"

第二节 案例及其分析

案例描述

在课堂上,我发现这样一个男孩,每次上课来了就坐在教室的角落里,好像那里是他的固定座位一样，上课时他听得非常认真，看得出他是个爱学习的学生。可每当我说下面开始提问，他就会立刻把头低下去，避开我的视线。到了下课的时候，他也很少和同学交谈，就自己在那里学习。我的好奇心促使我想了解这个学生。

后来经过同学的介绍，我了解到，他叫孙鑫，来自偏远山区，人好、老实，学习成绩好，就是不爱说话。新学期开学的时候，班里召开班会，所有的同学们都要做自我介绍来增加相互了解，由于紧张，孙鑫说得结结巴巴不成话，招来了同学善意的笑声，孙鑫很尴尬。这时老师出来给他解围，说孙鑫是不善表达，让大家不要笑。从此以后，在孙鑫的潜意识中就真的觉得自己是不善表达，每当在公共场合让他说话的时候，他就想，万一我要说不好怎么办？别人会笑话我的，于是他就连课堂发言也躲避。

案例分析

孙鑫的问题是由于一次班会上发言的失败，而导致了不自信，加上老师说“他是不善于表达”更加验证了他真的是不善于表达，加剧了他的不自信。在这种消极的心理暗示下，他开始出现了自卑的心理，总是以“我不行”、“我说不好”为借口，逃避一切在公共场合公开发言的机会。

对于这个问题该如何解决呢？首先，要认识到在公共场合发言，谁都会紧张的，这是正常的现象，只不过心理素质不同的人表现不同，一次的失败不能代表真正的实力，也不能代表永远的失败。其次，人生谁能一帆风顺呢？人在遇到挫折的时候，要学会多给自己一些积极的心理暗示，比如“失败乃成功之母”，“积蓄力量，以利再战”，“别人能行，我也一定能行”，有了这样的心理暗示，就会增强自信心，有了自信才有勇气付诸行动。经常运用积极的心理暗示会给自己带来意想不到的效果。

第二十三讲 认识自我,把握人生

第一节　认识自我

俗语有云:人贵有自知之明。对于“我是谁?”这个问题,许多古今中外的思想家、哲学家耗费了毕生的精力去寻找答案。塞万提斯也曾说过:把认识自己作为自己的任务,这是世界上最困难的课程。

人生的第一节课就是认识自己,只有正确地认识自己,才能正确地认识世界,才能在世界中把握好自己,把握好未来。一个人只有正确地认识自我、认识他人、认识社会、认识自己生存的环境,才能在社会竞争中立于不败之地。

一、自我意识的概念及其内涵

1. 自我意识的概念

自我意识也称自我认识,是指一个人在社会化过程中逐步形成和发展起来的,对自我以及自己与周围环境关系的多方面、多层次的认知、体验和评价,是个体关于自我全部的思想、情感和态度的总和。

自我意识的表现形式是丰富的、多样性的,正因为如此,我们可以通过多种途径来认识自己和认识他人。比如:你满意自己的外表、能力、性格、家庭背景、生活的环境吗? 你满意你自己的成绩和努力程度吗? 你认为别人是如何评价你的? 他们是喜欢你还是讨厌你? 对于他们的评价你有什么感受? 和你想的是否一致? 这些问题都属于自我意识范畴。

2. 自我意识的内涵

自我意识一般包括以下三个方面的内容。

(1) 对自身生理状态的认识和评价:外在的表现,包括对自己身高、容貌、身材、性别、体重、种族等的认识,对身体病痛、温饱饥饿、劳累疲乏,以及内在的感受。如果一个人不能接纳生理自我,嫌自己个子不够高、身材不够好;不漂亮、皮肤黑,就会对自己不满意而产生自卑心理,缺乏自信。

(2) 对自身心理状态的认识和评价:对自己兴趣、爱好、性格、知识、能力、情绪、气质等的认识和体验。如果一个人嫌自己不够聪明,能力差,不能很好地与人交往,自制力差,智商不高,情绪起伏太大,性格不成熟等,对自己的心理自我评价低,就会否定自己。

(3) 对自己与周围关系的认识和评价：对自己在群体中的地位、作用以及和他人相互关系的认识、评价和体验。如果一个人认为自己不善于交流和沟通，周围的人不喜欢自己、不接纳自己，就会导致自闭症，影响自身的发展。一般来说，当我们有高兴事的时候，会想找人与自己分享(独乐与众乐，多数人选择众乐)，可这时候却没人与你分享；有烦恼的时候，没人可以倾诉，就会感到很孤独、寂寞，有失落感，直接影响学习、生活的正常进行。

影响自我意识的因素，除与我们的自我态度、成长经历、生活环境有关系外，他人对我们的评价，特别是你认为对你很重要的人物，如父母、家人、老师、同学、好朋友特别是热恋中的男朋友和女朋友的评价和态度，这些都会影响你的自我意识。

二、自我意识是心理健康的重要标志

许多东、西方的心理学家，在界定心理健康时，不约而同地把自我认识作为主要的指标。比如：能自我接纳、自我认识、有自信力、自制力强、能勇敢面对现实、关爱他人、热爱生命等。可见，心理健康的人必然是对自己有客观认识，能正确评价自己，不自卑也不自大；能悦纳自我，但不是自以为是或者自我陶醉；有很强的自尊心，却不是盲目自尊。

一个人必须首先爱自己和尊重自己，才能真正地去爱别人。

良好的自我意识会使人有良好的积极的心态去处理问题、面对人生；消极的自我意识则会诱发抑郁、自闭、强迫、人际关系敏感、焦虑等不健康的心理。大学阶段正是一个从青春期向成年期转变的重要时期，也是人的自我意识发展、完善的重要时期，所以树立形成正确的自我意识至关重要。

三、自我意识的结构

自我意识主要是我去认识和评价与我被认识和评价。

自我意识是一种心理活动，我既是心理活动的主体，又是心理活动的客体。当我去认识和评价自己、他人、他事的时候，我就是主体，我对自己、他人、他事就会有一些认知，认知的过程中还会产生某种情绪和情感。在我去认识和我被认识之后，会对自己的行为和心理有一个调节和调整的过程。自我意识可以通过知、情、意三个方面进行分析。所以，自我意识的结构表现在自我认知、自我体验和自我调节三个方面。

1. 自我认知(知)

自我认知就是自己对自己的认知，它是自我意识的一部分，它使个人认识到：①自己的身心特点，自己和他人及自然界的关系。②个人在不断变化的条件下和他一生的时间内，自己的独特性，不管时间怎么转变，世界怎么改变，我就是我。

自我认知主要涉及“我是一个什么样的人”、“我为什么是这样的人”等问题。它包括自我感觉、自我观念、自我观察、自我评价、自我批评、自我分析等，认识自我是智慧的体现。善于认识自我的人更成熟，更能把握生活，获取人生的幸福和成功。

例如，日本的“管理之神”松下幸之助，就曾对自己进行过分析、评价，说自己有三个缺点，有了这个认识之后，经过调节，把这三个缺点变成了三个优点，最后成为“管理之神”。他说:第一是因为我家里穷,没钱没势,所以我知道只有靠自己的努力才能成功;第二是我没文化,无知才愚昧,我懂得要自学;第三是因为身体不好,让我懂得与人团结、合作的重要。

那么,你呢?你有哪些缺点、怎么把这些缺点变成优点呢?有的同学有了缺点就自卑,这是不正确的。《孙子兵法》中说:“知彼知己,百战不殆;不知彼而知己,一胜一负;不知彼不知己,每战必殆。”善于认识自我的人,清楚地知道自己的优点和缺点,从而扬长避短。

2. 自我体验(情)

自我体验属于情绪范畴,是指情绪,情感的体验,是在进行自我认知、自我分析、自我评价、自我观察、自我批评的过程中出现的一种情绪情感的体验。表现出人对自己的态度。

自我体验主要涉及“我是否接受自己”、“我是否满意自己”、“我是否悦纳自己”等,它主要是一种自我的感受,表现为:自尊、自爱、自信、自豪、自骄自傲、自卑、自怜、自弃、责任感、义务感、优越感、成就感、挫败感等情绪情感的体验。比如,当一学期结束了,经过考试的检验,你达到了预期的目标,成绩优异。总结这一学期,成绩提高了,各方面的能力提高了,状态改进了,这时候你就会产生幸福、快乐、自信的心理,有成就感、自豪感。如果事与愿违,你就会有自卑、挫败感。一般而言,适度的、积极的情绪体验会对自我发展起积极的作用,消极的情绪则会抑制、阻碍自我发展。既然不同的情绪体验对人的发展起着不同的作用,那么,我们就应该不断地对自我情绪进行调节。

3. 自我调节(意)

自我调节主要表现为人的意志行为:①它监督、调节人的行为;②调节、控制自己对自己的态度和对他人的态度。它涉及“我怎样节制自己”、“如何改变自己”、“我如何成为理想中那样的人”。主要表现为自立、自强、自主、自制、自率、自我监督、自我调节、自我控制等。

以上这三方面,相互联系,有机结合,完整统一。成为一个人个性中的核心内容。通过自我认知,知道“我是一个怎样的人”;通过自我体验,知道“我这个人怎么样”;“我是否满意自己,接受自己”;通过自我调节,特别是自我控制、自我教育,可以解决“我应当成为一个怎样的人”。

四、大学生的自我意识

1. 大学生自我意识的发展、分化、矛盾和统一

一个人的自我意识从发生、发展到相对稳定,大致经历了20多年的时间,起始于婴幼儿时期,萌芽于少年时期,形成于青春期,发展于青年期,完善于成年期,这是一个渐进的过程。

人之初,不知道我是谁,我与他人的不同,我、你、他的区分;到了七八个月,有了自我意识,叫他名字会有反应,知道是在叫自己了;两岁时,会说“我”、“我要……”、“我饿”;三岁时,经常是什么都要自己动手,自己尝试,占有欲强,不管谁的东西都是我的,这一时期

幼儿的行为是以我为中心,是自我意识的最初萌芽。到了3～4岁,开始上幼儿园、小学、中学了,接受了正规学校教育,在游戏、劳动和学习中,知道了对与错,该做与不该做,我与他人的关系。到12～14岁,中学生开始注意到自己的内心世界,此时"我"开始分裂为主体的我和客体的我,高中生这种分裂在继续,到了大学阶段,分裂更加明显。大学生更加积极主动地去关注和认识自己以及自己的内心世界。心理学家们曾在不同国家和不同环境中让不同年龄的人去续写尚未完成的故事或者看图编故事,结果发现,年龄越小的人,越注重人物的外貌和动作、故事的结构的设计;而年龄越大的人,则越关注人物的思想、心理活动、情感的描写。所以说,年龄小的人注重的是自己的外在的东西多,外貌长相漂亮与否、别人对自己的行为的看法等;随着年龄的长大,关注的重心由外在向内在的东西转化,注重知识的积累,气质、能力的培养。

自我意识的分化,一方面,使大学生开始意识到自己不曾注意的许多"我"的细节,身体的变化和心理的变化对自己的影响;另一方面,也带来了主体我与客体我的矛盾斗争,呈现出理想我和现实我的矛盾。自我意识的分化、矛盾带来的痛苦,不断促使大学生寻求解决的方法,实现主体我与客体我的统一、自我与客观环境的统一、理想我与现实我的统一。

消除矛盾,获得自我统一的途径有三个:

(1) 努力改善现实自我,缩小与理想自我的差距;

(2) 修正理想自我中那些不切合实际的过高的标准,使之靠近现实自我;

(3) 放弃理想自我而迁就现实自我。

不管是哪种途径,只要统一后的自我是完整的、协调的,就是有效的、积极的。

2. 大学生良好自我意识的标准

大学生的自我意识,主要表现在个人自我、社会自我和理想自我三个方面。

个人自我是指个体对自己各种特征的认识,包括自己的躯体特点、行为特点、人格特点以及性别、种族、角色特点等自己所感知到的个人特征等。个人自我纯属个体对自己的看法、主观情绪强,是自我意识中最重要的内容。

社会自我是指个体所认为的他人对自己各种行为的看法以及个人在社会中承担角色的认知。

理想自我是指个人根据两个我的经验,建构自己所希望达到的理想标准,它引导个体达成理想中的个人自我。

一个具有良好自我意识的大学生能自我肯定、自我统合;能主动发展自我,且自我具有独立性、灵活性;不仅自己健康发展,又能促进社会的文明和进步。

五、完善自我的途径和方法

1. 把握适当尺度

(1) 客观、积极地认识自我。在日常生活中,当一个人和他人出现口角、摩擦的时候,当被询问的时候,一般都是肯定自己,否定别人。如果这个时候,双方要是能够客观地、公正地评价自己和他人,这个架也就打不起来了。

(2) 用发展的眼光看待自己,避免被以往的经历所束缚,看不到自己的变化和外界环境的变化。对于一个大学生来说,现在做不到的事情,不见得永远做不到,现在不行,不代表永远不行。要认识到自己的知识是在不断地增长,能力是在不断地提高,阅历也在不断地增加的,自己是在不断地强大的。

2. 以人为镜,反观自己

(1) 借助他人来认识自我,要广开言路,全面、准确地认识自己。

(2) 参考别人的意见时需要自己有主见,要知己知彼,不要被别人所误导。

3. 多方比较,全面认识自己

(1) 与别人比知不足,与自己比知进步。拿破仑曾说:"我最大的敌人就是我自己。"一位成功人士在自己的办公桌上放了一面镜子,在镜面上贴了一张纸条,上面写道:"请注意,你是世界上最难克服的敌人。"

人最大的对手其实是自己,战胜了自己就是对自己的最好肯定。人与人相比的时候,没有永远的胜利者,也没有永远的失败者,但是关注自己的进步,挑战自己,战胜自己,就是永远的胜利者。无论处在什么位置,比过去进步了,这就是成功。

(2) 为自己的每一点进步而欣喜,并追求每一点进步。经常告诉自己:只要每天进步一点点,时间长了就会进一大步。

(3) 坚持每天自我反思。孔子曰:"吾日三省吾身",每天睡觉前检查反省自己,对自己一天的行为进行总结,分析自己的得失。

4. 发挥自己的优势和潜能

找到适合自己的位置,选择自己热爱的事业。

现代生活中,到处可以看见改进后的垃圾箱,现在的垃圾箱多数都是分离式的,分为可回收和不可回收的垃圾,以节约能源和减少环境污染。但是我问你,这世界上真的有垃圾吗?有人会说:当然有,不然怎么会有垃圾箱呢?错。什么是垃圾?世界上没有垃圾,所谓的垃圾是放错地方的宝贝,宝贝放错了地方就是垃圾了。所以,要人尽其才,物尽其用,无论你是怎样的人,由于你的独特性,总有适合你的事情,天生你才必有用。例如,喜欢"挑三拣四"的人可以做质量监督员;"谨小慎微"的人可以做安全管理员;喜欢交际的人是搞公关的最佳人选。所谓的缺点,如果放到了合适的地方,也可能成为优点。正确地认识自己,找到适合自己的位置,发挥自己最大的潜力。

5. 打造成功品质

(1) 不要等待机会,而要创造机会

在当今世界,消极被动的人常常错失良机,只有积极主动的人才能在瞬息万变的竞争中捕获到良机,获得成功。当机遇出现时,我们应当抓住机遇,发展自我,切忌瞻前顾后,优柔寡断。

(2) 拥有积极乐观的人生态度,改变消极被动的习惯

积极的心态是成功人士的重要标志,当遇到困境时,要看到希望,并从中领悟教训,积极面对。做事情的时候,不要说"我不行,我做不到",应当努力去尝试。遇到困难和挑战时,不退缩、不逃避、不找借口、要积极努力去面对。

试着把我不行、我做不到、我不得不如此,变为我可以试试看,也许我可以寻求其他

的可能性，我可以想出更有效的解决方式。

(3) 主动展示自己

中国有一句老话叫“酒香不怕巷子深”。但是在这个竞争激烈的时代里，只有那些能够积极推销自己和懂得展示自己的、有进取心的人才能出类拔萃。好酒也怕巷子深，也要给自己打广告，推销自己。是金子就自己发光，是千里马就主动向伯乐展示。拿破仑·希尔曾说：“如果你想成为一个不平凡的人，那么就要学会怎样推销自己。”

我们中国人有一个毛病就是有的时候不分场合的谦虚，觉得这是美德，其实不对。尤其是求职的时候就不能谦虚，既要实事求是，把自己的优势和长处都展现出来，又要有技巧。

(4) 坚持

成功的路上难免有困难和挫折，但认准的目标一定要坚持。很多时候，越是到了困难时，就越是接近成功。成功只属于少数人，困难却是用来淘汰多数人的。因此，遇到困难时要对自己说：“再坚持一会儿吧，可能成功就在前边一点点。”

(5) 辩证看待得失

要有平常心，辩证看待得失。何谓得失？有得必有失，有失也必有所得。

(6) 要多角度看问题

同样的事情，不同的人会有不同的看法。事情往往没有绝对的对错之分，所处角度不同，看法不同。尽管看法不同，当站在各自角度下，每一种又都是合乎逻辑的。所以要从多角度看问题，从多角度了解自己，全面认识自我。

只要我们每个人都能正确地认识自我，给自己一个合理的定位，就会拥有一个多彩的人生。

第二节 案例及其分析

案例描述

新的学期开始了，大学生们带着美好的憧憬走进他们向往已久的大学校园，开始了他们的大学生活。

小兵是大山里走出来的孩子，他自幼天赋聪明，又凭借自己的努力，考入了北京一所名牌大学。虽然他来自农村，但是跨入大学的那一天，小兵对自己是充满了自信，因为他是作为文科状元进入这所大学的，所以认为大学的学习生活对他来说绝对不成问题。

可是真正地开始了大学生活，他突然发现，远不是他所想象的那样，他不会使用计算机，不懂足球和音乐，不会玩网络游戏，英语发音不纯正。更让他无法接受的是，第一学期自己放弃了很多业余活动，非常认真地学习，却没有考出自己理想的成绩，连奖学金也没拿到。他突然一下子找不到自我了,由极度的自信变成了自卑,无法正视自己了。

案例分析

这是典型的自我意识混乱案例。所谓自我意识,是指个体对自身心理和行为的意识,它包含了自我概念、自我评价和自我理想等几个方面。当个体无法形成正确的自我概念和适宜的自我评价,不能达到自我同一性的确立而获得安定、平衡的心理状态时,则会出现自我意识混乱。

小兵作为文科状元考入大学,这使得他在学习方面产生了绝对的自信心理。可是教学环境和教学条件的差异,使他对很多方面和很多事情又都不擅长,心态一下由自信变为自卑,这让他对自己不能有个正确的评价和认识。所以,要想形成正确的自我意识,就必须对主、客观情况都有全面、充分的了解。

第二十四讲 掌握人际交往的钥匙，开启心灵之门

第一节 人际交往

生活中没有朋友是孤独的、寂寞的，朋友是人生最大的财富。

当大部分人都在关注你飞得高不高时，只有少部分人关心你飞得累不累，这就是朋友。朋友虽不常联系却一直惦念。生活中要关爱自己，关注身边的人，这是爱的体现，也是获得良好人际关系的方法和途径。

你的 QQ 里或手机上也经常会有问候的短信吧？看到这样的短信后，心里会热乎乎的，知道有朋友关注着自己，惦记着自己，这是一种幸福的感觉。

但也有的同学说："到大学之后，总觉得每个人的脸上都蒙着面纱，谁也猜不透别人在想什么，也不敢轻易在别人面前袒露自己，甚至在寝室也要隐藏自己，感到很孤独。"很多大学生是"踏着铃声走进课堂，宿舍里面不声不响，互联网上倾诉衷肠"。

其实从你走进大学的那一天起，就将面临许多新的人际关系：新的同学、新的室友、新的老师、新的朋友、新的班级、新的学校、新的生活环境等。可以说，上大学之前，新生都对自己大学中的人际关系有过一个美好的想象：纯洁、友爱、真诚、无私、互助、和谐、融洽。然而，在新的环境中，人际关系的种种问题都活生生地摆在每个人的面前。人际关系紧张、敏感已经成为某些人亟待解决的问题了。很多大学生感叹：人际关系怎么这样复杂？不知如何与人交往成为当代大学生越来越严重的心理问题。

美国心理学家戴尔·卡耐基曾说："一个人事业的成功，只有 15%是由于他的专业技术，另外 85%要靠人际关系和处世的技巧。"所以，拥有良好的人际关系对一个人的人生和发展都有着重要的作用。那么在人际交往中我们应该注意些什么呢？怎样才能掌握人际交往的钥匙，打开心灵之门呢？

一、人际交往

人际交往是人际关系实现的根本前提和基础，也是人际关系形成的途径；人际关系是人际交往的表现和结果。从时间上看，人际交往在前，人际关系在后，人际关系具有相对的稳定性。

要想有良好的人际关系,首先必须去与人交往,不交往则不可能产生良好的人际关系。交往之后,会产生一个什么样的人际关系则决定是否会继续与人交往。

二、大学生人际交往中存在的问题

1. 不敢与人交往

人人都希望有一个好人缘,但在人际交往中每个人都存在不同程度的恐惧心理,只是程度不同而已。

人际交往中常见的恐惧心理包括:害羞、紧张、焦虑和自卑。

有的同学在这方面表现特别强烈,由于害羞、自卑等心理的作用,在与人交往时显得特别紧张,心跳气喘,面红耳赤,两眼不敢正视别人;在与人交谈时显得语无伦次,不敢和人打交道,不敢表现自己,严重的可以导致社交恐惧症。

2. 不愿与人交往

某些原本很优秀的学生走入大学校门后,发现自己失去了过去的光环,于是产生嫉妒和自卑的心理,感觉自己不如别人,害怕别人看不起自己,担心失败,越想越怕,结果越不想与人交往。有的大学生却是过于自以为是,不信任周围的人,不愿意与人交往不愿与同学合作。有的大学生常常怀有一双挑剔的眼睛,缺乏宽容的精神,经常怀疑、指责别人,为一些小事相互伤害,结果影响了同学之间本该美好的感情,使朋友反目,和谐相处的愿望终被打破。

3. 不善与人交往

不善与人交往常常表现在:

(1) 不善运用交往常识,不会恰当使用语言表情,心存感激之时,表达不力,在交谈中显得过于生硬刻板,不能让人理解你的心情。

(2) 不注意沟通的方式,在劝说、批评、拒绝他人时不讲究技巧,原本一片好心却没有很好地表达出来。

(3) 不了解人际交往中的禁忌,在不适当的场合开玩笑、不懂得给人留面子、出言粗鲁,伤害他人自尊、给人难堪。

(4) 不能恰当尊重他人的习俗。不顾民族习俗禁忌,乱开玩笑,不顾及他人的感受。

上面几种因素会导致交往失败。长期的交往失败,使得一些学生把交往看成是一种负担,变得自我封闭。

三、影响人际关系的因素

“到了大学再也找不到像中学时期那样的好朋友了。”这是许多大学生的感慨。他们一方面渴望真诚、深厚的友谊;另一方面又感到缺少知心朋友,有的人凡事总要首先想到自己,我行我素,唯我独尊,不管他人的感受,不会理解别人和宽容别人,同时他又希望别人理解自己、尊重自己,希望别人对自己好,自己却不付出。

那么怎样交到知心朋友呢?就要先了解影响人际关系建立的各种因素有哪些。

1. 空间距离的因素

有一首歌叫《睡在我上铺的兄弟》。因为空间距离近，所以双方相互交往、相互接触的机会增多了，使得彼此之间容易熟悉，或成为好朋友，人与人之间在空间距离上越短，越容易形成彼此之间的密切关系。虽然地理位置不是决定人际关系好坏的唯一和因素，但是，正如远亲不如近邻，近邻不如对门。空间距离短的优势，无疑是影响人际交往的一个有利的条件。

2. 需要互补的因素

形成人际关系的前提条件是相互满足，一旦有了需要和满足需要的期望，即使隔得再远也是“天涯若比邻”的局面。如果双方的基本需要都能在交往中得到满足，人际关系就会密切和融洽；如果交往需要不能从交往过程中得到满足，彼此就缺乏吸引力；如果在交往过程中受到伤害，彼此之间就会产生排斥和对抗的情绪。

3. 交往频率的因素

交往是人际关系的基础，人们只有在交往中才能彼此了解，相互熟悉，互相帮助直至建立友谊。交往的频率越高就越了解，越容易形成共同的语言、共同的态度、共同的兴趣经验。否则，交往频率过少，可能会产生冷落、疏远的感觉。

4. 人格吸引的因素

人格也称个性。个性特征影响着交往的态度、频率和方式，影响着人际关系。良好的个性品质会赢得人缘，获得挚友。我们喜欢他人的原因不仅来自于对方，有时是我们自身的人格特征决定对他人的好感。仅以能力而论，能力强的人往往让人产生钦佩感和信任感，具有吸引力。不过，能力强弱差别过大或者过小，都会使相互之间的吸引力减小，产生距离感；只有双方的能力有差别而差别又不太大时，吸引力才会增大，人与人之间的距离才会更近。以性格而论，那些正直、开朗、热情、自信、诚实、勤奋、幽默的人具有比较强的吸引力，所以，人格特点在建立良好的人际关系中是非常重要的内在因素。

5. 态度相似的因素

人与人之间若对具体事务有相同或相似的态度，有共同的语言，理想信念和价值观，就容易产生共鸣、理解、支持、信任、合作，形成更加密切的关系。

四、人际交往的心理效应

社会心理学研究表明，在人际交往中有一些非常有意思的心理现象。科学地利用好人际交往中的心理效应对大学生很有意义。

1. 首因效应

在交往中，有谁不愿意给别人留下一个美好的印象呢？当两个陌生人初次见面后，都会给对方有一个初次的印象和评价，这就是第一印象。而这个第一印象对以后的交往又会起到一定的影响作用。首因，即最初的印象，或称第一印象。在人际交往中，人们往往非常注意开始接触到的细节，如：对方的表情、身材、容貌等，而对后来的细节不太注意。这种由先前的信息而形成的最初的印象及其对后来信息的印象，就是首因效应。就是我们常说的“先入为主”。

第一印象不一定全面、客观。由于认知具有综合性、随着时间的变化、认识的深入,人们完全可以把这些不完全的信息贯穿起来,用思维填补空缺,形成一定程度的整体印象。

2. 近因效应

近因,即最后的印象。近因效应是指最后的印象对人们认知具有的影响。最后留下的印象往往是最深刻的,这就是心理学上所说的后摄作用。

首因效应和近因效应不是对立的,而是一个问题的两个方面。在大学生的人际交往中,第一印象固然重要,但最后的印象也是不可忽视的,在与陌生人的交往中,首因效应比较明显,随着交往的深入,认识不断的加深;在与熟悉的人交往中,近因效应比较明显。所以,我们在与他人的交往中,既要注意平时给人留下的印象,也要注意第一印象和最后印象。

3. 光环效应

光环效应指在人际知觉中所形成的以点概面或以偏赅全的主观印象,又称为"晕轮效应"、"成见效应"、"以点概面效应"等,它是一种影响人际知觉的因素。比如:当一个人的某种品质或一个物品的某种特性被人们肯定、接纳之后。人们就会以此为原点,在其周围形成一个光圈、光环,借此优点来掩盖他们的其他缺点。

现在是信息时代,传媒时代,广告成为一种流行、时尚,也是商场竞争中不可或缺的经营手段,而拍广告的多数是那些家喻户晓的名人们,因为明星推出的商品更容易得到大家的认同,这都是光环效应的作用。名人本身不能为企业创造什么价值,但名人在公众中的无形影响力,却是无形的资产。所以,要想使产品迅速为大众所知,打开销路,最好的办法就是找名人做广告。

4. 投射效应

投射效应指以己度人,认为自己具有某种特性同时他人也一定会有与自己相同的特性,把自己的感情、意志、特性完全投射到他人身上并强加于人的一种认知障碍。

5. 刻板效应

人际交往过程中,由于条件、时间精力的局限,不可能经历每一件事情、接触每一个人,所以,我们只能通过我们经历的一些事情去推知事物发展的规律,由我们接触的一些人去得知这一类人的特点,即由我们所接触到的"部分"去推知事物的"全体"。

认为别人的好恶与自己相同,把他人的特性硬纳入自己既定的框框中,按照自己的习惯加以理解。比如:跟他人聊天的时候,话题总是离不开自己喜欢的事情,不管别人是不是感兴趣、愿不愿意听。

有的人对自己喜欢的人或事越来越喜欢,越看优点越多;对自己不喜欢的人或事越来越讨厌,越看缺点越多。因而表现出过分地肯定和赞扬自己喜欢的人或事,过分地指责甚至否定自己所厌恶的人或事。这种认为自己喜欢的人或事就是美好的,自己讨厌的人或事就是丑恶的,并且把自己的感情投射到这些人或事上进行美化或丑化的心理倾向,这就我们平常所说的"说你好你就好,不好也好;说你不好你就不好,好也不好",失去了认知的客观性,从而导致主观臆断。

心理学研究发现,人们在日常生活中常常不自觉地把自己的某种品质、兴趣、爱好、思想、情绪等投射到别人身上，认为别人也具有同样的特征，例如：自己喜欢听音乐，就认为别人也应该喜欢听音乐；自己待人真诚，别人也应该和自己一样真诚，心理学家们称这种心理现象为“投射效应”。

在日常生活中，我们常常错误地把自己的想法和意愿投射到别人身上：自己喜欢的人，以为别人也喜欢，总是疑神疑鬼，莫名其妙地吃一些“飞醋”；父母总喜欢为子女设计前途、选择学校和职业。

五、健康交往对心理的基本要求

健康交往对心理的基本要求体现为以下七个原则。

1. 尊重原则

美国人本主义心理学家马斯洛在他的需要层次论中曾提出，每一个个体都有自尊、有对他人尊重和被他人尊重的需求。在人际交往中，我们对所有的人，都应该给予应有的尊重，要尊重他人的人格、个性特征、风俗习惯、情绪情感和隐私。其实做到尊重别人并不难，一个微笑，一句问候，一双倾听的耳朵，一张不刨根问底、不乱散布流言蜚语的嘴，就会给别人带来温暖，也会给您自己带来真挚的友谊与和谐的交际。自尊心是人的心灵里最敏感的角落，一旦挫伤人的自尊心，他会以百倍的力量来与你对抗。

2. 弹性原则

在别人请求我们为其服务时，回答时不要过于言之凿凿，一旦出现一些客观因素无法兑现承诺，则会给人言而无信的印象；在批评别人时也要讲究技巧，应该照顾对方的自尊；与人争论或意见不一时，不应口无遮拦，这样容易伤害对方；在请求别人帮忙时，不要直接给对方下达指令，一旦事情无法达到预期目标，难免会造成尴尬的局面。为自己的交往增加些弹性，给自己和他人都留些余地，有助于你的人际关系更加和谐。

3. 宽容原则

世界上没有两片相同的叶子，也没有两个完全相同的人。每个人都有优点和缺点，人非圣贤孰能无过，所以在人际交往中，不要总是去苛求别人，一旦对方犯了错误，给人改过的机会才好。因为我们都是喜欢和宽容厚道的人交朋友的。

4. 欣赏原则

在人际交往中，我们应抱着欣赏的心态来对待身边的每一个人，学会悦纳他人、多发现别人的优点和长处。学会真诚的赞美，赞美是欣赏的直接表达，一句真诚的赞美往往可以给别人也给自己带来愉悦的心情，这是促进人际关系和谐的“润滑剂”。

5. 换位原则

孔子有言：“己所不欲，勿施于人。”在现实生活中，我们总是习惯从自己的主观判断出发，因而时常导致一些误解的发生。所以，要达到彼此的认同和理解，避免误会和偏见，我们就要学会“换位思考”。自己不想做的事情，不要施加到别人身上，交际中只要少一点自以为是，多一点换位思考，就会少一些误解和摩擦，多一些理解与和谐。

6. 合作原则

在合作的基础上竞争，在竞争的基础上合作，是人际交往的基本态势。而合作是人际交往过程中的一项基本准则,一个善于交际的人必定是个善于合作的人。如果只讲竞争不要合作,那么竞争必定是不择手段的恶性竞争和无序竞争,人际关系的和谐也将被打破。在人际交往中,对对方多支持、多协商、多沟通、少固执、少封闭。这样,我们的人际关系才能够更加温馨与和谐。

7. 诚信原则

诚信是无形的"名片",关系到一个人的形象品质。在现实生活中,对别人有求于我们的事,我们一旦应允就要尽全力去办。如果确因客观原因无法完成,应向对方解释清楚,求得谅解;切记不要做出"过河拆桥"的卑鄙之举;防人之心固不可无,可也不必处处设防,只要我们每个人都以自己的实际行动恪守诚信,我们所营造出来的就会是和谐的人际关系。

六、建立良好人际关系的方法

(1) 给人以真诚的赞美。赞美要切合实际,否则会给人虚伪的感觉。

(2) 给人以友善的微笑。微笑是世界最美的语言,它会缩短心灵的距离,传递友好的信息。

(3) 在人际交往中,尽量做到能快速记住对方的名字,这样会让人感受到你对他的关注和尊重。

(4) 保持适当的交往距离。在人际交往过程中,如果交往过密,交往距离太近,就很容易侵犯别人的私人空间,引起对方的反感,影响两个人的关系。

(5) 切忌自我投射心理,避免凭借想当然去处理人际关系,以免造成不必要的误会和摩擦。

(6) 形成良好的交往风度。与人交往的时候,要给人留下良好的第一印象;要善于交谈;要学会沟通;做一个良好的倾听者;态度要诚恳大方;适时幽默。

第二节 案例及其分析

案例描述

小玲是某校大一的新生,长得非常漂亮,小涛是这个学校大二的兄长,两人是在一次学院的演出活动中认识的,他们是这次活动的主持人。小涛是个帅气的男孩,个子高高的,有磁性的嗓音,唱歌很好听,也很有人缘。初次见面小玲就被小涛吸引住了,可以说是一见钟情。自此之后,两个人就开始了交往,很快确定了恋爱关系。

在小玲的眼里小涛什么都好,可以说是达到了痴迷的程度。小涛喜欢唱歌,她就陪他去唱卡拉 OK;小涛喜欢玩游戏,她就陪他上网吧;小涛喜欢交往,她就陪他参加聚会。

但是小玲的学习成绩开始下滑。后来在老师和家长的劝说下，小玲开始把心思放在学习上了，也劝小涛好好学习。可小涛却一反常态，说小玲不喜欢他了，并且无理取闹。逐渐地小玲发现，她以前认识的小涛并不是真实的他、全部的他。

案例分析

小玲之所以说她以前认识的小涛并不是真实的、全部的小涛，是因为两人初次相识，小玲就迷上了小涛，因为喜欢他，甚至达到痴迷的程度，所以这个时候的小玲，已经不能全面地、客观地去看待小涛了，此时的心理就是爱屋及乌，因为第一印象，这个人的缺点就被她眼中的优点所掩盖。

在人际交往中的初次印象并不一定是可靠的，但是由于认知是有综合性的，随着时间的变化、认识的深入，人们会逐渐地把这些不全面的信息串联起来，形成一个客观、全面、完整的整体印象。

第二十五讲 丢掉自卑，悦纳自我

第一节　克服自卑心理

一、自卑心理

自卑，顾名思义，是主体自己瞧不起自己，主体在和他人进行比较时，由于低估自己的能力而产生的一种消极情绪体验，即“自以为卑”，在心理学上，属于一种性格的缺陷。

正如哲学家斯宾诺莎所说：“由于痛苦而将自己看得太低就是自卑。”这也就是我们平常说的，自己看不起自己。

有自卑感的人，其外在的表现形式上有两种：一种表现为极度的自卑、消沉、颓废、无能、软弱、沮丧、精神萎靡、脆弱；另一种则以自尊的形式表现出来，主要特点是敏感、多疑、强硬、傲慢、自以为是、自高自大、以我为中心。自卑和自尊正好是两种完全相反的心理品质，但却都是人们常有的心理表现。

在今天飞速发展的社会和复杂的社会环境中，许多大学生由于不能正确地认识自己，产生自卑心理，对自身的发展和身心健康产生破坏性的影响。

二、自卑心理产生原因

其实，自卑心理人人都有，只是程度不同。奥地利心理学家阿德勒说过：人类都有自卑感，以及对自卑感的克服与超越。当我们学习成绩有提高时，发现别人比我们提高得更快；当我们工作有了收入时，发现比我们富有的人多得是；当我们富有时，发现别人比我们更年轻……这些都会在我们心底里产生自卑，感觉永远也赶不上别人，永远与别人存在着差距。反过来看，自卑其实不可怕，从某种意义上讲，自卑也是推动一个人不断自我完善、自我发展的潜在动力。但是，如果你已经认识到自己的自卑心理，而不愿去进行自我突破，那么自卑对你来讲就是非常有害的。

大学生自卑心理主要是由以下几个方面引起的。

1. 自我认识不足

认识自我有两种途径，第一种是自我认识。当自己认识自己的时候，由于认识的偏差，出现了对自己的能力和品质等方面评价过低的情况，这是自卑的实质。一个人对自我评价过低时就会产生自卑。如经常与他人比较自己的外貌、身高以及学习、交往能力、家庭状况等,结论却是都不如他人。第二种就是人们习惯于借助他人对自己的评价来认识自己。但有时他人对自己的评价未必是公正、客观、全面的,如果他人对自己的评价过低,特别是较有权威人士的评价,会影响人们对自己的正确认识,过低评价自己,进而产生自卑心理。

有自卑心理的人往往都是有强烈自尊的人,自卑的前提是自尊。每一个社会中的个体都有尊重的需要,当人们的自尊心得不到满足,又不能实事求是地认识自己时,就容易产生自卑心理。一个人形成自卑心理后,怀疑自己的能力产生的后果大多是不能表现自己的能力,由害怕与人交往的怪圈到孤独的自我封闭的黑洞。原本努力可以达到的目标,常会因为自己的退缩、逃避,被"我不行"所打倒而放弃努力。领略不到生活的乐趣,看不到人生的希望,更不敢去憧憬那美好的未来。

自卑严重的大学生,有以下心理缺陷:第一,缺乏稳定的自我形象。习惯于把自己封闭起来,以掩饰自己的弱点。第二,对一切事物敏感、多疑,很脆弱,因而很容易遭受挫折。第三,倾向于超脱现实而陷入幻想世界,缺乏社会活动的积极性,有严重的孤独感。第四,缺乏竞争意识。

2. 家庭经济因素困扰

部分学生由于家庭贫寒,生活困难,与别的同学相比,认为自己的家庭经济条件太差而产生自卑心理。最近几年由于这方面引起自卑的大学生人数有增加的趋势,所以我们要关注贫困学生的心理发展。

3. 与个人的成长经历有关

人的一生中,真正对自己产生深刻影响的关键时期只有几个,其中童年的经历对人的心理发展尤为重要。心理科学的研究证实,不少心理问题都是早期生活中产生的症结,自卑这种消极的心态也不例外。人之所以会产生自卑心理,绝大部分是由于儿童时代所受到的创伤引发的。儿童时代所受创伤造成的自卑感持续时间最长,影响最大,克服起来也最不容易。如父母或其他成人经常打骂、训斥孩子,数落孩子的缺点等,这些都会在孩子幼小的心灵里留下影响其健康发展的阴影。自卑心理在儿童身上体现的并不十分明显,而在青少年当中却是相当普遍。进入青春期以后,人的自我意识发展很快,变得独立观察、分析社会,用自己的观点去评价他人,重视他人对自己的评价,非常关心"我"在别人心目中的形象如何,并开始重新审视自我,用挑剔的眼光去寻找自己的缺点,并将某些缺点放大。

每个人的心目中都有一个理想的、完美的自我,当自己向心目中那个理想自我逐渐靠近时却发现,越想靠近,差距越大,于是产生不满、失望、悲观的情绪。如果儿童时期曾受到过伤害,这种情绪就会愈加强烈的浮现出来,加剧自卑心理的形成。

4. 个人性格特点

性格开朗外向的人,看事物比较积极向上,即使受到挫折、打击,也不会轻易就此沉沦,能及时调整心态,转挫折为前行的动力。性格内向的人对事物的感受程度比较强烈。当受到外界事物冲击时,对产生的消极情绪有一定的放大倾向,并且不善于将这种不良情绪排解与宣泄出去,比较容易产生自卑心理。这就是不同性格特点的人对待事物的态度不同,产生的情绪和导致的结果也各不相同。

三、自卑心理的作用

自卑心理有以下两方面的作用。

1. 积极的推进转化作用

当一个人出现了自卑心理之后,会有压力感,会紧张和焦虑,这种情绪会同时激活体内的补偿与转换机制,使人积极地行动起来,尽快摆脱自卑状态,找回自信,补偿这种有因的失落。这是这种负性情绪的积极作用。在现实生活中,也确有很多人当受到挫折、失败,沉沦了一段时间之后,经过一番调整,又重新振作了起来。这样的事例不胜枚举。有自卑心理的人大都比较敏感,容易接受外界的消极暗示,从而愈发陷入自卑中不能自拔。而如果能正确对待自身缺点,把压力变动力,奋发向上,就会取得一定的成绩和成功,从而增强自信、摆脱自卑。

比赛中,一个优秀的长跑运动员,可能在刚起跑时,比别人慢了一些,这并不要紧,只要他方法正确,心理素质好,铆足劲,加加油,照样可以赶上、超过前面的人,甚至可能拿金牌。当看到许多同龄人在某些方面超过了自己,毕竟是一件令人惭愧的事,不过冷静地反思一下造成自己落后的原因也是有必要的。

2. 消极的内在阻碍作用

自卑引起的心理压力和紧张情绪,激起心里的逃避或退缩反应,抑制自信心,也导致焦虑感,形成内在阻遏力,使人就此消沉下去。这是相当普遍,也是十分有害的压力转换模式。有了压力和受到打击不能积极面对,如此实例现实中亦有之。

四、克服自卑心理的方法和途径

自卑是一种消极的心态和不良的心理品质,会使人意志脆弱、思想消沉、丧失对未来的信心,不利于青年人的自我发展和完善。同时,自卑也会影响人际交往,影响能力的发挥与表现,进而影响别人对自己的认知。此外,自卑常会造成个体情绪压抑、妨碍心身健康。那么,青年人应该怎样来克服这种心理呢?

1. 克服自卑心理的方法

(1) 转换认知心态:就是要全面、客观地认识自己,辩证地看待自己与他人。不以物喜,不以己悲。

俗话说,“人最难认识的是自己”。因为人不能对自己的行为、形象进行直接的观察,只能从行为结果、从他人的反应和评价中获得关于自己的某些信息,从而容易形成“错误肯定”的误区,自卑自怜,消极退让。其实每个人都有自己的心理优势,常言道:“金无足赤,人无完人。”每个人都有自己的弱点和优点。对自卑者来说,要善于发掘自己的心理和众多特长。不要因为某方面的缺陷而怀疑自己的所有能力,也不因一时的失利妄自菲薄,这样才能建立一个真正强健的自我和一个良好的社交关系。

我们不应忌讳自己的缺点,更应该坦然地接受自己的优点。只有正确地认识到自己的优势和不足,才能正确地与人比较。其实,最重要的事情是自己跟自己比对,让自己不断地进步。我们应该根据自己的实际情况确定自己的发展方向和人生道路,并为此不断努力、奋进,最后实现人生的价值。这样的人生才是积极而有意义的人生。

(2) 培养自信心理:自卑感往往是人们在表现自己的过程中受到挫折,对自己的能力发生怀疑而产生的。有自卑感的人多表现为敏感多疑、性格内向。因此,要成功的表现自己首先要从锻炼自己的性格入手。自信心的建立需要有一个过程,需要一点一滴地积累,从一连串小小的成功开始,通过不断的成功来增强自信心。我们可以从一些力所能及的事情做起,例如多参加学校和社会的集体活动,在活动中培养自己的坚韧性、果断性等品质,培养自信心态,使之生根发芽以逐步克服自卑心理。在进行实践的时候,期望值不宜太高以免失去平衡,要稳扎稳打、循序渐进。

(3) 要不断转换观念:通过自身的努力 ,以某方面的成就来补偿自己自身的缺陷。生理上的补偿现象,如身残志坚、聋者尤聪,这是大家常见的。海伦·凯勒是美国盲聋女作家和演讲者,在她 19 个月大时由于急性脑充血而丧失了视力和听力,变成了哑巴,但她没被这些苦难击倒,反而凭借着坚强的意志和不服输的精神考入了美国哈佛大学的拉德克里夫学院学习,并以优异的成绩毕业,光荣地成为世界上第一个完成大学教育的盲聋人,被美国《时代周刊》评选为“人类十大偶像”之一,并被授予“总统自由奖章”。海伦·凯勒的成功告诉我们,人的某些缺陷和不足,不是绝对性的,而是可以通过后天努力弥补、改变的。只要找到正确的补偿目标,就能克服自身的缺陷或者从另一方面得到补偿。

其实,人还有心理上、才能上的补偿能力。勤能补拙,扬长补短,华罗庚说过:“勤能补拙是良训,一分辛苦一分才。”其实只要工夫深,谁都可以赶上他人。每个人都有自己的长处和短处,要学会扬长补短,转换好观念。

(4) 要注意追根溯源:有自卑感的大学生,首先需要给自己一个积极的心态,主动又积极地配合老师解决心理问题。在心理老师的帮助下,分析并找出导致自卑的深层原因。一个人之所以有自卑感,不一定就是自己的实际情况很糟,而是藏于心中的某种潜意识被触动,由此引发的某种正常的情绪和感受。被过去生活中的某个情结影响今天的情绪是不值得的,应从自卑的泥潭中游出,迎接崭新的生活。

(5) 自我暗示十分必要:自我暗示是个人通过积极的自我暗示、鼓励,从而进行自助的方法。自我评价其实就是自我的一种暗示作用。它与人的行为之间关系密切。消极的自我暗示导致消极的行为,积极的暗示可带来积极的行动。每个人的智力相差都不太大,我们在做事的时候,应该不断地暗示自己,别人能做的我也一定能做好。我们不妨始终默念“坚持就是胜利”、“我一定行”。成功了,自信心得到加强;失败了也不要灰心。不妨告诉自己“胜败乃兵家常事,大不了从头再来”。

2. 消除自卑心理的途径

(1) 磨炼意志,健全性格品质。只有具备坚强、勇敢、执著等良好的意志与性格品质,才能够在实际生活与工作中,不畏艰难险阻,不怕困难挫折,奋勇直前;也才能够拥有恒久的自信,拒绝与战胜自卑。对于新时期的青年人来说,要真正地克服自卑,必须不断地磨炼自己。我们知道正当创作高峰期的著名音乐家贝多芬,却突然面临失聪的考验,音乐事业接近瓶颈。但贝多芬没有陷入痛苦与自卑的泥潭而无法自拔,他勇敢地站了起来,以极大的意志力与坚强的性格创造了事业与生命的奇迹。

(2) 制订合理的目标计划,积累自信。自卑的人多数比较敏感、脆弱,经不起挫折打击,容易意志消沉。因此,凡事不应奢望过高,要知足常乐,善于自我满足。生活、工作或学习时,制定的目标都不要过高,这样,容易达到,避免挫折的发生。

期望值过高或过低,都难以获得成功体验,那么克服自卑感,当务之急是调整期望值,然后在目标的引导下,恰当表现自己。自卑感强的人,不妨多制定一些力所能及的目标,为自己留有缓冲的余地,逐步树立自信。因为,每个人在展现了自己的才华后,一定会得到周围人的肯定,而自我一旦发现了内在的潜能,就会变得自信,并积极进取以获得更大的成就感。所以,调整个体的期望值,缩小理想与现实的差距,正确地表现自己,是克服自卑的有效方法。

(3) 正视失败,提高抗挫折能力。自卑的人自我评价大多比较偏低。因此,遭受挫折与失败的时候,要全面、客观地分析失败的原因,要明确能否成功是受主、客观因素的影响的,外在的一些因素是我们所不能掌控的。要激励自己不断地提高自我、完善自我,相信最终会成功,才可以发现人生处处是机会,才可以找到心理平衡。正视不足,积极鼓励自己努力,知不足才能有进步。

(4) 勇于表达自己的观点。我们害怕自己的观点被别人攻击和驳回,所以会有意地隐藏自己的想法和行为。这是人的自我保护的本能,也是一个集体性质的潜意识。我们总是在追求完美,渴望去表现自己,但又怕遭受攻击。但是,我们必须勇敢地去表达自己内心的想法:如果我们的观点正确,可以得到大家的认可;如果错了,可以有针对性地去改正自己的不足,然后完善自我的知识和视野,进而变得勇敢起来。

(5) 正确认识自我,悦纳自我的方法。自卑的人往往习惯于接受别人的低估评价,而不愿接受别人的高估评价。喜欢拿自己的短处与他人的长处作比较,越比越觉得自己不如别人,越泄气,从而产生自卑的感觉。

其实,每个人都有自己的优点和缺点。因此我们首先要正确认识自己,修正自我评价,要经常回忆自己的长处和成功的事例;要善于发现自己的优点,肯定成绩,以此激发自己的自信心。不要因为自己某些缺点的存在而把自己看得一无是处;不能因为一次失败而以偏概全,自怨自艾,认为自己什么都干不了。一次的失败不代表永远,坚信机会永远都有,机会对每个人都是平等的。

(6) 学习各方面知识和沟通技巧,增强自信。知识的完善和交流是沟通的基础,博览群书,知识面丰富了,自然会形成个人的独到见解,在与人交往中才有无尽的话题。而沟通的技巧不是与生俱来的,而是在与周围的人、环境、社会不断互动学习的过程中积累起来的。所以,可以通过某些渠道去学习沟通技巧,让我们与他人的沟通变得更加自然,更加轻松,更加自信。

(7) 积极参加社会的活动,拓宽视野。自卑的人多数比较孤僻、少与周围人群交往,不合群,内向,常自己把自己孤立起来。由于缺少心理沟通,易使心理活动走向片面的苦境。自卑者如能多参与社会交往,开阔视野,可以感受他人的喜、怒、哀、乐,丰富生活体验;在与人交往的过程中,可以抒发压抑已久的情感,增强生活勇气、走出自卑的泥潭,更可以增进相互间的友谊、情感,使自己的心情变得开朗,自信心得到恢复。

第二节 案例及其分析

案例描述

小苏从小就是个聪明漂亮的孩子，她性格活泼开朗，学习成绩优异，被父母视为掌上明珠，老师和同学们也都非常喜欢她。她有一段幸福的童年时光。可是好景不长，一场灾难改变了她的人生。中学时，一次车祸夺走了小苏母亲的生命，这一打击给她的心理带来了极大的伤害。小苏变得抑郁寡欢，不愿与他人沟通、交往，越来越不合群。学习成绩也因自卑、孤独而一落千丈。

经过努力，她考入一个专科院校计算机系，上了大学之后，情况有所好转。可是随着继母的出现，情况突然恶化，小苏不愿意回家，不愿意和同学谈及家里的事情、偏激、脾气暴躁，动不动就和同学吵架，同学关系非常不好。每当在寝室中有同学说及母亲这个话题的时候，她就会悄悄地躲到一边。她不喜欢别人看她的眼神，不愿意被别人怜悯。

案例分析

小苏的情绪变化是由于自卑心理导致的。她本来有个幸福的童年，可车祸让她失去了母亲，从此失去了母爱，当看到别的孩子都有幸福的家庭，一家人快快乐乐的时候，就产生了自卑的心理。而父亲的再婚使她的这种情绪变得更加强烈，她觉得自己是个被遗弃的人，没有人关心她、没有人爱她。随着母亲的去世，她拥有的那份爱就再也不会有了。她的自卑由于自尊的心理让她变得偏激、暴躁、孤独。

要想改变这种状况，就要多与亲人沟通，体验亲人的关爱，感受亲情。也要端正自己的态度，多和同学、朋友交往，多参加一些集体活动，找到自己的价值，增强自信。只有敞开心扉，放松心态，摆脱自卑，才能有一个快乐的人生。

第二十六讲 了解情绪,选择生活

第一节 选择情绪

情绪这个词对于我们每个人来说应该都不陌生,生活中我们经常会听到这样的一些话,比如:“你看起来情绪好像很低落呀”,“你太情绪化了”,“哈,我今天的情绪太好了”之类的。那么什么是情绪呢?情绪有好坏之分吗?情绪能选择吗?那生活中,我们怎么去选择有利于我们身心健康的良性情绪呢?

一、情绪及其表现

1. 什么是情绪

从一般意义上讲,情绪是指人们在内心活动过程中所产生的心理体验,或者说,是人们在心理活动中,对客观事物是否符合自身需要而产生的一种情感体验。

普通心理学认为:情绪是指伴随着认知和意识过程产生的对外界事物的态度,是对客观事物和主体需求之间关系的反应,是以个体的愿望和需要为中介的一种心理活动。

说到情绪,人们自然就会联想到人间的喜怒哀乐、人生的悲欢离合。马克思主义哲学指出,事物是普遍联系的。每个人都不能孤立地生存在这个世界上,都要有一个赖以生存的环境和空间,每个人都要和周围的事物和人打交道,这样自然就会形成这样或那样的人际关系。

整个世界就是一个巨大的关系网。在这个关系网中,每个人都会因为这样或那样的原因而影响自己的情绪。不同的情感体验,出现不同的心理状态,产生不同的行为方式。时而积极,时而消沉;时而平和,时而烦躁;时而痛苦万分,时而幸福无比,时而烦恼无限,时而快乐无边。情绪时时刻刻伴随在我们的生活、学习和人际交往中,并直接影响着我们的生活、学习和身心健康。人人都有情绪,时时都有情绪,情绪伴随人的一生。

2. 情绪的表现

不同的人,在不同的状态下,情绪反应也各不相同。不同的情绪又是通过以下方式体现出来的。

(1) 情绪的生理反应:在情绪发生时,有机体内部发生一系列的生理变化,体内自主神经系统支配的内脏器官和内分泌活动都会发生变化。在不同的情绪状态下,人的心律、血压、血容量、皮肤、肌肉、呼吸乃至人的内分泌、消化系统等,都会发生相应的变化。

比如，愤怒时会血压上升，血糖浓度上升，会出现汗腺的分泌、面红耳赤等生理现象；恐惧时则会出现身体战栗、眼睛瞳孔放大，呼吸和脉搏加快，胃肠活动减弱，消化腺也停止分泌，甚至出冷汗，汗腺分泌发生变化；人在紧张焦虑状态下，会感到呼吸急促、心跳加快，会引起排尿次数增多；人在心情愉悦时，消化腺分泌增加，胃肠道蠕动加强。这些变化都是受人的自主神经支配的，是不由人的主观意识所能控制的，即使你再不愿意，甚至去控制，情绪也会出现。

(2) 情绪的内心感受：情绪是人的一种内心感受和体验，人因不同情绪而产生的生理状态必然会反映在人的知觉上，反映到人的意识中来，从而形成人的不同的内心体验。例如：人在受到伤害时，会感到痛苦；被欺骗时，会感到愤怒；遇到惊吓时，会感到恐惧；在某些需要得到充分满足时，会感到幸福；当理想得以实现时，会感到欣慰；失去亲人时，会感到悲伤；朋友相聚时，会感到快乐。

(3) 情绪的行为表现：情绪不仅体现为生理反应和内心体验，也会直接反映到人的外在行为表现中。情绪情感发生时，人的身体各部位的动作和姿态也会发生明显的变化。这些行为反映被称为表情。表情是人际交往的一种形式，是表达思想、传递信息的重要手段，也是了解情绪情感的客观指标。在当今纷繁复杂的社会中，学会察言观色，懂得运用情绪去表达自己的情感，也是安身立命的本事。

3. 表情

人类的表情主要有以下几种。

(1) 面部表情：古代著名心理学家西塞隆说过，"脸是灵魂的镜子"。人的面部表情最为丰富，它是通过眼部肌肉、面部肌肉和口部肌肉来表现人的各种情绪状态。

人的面部十分微妙的变化，能够真实、准确地反映一个人的情感变化，传递某些信息。在人际交往中，对方可以从你的面部表情上的细微变化得到一定的信息，对你的气质、情绪、性格、态度等方面有所了解，掌握第一手材料。所以有句话说得好，看人先看脸，脸是人的价值与性格的外在表现。所谓脸面不仅是指人的长相，而主要是指面部表情。如眉开眼笑、目瞪口呆、咬牙切齿、张口结舌、面红耳赤等。据心理学家埃克曼研究，人的面部表情是由七千多块肌肉控制的，这些肌肉的不同组合使人能同时表达两种情绪。所以人的面部表情是丰富多彩的。

(2) 身段表情：也称肢体语言。通过四肢与躯体的变化来表现人的各种情绪状态。例如：从头部活动看，点头表示同意，摇头表示反对，低头表示屈服，垂头表示丧气。从身体动作来看，高兴时"手舞足蹈"，悔恨时"捶胸顿足"，恐惧时"手足无措"。

(3) 言语表情：通过语调、语速、语气的变化来表现人的各种情绪状态。例如：高兴时，语调激昂，节奏轻快；悲伤时，语调低沉，节奏缓慢，声音断续且高低差别很少；爱抚时，语言温柔，和颜悦色；愤怒时，语言生硬，态度凶狠。有时候，同一句话语气和语调不同，意思也不同。

二、情绪的类型

1. 七情六欲说

所谓七情，出自《礼记·礼运》中的"喜、怒、哀、惧、爱、恶、欲，七者弗学而能。"可见，情是喜怒哀乐的情感表现或心理活动,而欲是七情之一。

那么,什么是六欲呢?东汉哲人高诱对此作了注释:“六欲,生、死、耳、目、口、鼻也。”可见,六欲是泛指人的生理需求或欲望。人要生存,惧怕死亡,要活得有滋有味,有声有色,于是嘴要吃,舌要尝,眼要观,耳要听,鼻要闻,这些欲望与生俱来,不用人教就会。后来有人把这概括为“见欲、听欲、香欲、味欲、触欲、意欲”六欲。今所用“七情六欲”一说,是泛指人之情绪、欲望等。

由此观之,七情六欲是人类基本的生理要求和心理动态,也是情感产生的根源。

中医理论稍有变化,七情指“喜、怒、忧、思、悲、恐、惊”七种情志,中医认为,这七种情态应该掌握适当。如果掌握不当,例如,大喜大悲、情绪失控,就会使阴阳失调、气血不周,从而影响到身体,导致各种疾病。

2. 情绪状态分类

情绪状态是指在一定的主客观条件的作用下,一段时间内各种情绪体验的外在表现。根据情绪状态爆发的强度和持续时间的长短可分为心境、激情和应激三种情况。

(1) 心境

心境是一种微弱、平静和持久的情绪状态。心境具有弥散性和长期性。

古语中说,人们对同一种事物,“忧者见之而忧,喜者见之而喜”。当我们心情好的时候,看什么都顺眼,干什么都顺心,到处充满阳光;当心情不好的时候,则干什么都不顺,世界也是暗淡无光的。这是心境弥散性的表现。

心境的长期性是指心境产生后会在相当长的时间内主导人的情绪表现。生活中我们常说“人逢喜事精神爽”,指发生在我们身上的一件喜事让我们很长时间保持着愉快的心情;但有时候一件不如意的事也会让我们很长一段时间忧心忡忡,情绪低落。

心境可以说是一种生活的常态,人们每天都是在一定的心境中学习、工作和交往的。积极良好的心境可以提高工作效率、生活的质量,帮助人们克服困难、保持身心健康;消极不良的心境则会使人颓废消沉、悲观失望,甚至无法正常工作和交往,发展成一些身心疾病。所以,保持一种积极健康、乐观向上的心境对每个人都有着至关重要的意义。

心境产生的原因很多,例如:生活中的得失,工作、学习上的成败,人际关系的好与坏,个人的健康状况,寒来暑往等自然气候的变化,都可能引起某种心境。心境与人的世界观、价值观和人生观也有着密切的联系。

(2) 激情

激情是一种爆发强烈而持续时间短暂的情绪状态。和心境相比,激情在强度上更大,但维持的时间一般较短暂。

人们在生活中的狂喜、狂怒、深重的悲痛和异常的恐惧等都是激情的表现。《儒林外史》中有“范进中举”的故事:范进热衷于功名,多次参加科举考试都名落孙山,直到50岁才考取秀才,但他仍不死心,不顾倾家荡产,又去考举人。一天,突然听见自己高中的喜讯后,因欣喜过度,致使心气溃散不收,引起精神失常,患了癫狂病。老丈人打了两个嘴巴之后,很快平息下来。

生活中那些对个体有重大意义的事件或突发事件都会导致激情,如考上大学,找到满意的工作,多年失去音信的亲人突然见面。另外,对某种痛苦忍耐过久、抑制过度也容易引发激情状态。可见,不同的生活事件会引起不同的激情。

激情对人有积极的影响,可以激发人们心底的潜能,成为推动人们向前发展的动力,提高工作、学习效率,开拓创新;激情也有很大的破坏性和危害性。激情中的人有时非常冲动,不理智,做事不计后果,对自己和他人都会造成一定的伤害。所以,在生活中应该适当地控制激情,要加以引导,使其多发挥积极作用。

(3) 应激

应激是在出乎意料的紧张和危急情况下引发的情绪状态。如在日常生活中突然遇到火灾、地震等突发事件,会使人们心理上高度警醒和紧张,并产生相应的反应,这都是应激的表现。

应激的生理反应大致相同,但外部表现却有很大差异。有人表现为沉着冷静、急中生智,全力以赴地去排除危险,克服困难;有的人则表现为手足无措、一筹莫展,或者出现错误的行为,加剧事态的严重性。

3. 情绪性质分类

(1) 正性情绪

正性情绪又称积极情绪,是能使人感到欢欣、喜悦的情绪,如兴奋、愉快、欢乐等。

(2) 负性情绪

负性情绪又称消极情绪,如紧张、恐惧、焦虑、抑郁等。

在生活中,并不是所有的正性情绪起的都是积极作用,所有的负性情绪起的都是消极作用,任何事物都要有个度。

三、情绪的作用

积极的情绪使人精力充沛,食欲旺盛,睡眠安稳,保证体内各器官系统的活动协调一致,能使人的大脑处于最佳活动状态,能充分发挥有机体的潜能,提高工作效率;消极的情绪可能会引起整个心理活动失衡,还可能导致身体器官等生理方面的变化,对人的身体健康会产生不良影响。作为一种心理过程,作为人类适应环境、改造环境、发展自我的一种机能,仍然具有积极的意义。如焦虑、忧虑、恐惧、愤怒等不愉快的情绪,只要适当,也是正常而有益的。个体在适度的焦虑情绪之下,大脑和神经系统的张力增加,思考能力亢进,反应速度加快,因而能提高工作效率和学习效率。例如,适度的惧怕,可使人小心警觉,避免危险,预防失败。愤怒能使大脑皮层及交感神经系统高度兴奋,大量分泌肾上腺素,血液循环加快,把大量营养输向大脑和肌肉组织,使身体能喷发更大的力量。比如,面对敌人的挑衅,革命战士义愤填膺,“横扫千军如卷席”,这种愤怒,不但不要遏制,相反还要激发。所以,生活中情绪无所谓好坏。

四、情绪的产生

情绪是由于个体受到来自主、客观因素的影响而引发的一种情绪体验,它可能是人、事、物,也可能是某种经历引发的心理体验带来的刺激,或者是人们的某种认知导致的。了解自己情绪产生的原因,有利于帮助我们进一步认识自己的情绪,选择情绪。

五、情绪的选择

健康的情绪对一个人的工作、学习、生活、观念的形成和人生道路的选择都有重大的影响。所以,一个人要想拥有健康的身体、快乐的人生,就要学会选择一种健康的情绪、乐观的心态。快乐是可以自找的,情绪是可以选择的。那么如何去选择健康的情绪呢?

健康的情绪,就是良好的情绪状态。要想保持良好的情绪状态,首先是情绪上的成熟,它包括一个人的情绪发展、认知水平、自我控制能力以及对社会的适应程度。

1. 要懂得认识和把握自己的情绪

(1) 了解自己的个性特征,注重养成良好的个性品质

一个人的情绪往往和他的气质和性格有着密切的关系,了解自己的气质类型和个性特征,对认识和把握自己的情绪有重要意义。多血质、胆汁质、黏液质和抑郁质的人对于同一件事情的情绪反应各不相同。多血质的人往往活泼好动、乐于助人,多比较乐观向上,看问题比较积极、豁达;抑郁质的人大多敏感、多疑、多愁善感,看问题也多是消极的态度。性格是可以后天培养的。

(2) 了解自己的情绪年龄,要注重能力的培养

心理学家研究表明,不同年龄的人在情绪的各方面有不同的发展水平和特点。有的人的情绪年龄和实际年龄不符。比如:一些独生子女的大学生,由于父母长期过多的照顾,当面对一些问题的时候不懂得该如何处理,导致一些负性情绪的出现。

(3) 调整不合理的认知,注重心理过滤,切忌胡乱猜测

由认知的选择带来的心理过滤,往往使人不能全面地看待现实。他们看到的常常是他们想看的、愿意看的、需要的,只看到事物的一个侧面,只看到我为别人做的事儿,看不到别人为我做的事,把想象与主观推测当事实,主观臆断,想当然。通过错误的心理过滤,可能会大大歪曲事物的本来面目,最后的结果也必然是不客观的,不全面的。所以要注重提高认知水平。

2. 调节情绪,学会适应

一个懂得调节情绪的人,也就是能换个角度,换个心情的人,每天的日子会过得比较快乐。所以当我们心情不好的时候,如果能换个角度看问题,换个心情想问题,尽量用愉快的情绪来取代不愉快的情绪,就能够避免出现负面的情绪,或者逐渐减弱已经出现的负面情绪对我们产生的副作用。譬如说,早上出门时间晚了,上学已经快迟到了,偏偏一路上又红灯不断,越急车越慢,心情越不好,这时就要调整一下心情,想想反正已经这样了,在没办法的情况下,不如利用塞车的时间闭目养神或者转移一下注意力,欣赏一下路旁的景色,缓解一下焦躁的情绪。

当今社会节奏加快,竞争激烈,对人们的要求也逐渐提高,使得人们出现了适应障碍。这就要求人们要积极主动地适应新的环境,勇于面对,尽快调整自己,完成角色转换,消除不良情绪。记住该记住的,忘记该忘记的。改变能改变的,接受不能改变的。

3. 掌握一些心理调节的方法

(1) 生活中不要太苛求自己达到完美,做事不要过分认真,不要大事小事都较真儿。

不要给自己制订一些硬性指标，避免使用“我必须要……”、“我一定得……”的词语，俗话说：希望越大，失望就越大。对自己的期望值不要太高，要学会给自己留下一定的空间，把目标锁定在能力所能及的范围内。

(2) 人生的路很长，理想和愿望也很多，但是，不是所有的愿望都能实现，所有的欲望都能满足，要懂得得失和取舍，只有这样才能实现心灵的和谐。

(3) 如果不良情绪出现了也不要害怕，可以通过一些正确的途径去调节和消释。比如：听适合自己的音乐；旅游或者散步，看看外面美丽的风景，缓解一下紧张的情绪，分散注意力；去打球、拳击等激烈运动，把不良情绪释放出来；理发也可以缓解不良情绪；多给自己一些积极的心理暗示等。要懂得适度宣泄情绪，不要压抑、累积不良情绪。可以找知心好友把它倾诉出来，也可以用日记的形式把它记录下来。

4. 利用食物调节情绪

人类要生存，吃是最基本的生理需求。而饮食和情绪又有着紧密的联系。我们可以通过饮食来调节情绪。

情绪烦躁的人有失眠、心情浮躁、健忘、焦虑不安等症状，应多吃含钙、磷丰富的食物。如大豆、牛奶、鲜橙、牡蛎、花生(含钙量多)、菠菜、土豆、蛋类(含磷量多)。

爱发火的人多脾气暴躁，情绪变化大，嫉妒心强，应多补些含钙和维生素 B 的食物。比如：贝、虾、海带、蟹、豆类及牛奶都含有丰富的钙质；各种豆类、桂圆、干核桃仁、蘑菇富含维生素 B_1 和 B_2。

爱唠叨的人整日喋喋不休，令人生厌，是因大脑缺乏复合维生素 B，应补充复合维生素 B。可以多食动物瘦肉、粗面粉、麦芽糖、豆类等食物。

5. 利用色彩、服饰和景色调节情绪

不同的色彩、服饰和景色也都能起到调节情绪的作用。比如：当心情烦躁的时候，坐在海边，看着一望无际的大海，心情顿时平静下来。

了解情绪，掌握情绪，选择情绪，选择人生，快乐人生。

第二节 案例及其分析

案例描述

杨阳是某职业院校刚入学不久的大一新生，他发现自己陷入不会学习的苦恼中。上百人的合班课，老师讲课既没有明确的重点、难点，也没人辅导习题，考试也不划范围，同学们都各忙各的，自主支配的时间很多，这些都让他很不适应。他非常担心考试要如何复习，考不好怎么办，于是出现了紧张焦虑的负性情绪。结果杨阳感到学习越来越吃力，还容易疲劳，学习时间稍长就头昏脑涨，想要睡觉，容易受到外界的干扰，注意力经常不集中,学习兴趣明显减弱,记忆力也变糟了,还经常失眠,每晚上床要2～3小时后才能入睡,睡后容易被惊醒,轻微响声都不能忍受,多梦。性格暴躁,心情烦躁,容易冲动,情绪不稳,同学关系都变得紧张了。

案例分析

杨阳是由于适应障碍导致情绪的变化,不良的情绪又影响到身体的健康。

由于刚到一个新的学习环境,杨阳对新的学习方式出现了不适应,不知道该怎么学习。担心考试考不好,所以又出现了紧张、焦虑的不良情绪,由于没有及时向同学和老师求助,也没有积极地进行自我调节,影响了学习,从而加重了这种负性情绪。无形的心理压力,学习任务的繁重,长时间过度学习,不注意用脑卫生,导致神经衰弱。

当不良情绪出现之后,我们要学会及时地调节。要认识到出现不适应的现象是正常的,要勇于面对,积极适应,缓解紧张压抑的心情。同时,要多向老师求教,科学安排学习时间,注意劳逸结合。积极参加体育锻炼,以增加大脑的兴奋和抑制交替过程。心情好才能学习好。

· 第二部分

大学生心理健康案例评析

案例一 怎样走向成功

案例描述

苗蕙蕙自从表哥考入清华大学后，就一直将他当做楷模，表哥大学期间的每一个战果她都牢记心中：大一就被选为班长；大二升为系学生会主席；大三竞选为学校学生会主席；大四顺利加入中国共产党；其他名目繁多的奖项也接踵而至。

苗蕙蕙终究没能考入清华和北大，但考入北京的一所重点大学已经很不容易了，亲戚邻居照样赞不绝口。苗蕙蕙在表哥的鼓励下，准备考研进军清华。

目前最要紧的是走好每一步，然而，苗蕙蕙设计在大一当上班长或团书记的想法却落空了，期末考试成绩平平，连个三等奖学金的影子也没看到。这让她苦恼万分。下一步该怎么走呢？

专家评说

苗蕙蕙之所以第一步就失败了，那是因为未能量体裁衣，期望值过高。表哥走表哥的路，表哥的路未必适合苗蕙蕙。当苗蕙蕙想达到一个愿望时，必须正确确定适当的期望值和相应的心理素质。

对于我们每个人来说，期望值就是追求的目标和愿望。期望值的有无、大小、正确与否，与人的心理素质有密切关系。稳定的、均衡的、良好的心理素质能恰如其分地确定自己的期望值，同时也对可能发生的中途变更有充分的思想准备，因此期望值一般不会与心理活动发生严重冲突，从而能够保证心态的稳定与平衡，并能使自己朝着设定的期望目标前进。相反，心理素质不稳定的人常常难以设定恰当、合理、适度、适时、适势的期望值，对期望抱着单一的思想愿望，缺乏中途遇波折的思想准备，或期望值不是过高就是过低，甚至没有期望，这种人稍有曲折立即会发生严重的心理冲突，直至造成严重的信念挫伤。对期望值必须留有余地。不恰当的期望值，常常是造成心理挫折的重要原因。

如何合理确定期望值呢？确定适当的期望值，决定于内、外两个因素，即客观环境因素与主观能力因素。当苗蕙蕙想实现某种愿望时，首先得掂量自己是否具备这种素质、能力、知识、才能、本领；其次还得分析判断客观的环境。

不顾主客观条件单凭主观愿望和随意想象设定的期望值，基本上是难以实现或者根本就无法实现的，过高的期望值往往是挫折的重要原因。

实现期望往往需要等待时机，可以把期望分阶段实现，可以分成最低的期望与最高的期望，分期、分批地去实现。这样既可以保留自己强大的愿望、理想，又可以稳扎稳打、不急不躁，保持良好的心态，显示出稳定的心理素质。具有这样的心理素质的人最终必定学业有成。

案例二 考考你的6Q是多少

案例描述

兰天骥大一、大二都拿了单科奖学金,平均成绩也在系里名列前茅,但三好学生却没有他的份儿,这让他无比愤怒,甚至想与系领导出去“比划比划”。冷静下来后,他主动找辅导员谈心,辅导员是个很有思想的人,兰天骥竟然从他口里听到几个新词儿:德商、智商、情商、胆商、心商、志商,并被要求从以上几个方面加强修炼。

专家评说

各词释意如下:

德商(Moral Intelligence Quotient,MQ)指人的总体人格品质,德商的内容涵盖体贴、尊重、容忍、宽容、诚实、负责、平和、忠心、礼貌等各种美德。

智商(Intelligence Quotient,IQ)是一种表示人智力高低的数量指标。这不仅指一个人掌握知识的程度,同时也反映一个人的观察力、记忆力、思维能力、想象力、创造力以及分析问题和解决问题的能力。

情商(Emotional Quotient,EQ)既指管理自己的情绪又指处理人际关系的能力。

胆商(Daring Intelligence Quotient,DQ)是指一个人的胆量、胆识、胆略的度量,某时,也体现为一种冒险精神。胆商高的人能够把握机会,具有非凡胆略和魄力。

心商(Mental Intelligence Quotient,MQ),就是维持心理健康、缓解心理压力、保持良好心理活力的能力。心商的高低,直接决定了人生过程的苦乐,主宰人生命运的成功与失败。

志商(Will Intelligence Quotient,WQ)指一个人的意志品质,包括目的性、坚忍性、果断性和自制力等。

案例三 黑脸张三,白脸李四

案例描述

苑鹏举与刘琨仑是刚进校门就认识的,同宿舍上下铺,又是同乡,彼此很合得来。

刘琨仑不善言语,从不主动与女同学说话,甚至前桌女同学找他借MP3,他竟然臊得满脸通红，眼神迅速游离。但苑鹏举很快就发现，尽管刘琨仑如此内向，还是有不少的女同学向他暗送秋波。刘琨仑来自省城，家境殷实，穿着讲究，形象干净。课余时间就跑到网吧不肯出来，在游戏中要杀、要砍、要恋爱，也算大拿了，游戏积分始终处于榜首。

刘琨仑因高考成绩平平，他俩才有机缘成为这所大专的同学。苑鹏举来自农村，对网络毫无感情，他就不明白，刘琨仑玩起游戏来怎么就与教室里的刘琨仑不是一个人呢？

专家评说

何谓网络双面人？简言之，就是一个人在网络中的表现与其在现实生活中的表现有很大的反差，甚至判若两人。

在网络出现之前，人们一般采用语言和书面两种交流方式，这两种交流方式都具备确定性，即每个人都可以清楚地意识到交流的对象，能直接形成自己的情感倾向，通过交流给对方留下印象，并影响以后的交往。也就是说，每个人必须对自己的言行负责，因此人们不得不按照自己的本来面目与他人交往，尽管有时同一个人在不同的场合有不同的表现，但这些差异要么是在原有基础上的推论或演化，要么可以使他人通过这些差异调整自己的判断，用一种新的眼光来审视这个人，总的说来，它们都没有改变“自己负责任”这一前提。

相反，网络的一大特点是匿名性，甚至连性别也无从知晓，可以避免面对面交流中出现的顾虑和尴尬，却也带来了责任感的缺失——每个人都可以不计后果地展示自己内心的隐私和黑暗，追求宣泄与解脱，久而久之，一些人在网络中“塑造”了一个虚拟的自己，这个虚拟的人物也许柔情万种，也许可怜之至，也许极刚至强，从而满足了这些人猎奇或实现“理想”的愿望，甚至有人纯粹为了填补内心的空虚而骗取他人感情、财物，体现了人性中极不道德的、肮脏的一面，这就使现实中真实的人与网络中虚拟的人无法重合，不能相互印证，从而导致双重人格。

网络双面人不利于个体的心理健康发展，尤其是青年，因为这种人格的裂变将直接导致某种心理偏差，如社交恐惧、否定和逃避现实等。同时，它也为社会带来了一些不稳定因素，近年来媒体披露较多的网恋问题、暴力问题、网络信用危机问题等，都是受害人丧失了自我防御的意识而陷入虚拟的花言巧语中。可见，网络双重人格应引起我们的重视，并有效予以防范，使网络这一工具最大限度地发挥其积极的作用，从而造福于社会。

案例四　怎样拿到人生第一桶金

案例描述

王华瑛所在的学校第五学期就进入综合技能实训环节了，在老师的帮助下，她找到了一个文员的职位。一晃大三就过去了，将来的工作可咋办？

她也曾经请教过学姐、学哥们,听说虽然都是同学,可参加工作后有的能挣到两千多,而有的只挣五六百元。这是为什么?是因为人的问题吗?她的心情有些郁闷。挣两千多的那个学哥的学习成绩还没挣五六百元的学哥好呢!

专家评说

毕业前夕,就业的心理准备已进入关键阶段。

专家支招,大学后期,找份兼职工作干干,学习一技之长是其次,这份经历是第一,因为社会用人单位特别看重学生的工作经验,最好在离开该工作单位时,让其负责人签署一份工作鉴定;如果条件允许,职业技能资格证书多多益善。

案例五　大学生心路历程的N个变化

案例描述

大一到大四。

1. 占座

大一:小心翼翼地问:同学,你旁边没人吧?

大二:不由分说,天女散花式地把占座书本撒出去,一人一次性搞定N个位置。

大三:看见有人坐在了自己占的位置上,皱着眉头走过去,但还是客气地说:"同学,你是不是快回去了?"

大四:"谁那么讨厌,敢跟我抢位子。"(啪,把别人占座的书本摔到了讲台桌上)

2. 读书

大一:分秒必争,延续高考的光荣传统,晚自习到12点,立志四年不虚度。

大二:倦怠地数着窗外的小鸟想心事。学习?就那么回事吧!

大三:坐在最后一排,对自己的女友,"别看了,我烦着呢,陪我出去买点东西。""不行,看完了这页再去溜达吧。"(看女友撅起了嘴,赶紧给一个鼓励学习的Kiss)

大四:哎,时日不多了,还看什么书呀?还是联络感情重要。走,出去一起聊聊!

3. 买水果

大一:被问到"你是大一的吧?""你怎么知道的?"(对水果店老板一脸崇拜状)

大二:多转几家比比价钱吧!

大三:威胁的口吻:"你便宜不便宜,那边可是比你要价低!"

大四:"3块5?3块吧!老生意了,老价钱!"

4. 吃饭

大一:这里的菜好有特色,我说菜花人家听不懂,非得改口叫花菜才行。

大二：食堂的菜太难吃了，走，去楼上点菜吧。

大三：很头疼地问几个搭伙人，“今天去哪家饭馆吃？点什么菜呀？附近哪还有什么好吃的了！”“听说红太阳的快餐不错。我看，干脆咱们几家也像人家506的在红太阳包月吃饭吧。”

大四：“找到工作了，当然要请客，就去咱东北老乡开的那个美味居吃土豆烧牛肉吧。”

5. 洗衣服

大一：“你怎么放这么多洗衣粉呀？”“我以前也没洗过，怎么知道放多少？”（第三者插言建议道），“你家又不远，干脆攒回家给你妈洗吧。”

大二：“冬天多冷呀，洗什么洗？干脆送洗衣房得了。”

大三：“咱窗户外晾的怎么有男式衬衫？”（有人主动热心解释外加感叹）“当然是X1的功劳了，可真是贤妻良母呀，还管给她们家X2（X1的男朋友）洗衣服！”

大四：（自言自语地对着一件100%纯羊毛的衣服说）“这么贵重的面试衣服，都不知道怎么洗，平时还是别穿了！”

6. 爱情

大一：害羞地说，“有帅哥约我看电影。”（所有室友立刻热情洋溢地凑过来）“Really？我陪你看看，帮你把把关吧。”

大二：“喂，别老看那女生了，你到底追不追呀？你不上我可上了！”

大三：（周末）可叹寝室鸳鸯一双双，剩我独守空房空嗟叹。

大四：搞笑呀，这个时候才提出来要和我开始，我又不会考研留下来陪你，你要我呀！

7. 出行

大一：成群结队，浩浩荡荡，吓退一群男生。

大二：有了固定的吃饭和同行伙伴。

大三：除了和男友的早出晚归，已经很难再有同性间的出行。

大四：尽可能忙里偷闲地存在于大众中和不同的人在一起，再次复现大一集体群行的景象。（虽然并不常见）

8. 住宿

大一：齐刷刷，同吃同住同作息。

大二：寻“寄托（GRE，TOEFL）”的同路人同住，为自己共同的目标奋斗。

大三：“××怎么又不回来？”（室友接言）“去男朋友那里了呗。”

大四：“怎么连个人影都见不着？”“唉，考研的考研，找工作的找工作，享受爱情的享受爱情。”（一声叹息）“大家都忙呀！”

资料来源：www.7kang.com

专家评说

进入大学的校门，就像一场短途旅行，沿途一路行来，学习、生活、友情、爱情——收获的是一路的风景和风雨兼程的好心情与坏心情……

看看上面这些风景，其中有你的影子吗？

案例六　融资面条

案例描述

来自404寝室的日记。

5月26日:404寝室8个同学中,纪崇涛和林尚清的生活费已经捉襟见肘了,林尚清不得不向同乡借了100元,两个人先花着。

5月27日:纪崇涛和林尚清将书包、衣兜搜索一遍,才将就着每人吃了一碗麻辣烫。

5月28日:武行与刘青也加入到了纪崇涛和林尚清的队伍中。四位只好各"傍"一位室友蹭了一顿饭,欠账下月还上。

5月29日:8位同学纷纷解"囊",有多算多,有少算少,然后集体行动面条一碗。

5月30日:家长们寄来的生活费陆续进账。

专家评说

如今的大学校园里,有相当一批学生不懂如何算计着花费生活费,反而每到月末都要靠借钱度日。虽然这其中有少部分学生是家庭供给没有保障的原因,但大多数学生还是不良的消费习惯和没有合理的支配计划才是重要因素。

21世纪的大学生不应该仅仅只有"智商",还应该具备一定的"财商"即理财能力。大学时代就应该养成很好的消费习惯,为自己的"今天"和"明天"精打细算,这样对于将来走向社会或操持家庭经济会有很大的帮助。

入不敷出的原因有三个:一是贪图享乐。有的学生从小娇生惯养,只知道花钱却不知道钱是父母如何挣来的;二是相互攀比、虚荣心理严重。比吃,比穿,比用,我只能比你好,绝不能比你差;三是家庭教育问题。中国父母对孩子的身体养育极为重视,但对子女的健全人格教育却很淡漠。按照中国的优良传统,不忘养育之恩,孝敬父母是天经地义的;然而今天这个传统却被颠倒了。

案例七　如此虚荣

案例描述

小林是个非常聪明、机敏的青年。进入大学后,他看到不少同学的家境比他好,为了掩饰自己农村家庭的身份给他带来的自卑心理，首先想方设法在同学中第一个骑上了山地车，挂上了呼机，加以炫耀。这些东西在20世纪90年代初的大学生中还是不多见的。到了大学四年级，眼看其他同学都在做科研或找工作上显示出优势，而小林却认为自己没有好的出路是因为没钱。于是，他不择手段地打起用绑架、勒索钱财的算盘。正当小林在寻找目标的时候，一天，偶然看见自己4岁的小侄子正在村中小巷独自玩耍。他便把孩子骗到野外，绑起来藏在一处，自己去勒索孩子的父亲。一个活泼可爱的孩子竟遭到他有文化的叔叔的毒手。而小林做这一切时，没有犹豫，没有手软。

专家评说

小林原本可以是个前途无量的青年，可是为什么这样一个受了这么多年教育、在高等学府里熏陶过的高才生，能够干出这么天理不容的事情？在他的头脑中是非荣辱的界限为什么如此模糊不清？原因就是他头脑中的价值观出了问题，他把物欲和金钱当成最有价值的东西，竟达到利令智昏的地步。他用金钱这个尺度，换算自己将来的前途如何出人头地的显赫。人生目标的准星定歪了，打靶还能不飞吗？

世上有各种各样的人：有助人为乐的，有舍己救人的，有做好事不留名的，有勇斗歹徒的，有孝敬长辈的，有讲求诚信的；也有以权谋私的，有制假、贩假的，有见钱眼开的，有毫无社会责任感的等。每个人心中各有一本账，言语、行为各有一套模式，解决问题各有一系列方法，这都是由于不同的价值观支配着他们做出截然不同的事情。当心中的价值观定准了位，我们就会平静而清醒地看待周围的一切，不会犹豫、彷徨，不会心态不平衡，不会攀比嫉妒，也不会在大千世界中眼花缭乱。同时，自身的使命感、幸福感、能动性、创造性也会源源不断地流出来。

案例八　如此羞怯

案例描述

小磊个子不高，又黑又瘦，说话带着浓重的家乡口音。在大学新生入学后的第一次班会上，小磊就闹了个笑话。当时，全班同学开始自我介绍，轮到小磊时，还没张口，他已羞得从脸到脖子都红了，紧张得腿直打颤，竟然把自己的属相都忘了，憋了好一会儿也没说上来。同学们看到小磊的样子不禁哄堂大笑。

自那以后，同学们就极少听到小磊说话了。在课堂上由于他不善言表，在被老师提问时经常前言不搭后语，越着急越说不清楚。课堂下他沉默寡言，像个幽灵，在校园、宿舍等地穿梭却来去无声。不过他脑子灵，学习上又肯下工夫，整天扎在书堆里看了好多专业书，成绩自然是不错的。而且，小磊为人憨厚、诚恳，乐于助人，老师和同学们还是很喜欢他的。

元旦晚会上,小磊又遇到了尴尬事,起因是他被女主持人点名回答一道脑筋急转弯的问题,却答错了,被几个同学奚落一番。小磊在休息时连忙跑出了教室,却不想碰上了刚去完卫生间的主持人。小磊不满地瞪了她一眼。

"小磊,你瞪我干吗?我招你惹你了?"

"你别装了,你明明知道我从不愿意在众人面前说话,也不大会回答什么机智问答的题,却存心拿我开心取乐,这不是欺负我这个老实人吗?"小磊生气地谴责着她。

"你怎么这么认为呢?你以为你害羞、自我封闭很光荣?胆怯,不敢在大家面前表现自己,不敢交流,你还算个现代的大学生吗?像个男子汉吗?还说我故意欺负你!好吧,以后你再也不会在我的视线中了。"

小磊像被当头打了一棒似的,一股苦涩的滋味涌上心头……

专家评说

羞怯在大学生中并不少见。如不敢在大众场合发表意见,害怕与陌生人打交道,路上见到异性同学会手足无措,见到老师便难为情,说话感到紧张等。一般而言,害羞之心人皆有之,但过分地害羞,就不正常了。它会阻碍人际交往,影响一个人正常地发挥才能,还会导致压抑、孤独、焦虑等不良心态。

羞怯是一个人自我防御心理过强的结果,其特点表现为:

自信心不足。羞怯者对自己的社交能力、表达能力、做事能力乃至自我形象缺乏信心,因而使本来可以做到、做好的事难以如愿。

过于关注自己。羞怯者特别注意自己在别人心目中的形象,总觉得自己时时处处在众目睽睽之下,于是敏感、拘束。

过于胆小被动,过于谨小慎微。羞怯者说话、做事总怕有错,担心被人议论、讥笑,所以,说话时意思往往表达不清楚,每想说一句话,总要重复多次;每做一件事,总要思前想后,为此把自己搞得神经紧张、坐立不安,而且往往为错过说话、做事的时机后悔、沮丧、自责。

虽然羞怯的人格特征与神经类型有一定的联系,但更多地还是后天因素所致。所以,通过有意识的调节可以改变羞怯性格。

解放自己,摆正自己的位置。事实上,每个人都有怕羞心理,只是有些人善于调节,勇于挑战自己罢了。金要足赤、人要完人是不可能的。一个人说错话、办错事没什么可怕,也不必难为情,错了改正就是了。

要对自己作一个具体分析,找到自己的所长和所短,特别是要多看到自己的长处以增强信心,发扬优势,及时肯定自己并补偿不足。

不要太在意别人的议论。总把别人说的话放在心上便寸步难行,什么也不敢做、不敢说了。适当听取他人意见,只要自己思考清楚就大胆去做。而且要想到无论你做得多好,也不可能人人称赞。

有意识地锻炼自己。胆量和能力都是锻炼的结果,要敢于说第一句话,敢于迈第一步。一旦这样做了，会发现自己不仅有能力把事情干好，而且有潜力把事情干得更好。20世纪70年代的日本首相田中角荣，学生时代是一个严重的口吃患者，他发现自己越是在众人面前说话就越口吃，这非但没使他退却，反而使他下决心克服口吃。于是他索性参加了学校的话剧团，迫使自己背台词，并要背得烂熟，否则无法登台演出。就这样，他百折不挠地锻炼，终于战胜口吃，不但话剧演得很成功，后来还参加竞选演讲，出任一届日本首相。可见锻炼是克服性格缺陷的一个好办法。

丰富知识。有意识地阅读一些有关社交知识的书籍，了解和掌握一些社交活动的起码礼节和要求。另外，如果你就是因为害羞，不敢在众人面前表达自己，或表达笨拙，不妨借鉴以下招数。

在几个熟悉的朋友面前，大声喊由他们指定的话或自己想说的话，改变总不想或不敢张口表达的状况。例如，可以喊"我叫×××，我属×，喜欢××运动，毛病是××……"；"我害怕××，我担心××，我反感××，我热爱××……"如此等。

经常与同学、朋友做一些毫无准备的机智问答游戏，或大家在一起时要求每个人必须讲一个故事或笑话。这样可学会如何面对各种问题，巧妙、机智、有条理地回答，增加自己应付各种问题的信心。同时，学习以幽默的方式放松自己、愉悦他人、创造和谐气氛、增进人际友谊，进而锻炼自己的表达能力。

每天早上或晚上，至少向5个男生、5个女生主动问好，打招呼。从熟悉的同学到不熟悉的同学(老师也可以)。突破怯生、怕人嘲笑的心理防线。

每天下课后，在人多的场合，比如宿舍里、走廊里、运动场上(在不干扰他人的情况下)大声朗诵诗歌、散文、剧本等，配之以动作、表情。

案例九　无法完美

案例描述

张明刚上大学一个学期，便决定退学回家了。

张明的父母接到班主任老师打来的电话后，紧张得不得了，立即乘火车风尘仆仆赶到学校。可张明面对千里迢迢赶来的父母，任凭他们苦口婆心地劝说，自己却毫不动心。他退学的理由十分简单："我跟不上，不如不读。"可班主任说，张明的成绩在全班属中等水平，不存在跟不上的问题。原来，他的"跟得上"意味着成绩比别人都好，可重点大学毕竟云集了来自全国各地的学习优等生，强手如林，大家都是不甘示弱。张明在这一学期里看到不少同学上课发言比他要好，作业完成比他快，甚至思维都比他灵活，但同时学得又比他轻松。他感到中学时代的"明星形象"已成为明日黄花，自己已没有任何潜力可挖了，由于比自己聪明的人多了，再怎么学也不可能超过他们了，自己不可能成为老师同学注意的焦点了,因而决定“急流勇退”。

专家评说

张明的主要问题在于他的认知世界里存在不合理的完美主义倾向。

完美主义是人类的一种天性,它本身无所谓好坏。如果我们把它应用于宗教、艺术、科学研究上,作为精益求精的动力来源,它的作用是积极的。因为有了它,人类才不满足于刀耕火种、茹毛饮血,才有风起云涌、声势浩大的农业革命、工业革命和信息革命,才能在血与火的征战与进化中取胜,并号称万物之灵。

然而,如果我们把完美当做衡量生活质量、成败得失甚至是是非善恶的标准,它就变成不合理的因素了,就可能带来悲观情绪和内心的压抑与困扰,因为它会使我们产生过于简单化的人生哲学:要么最好,要么不要。而现实生活往往没有最好,只有更好。

曾有人问过杨振宁:“有人说,不想拿诺贝尔奖的不是好物理学家,您的看法呢?”杨振宁回答说,这显然是错误的,科学研究的动力应该是对科学本身的热爱和兴趣,当你全身心地投入到研究中,会体验到一种满足。如果是为了奖励,那么很少有人会去搞研究,因为得奖的可能性太小了。

我们的学习也一样,竞争是必要的,是推动我们进步和发展的动力之一;一个没有竞争的群体肯定死气沉沉,一个没有好胜心的学生也必定没有进取心。但如果把学习的乐趣和目的完全押在名次上,把自己的价值和尊严完全寄托在比别人好的基础上,结果必然会适得其反,把自己逼到完美主义的死胡同里。

不合理的完美主义不光是一种生活观念,更是一种情感体验。这样的人可能口头上也会承认,他人也可以比自己好,自己不可能十全十美,但其情感世界敏感得像眼睛一样,容不下一粒灰尘。

有的人可能只在外在的行为表现(如成绩)上追求完美,但有的人还要在内在的思想上苛求自己,绝对不容许自己有违背道德伦理的念头产生,认为见不得人的念头是自己变坏的征兆。其实,我们的人生修养高低不在于是否消灭内心的欲念,而在于约束自己的不良行为。苏格拉底是个品格高尚的古希腊哲学家,有一次一个巫师当着众人的面说苏格拉底心存淫念。众人以为这位圣哲肯定会把巫师驳得体无完肤,不料苏格拉底却坦白地说:“的确如此,只不过我一直都在克制。”

完美主义者对他人的要求也十分严格,他们总挑剔别人,所以交往的朋友可能有几个,但交往范围却很难拓展。有人经常抱怨父母没钱、没文化、没地位、没本事;有人动不动就埋怨中国人素质太差;有人总觉得同学太自私、太不理解自己;有人不敢对知心的朋友甚至恋人讲心里话。他们在亲情、友情、爱情、人情上只能享用“纯净水”。但是他们忽视了一点:“水至清则无鱼,人至察则无徒。”不能宽容他人的细小缺点,到头来看不到希望和真情的是他自己。

完美主义者往往是“放弃主义”高手,是思想的巨人、行动的矮子,因为完美的目标往往是不能实现的。既然达不到,那么只好放弃。他们常常为自己的“无为”辩护:“我的理想不可能实现,做也没有用。其他事情没有什么意思,我根本不想做。”在他们眼里,做不了“英雄”,就是“狗熊”;不“重于泰山”,便“轻于鸿毛”;他人不是“我天堂”,便是“我地狱”。其结果往往是挫折感很强,很自卑、气馁,自我封闭,顾影自怜,落进悲观泥沼。正如丘吉尔所说的:完美主义等于瘫痪。完美主义者往往没有认识到,在现实生活中,做不了英雄,不一定是狗熊;不重于泰山,也不一定轻于鸿毛;他人不是我天堂,亦非我地狱。事物还有另一面。

要走出完美主义的误区。

首先,要从观念上反省,认清自己不合理的目标。有一位完美主义者在痛切反思自我时说:“我一直追求完美,但却越追越远,其结局往往是完全不美,甚至可以用一个不是很雅的公式来概括:完美＝完蛋。我曾经为得不到100而放弃,结果却是0。这使我领悟了一点,好好做也未必能做到最好,但不做却只能是0。命运的挫折告诉我:0.1＞0!”崭新的生存理念带来崭新的行动。她不再屈服于完美主义的诱惑,放松地投入工作、学习之中。

其次,要有实际行动。有的人口头上理解完美主义的副作用,也知道应该放弃它,但没有实际行动,这与完美主义没有区别。只有当我们降低要求,并付诸实践时,才算真正开始打破完美主义的桎梏。

有时,我们追求完美的倾向可能来自根深蒂固的自卑感,因为我们感觉自己不行,对自己没有信心,对自己的缺点特别敏感,所以希望通过追求完美来弥补自己的不足。有时,这种倾向又可能来自自负,过分相信自己的能力,认为自己应该样样都行,什么都好。如果是这样的话,我们需要做的是重新认识自己,确立合理的自我形象,实事求是地评价自己的优缺点,使自己有合理的情感体验。因为只有当我们能正视自己,不再苛求完美时,生命才能趋于和谐,奏出欢歌。

案例十　改　变

案例描述

小卫来自青海的一个偏远山区。因为是全县第一个考上全国重点大学的农家子弟,县长、教委主任曾亲自为他戴上大红花,举行庆功宴,并奖励了他1 000元钱。临离家上学前,小卫的父母、亲友和老师、同学都纷纷嘱咐他好好读书,为全县人民争光。

小卫入学后,学习上刻苦用功,生活上勤俭计划,不负众望。但开学刚刚两个月,他就感觉难以支付生活和学习的开销了,又不忍心向已为他上学借了一些债的父母伸手,不久就陷入了困顿,不知所措。校学生会了解到他的情况后,为他联系了某个饭店做服务性的“小时工”,可小卫听说了竟不肯去。

“为什么?”学生会干事不解地问。

“我是个大学生,是来读书的,不是来打工、出卖体力的,我爸妈知道了一定会不赞成的。"小卫一副委屈的样子说出了自己的想法。

"大学生怎么了？大学生就不能做小时工吗？再说去这家饭店可以每天接触到外国人，既能赚钱又能学习外语口语，不是一举两得吗？"学生会干事立即反驳。

"不！我不去！我们县多少年才出我这么一个重点大学的大学生，大家都看着我呢。我可不能目光短浅，为五斗米折腰，去做侍候人的事。"小卫还是坚持自己的主张。

专家评说

小卫的问题在于他死抱着陈旧的观念不放，依赖的心理残存不少。"万般皆下品，唯有读书高"的传统观念束缚了他，面子束缚了他，等待、依靠以及怯懦、不敢自主的个性束缚了他。他既看不到时代的发展已改变了大学生天之骄子的地位，又看不到体力劳动与脑力劳动的界限渐渐模糊，更看不到在体力劳动中也可以发展自己的智慧，大学生应抓住各种机会提高自己的社会适应性和生活能力这一关键点。

同样，在许多大学里，尽管为特别困难的学生设立了资助基金，但却少有人问津，因为有不少特困生觉得接受援助是件丢人的事。浙江大学曾发生过这样一件事，他们前几年特地建造了两类公寓以供经济条件不同的学生租用，结果条件好、租金高的公寓供不应求，大出人们所料。原因不是经济条件好的学生特别多，而是怕住便宜公寓而被人看不起的学生很多。

这些怕丢脸面的大学生们不懂得，现在坦荡地接受帮助，给自己一点压力，促使自己更努力地学习，争取更好地回报社会是有勇气的表现，也是一种美德；他们不懂得，虚荣在激烈竞争中是成功的绊脚石。如果他们不随时代的变化改变脑中的错误观念，别说将来，恐怕今天就因为无法为自己争取良好的发展条件而错失良机。

面对困境，小卫急需改变。改变是对自我的全部或部分的否定和更新，比如否定原来的思维方法、行为方式、生活和学习的习惯，去适应新的思维方法、行为方式以及生活和学习的习惯。在这个过程中，由于我们对新的思维方法、行为方式、习惯不了解、不熟悉，对它们是否有效没有十分的把握，往往会焦虑、痛苦、烦恼。这是难以避免的，可能也正因为考虑到会有这些负性感受，甚至是失败，所以有些人对环境的改变不敏感，受惯性的支配，宁可坚持旧习惯、旧方式，不积极作适应性调整。

尽管改变容易引起内心的不安，但是人不追求改变，就不会在否定自我的基础上获得新的发展。只有在生活中不断地改变，不断地尝试，才能给自己的潜能以更多的发展机会。更何况，日新月异的世界变化也要求我们敢于改变、学会改变。

小卫如何学会改变呢？最重要的是改变他习以为常的思维方式和行为方式。

改变思维方式。影响人们适应环境的关键在于他们的思想观念和思考问题的方式。我们要是不能随着环境的变迁、时代的发展而改变思维方式，就无法很好地适应环境，获得发展。为了能使自己的思维、行为方式跟得上时代的变化，平时要注意多读书、看报，多听各种报告、讲座，多与老师、同学等各种人交往、交流，了解社会、科技的发展。因为社会、科技的进步是影响人们思想变化的最重要原因。

改变行为方式。行为方式因为有效，我们才会一直使用。当这种行为方式经常使你失败时，那就该改变了。小卫不妨走出校园、走出封闭的观念，尝试着去打打工，他一定会有一些全新的感受和经验。

美国心理学家罗杰斯曾说过这样一段话："我愿意指出那些为发现自己和变成自己而努力奋斗的人所具有的最后一个特点，即他们宁愿成为一个变化的过程，而不愿做某种单纯的成品……人应该是一个流动的过程，而非一成不变的实体；是一条奔流不停的江河，而非坚硬的顽石；是潜能不断变化实现的集锦，而非若干固定特征的简单汇集。"

案例十一 左右为难的爱

案例描述

坐在对面的女孩低着头，摆弄着双手，有些紧张，她终于鼓起勇气，向我道出了她的心事："我和他是同一所学校的，在一次学校的社团聚会上认识的，并很快相爱了。我们几乎每天一起学习，一起吃饭，一起上网，一起逛街，一起参加老乡和朋友的聚会，大家也理所当然地认为我们俩是一对。我们彼此很爱对方，他对我也真的非常非常好，我想我也会一直爱他。我们俩都感觉很幸福，我也很珍惜这份感情。

"可有的时候，当我们俩非常亲昵的时候，他会向我提出性的要求，说既然两个人是真心相爱的，就要把全部都给对方，他还发誓说会对我负责的。我是一个比较保守的女孩，可每当看着他既难受又难过的样子，我也很心疼很难过，好几次就想妥协算了。

"我真的很爱他，可我又很矛盾，您说我该怎么办呢？"

专家评说

爱情是甜蜜的，所以人人都渴望拥有爱情。然而恋爱也是一门艺术，恋爱中难免会出现这样或那样的问题，大学期间，恋爱问题也是大学生最感困惑的问题之一。如果处理不好，就会影响到大学生的学习、生活甚至心理和人格的健康发展。

自从允许大学生在校期间结婚的政策出台之后，很多大学生对婚前性行为也都持宽容态度。认为只要两个人是真心相爱的就可以，有了性才是真正的爱情，把性和爱混为一谈，这种观点是错误的，忽略了爱情也是要有约束性的。很多在校大学生由于对婚前性行为的后果认识不足，给未来的生活埋下了隐患。

那么在你决定是否要有婚前性行为之前，一定要想清楚以下几个问题。

第一，你赞同这样的做法吗？这符合你的是非标准吗？你是真的想好了吗？这样做是因为真爱，还是因为对方的强烈要求下勉强为之，还是因为周围的人都这样做了就无所谓的心理呢？

第二,有了性就会幸福吗?相爱的情侣之间保持一种神秘、神圣的距离感,具有极强的吸引力,这就是距离美。而婚前性行为很容易破坏这种感觉,两人的关系迅速发生了质的变化后,两个人的心理就会变成零距离。没有距离的两颗心经常会因为小事而起摩擦、冲突,出现猜疑和不信任,长此以往,会导致两个人的情感发生变化,尤其是男生受传统思想影响,会认为轻易和别人发生性关系的女人不值得珍惜。

第三,怀孕了怎么办?婚前性行为一般都是在冲动,失控的情况下发生的,很容易导致怀孕,处理不当会对女孩的身心造成极大的伤害。

案例十二 被"网"住的希望

案例描述

小智是一个大一的男孩,家是农村的,性格比较内向,家境也不宽裕。刚来到大学的时候,他也想好好学习,因为他是父母所有的希望,盼望他学有所成。可由于学习基础差,再加上对新环境不适应,大学的学习方式也发生了变化,慢慢的他对学习失去了自信,每天上课的时候,只有玩手机和睡觉打发时间,到了晚上就更难熬了,大家都在上晚自习,自己却无事可做。

一次偶然的机会,他迷上了网络,从此一发不可收拾。对于老师的规劝,他开始撒谎,开始旷课,开始夜不归宿,每天泡网吧,聊天、玩游戏。沉迷在网络的世界中,吃饭也不定时。久而久之,由于缺课太多,挂科了,由于挂科太多,降级了。他也变得面黄肌瘦,精神萎靡不振,身体虚弱,损害了健康,荒废了学业,最后只得退学回家,父母的希望也破灭了。

专家评说

21世纪是网络的时代,随着信息网络技术的普及与发展,越来越多的大学生被它的魅力所吸引,走进了这个网络世界。

网络,给大学生展示了一个新奇的世界。网络交往突破了人际交往中年龄、性别、身份、地位、外貌等传统因素的影响和限制,为大学生提供了一个更为广阔的交往空间。网络的"虚拟环境",为大学生提供了一个平台,使得一些在现实生活中无法完成和实现的事情可以在网络中去进行,例如职业的模拟实践等。但是,由于个体差异,也使得一些人沉迷在网络的世界中而不能自拔,网络成瘾问题在大学生中越来越突出。

很多像小智一样的大一新生由于生活、学习的环境发生了变化,产生了适应上的问题,没有很好地完成角色转换,这时就把网络当做心理寄托,在虚拟的世界中放纵自己,发泄苦闷,满足虚荣,逃避现实。网络成瘾的大学生对网络有一种心理依赖感,上网时感到心理满足和快感，精神极度亢奋，甚至通宵达旦，下了网就会极度的空虚和无聊。

要想从这张网中解脱出来，就要调整心态，正视自己，增强自信心，培养良好的兴趣和爱好，转移注意力，合理地利用网络资源，开阔视野，让自己充实起来。

案例十三　爱可不可以重来

案例描述

娇娇家是大城市的，由于父母双方家中女孩少，所以她成了父母和亲戚的心肝宝贝，平时什么都不用她操心，可以说是衣来伸手、饭来张口，衣食无忧，像个小公主。娇娇聪明漂亮，性格活泼，身边经常会有很多追求者。雨涵是一个品学兼优，话语不多，但做事踏实、执著的男孩，两个人在众人的羡慕中开始了他们的恋情。

3 年来，有甜蜜，也有矛盾和摩擦。当出现分歧的时候，雨涵总是很体谅娇娇，为她着想，哄着她，让她开心。可娇娇却觉得这是应该的，雨涵就应该围着自己转，所以只要不合自己的心意，就对雨涵大吵大闹，动不动就说分手，雨涵却从来没有放弃过，还是照样关心爱护她。

就在毕业的前夕，雨涵突然提出分手，说性格相差太大，长痛不如短痛。娇娇却坚决反对，她回想这 3 年来的点点滴滴，觉得还是雨涵对她是最好的。于是，一个躲着不愿意多说，一个穷追不舍，娇娇甚至用自杀的方法，企图挽回雨涵的心，可还是没能成功。娇娇非常懊悔和痛苦，她整天什么都做不下去，什么都不想做，满脑子都是雨涵，只希望他能回到自己的身边。

专家评说

爱情是甜蜜的，但爱情的道路却不都是一帆风顺的。对于大学生来说，失恋是青年时期最严重的挫折之一。对于任何人来说，失恋都是一种痛苦的情感体验，会不同程度地造成心理创伤，使人处于强烈的痛苦、自责、失落、忧郁、焦虑、悲愤、绝望的消极情绪中，甚至使人失去生活的勇气和信心。

娇娇遭受失恋的打击，痛苦是可以理解的。人们在面对失恋的时候，难免会经历一段沮丧、痛苦、低落的时期，但我们换个角度去想，这可能也是给我们的一种人生考验。人生的道路上，总会遇到这样或那样的挫折和失败，这个时候我们要冷静、客观地分析失败的原因，有利于我们理智地对待挫折和失败，引以为戒，也可以减轻失败带来的痛苦。

对于娇娇来说，不管在家里还是学校里，她都是中心人物，大家都以她为主，时间一长，她便形成了以自我为中心的习惯心理，可她没想到，恋人之间也是需要平等的，也是需要相互尊重和相互体谅的,也要学会换位思考的。那么既然失去了,就要面对现实。在以后的日子里,要想得到爱,首先就要懂得如何去爱。

案例十四　校园中孤独的“影子”

案例描述

“我感觉特别孤独,没有朋友,每天的生活就是三点一线,教室、宿舍、食堂。我每天独来独往,穿梭在人来人往的高校校园里,可我就像一个影子一样,我的存在对他们来说没有任何意义和影响。周围的人和事仿佛和我一点关系都没有,周围的人好像都和我保持着一定的距离,没人和我说知心话,也没人和我真诚地交谈,当看到周围的同学三五成群地在那聊得热火朝天的时候,我很羡慕,班级组织什么活动的时候,我也很想参加,可高中的时候就是学习了,也没有什么特长,大家都多才多艺的,我要做不好多让人笑话。”

坐在对面瘦削的男孩叫天月,是大一的新生,他满脸孤寂落寞的神情也在帮他诉说着心中的苦闷。

“每天上完晚自习,一个人走在昏暗的路灯下,看着只有地上长长的影子陪我做伴,心里酸酸的,很想哭,我想回家,我想父母,想回到以前熟悉的高中时代。可是即使是真的回去了,又能怎么样呢,其实仔细想想,那个时候的我也是独来独往的,不过高中的时候,大家都在忙学习,也就没有感觉到孤独。

“可自从上了大学之后,看到同寝的同学学习之余,忙着参加老乡聚会、朋友聚会,给以前的同学、朋友打电话写信什么的,我的这种孤独的感觉就越来越强烈了,我甚至害怕人多的地方,害怕黑夜的来临。”

专家评说

从高中进入到大学,每个大学生都面临着一个适应环境的问题。自然环境、生活环境、人际交往、学习方式等都发生了重大变化,作为一个大学生只有尽快地适应这种变化,通过自我调试,使自己的思维方式和行为方式逐渐适应环境的变化和自身发展的需求,才能愉快地度过大学时光。

人对环境的适应一般有以下几种情况:一是改变自己的思想、观念和行为;二是改变自身的需求;三是改变环境。如果一个人不能改变这三者中的任何一个,就会出现心理适应问题。

对于刚刚进入大学的天月来说,离开了家乡,离开了父母,离开了熟悉的环境,进入到一个新环境,学习和生活方式明显改变,日常接触的社会群体也发生了变化,学习压力、生活压力、人际交往的压力造成了心理上的不平衡和不适应,主要表现为人际适应障碍，出现了情绪低落、抑郁、孤独和充满失落感。

要想克服这种障碍，首先就要回归自我，放开心情，把自己放回到人群中去，自己也是集体不可缺少的一员。如果一个人过分地关注自我，就会忽视周围的人和事，不去关注，少了参与，渐渐地就把自己和众人隔离开来，把自己孤立起来。其次，要多方面培养自己的兴趣和爱好，比如看小说、打球、跑步、听音乐、看电影等；拓展自己的知识面，多和同学交流心得；尝试着去和同学沟通交往，通过见面打招呼、寒暄问候，善意的说笑等方式把自己融入人群中去，找回自信。

案例十五　爱与不爱之间

案例描述

张伟是某高职院校汽车系汽车检测专业二年级的学生，随着专业课程学习的不断深入，他发现自己越来越不喜欢父母给自己挑选的这个专业了，他也不愿意以后一辈子就从事这个行业的工作。他平时喜欢上网，喜欢摆弄计算机，对计算机技术和网络应用等方面的知识都非常感兴趣，虽然他学的是汽车专业，但他却把大部分时间都用在了计算机方面，经常做一些与所学专业无关的事情，比如：大量阅读计算机方面的书、网页的设计、网站的建设、网络的维修和防护、编一些网络程序等，却忽视了自己本专业的学习，学习成绩一直不好。

张伟不是一个不喜欢学习的学生，做事也很认真，也很懂事，所以老师和同学们都很喜欢他，可就是上课不爱听课，学习成绩上不来，老师和父母都非常着急，也经常做他的思想工作。他自己也很矛盾，可就是控制不住自己，对自己的专业课提不起兴趣。自己的专业他不爱，他爱的又被说成是闲心，他也很苦恼。

专家评说

从教育心理学的角度来说，兴趣是一个人倾向于认识、研究获得某种知识的心理特征，是可以推动人们求知的一种内在力量。如果大学生对某一学科有浓厚的学习兴趣，就会积极主动、全神贯注地去学习，从而会大大提高学习效率；如果不喜欢，就会出现排斥心理。从对学习的促进来说，学习兴趣是推动学习者能够持之以恒坚持学习的最实际、最活跃的内在动力，带有强烈的情绪色彩，只有喜欢才会想做好。

但是，就像张伟一样，对于许多大学生来说，自己所学的专业并不是自己喜欢的。出现这样的现象无外乎有以下几种情况：一是在报考的时候，为了能够先进大学门槛，就选了一个分档较低的或者比较冷、偏的专业；二是从择业求职角度考虑，选择当今社会急需的专业；三是有些家庭因为家中有从事某个专业的有利资源，以后孩子毕业工作就可以利用这些资源,于是就为孩子代选了专业;还有一种情况就是,专业是孩子自己选择的,也是自己喜欢的专业,可是在学习过程中,兴趣发生了转移,于是出现了兴趣爱好与专业选择之间的矛盾,爱与不爱如何选择的困惑。

要想解决矛盾,就要正视问题,主动寻找解决的办法。可以在学校允许的情况下,进行适当的专业调整。如果行不通,就要刻意培养自己对所学专业的兴趣,挖掘它的优点,让自己逐渐喜欢上它。然后在先学好自己所学专业的情况下,可以通过自考,选择自己喜欢的专业,也可以利用学校的有利条件,选修自己喜欢的专业,充实自己。

案例十六　考场心理学

案例描述

菁菁是一名牌大学的大三女生,母亲是一名乡村教师,父亲在家务农,她考上大学的那天,全村人都来给她道贺,临报到的那天,父母、亲戚、朋友和邻居都来送她,她带着大家的深切期望和父母的嘱托来到了她向往已久的大学,开始了她新的生活。

在校期间,她努力学习,决心要用优异的成绩回报大家。为了能给家里减轻点负担,她决定通过自己的努力和实力,去申请国家奖学金,就这样她起早贪黑地学习,就像鲁迅先生说的那样,她把别人喝咖啡的时间都用来学习了。她自己经常说,她遗传了母亲不认输的基因。功夫不负有心人,她获得了国家奖学金、获得了一大堆荣誉,赢得了大家的赞赏。

有了这些动力,她更努力地学习了,每一场考试她都精心准备,如临大敌,她觉得她不能有一点失误,一定得考好,否则怎么向大家交代呢。逐渐地她养成了"每次考试只能考好,不能考坏"的思维习惯。考试取得好成绩时她不开心,担心下次考不好会被人笑话,考试考不好时更不开心,怕别人笑话自己。就这样她开始害怕考试,不愿意考试,静不下心来学习了,情绪出现了异常。

专家评说

菁菁的现象属于典型的考试焦虑综合征。学生参加考试,特别是面临关键性的大考,都免不了有些紧张,属于临战前的正常心理状态。但有部分考生面临考试过分紧张,心理压力过大,在考试时很难进入最佳的思维状态,并出现焦虑不安、心跳加快、手心出汗,甚至出现"晕场"或"怯场",影响大脑临场发挥,被称为考试焦虑综合征。

考生临考时的过分紧张,是对考试结果的过分关注和担心引起的。在考试时往往由于担心考得不好,而给自己带来一些负面的影响和不良后果。这些杂念及由此而引起的情绪波动和紧张心情实际上造成了压力,阻碍了大脑思维的正常工作。

菁菁为什么会出现这样的现象呢？这是因为在她看来,学习就是为了获得好成绩,而且只能获得好成绩,只有这样才能不辜负父母和大家对她的期望,她抱着这样的一种心态学习,在学习中感受不到学习的乐趣,自然也就不可能在学习中获得满足和自信了。

要想消除考试焦虑,就要改变自己的心态。要认识到事情是受主客观因素影响的,自己能做的事情都尽力了,至于那些不可知和不可控的因素,我们是无能为力的,要懂得谋自己可谋之事,至于最后的结果,做到问心无愧就可以了,凡事不可强求。

案例十七　洗不净的手

案例描述

小陶长得文文静静的,从小就乖巧、懂事、听话,做事认真、细心,被大人们称为好孩子。小陶的母亲是名医生,对她要求得非常严格,她还记得小的时候,有一次她不小心把墨水瓶打碎了,弄得一身一手都是墨水,被妈妈打了一顿,从此她就记住再不乱放东西了。上了大学之后,她是寝室里最讲卫生、最爱清洁的。

一年前,同宿舍的一个女孩得了肝炎。从此,小陶就格外注意手的卫生,每次做什么事之前都要反复地洗手几次才放心,后来洗手的次数越来越多了,时间也越来越长了;再后来,她不但洗手,连经常用的东西也要不断地清洗,如杯子、口红,钢笔等;后来发展成不愿意出门,不愿意去食堂吃饭,不碰别人用过的东西,认为所有的东西都很脏,和室友之间的关系也闹得非常紧张,她也知道这样做不好,可就是控制不住自己。

专家评说

从小陶的症状来看,她无疑是患了强迫症。所谓强迫症,又称为强迫神经症,是一种以强迫观念和强迫动作为特征的神经官能性疾病。强迫观念属于一种情绪障碍,强迫动作则是在这种情绪支配下所表现出来的外显行为。

强迫症的发生大多与幼年时期的经历有关。这类人往往具有胆小、敏感、多疑、做事优柔寡断,固执,做事苛求完美,什么都要做得井井有条,应变能力和适应能力差等特点。

小陶小时候,父母的生活习惯、工作特点、教育方式对她性格的形成和心理发展有着重要的影响,当她的行为和父母的观念不适应的时候,潜意识里她会主动和被动地强迫自己去接受和适应,所以,一个偶然的事件——室友生病,引发了她的强迫心理。

有了心理障碍不要恐慌,要主动的配合心理医生进行治疗。要减轻心理压力和放松紧张的心理,顺其自然。不要苛求自己,该怎么做就怎么做,做了以后就不要再去想它,也不要去评价它;当出现强迫现象时,可以采用其他活动来转移或直接对抗强迫思维;当在强迫洗手时,可以命令她持续不断重复,她要终止时也不允许,直到她厌恶至极,不愿再做下去为止。

案例十八 为什么会这样

案例描述

雯雯和月月都是某高职学院道桥系测量专业的学生,新生刚入学的时候,两个人一起报到,后来得知,原来两个人都是道桥系的,后来又被分到一个班,还被分到了同一个寝室,成了上下铺,所以两个人经常说她们俩很有缘,很快两个人就成了形影不离的好朋友,一起上课,一起去食堂,一起逛街,好得像亲姐妹。

雯雯活泼开朗,爱说爱笑,月月性格则比较内项,沉默寡言。由于性格的差异,时间一久,两个人之间的矛盾就出现了。月月觉得雯雯太不稳重,太爱出风头,老是显摆自己,老压自己一头,比如两个人和大家在一起的时候,总是雯雯在和大家说,根本不把自己放在眼里。她就像一只丑小鸭一样,被大家冷落在一边,而雯雯就像一位美丽的公主,被大家围着,月月心里就像打翻了五味瓶,非常不是滋味,所以经常对雯雯冷嘲热讽或者给雯雯脸色看。

大二的时候,雯雯参加了院里组织的桥模比赛,并得了一等奖,月月知道后心里愤愤不平,继而妒火中烧,趁雯雯不在寝室之机,故意弄坏了雯雯参赛的桥模模型。雯雯知道后非常伤心,她不知道月月为什么要这么对她。

专家评说

告别了中学时代那熟悉的稚嫩,心中怀着无限的憧憬,大学生们步入了大学的校门。自然,在这样一个全新的生活环境下,全新的人际关系便成为摆在人们面前首先要对待的问题。

雯雯和月月之所以由形影不离的好姐妹反目成仇,是嫉妒心理在作怪。

嫉妒是一种普遍的社会心理现象,是一种负性情绪,是指自己的才能、名誉、地位或境遇被他人超越,或彼此距离缩短时,所产生的一种由羞愧、愤怒、怨恨等组成的情绪体验。嫉妒情绪有明显的敌意,甚至会产生攻击诋毁行为,不但危害他人,给人际关系造成极大的危害,还会伤及自身。而地位相似,年龄相仿,经历相近的人之间最容易产生嫉妒心理。月月就是认为雯雯总抢自己的风头,影响了自己在大家心目中的地位,雯雯越好就越显示出自己的不足,而自己又不愿意承认这一点,于是就产生了嫉妒心理,出现了一系列不和谐的行为，导致两个人的关系破裂。

克服嫉妒心理就要懂得当嫉妒心理萌发时，能够积极主动地调整自己的意识和行为，需要客观、冷静地分析自己，找差距和问题。一个人不可能在任何时候都比别人强，人有所长也有所短，聪明人会扬长避短，这样才能化嫉妒为竞争，才能提高自己，同时还要学会换位思考，这样才能逐渐消除嫉妒心理。

案例十九　压力≠动力

案例描述

小丁是某大学大三的学生，家住在农村，家里经济条件一般，他觉得父母年纪大了，自己是家里唯一的男孩，有责任帮助家里减轻负担。本指望着毕业能找到一份好工作，可学习成绩一般，家里又没钱没势，担心找不到理想的工作，对于自己的未来不愿意去想，有时候也懒得去想，怕徒增烦恼。

当看到其他同学都在忙着考研，自己也想考，但是又不能集中精力学习，觉得什么都不顺。每天坐在教室里看书，也总担心会有人坐在身后干扰自己，以至于只能坐在角落或者靠墙而坐，否则无法安心看书，心里总有一种强烈的不安全感。在寝室的时候，对室友放手机听歌的行为非常反感，甚至觉得不能忍受，尤其是中午睡午觉时总担心会有手机的声音干扰自己，从而睡不着觉，经常休息不好。每天总是心神不宁的，影响了日常的生活和学习。

专家评说

在这个案例中，小丁的心理困扰主要是由各种心理压力造成的。大三了，他即将面临大学毕业，择业压力所导致的心理紧张和心理困扰，其实质是由自身能力与理想目标之间的落差造成的，落差越大，心理压力也就越大。家在农村，想改变生活环境就必须找到一份好工作，可学习成绩一般，这就加大了择业带给他的心理压力，择业压力使他的心理变得异常敏感和脆弱，这一点在他的日常学习和生活中直接体现出来。哪怕有一点动静，在教室看书或者在宿舍睡午觉都会受到干扰；严重时，即使没有任何干扰，他也会怀疑、担心和害怕受到干扰，已经影响到了他的身心健康。

面对这些心理困扰，要逐渐消除压力产生的根源，要认识到，只有静下心来好好学习，打好基础，掌握技能，有了实力，才能承担家庭的重担，才能找到理想的工作。当心情烦躁的时候，可以听听音乐，跑跑步，出去散散心，转移一下注意力，调节好自己的情绪再去学习，有利于学习效率的提高。

案例二十　心中有靶好射箭

案例描述

王林考入了一所专科院校,他想,这回可以不用像高中那样拼命学习了。可是入学后,实际情况和他想的却完全不一样,科目多了,专业性强了,学习方式也变了,他不知道应该如何去学习了,对自己的未来也感到很迷茫,再加上学校要求学生毕业前要取得一书多证,在三年内如何拿下这些证书,他很伤脑筋,他不知道应该如何安排大学生活。

老师看出了他情绪的波动,主动找他谈心,王林向老师道出了自己的苦恼和忧虑。经过和老师深入细致的探讨之后,他初步制订出了大学三年的学习生活规划,总的目标和方向确定下来之后,他又根据自己的实际情况,制订出了日计划和周计划,做到每天都有目标,每天都有任务,每天都有收获,每天都是进步,还提出让老师和同学来监督他,帮助他。

经过坚持不懈的努力,第一学期下来,他不但成绩优异,还因为他表现优良,被评为优秀学生,他更有动力了,大二通过了英语四级考试,还在大三毕业那年顺利地通过了专升本考试,进入本科院校继续深造。

专家评说

目标是激发人的积极性、产生自觉行为的动力。人一旦没有了生活、学习的目标,就会茫然不知所措。对于大学之前的各个阶段的在校学生来说,他们多数都把上大学作为他们不同阶段的奋斗目标,因为目标明确,所以也就知道了如何去做。但是,一旦这个目标实现了,有的人就认为大功告成了,可以松口气了,上了大学可以不用拼命学习了,于是出现了“混一族”。

那么大学时期还用不用学习了呢?答案是肯定的。大学时期,大学生主要的一项任务就是学习,如果失去了学习的目标,也就没有了学习的动力,就像射箭的人找不到箭的靶子一样,不知箭要射向何方,这也就是俗话说的“有的放矢”。我们在学习的问题上也要做到心中有靶好射箭。

那么立一个什么样的靶子,订一个什么样的计划,这要根据每个大学生的实际情况而定,目标要切实可行,计划要合理安排,要养成根据需要制定时间表的习惯,这样一来,就不会感觉空虚无聊,无所事事了,每天都是充实的。大学的基础知识和技能掌握得如何,直接影响到大学生走入社会之后能否顺利过渡为一个合格的社会人的问题。

▪第三部分

大学生心理健康案例集锦

案例一　兴趣冷淡缘何起

卫令琪没有如愿考取心仪已久的某重点大学，而在父母和老师的劝说下，“屈尊”进入了某职业技术学院动漫设计专业。

起初，他也觉得父母说得有道理：“现在这个社会，只怕你没能耐，但凡你有一点儿出色的地方，就能活出个样来的。”老师说的也没错：“大专怎么了？大专同样可以考取研究生呢。”

然而，当他来到这个学校以后，一个意想不到的情况摆在了他的面前，他比所有同学的高考分数高出一大截子。

他鹤立鸡群了。

与这样的同学为伍，谈何不悲哀呀？

一来二去的，他吃不香、睡不甜，上课无精打采，哈欠连天，整天精神恍恍惚惚。后来表现更加明显的就是对周围的一切都不感兴趣：

听课——不愿意；

活动——没啥用；

上网——真没劲；

饭店“撮一顿”——没兴趣；

交友——无聊；

……

一个20刚出头的小青年，活得像一潭死水。

案例二　抑郁症的体育疗法

某高校心理健康研究咨询中心主任费教授正在做着一项试验，即“体育锻炼可缓解心理障碍”。

他从资料中了解到，加强体育锻炼有益于人的心理健康。

《哈佛心理健康通讯》曾在总结了大量的研究后得出结论：体育锻炼对缓解抑郁、焦虑和其他慢性的心理障碍有很好的帮助。哈佛大学教授米勒举例说：经过3个月的严格体育锻炼程序后，参加锻炼患者的抑郁症状有明显的改善，与接受标准抗抑郁药物治疗的其他患者效果相似。其他研究也发现：锻炼可以改善诸如惊恐障碍、心理创伤和其他焦虑性心理问题。

费教授的心理健康中心成立时间不是很长，前来咨询的学生络绎不绝，虽然有的学生隐姓埋名。

其中有一个学生小高的临床表现为抑郁症,费教授给这位学生制订了体育锻炼计划,经过60天的“疗程”后,在未借助任何药物治疗的情况下,这位学生锻炼效果良好。具体表现为:

(1) 主动找费教授汇报体育锻炼实施情况,并向费教授表示坚持下去的决心;

(2) 语言表达流畅,情绪乐观,面带微笑,眼神清澈;

(3) 上课时精神较前饱满,书、笔、本等工具能够随身携带;

(4) 体育锻炼现场常有同伴随行;

(5) 注重衣着、发型等形象修饰。

案例三 匿名成瘾

大山曾是就读大学某系学生会主席。他擅长演讲和写作,可谓“文武双全”,组织能力更强,模样周正,风流倜傥,天生一个当官的料。但是由于某种原因,不久该学生会主席被拿下了。

从此,他一蹶不振。他想这事不能就这样完了,他要哪丢哪找。

让同学无法理解的是,他的行为无法让人进行理性分析。比如借东西这样平常的小事,如果他向你借东西却未能如愿以偿,他会先将东西强行拿走,边走边告诉你说“我借用下啊!”;如果你与他走个对面却没有向他打招呼,在找不到任何报复“碴儿”的情况下,他就写匿名信或到网络的“贴吧”上侮辱你。

一来二去的,他觉得这一招极好,既发泄了怨气又不被发觉,接下来,诸如曾经“惹”过他的人,没有满足他要求的人,怀疑整过他的人,不太愿意答理他的人,不与他同伙的人、曾经刺激过他的人等纷纷被“匿名”了。

更让大山感到欣慰的是,旁观者对“匿名”津津乐道,而越来越多的人倒愿意与他套近乎了。殊不知,人们不敢招惹他,是怕触犯了他的“匿名瘾”将自己给“匿”了。

案例四 爱干净的小菊

小菊是家里的独生女,从农村考上大学让家里人光荣了好一阵子。

刚入学问题就来了,她被分配到8个床位的宿舍的一个下铺。同宿舍的人虽来自东南西北,但没几天就混熟了,经常几个同学在一个床上打打闹闹、叽叽喳喳滚成一团,只有小菊一个人坐在自己的床上形影相吊。原来,小菊太爱干净,她的床铺别人不能坐,她的生活用具别人不能碰，她的书笔之类别人不能借。这倒也是好事，舍委会检查宿舍时，她们宿舍只有小菊的床铺卫生合格，既干净又整齐。

这天，一个同学将班级发下来的两本新书帮她捎回来，一进门就扔在了她的床上，当时小菊还口口声声谢了人家。但这个同学转身走后，她立刻就洗了床单，拿来的新书擦了又擦。不可避免的一场战争爆发了。小菊之后的日子所受到的冷遇可想而知，就像走进了闷葫芦里。

绝对的孤立让小菊的洁癖不但没有丝毫改变，反而更加荒谬了。有的同学为了挑逗小菊，要么踢踢她的脸盆，要么踩踩她的拖鞋。有天，小菊在自己藏起来的饭盆里竟然发现了一团嚼过的口香糖。小菊几乎离不开水房了。

时刻担心别人在她不在的时候弄脏了她的东西，这个担心一直困扰着她，心情越发糟糕，她已经无法专心学习，没等期末考试，她就主动退学了，父母的哭闹也没能阻拦住她。

案例五 自 虐

杜二良有个姐姐，高他一个年级。姐姐考取了北京一所重点大学。杜二良只考到当地县城一所师范中专学校。本想再复读一年，父母说啥也没同意。

不愿意未来当老师的二良还是去上学了。寒假再见到姐姐颇有点他乡见故知的感觉。姐弟一起听听音乐，看看电视，逛逛街什么的。头两天还行，父母也跟着高兴。过几天父亲就开始唠叨了，不论唠叨时间长短，总是拿姐姐当他的参照物，主旨就是他什么都不如姐姐。

杜二良只好听着。直到后半夜还没有一丁点儿睡意。他从身旁笤帚上揪下一段细铁丝缠到了左手的食指上，无意地拽来拽去，两手都已黏黏糊糊的了，不但没有痛的感觉，反倒觉得心里轻松了很多。

于是父亲再唠叨，他就将那段儿铁丝再缠到食指上。别人的唠叨竟然与铁丝有了必然的联系，旧伤没去，新伤又跟上了。后来溃烂无法医治，食指终于被截掉了。

当父亲得知儿子有这个“嗜好”时，他说自己这辈子算是白活了，听都没听说过这种稀奇事儿。

案例六 无法快乐的男生

李闯如愿以偿地考入某省重点高校，这让李闯享受到了男人的胜利感。

入学不久，李闯接二连三地出了好几次洋相：刚住进宿舍时，同屋的人以为她是男生，差点儿将她轰出去，因为穿着打扮没有一点女孩儿相；进厕所时把女孩儿们吓得四处逃窜。

上课、自习、吃饭、逛街没有人愿意与她为伍,觉得她有怪癖。

李闯被辅导员叫去谈话,并被列入学院心理健康咨询中心作为典型案例。

李闯家住在县城与农村的结合部,家里有五间大瓦房,全家的日子过得很殷实。但父母遗憾的是生了五朵金花,李闯是小幺儿。可想而知,李闯妈怀孕时,家族人们是多么企盼生个男孩,谁知又生了个女孩。李闯刚出生时亲戚建议送出去算了,但李闯妈说这是命,没同意。李闯妈从小就把这个小五子当男孩子养,剪平头,穿男装,枪棍玩具一大堆。

李闯小学五年级那年,家里与邻居因为地界发生争执,邻居家膀大腰圆的爷仨儿将李闯爹骑上捶个半死,边打边骂"绝后气",没有儿子的李闯爹伤心欲绝。

从此,李闯的内心就向着男人演化,剪平头,穿男装,动作刚劲,说话粗声大气,看谁再敢欺负"男人"? 上了中学李闯发育的迹象明显起来,她始终轮换着各种各样的夹克装。甚至因为不情愿穿女生校服,还让老师训了好几次,白天上学期间为了不进女厕所,她尽可能地憋着回家去解决。

案例七　如此学生干部

吴得志大二就担当了系学生会干部,他聪明、干练、热情、乐观、善交际、好活动、精力充沛,深得全系师生认可与好评,第一学期还获得了二等奖学金,这让他有了很大的成就感。从此,他更加洋洋得意,谈笑风生,他的身影出现在系内的频率越来越高,以致学生家长经常认错,以为他是一位老师。

在这个圈子混熟了,难免在行为上已经感觉不到自己是局外人。期末考试前,他利用晚上值班时间,将出题老师的密码破译,并将部分考试题透露给其他同学,从此在同学中他的威信越来越高。问题是,世上哪有不透风的墙?

事情败露后遇到的第一件事就是他的入党问题,入党讨论会上,有人提出吴得志需要缓一缓,给出的理由就是这个学生不太成熟,欠稳重。

从此,吴得志常常因一点小事向学生发脾气,态度傲慢,盛气凌人。然而,他雷霆般吼叫后没到片刻又若无其事。他这种忽冷忽热的态度,致使他手下的学生干部不知道怎样开展工作。

案例八　学习态度优秀,成绩平平

窦佳佳来自于北京周边某市重点高中,高中期间一直担任班级干部,考入这所某省普通大学后,窦佳佳总是抑郁寡欢,她觉得与同学比起来简直天上地下,她的同学有的考进了清华、北大,有的还考进了香港地区的大学,自己连北京都没能进去,一点面子都没有了。

半个学期后,窦佳佳还是想开了,既来之则安之吧,怎么着也得拿到一等奖学金呀,于是窦佳佳决定卸下包袱,先拿到最高奖学金,然后做好考研准备。

窦佳佳学习基础果然极佳,单说英语和计算机两门,班级里没有哪位能超过她,同学们如有疑难问题,宁愿请教她,也不去问老师,不久,她的人缘指数迅速攀升,口碑也极棒。

期末考试临近,窦佳佳惶恐不安,突出的表现就是睡眠浅,做噩梦,头痛,乏力,出虚汗,似乎整个身心都蜷缩在“考不好拿不到奖学金怎么办”的阴影之中。

可想而知,别说一等奖学金,就连奖学金的边都没有挨上。

案例九　我的心怎么不听使唤了

廉波很善于交际,刚进大学门没几天,就与同舍李慰慰成了好友,两个人无话不谈,形影不离,发型是一样的,服装也是一样的,吃饭成双成对,就连去厕所也是同进同出。

但在大一的第二学期,两人开始不同起来,李慰慰被选为学校广播站播音员,接着又有几个男生同时追求她。这让廉波莫名的不自在。廉波对自己内心的不自在找不出任何其他理由,想把心里话如实说给李慰慰听,又拉不下脸面来,于是这个心病一直就这样掩饰着。平常与李慰慰交往时,还不得不装作与她同乐的样子。

廉波毕竟是大学生了,觉得不该就这样装下去,于是,她上网查资料,并给某著名心理健康咨询中心打去了求助电话。

案例十　中学才是我的天堂

樊会昌考入了北京一所人人都向往的名牌大学,他在母校成了学弟学妹们的楷模。

但是小樊入学不久,就发现学校对待学生就像放羊一样,上课无人管,自习无人管,吃饭无人管,甚至犯点小错误也无人管,干脆就没人知道。更让他受不了的是走到哪儿没有一个人理会他,关注他。

小樊期末考试成绩竟然没进前10名,奖学金连边也没挨上。他别提多郁闷了。

想当年,小樊在中学时风光无限,高中三年没掉下来全校前两名。看得见的是奖状一大堆,听得见的是各种风格的表扬,感受到的是父母与老师的宠爱。高考前一周,校长还找他谈过话呢。

今天他从蜜罐掉进了冰窟窿,这大学还不如不上呢,他想。

案例十一　一点到位

王笑从大一就担任班里的学习委员,深受老师和同学的认可。他不光是学习名列前茅,而且他这为人处世稳重,做任何事情从不毛手毛脚。

这天下午,上课铃响过两分钟了,王笑正从系里往班级赶,跑得气喘吁吁的,路过篮球场时,同学刘力扬和李显明正在玩篮球,王笑想这俩逃学鬼又逃课了,于是他停下脚步想劝劝他俩去上课,人还没站稳,刘力扬已把篮球投到了他的怀里,这时,辅导员已神秘地到达现场,劈头盖脸就是一顿训斥,语气极其强硬,话语的中心就是王笑竟然带头逃课。

王笑已经懒得与辅导员解释了。晚上与在南方上大四的表哥通了电话。没料到,表哥又是一顿训斥,然而,王笑并没有觉得更加委屈,反倒心路通畅了。

表哥说:“连这点委屈你都受不了,将来你还能干啥呀?”

案例十二　形影相随

吕洋洋从农村考进这所金融大学就算幸运了,更加让她感到幸运的是遇到了一位好同学费钰。人家费钰是从大城市来的,一点没瞧不起她这个“土老帽”,反倒对她呵护有加,吃、穿、住、行甚至上课带的教科书、本子和笔都想在她的前头。一来二去的,她俩如同姐妹,形影不离。

吕洋洋的大小事情没有费钰不操心的,吕洋洋的妈欣慰地说:身边有费钰照顾,吕洋洋的大学四年她就放心了。

大三时,费钰突然得了急性肾炎,需要休学住院治疗。

吕洋洋从此形单影只,失魂落魄,该干什么的时候总是不知道干什么。再看看班里的其他同学,仨一群俩一伙的,针也插不进,水也泼不进。

吕洋洋度日如年。

案例十三　否　　定

体育达标课上,兰令枝在大一两个班的女生中的成绩也算是出类拔萃了,仰卧起坐第二;游泳第二;800 米跑第三;但她还是一脸的不高兴。

她认为没有跑第一是因为自己太胖了;游泳没能得第一,是因为自己从小不知道要强,根本就没练习过游泳;仰卧起坐没有得第一,是因为老师偏心眼,自己明明没有违规,老师非说违规，不得不重做才使自己体能下降；她甚至认为自己长相丑，不招人喜欢等。

案例十四 聚 光

霍非生在北方的一座小城，来到了南方上学。她的身体有些单薄，常常伤风感冒。刚上大一不到一个月，由于水土不服，浑身起了一片一片的红疙瘩。这下可吓坏了同宿舍的同学们，半夜里，她们爬起来送她去学校医院，还找来宿舍管理员，弄得好几个宿舍的同学们都没睡好。第二天，全班同学分批前来看望，辅导员还拎来了水果。

一晃进入秋天，天气凉爽了许多。这不，她又感冒了，课堂上忍不住一顿咳嗽。全班同学递过来关切的目光，有的递上草珊瑚含片，有的递上甘草片，有的递上纯净水，吴老师还暂停讲课走到她身边，问寒问暖；这一切，霍非的心里幸福极了。

之后，霍非病得更加频繁了，三天两头因病请假。

而辅导员老师却让同桌带她去学院心理研究所做心理治疗。

案例十五 报 复

伟强竞选班级学生干部失败了。

他听说自己的下铺阎辉没有投自己的票，心里生了几天的闷气。正好阎辉去上课时将自己的钥匙串落在了宿舍，他灵机一动，将钥匙串丢在了垃圾桶里，从此，该钥匙串从小垃圾桶到大垃圾桶，再到垃圾车里。可阎辉并未在意，丢就丢了呗，配一把就是了。

天气太热，中午饭伟强想让同寝室的李万新给捎回来，然而，李万新不仅没答应，反而态度极其恶劣，让他在同学面前丢尽了面子。伟强将一碗快吃完的麻辣烫烫扣在了李万新的球鞋上，李万新洗了又洗，鞋面上的"地图"还是像印上去的一般清晰。

至此，伟强并没有打住。

当然，从此以后寝室里、班级里、男生中、女生中，只要出一点问题，同学们也都心领神会了。

案例十六 "天才"也需勤努力

小杰是北京某名牌大学的一名大三学生，但如今你却很难从他身上看出大学生的影子。他每天混迹于网吧和酒吧等各种娱乐场所，与社会上的一些闲散人员称兄道弟，呼朋唤友,终日无所事事。

其实,小杰当年是以令人咋舌的高分考入这所人人向往的著名学府的,天才的光环从他进入这个学校的第一天就笼罩在了他的头上。许多老师都对他特别的关爱和照顾,将他当成一个好苗子重点培养,同学们也都很佩服他的才华,但这一切却令他飘飘然了,他感觉自己确实比别人有天分,要比别人高出一头,于是开始不把心思放在学习上了,反而疯狂迷恋上了网络游戏。那时的小杰吃住都基本在网吧解决,可以几天都不回寝室,课堂上更是很难见到他的身影。老师和指导员找他谈过许多次话,苦口婆心地劝说他要收收心,可他却总是一副满不在乎的样子。因为小杰对自己很有信心,他觉得老师课堂上讲的那些东西对自己来说过于简单,听课简直就是在浪费自己的时间,自己只要在期末的时候看看书,凭着自己的天分和底子,拿奖学金都没问题,到时候岂不是更神气。就这样,转眼间到了期末,到小杰拿起书本想要临阵磨枪恶补一下功课的时候,他却发现自己根本看不懂书本上的那些深奥的东西,而他也从没向老师或是同学请教的习惯,他觉得那样有损他"天才"的名号,于是,他只有硬着头皮上了考场。考试的结果可想而知,他挂了7门功课中的3门!

后来,小杰试着静下心来让自己投入到学习中,但他发现自己的功课已经落了好多,要补回来谈何容易!他也曾告诫自己不能再沉迷网络游戏了,但他现在却很难约束自己,总是不自觉地就来到网吧,甚至在玩网络游戏的时候结识了不少社会上的不良人员,还养成了酗酒的恶习。

昔日的天才少年如今已沦落成为游手好闲的混混,令老师扼腕痛惜,同学们唯恐避之不及,而小杰虽然内心空虚痛苦却也只能无助地任由自己沉沦着。

案例十七 生日快乐吗

刘萌的家境不是很好,母亲近年来一直下岗在家,全家的经济来源就是父亲开出租车挣来的微薄收入,因此尽管全家都不遗余力地供刘萌上大学,她每月的生活费也不过才300多元,这对于许多大学生来说连吃饭都不够,更何况对于一个正是爱美时期的年轻女生呢!但刘萌却省吃俭用,精打细算,硬是靠着自己很少的生活费将生活打理得井井有条。

虽然家境贫寒,但刘萌却始终乐观地面对生活。她性格十分开朗,待人热情真诚,再加上她优秀的成绩,在班里有着极好的口碑,人缘更是好得让人羡慕。每次她过生日,各种礼物、贺卡便如雪花似的向她飞来,这虽然让她觉得自己很幸福,却也让她感到前所未有的压力。按大学的惯例,自己过生日总得有所表示,况且还有那么多人送了价值不菲的礼物,至少得请同学吃吃饭,聚聚会。虽然自己平时省吃俭用的,但请同学不能太掉价了,总得去些上档次的地方,可这对于刘萌来说可是很大的一笔开销。虽然朋友们都知道刘萌家境不好,每次刘萌过生日请客时他们都抢着付账,可刘萌却总是坚持自己来,她不愿意欠别人的人情。

其实每次过生日的钱都是她厚着脸皮向家里要的，她知道家里的困难处境，她也不是不懂事的孩子，但她更怕同学说自己小气，瞧不起自己。现在每次过生日，刘萌都不知道究竟是应该高兴还是应该发愁。

案例十八　谁言寸草心

杨旭放暑假回家已经快一个月了，可他到现在却几乎连话都还没好好和父母说过。他每天都是在外面和同学吃吃喝喝，忙得连个影子都看不到。有时候偶尔没有“应酬”在家，也是整天待在电脑前面专心致志地玩他的电脑游戏。不过只要他在家，父母就会为他张罗一桌好菜，给他补充营养，生怕他回到学校伙食跟不上，家务活也从来不让他干，当然他也从没主动要求干，甚至吃完饭连碗都不收，匆匆说一句“我吃完了”就又回到自己的房间埋头玩起游戏来了。

其实，这次暑假杨旭起初根本没准备回家，要不是父母苦口婆心地劝说，他就和寝室的几个同学去外地玩了。他觉得回家就像进了监狱一样，很无聊，很没意思，他也不爱和父母聊天，他觉得自己与父母根本没有共同语言。杨旭的父母都是老实巴交的普通工人，在他们眼中，孩子是他们最大的骄傲，因为他们并没有多少文化而孩子却很争气地考上了省内一所很著名的大学，因此虽然收入微薄，却对杨旭百依百顺，要什么买什么。而杨旭和父母之间的主要互动也就是伸手要钱，对此，他总觉得是理所当然的，甚至还总是埋怨父母给的零花钱太少，让他在同学面前很没面子。但也许他根本不曾了解到父母平日在家的粗茶淡饭，更不曾注意到父母那已经斑白的鬓角。

案例十九　志存高远

周大伟是一个大学三年级的学生，与他名字不相称的是他的身材并不伟岸却反而生得十分矮小，已经22岁的他身高只有1.56米，家人为他求医问药多年却也始终没有起色。这天生的缺憾使得大伟一度生活在自卑的阴影中，几乎不和任何人说话和来往，学校的任何集体活动也都不参加，每天生活在自己的世界里，把自己包裹得严严实实的，不想再让自己脆弱的心灵受伤。

进入大学后，同学和老师都给了他极大的鼓励和关爱，特别是同寝室的兄弟们从没拿他的身高开过玩笑,也并不因为他的身高而不愿和他相处,而是真正把他当成了兄弟,这让他那颗孤独冷漠如坚冰的心渐渐融化,他也慢慢变得开朗乐观起来,并积极投身校园里的各种活动。而且他还惊喜地发现自己竟然很有语言天赋,在参加学校里举行的辩论赛时他以犀利的语言和机警的应变为班里赢得了冠军的荣誉,他也荣膺比赛的最佳辩手,一时间成为校园里的风云人物。

如今的周大伟过得十分忙碌,他不但学习更加刻苦,而且还担任了院学生会主席的职位,每天有许多工作要做,但他却觉得很充实,很开心,他觉得生活并没有抛弃自己,反而是原来的自己抛弃了生活!他对生活充满了感激之情,能让他得到那么多真心的朋友和温馨的关怀,他觉得自己其实不仅是在为了自己而活着,而更是为了那些对他始终充满希望和期待,始终给予他莫大鼓励的人们。他不能令他们失望,他要以自己的真才实学回报自己的父母和朋友,回报整个社会!

走在校园中的周大伟,仍然会不时引来一些人异样的目光和指指点点,但如今的他却从容而自信地走着自己的路,不为所动。

案例二十 阻隔前进的英语四级

刘路最近的生活被英语牢牢占据着,他每天除了吃饭和睡觉,别的时间全部用来学习英语了,不是他对英语的兴趣浓厚,而是因为离大学英语四级考试只有两个月的时间了,而这将是他的第四次英语四级考试了!

刘路今年暑假过后就要上大四了,可到如今却连英语四级考试都没有通过,而四级证书可是学校要求的,拿不到的话就拿不到学校的学位证,这就意味着自己这几年大学白上了!看着别人一个个都为考研和找工作的事情忙得不亦乐乎,而自己却还在为四级考试的事情大费周折,心情无比郁闷。其实,刘路不是不爱学习,他的其他课程都学得很好,可就是英语历来就是他的弱项,似乎从来就没学好过。当年高考的时候,也是英语拉了他的分,不然他也就不必在这样一所名不见经传的大学里学着自己毫无兴趣的专业,每每想到这里,刘路都无比沮丧,大学几年过得都很不开心,他对自己这样的大学生活很失望。而他现在仅存的一点希望就是能够通过四级,拿到学位证,他不敢奢望考研,因为他知道凭自己的英语水平是根本没有希望的……

然而,这次四级考试再次证明了他在英语方面的缺陷,他考得很差,以至于不用等到结果出来他都知道自己这次又是铁定过不了了。想到自己之前付出的辛劳和汗水又要付诸东流;想到父母、亲朋失望的表情,想到自己黯淡的前程,他对生活彻底失去了兴趣和希望,他觉得自己受够了这样的生活,他想要解脱……于是他拿出了自己之前因为失眠而买的安眠药。

案例二十一　一念之差

最近两个月的时间内王灿整整瘦了15斤，憔悴得简直没有了人样，而他无时无刻不在悔恨与痛苦中饱受煎熬，他一直在想，要是没有那个疯狂的夜晚，要是那时的自己能理智一些该有多好。

王灿是本地一所大学的大三学生，平日里开朗外向的他很热衷于各种社交活动，喜欢与形形色色的人打交道，交际范围很广，用他自己的话说就是朋友遍天下。这天晚上，王灿又应邀参加一位朋友的生日聚会，一帮年轻人在一起喝酒打闹甚是愉快。然而酒足饭饱后，他们觉得还是意犹未尽，于是来到了附近的一家迪厅，想彻底放松一下。到了迪厅，那位朋友把他拉到一边神秘地塞到他手中一片圆圆的药片似的东西让他吃，并小声地嘱咐他别告诉其他人，他都不舍得给他们。王灿一时愣在那里，不知该怎么办才好，因为手中的这个东西很明显是一粒摇头丸！

王灿的这个朋友是他的高中同学，由于成绩很差所以并没有上大学，这些年来一直在社会上混。对于他吸毒的事，王灿也是有所耳闻，但没想到他竟然会给自己摇头丸吃。他当时的第一反应就是这是毒品，自己绝不能碰！但他又想到了自己和这个朋友多年来的交情，想到了他对自己的多次慷慨帮助，一时间却又很难开口拒绝。朋友看出王灿的为难，劝他说没事，摇头丸偶尔吃一回上不了瘾的，哥们总不会把你往火坑里推！听了这话，王灿再难推却，只能借着酒劲吃下了那个药片。

那晚之后，王灿便隔三差五地找那个朋友要摇头丸……他知道自己已经上瘾了，但他也不知道自己该怎么办，自己该告诉谁。

案例二十二　才与财之间的抉择

近段时期全线飘红的股市引发了一场轰轰烈烈的全民炒股热潮，越来越多的人加入到了股民的队伍中，许多大学生也在这股浪潮的席卷下蠢蠢欲动，而有的则已经在股市中摸爬滚打多时成为大学生中的“资深股民”了，李建便是这其中的一个。

今年大三的李建在大二时便和同学合资炒股，那时李建的加入只是出于好奇，他拿出了自己攒了几个月的并不太多的生活费入了伙，至于其中具体的股票运作他则基本不参与，因为他对此完全是个外行。几个同学商议按个人“投资”的多少而相应成比例地获得自己应得的提成。本来李建对这次“投资”其实并没有抱太大的希望，没想到一个学期下来他们竟然还赚了不少钱，但由于李建的投入比较少因此分得的也很少，这给了李建很大的刺激。他想，如果自己能多在股市上投些钱并且由自己亲自来炒的话应该能挣得更多,虽然之前他并没有什么经验,但在这一个学期中他也耳濡目染跟同伴学了不少东西,对于股市的行情及规律自认为也比较了解了,离了他们自己炒也不一定就能差到哪里去。关键是自己炒股的钱从何而来呢?想了许久,他终于有了办法。

新学期开学伊始,李建便找借口办了一个缓交学费的手续,至于父母给他的学费钱被他投到了股市。他想等自己一挣到了钱马上就把学费补上。可是当他真正地开始自己炒股,他才知道股市远没有自己想的那般简单,由于没有电脑,他只得经常往证券所跑,去了解股市的行情,在学校的时候也根本没心思学习,总是在操心自己持有的股票是涨了还是跌了,由于牵扯到学费的问题,他的压力特别大,而这巨大的压力则迫使他不得不将所有的精力放在股市上。

这一学期下来,由于当前股市良好的态势,李建确实挣到了钱,但他的学习成绩却惨不忍睹了。挣到钱的同时也收获了不少的补考单,这让李建不得不重新考虑自己这样炒股到底值不值了。

案例二十三　变味的友情

新学期开学伊始,见到了阔别一个假期的老师和同学,方勇的心情十分愉快,而他也在为即将开始的新一学年的学习积极准备着。可就在这时,一件烦心事不期而至,打乱了方勇平静的生活。

事情还得从方勇的同学李赫求方勇帮忙说起。李赫是方勇的同班同学,平时向来游手好闲,不思进取,是班里的“挂科专业户”,上个学期他又挂了四门。由于学校对学生的学分有一定要求,算上这四门课李赫已经无法修够学校要求的最低学分,面临着拿不到学位证的尴尬处境,这使他心急如焚。而方勇是李赫多年的好友,再加上他学习也十分优秀,这使李赫产生了让方勇替自己补考的想法。当他犹豫许久,将这个想法告诉方勇之后,方勇有点不知所措了。一方面,方勇很想帮自己的这个好朋友,因为学位证对于每个大学生来说都太重要了,他觉得没有学位证,大学四年几乎等于白读了,他不想自己的这个好友上完大学到头来却一无所获;而另一方面,方勇也清楚地知道自己替考属于触犯校规校纪的行为,一旦被发现,两人都将付出沉重的代价。这其中种种的利害得失与风险方勇都了解得很清楚,他也知道自己怎样做才是对的,自己应该对李赫说“不”,但他却又怎能弃李赫的多年交情于不顾,置李赫的前途命运于不顾呢?他发现“人情”的力量有时候真的很巨大!在人情面前,这个“不”字真的很难说出口!

几天来,方勇一直在考虑这件事情,他也不知道自己究竟该怎样做了。

案例二十四　铸造多彩人生

程昊从小就是个听话懂事的孩子，一直以来都将整个身心投入在学习上，对学习以外的事物都无暇顾及，因此他的学习成绩自小学以来就一直在班上名列前茅，最终如愿地考上了一所很有名气的大学。程昊的懂事好学让父母感到很欣慰，但他们对这个孩子却有一丝隐隐的担忧：孩子用心学习固然很好，然而他似乎什么爱好都没有，更没有什么别的特长，这对他的成长是好事吗？

父母的担忧在大学变成了现实。程昊在大学仍然一心扑在学习上，也确实取得了不俗的成绩，但他发现自己的同学们虽然学习不如他那么优秀，但个个都生龙活虎，多才多艺，这个是足球场上的健将，那个是篮球场上的焦点，有的在舞台上大放异彩，有的则在辩论赛中挥斥方遒，他们的课余生活是那么丰富多彩，相比之下自己的生活却是如此的千篇一律，每天都生活在“寝室—教室—食堂”这样的三点一线中，波澜不惊如一潭死水，枯燥乏味得让他难以忍受。他也想改变自己的这种生活状态，融入同学们中去，但当他试着和几个同学一起打篮球时却发现自己连基本的规则都不知道，当他试着和同学们一起玩电脑游戏时却发现自己甚至连开关机都需要别人帮忙，当他试着和同学聊天时却发现自己根本都不了解他们说的什么贝克汉姆、齐达内到底是干什么的。屡屡地受挫、屡屡地遭受别人怪异的目光，程昊觉得自己很失败，觉得自己除了学习简直一无是处，一无所知！

他时常问自己，为什么我自己之前就一点兴趣爱好都没有呢？

案例二十五　高 手 专 区

与许多男生一样，刘诤酷爱打篮球，酷爱在篮球场上那种攻城略地般的感觉，多年的苦练使他的球技在班里首屈一指，再加上他阳光帅气的外形，刘诤可以说是篮球场上的焦点级人物了，只要有他的比赛必会引起一些人的围观和“啧啧”称赞声。渐渐地，刘诤对自己的球技变得颇为自负，甚至有些目中无人了。

这天下了课，刘诤和几个同学像往常一样来到了学校的篮球场打篮球。他们不用着急去抢位置，因为他们将一块位置不错的场地圈为他们自己所有了，只要一来，就把先前在这里打球的人毫不客气地撵走。慑于他们的势力和球技，一般同学也只能忍气吞声地离开。久而久之，这块场地成了刘诤他们的专用场地，还美其名曰“高手专区”。

可今天的情况有些特殊，当刘诤一行人来到这里时，却发现几个男生正玩得如火如荼，看他们的面孔都很陌生而稍显稚嫩。大概是大一的新生吧，不懂“规矩”，刘诤这样想着便和随行的同学走上场打断了他们的比赛，并示意他们离开。没想到这些人却并不买账,坚持先入为主。这使得刘诤大为恼火,决定教训他们一下,便声称用篮球说话,赢了的留下,输了的马上走人,那些人爽快地答应了。眼看一场充满火药味的较量即将打响,篮球场上顿时聚满了看热闹的学生。

刘诤本想闹得声势大些,从而让这些不知天高地厚的家伙出出丑,可令刘诤没有想到的是,这些人竟然各个都是好手,实力可以说都在自己之上。虽然刘诤拼尽全力,可最终本方还是输得很难看。在满场的喝倒彩声中,刘诤他们灰溜溜地跑下了场……

案例二十六 转 变

一直酷爱汽车的周天航顺利地考入了自己梦寐以求的汽车制造专业。

进入学校,新的环境,新的同学,一切的一切对于他来说都格外好奇,特别是可以摆脱老师的督促、父母的唠叨,按照自己的意志来生活,更是让他兴奋不已。

他想:反正大学的课程这么轻松,先玩一段时间再赶也来得及。然后就"理所应当"地狂玩了起来。每天奉行着"必修课选逃,选修课必逃"的原则,就连寝室的同学都很少看见他,周天航扎进网吧里专心练起他的"魔兽"来。时间一天一天地过去了,转眼就该到了考试的时间,周天航这才慌慌张张地捧起了对于他来说如"天书"般的习题册,结果可想而知,看着手里的两张"补考通知单",傻了眼。

新的学期开始了,周天航这回吸取了教训,合理地安排作息时间,平时认真地作好复习,他终于通过努力,将那两张补考通知单变成了最快进步奖的奖状。

案例二十七 绯 闻

杨宇辉是一个性格内向的大一新生,与初到大学十分活跃和兴奋的其他男生相比,他显得异常安静和内敛,平日里几乎都没怎么说过话,有时与同学或老师迎面碰见,他通常都是脸一红,低头匆匆走过,连打招呼的勇气都没有。

虽然杨宇辉性格孤僻内向,但他学习非常勤奋刻苦,而且脑瓜儿也是公认的聪明,许多令其他同学大伤脑筋的题目,他通常只需大概看看便能得出结果,大家都很佩服他,大一第一学期成绩公布时,杨宇辉以平均每科 90 分以上的成绩获得了全系第一的佳绩。

在学校每年例行的评优奖励大会上,杨宇辉成了全场瞩目的焦点。当他从上届全系状元——一位漂亮的学姐手中接过奖状时,由于腼腆和紧张,他的脸一下子红到了脖子根,而且慌乱中双手并没有接住奖状而是握住了那位学姐的手,台下的同学看在眼里,心中不自觉有了别的想法,当时全场就响起了阵阵起哄声。从那以后,校园里开始疯传大一系状元与大二系状元之间的“姐弟恋”，且愈传愈烈，越传越离谱，竟然还有了好几种不同的“版本”。这使得那位学姐很难堪，被迫辞去了在学生会的一切工作。而杨宇辉则甚至不敢在公开场合出现，因为他接受不了众人异样的目光和指指点点。杨宇辉时常想，其实自己对那位学姐任何想法都没有，可自己为什么就那样突然脸通红呢？自己为什么就不能像别的男生那样大大方方的呢？自己怎么就那么没有出息呢？

案例二十八　男人的勋章

出生在沈阳的冯振宁不仅继承了东北汉子的豪气和硬朗，更是自小就爱上了被称为“男人游戏”的足球，因为出色的球技和组织能力，刚刚上大二的他，就当上了校体育部的部长。

球场上的他纵情驰骋、英姿勃发；球场下的学妹们崇拜的尖叫、校刊的人物专访，更是让他风光无限。可就是这样在别人看来如英雄般的他，却险些因为一件“小事”葬送了自己的未来。

第三届高校足球联盟赛上，冯振宇因为想挽救快要被踢出界的球，不小心身体冲到了防护栏上，腿上划出了一条十多厘米长的大口子，教练和队医赶紧将他送到了医院，虽然伤势随着时间的流逝渐渐好转，可那条如影随形的伤疤，却像是他心中的一块石头，始终放不下来，他觉得自己不再英俊潇洒，怕人家嘲笑自己，更害怕自己踢球会再次受伤。

自那以后，再也没有人看过他穿短裤，踢球的时候也缩手缩脚，害怕跟别人抢球，害怕自己摔倒。性格渐渐地也变得孤僻起来，大家都觉得他变了，可又不知道为什么。最后，他向教练提出了辞呈。教练与他推心置腹地深谈了一次，冯振宇也说出了自己的苦恼，了解了他的情况，教练带他去了学校的心理咨询室，经过老师的耐心辅导，他终于能够勇敢地正视问题。

新一届的球赛再次开战，冯振宇带领着队员奋勇拼搏，终于拿到了冠军，在表彰大会上，他说：“原来我一直觉得这伤疤是耻辱的标志，可我现在才明白这是一枚男人的勋章。”

案例二十九　不打不相识

小张从小在父母的过分溺爱下长大，这使得他在学校里和别人相处时总是摆出一副盛气凌人的样子，遇到自己看不惯的事情往往就大发脾气，因此和同学们相处得并不十分融洽，特别是和自己同寝室的小刘，俩人一说话就像是针尖对麦芒一般，充满了火药味,因为小刘的性格和小张很像,也是一个脾气暴躁的人。

这天小张吃完午饭回到寝室就开始匆匆忙忙地赶写自己下午要交的专业课作业,他一会儿翻箱倒柜地查找资料,一会儿又"哒哒哒"地伏案奋笔疾书,忙得不可开交,全没注意到上铺正在睡午觉的小刘。小刘由于昨晚熬夜写作业,正要利用中午的时间好好补充一下睡眠,没想到却被小张发出的种种噪声搅得睡意全无,不禁怒从中来,为了发泄自己的不满也为了提醒小张自己的存在,他假装重重地咳嗽了几声,朝着小张的方向吐了一口痰。小张这时才意识到小刘在上铺睡觉,刚才自己的动静肯定吵醒他了,但他竟然对着自己吐痰,虽然并没有吐在自己身上,但这简直就是在向自己挑衅!他愤愤不平地说了句"什么素质!",开始更加大声地忙活着自己的事情,算是对小刘的反击。小刘听了这话顿时大为恼火,他从床上下来指着小张说:"你说谁素质差呀,没看见别人在睡午觉吗!也不知道动作轻点,你这样的人太自私!"俩人就这样你一句我一句的互相指责了起来,最后竟扭打在了一起,幸亏寝室的其他同学吃饭回来把他们及时拉开,才避免了他们的"战争"继续升级。

指导员知道了这件事情后,把他俩叫到办公室进行了严肃的批评。指导员语重心长地对他俩说:"这起打架事件你俩都有责任,都有做得不对的地方,可你们俩却都只看到了对方的不对,而不知道反省一下自己的行为是否恰当,是否让人接受!本来不大的一点小事却被你俩闹到这般境地,你俩都好好反思一下自己的行为吧。"听了指导员的话,两人低下了头。

案例三十　多情的粽子

张文广与高凝芳是同院、同班、同组、同桌。

高凝芳是一个天性热情大方的女孩,平时和别人打交道总是大大咧咧的,即使在素不相识的人面前也从来没有其他女生的那种羞涩腼腆。而且她还是个热心肠,特别喜欢帮助别人,总是能在别人困难的时候主动伸出援助之手。因此,高凝芳在班里深受同学们喜欢。

这天是端午节,中午的时候高凝芳正在家吃着妈妈包的粽子,突然她想起了张文广——一个品学兼优但家境贫寒,平时生活极其俭朴的外地学生,平时和自己的关系也很"铁",可以说是自己的"哥们儿"了,高凝芳觉得他肯定不舍得给自己买个粽子吃,她又想张文广本来就是外地的学生回不了家,这过端午节的连个粽子都吃不上,真是的。她越想越觉得心里不是滋味,一时间,高凝芳的热心肠又被"激活"了,于是她匆匆带上几个粽子回到了学校。高凝芳料想的不错,张文广果然没有买粽子吃,当她递过粽子时,发现张文广的眼睛透露出比感激更"深刻"的含义。

晚上,张文广美滋滋地数着收到的包括高凝芳送的在内的三份粽子,仿佛每份粽子上都浮现着一个女孩的灿烂脸庞。他暗自得意起来,觉得这一定是她们表达爱慕的行动,他现在的苦恼是:到底该"选择"谁呢?

REFERENCES 参考文献

1. 中国就业培训技术指导中心.心理咨询师.北京:民族出版社,2005

2. [美]布恩·埃克斯特兰德.心理学原理和应用.北京:知识出版社,1985

3. 伍棠棣,李伯黍,吴福元.心理学.北京:人民教育出版社,1980

4. 宋振杰.黄金心态.北京:北京大学出版社,2007

5. 独狼.领悟.北京:地震出版社,2005

6. 管桦.生命开关.北京:当代世界出版社,2007

7. 李国强.成长.北京:中国妇女出版社,2005

8. 段鑫星,赵玲.大学生心理健康教育.北京:科学出版社,2004

9. 苏巧荣,苏林雁.大学生心理辅导.杭州:浙江大学出版社,2005

10. 欧晓霞,曲振国.大学生心理健康.北京:清华大学出版社,2006

11. 肖水源.大学生心理健康.北京:人民卫生出版社,2005

12. 中国就业培训技术指导中心.国家职业资格培训教程心理咨询师(基础知识).北京:民族出版社,2005

13. 马绍斌.通往心身健康之路——心理保健.广州:暨南大学出版社,2002

14. 寒心.嫉妒心理学.北京:大众文艺出版社,2001

15. 朱智贤.心理学大辞典.北京:北京师范大学出版社,1989

16. 吕秋芳,齐力.大学生心理健康与调适.北京:华文出版社,2002

17. 孔燕.大学生心理健康教育.合肥:安徽人民出版社,1998

18. 周强,刘丽君.新编大学生心理健康.大连:大连理工出版社,2003

19. 林毓奇.大学学习论.西安:西安交通大学出版社,1987

20. 黄希庭,李媛.大学生自立意识的探索性研究.载心理科学,2001(24)

21. 祝玉芳,来秀明,万建华.高校大学生恋爱问题的探析.载青年探索,2007(3)

22. 贺志军.大学生失恋行为分析及心理调节.载湖南人文科技学院学报,2007(4)

23. 杨南丽.从大学生婚恋观现状看高校婚恋观教育——以对云南大学生婚恋观调查与分析为例.载昆明大学学报,2007(18)

24. 徐明.某高校大学生婚恋观现状分析.载中国学校卫生,2006(27)

25. 陆卫群,朱江,严易平.在校大学生婚前性行为及避孕行为研究,载生殖与避孕,2006(26)

26. 余逸群.大学生恋爱心理与恋爱道德要求.载北京青年政治学院学报,2003(12)

27. 戴秋菊.大学生婚恋观调查与分析.载湖南环境生物职业技术学院学报,2007(13)

28. 曹建平.当代大学生恋爱心理剖析及问题矫治.载湖南财经高等专科学校学报,2007(23)

29. 罗晴.大学生婚恋观的调查分析与教育.载洛阳师范学院学报,2007(1)

30. 赵洪伟,董玫玫.大学生恋爱心理及性心理的调查与分析.载辽宁教育研究,2006(4)

31. 张雄兵.高校勤工助学工作浅析.载湖北成人教育学院学报,2007(13)

32. 张建锋.勤工助学是大学生自立成才的有效途径.载唐山师范学院学报,2001(23)

33. 张林,车文博,黎兵,张旭东.中国13所大学本科生心理压力现状的流行病学调查.载中华流行病学,2006(27)

34. 于海波,张进辅.国外关于倾诉效果的研究综述.载心理科学进展,2003(3),2000(8)

35. 朱翠英.大学生心理健康自我维护策略探析.载湖南农业大学学报(社会科学版),2006(7)

36. 刘东艳.大学生心理问题的现状分析及对策研究.载湖南税务高等专科学校学报,2006(19)

37. 韩丽丽,尹春芬.论大学生健康心理的培养.载承德石油高等专科学校学报,2003(3)

38. 申艳婷.大学生消费攀比心理成因及对策探析.载大众科学,2007(9)

39. 武月刚.大学生心理健康.北京:航空工业出版社,2010(8)

40. 胡凯等.大学生心理健康理论与方法.北京:人民出版社,2010(1)